Milan Kundera

米兰·昆德拉

蔡若明——译

La plaisanterie

玩笑

ŒUVRES DE MILAN KUNDERA

上海译文出版社

图书在版编目（CIP）数据

玩笑/昆德拉(Kundera，M.)著;蔡若明译.
—上海:上海译文出版社,2014.8（2023.9重印）
（米兰·昆德拉作品全新系列）
ISBN 978-7-5327-6648-2

Ⅰ.①玩… Ⅱ.①昆… ②蔡…
Ⅲ.①长篇小说-法国-现代 Ⅳ.①I565.45

中国版本图书馆 CIP 数据核字(2014)第109344号

Milan Kundera
La plaisanterie

图字：09-2002-364号

玩笑
La plaisanterie

MILAN KUNDERA
米兰·昆德拉 著
蔡若明 译

出版统筹 赵武平
责任编辑 缪伶超
装帧设计 杨林青

上海译文出版社有限公司出版、发行
网址：www.yiwen.com.cn
201101 上海市闵行区号景路159弄B座
杭州宏雅印刷有限公司印刷

开本 890×1240 1/32 印张 14 插页 5 字数 212,000
2014年8月第1版 2023年9月第11次印刷

ISBN 978-7-5327-6648-2/I·4006
定价：89.00元

目 录

第一部

路德维克

这么多年后，又竟这么着，我回到了老家。站在中心广场上（从不懂事，到淘气，到大小伙子，我走过这里多少次哟），我感觉不到有任何激动之情。相反，我倒在想这广场（钟楼雄视着家家屋顶，活像一个戴着尖顶头盔的大兵）跟某座兵营庞大的演武场颇为相似。这座摩拉维亚地区的城市，当年原是对抗马扎尔人[①]和土耳其人袭击的堡垒，尚武的往昔在它的面貌上留下了无可挽回的可憎烙印。

这么多年里，任什么也没有使我动心回归出生之地。我对自己说，它已经与我各不相干，而且，这于我也在情理之中：十五年来我一直在外，此地仅有几个熟人而已，换句话说是几个老同学（是我宁愿避而不见的）；我的母亲被埋在外人家的墓地里，不由我照管。然而，我自欺欺人：所谓各不相干，其实是恨；恨的理由我也难以说清，因为在这座城市里，也和在其他任何地方一

① Magyar，中亚高原蒙古族的一支，九世纪迁居多瑙河中游平原。

样，曾经给我既有好的、又有坏的遭遇，但不管怎么说，反正我对它就是心存怨怼；现在到了这里，我又醒悟到，那个促使我回家的使命其实本可在布拉格完成，但正好有个机会可以在家乡进行，突如其来的强吸引力使我忍不住了，因为这项使命是一件要厚着脸皮才能完成的俗事。因此回家也就免了人家怀疑。我对往昔竟还心存温爱。

我以嘲弄的目光再次环视这个令人不快的广场，这才转身朝着下榻的旅馆那条街走去，过夜的房间早已订好。门房递给我一把带着一个梨形木牌的钥匙，说:“三楼。”房间不怎么招人喜欢：靠墙有一张床；屋子中间是一张小桌子和一把惟一的椅子；床边有一张桃木桌，带镜子，也就算梳妆台了；近门边是一个绝小的洗脸池，釉面斑斑驳驳。我把毛巾放在桌上，打开窗子：可以看见院子，还有一些房屋，它们又秃又脏的背面朝着旅馆。我关上窗，放下窗帘，走到洗脸池边，上面两个水龙头一个标着红色，一个标着蓝色；我都试了试，流出来的水一律是凉的。我打量那张桌子，充其量只能放一个水瓶、两只杯子；不幸的是，只有一个人能坐在桌旁，因为整个房间没有第二把椅子。我把桌子推到床边，想坐在床上，可床太矮桌子又高；再者，床在我的重量下塌得厉害，一坐就知道这床不但不能充座椅，就连能不能胜任其床的职责也很可怀疑。我用两个拳头撑在床上，跷起穿鞋的脚，小心不弄脏床单和被子，躺下去。凡是在我身体下的部分，床垫就凹下去，我倒像是睡进了一个吊铺，或说是一个窄窄的坟坑：根本不能想象还可以有一个人和我在这张床上同眠。

我坐在椅子上，望着被光线照得透明的窗帘，心里盘算着。就在这时候，过道里传来脚步声和说话声；一男一女两人聊着，一字一句都让人听得真切：他们谈到一个叫彼得的，从家里逃走了；又提到一个稀里糊涂的克拉拉姨妈，总是娇惯孩子；接着听到钥匙在锁孔里转动，门开了，那两个声音进了隔壁房间；我又听见那女人连连叹气(是的，甚至叹气声也直送我的耳边！)，那男的表示一定要再一次提醒克拉拉。

我站起身，已经有了主意。我在洗脸池里又洗了一遍手，用毛巾擦干，没想定究竟去哪儿就离开旅馆。我只知道：旅馆的房间太不尽如人意，如果我不想因为这一点而使此行遭致失败，那么我应当——尽管我多么不乐意——毫不声张地去求助于某个本地朋友。我飞快地逐个检视青少年时代的面孔，可马上又把它们全都撇到一边，因为我所需要的帮助具有私密性，我不得不极尽周旋才能跨越这么多年的隔阂——而这么多年我根本没有见过他们——我不想这么做。不过我随即又记起这儿想必还有一位，从前我曾为他在此地谋到职位，而且据我对他的了解，他会很高兴有机会还情于我。这个家伙很古怪，既刻板较真，又多虑多变。据我所知，他的老婆已经跟他离异多年，原因很简单：他到哪儿都能过日子，就是不跟她和他们的儿子一起生活。我想到他可能已经再婚，又焦急起来，要是真有了家，我的请求就非常不好办了。于是我就加快脚步朝医院方向走去。

这家医院由一群四散分布的楼房构成，倒都坐落在一片大园子里。我闯进紧挨大门的那间小门房，请求坐在一张桌子后面的把门人给我联系一下病毒科；他把桌沿边的电话机朝我这边一推，说："〇二！"于是我拨〇二，得知考茨卡人夫刚离开，正朝大门走来。惟恐把他漏过，我去坐在临近大门的一张长凳上，漫不经心地看了一会儿那些穿着蓝白条相间睡衣走来走去的人；接着我就看见他来了，心里想着什么；高高、瘦瘦的个子，其貌不扬之中带着亲切感。对，那就是他。我从凳上站起来，迎上前去，有意要撞到他身上似的。他很不高兴地瞥我一眼，但立即认出是我，张开了双臂。一个印象油然而生：他对这个意外可以说是兴奋的，他那不假思索的欢迎使我欣慰。

我告诉他，我抵达这里才不到一个小时，来办一件并不重要的事务，大约耽搁两天。他呢，顿时似乎受宠若惊，因为我第一个拜访的居然是他。这样一来，我倒很不自在起来，因为自己此行并非心无所求，专程来看他。我向他提的问题（我乐呵呵地问他是否已经再婚），似乎表示我对他诚挚的关注，骨子里却有着下作的算计。他回答说（正合我意）至今仍是单身。我声称我们大可好好叙谈。他极口称是，但抱歉地说可惜他还得返回医院，只有一个多小时空，而晚上要坐车离开这座城市。"你不住在本地吗？"

我问，心里急坏了。他安慰我说他住在这儿，在一幢新楼里有一个单居室，但是，“一个人过日子很是难受”。原来，考茨卡在二十公里外的另一座城市里有一个未婚妻，是小学教师，自己有一套二室公寓。“你以后要搬她那儿去吗？”我问。他说，他很喜欢我当初给他找的这个工作，别处很难找到更好的了，可是他的未婚妻又很难在这儿弄到一个位置。于是我对官僚主义的拖沓作风深表愤慨(真心诚意地)，它根本不会提供方便去解决诸如男女调到一起生活的问题。“放心吧，路德维克，”他带着息事宁人的口气对我说，“事情总算还没有到这么忍无可忍的地步！来回跑固然又费钱又费时间，可是我能保持独身，无牵无挂的。”“你干吗非要那份儿自由自在呢？”我问他。“你自己呢？”他把球又踢了回来。“我常找姑娘们玩。”我回答。“倒不是女人怎么样，是我自己需要独来独往的。”他说完又道，“听着，到我家去坐一坐，我待会儿再走。”这正是我求之不得的。

出了医院的墙，我们很快走到个新楼群附近，楼房一幢又一幢地矗立着，毫无章法，不曾夯平的地面上满是尘土(没有绿草坪，没有人行道，没有路)。这一群楼与周围一望无际的平野相伴，很难看。我们跨进一道门，踏上一个过于窄小的楼梯(电梯不运转)，在四楼停下，我看到门牌上有考茨卡的名字。穿过门厅，我们就到了屋里。我的满意程度超出了预期：一张宽大而又舒适的双人沙发床占着一角；床头有一张小桌，一把扶手椅，一个大书橱，一架留声机和一台收音机。

我向考茨卡称道一番他的房间，问他浴室怎么样。“谈不上漂亮。”他说，很高兴我所表示的兴趣，让我到门厅那儿。浴室的门正开着，浴室虽小却讨人喜欢，有浴缸，有淋浴喷头，有洗脸池。“看得出，你的住处真是好极了，我想起一个主意，”我说，“你明天下午和晚上干什么？”“咳——”他不好意思地抱歉道，“明天我一整天都值班，到快七点才能回来。你晚上没有空吗？”“我晚上可能有空，”我回答，“不过你回来以前，能不能把这套小居室借我用一个下午？”

我的问题使他很吃惊，但他马上（似乎怕我怀疑他不肯帮忙）对我说：“很乐意，你随便用。”好像为了表明他绝无追问我借房动机的意思，又连忙说：“你要是住宿有困难，可以从今天起就睡在这儿，因为我明天早上才回来，甚至明天早上也不见得回来，反正我要直接去医院。”“不，这倒不用。我已经在旅馆住下了。只不过我的房间太差劲，明天下午我需要一个舒适的环境。当然，不是为了我一个人待着。”“对了，”考茨卡微微低下头说，“我想是这样。”过了一会儿，他说：“我很高兴能帮你点忙。”然后又添了一句：“当然，我是希望能真的帮上忙。”

说完，我们在小桌边坐下来（考茨卡已经备好咖啡），又闲扯一阵（我坐在沙发床上，高兴地证实了床很结实，既不塌陷，也不吱呀吱呀叫）。考茨卡这时说，必须得回医院去了，他匆匆向我交代家里几件事项：浴缸的龙头要拧紧；和任何其他地方都不一样，标着“冷”字的水龙头是供热水的；留声机的插头塞在沙发床底下；小柜子里有一瓶刚动一点儿的伏特加。接着，他交给我串在一起的两把钥匙，并指给我看哪一把是底下大门的，哪一把是屋门的。我一生不知换过多少张床睡，所以总是对钥匙刮目相待。这时，我嘴上不说，心里却喜滋滋地把钥匙揣进了口袋。

考茨卡临出门时对我表示，他衷心祝愿他的房间能使我“成就真正的好事”。“会的，”我对他说，“有了它我就可以完成一个美好的拆台计划。”“你认为拆台也可能是美好的吗？”考茨卡说。我这时心里暗暗发笑，因为透过这个问题(口气虽然平和，但问题却有锋芒)，我已经分毫不差地发现他还是十五年前那样(既亲切又招人笑)，还是我第一次认识时的考茨卡。我反驳他：“我知道你是在上天永恒的工地上，当一个老老实实的徒工，一提拆台你就不高兴。但我算什么呢？我又不是上帝他老人家手下的徒工。再说上帝手下的石材工如果在下界打造的建筑都能有货真价实的围墙的话，那咱们这号拆台派也就没有机会挖墙脚啦！所以，他们筑起来的不是什么墙，不过是样子货罢了。拆摆设也是件挺对的事呀！”

这是我们当年分手时(可能是九年前)的话题(我们的分歧具有哲理讨论的色彩)，我们两人谁都会意到这番话真正所指是什么，而且都觉得没有必要重开当年的舌战。我们这时无非是需要相互表白一下，我们两人谁都没变，都还是原来大相径庭的我们两人(在这方面我很喜欢考茨卡身上和我的不同，而且正因如此，我乐于和他争论，这样我就能顺便明明白白表示出来我现在是怎样一个人，我在想些什么)。为了消除我对他的最后疑虑，他回答我说:“你刚才的话再明白不过了。但是请你告诉我：像你这么一个怀疑一切的人，你又怎么有把握看出来这墙就一定是样子货呢？你挖苦别人充满幻想，难道你就从来不曾怀疑过这些幻想真的就只是幻想吗？要是你自己错了呢？而假如这些幻想偏偏就是价值呢？那么你不就是一个破坏价值的人了吗？”他接着又说:“一种被搞糟了的价值和一种被揭穿的幻想都一样可怜，它们很相近，两者太容易被混为一谈了。”

当我陪着考茨卡穿过市里回他的医院时，心里确实感到身边就是从前的那个老朋友。他不管在什么时候、什么地方都拼命拿他的真理来说服我，即使现在，在这新住宅区爬光秃秃的坡路时也还是这样。考茨卡很清楚第二天整个晚上，我们有的是时间，于是他很快抛开哲学，转而谈起琐事。他再次问清当他明天七点钟回家的时候，我一定在家等着他(他没有别的钥匙)，又问我是不是真的不缺什么。我摸摸脸说，我该去理发店才是，因为讨厌的胡子又长出来了。“好极了，”考茨卡说，“我让你好好刮一次胡子！”

我对考茨卡的荐举没有推辞，由着他把我领进一家理发小店，三面镜子前安着三张大转椅，两张已经坐了人。他们的脑袋后仰着，满脸是厚厚的泡沫。两个穿着白褂子的女人正俯身向着他们。考茨卡走近其中一个女人，在耳边小声嘀咕了几句。这个女人在一块毛巾上擦了擦她的剃须刀，朝着店堂后面喊了一声，一个穿白罩衣的姑娘走出来，去照料那位被撂在椅子里的先生。考茨卡打过招呼的那个女人朝我微微一点头，用手招呼我去坐在那张空椅里。考茨卡和我相互握手道别，然后我就坐下，把后脑勺搁进支撑脑袋的垫子上，由于我多少年来不爱在镜子里看我自己，目光便溜过面前的镜子，抬头无目的地望着用石灰水刷白的天花板，上面斑驳陆离。

我的眼睛盯着天花板，连我在脖子上感受到女理发师的手指时也没动弹。她把一块白布的布边塞进我衬衫的领子里，然后她退后一步，我只听到剃须刀在用来磨快刀刃的皮条上来来回回蹭动，而我懒懒不动，沉入了身心完全放松的那种舒坦之中。一会儿以后，我的脸上感觉到湿漉漉的手指在给我涂抹滑润的剃须膏，我顿时发现这是一件古怪而好没道理的事情：一个素不相识的女人，她跟我无亲无故，我与她毫不相干，却来温柔地抚摸我。女理发师抹完以后，又拿起一把刷子开始抹肥皂，于是我的脑海里浮起一个形象(因为即使在休息放松的时刻，思想也并不停止活动)：我成了一个毫无防卫的祭品，完全任由一个正在磨砺手中剃刀的女人的处置。由于我似乎觉得身体在空间里化掉了，只有自己的面孔被手指摸来摸去，我很容易想象出她那双纤纤玉手，抱着我的脑袋(把它转来转去，抚摸着)，似乎它们并不把我的脑袋当做是连在身体上的，而是一个“自成一体”的东西，好让在旁边小桌上等着的那把快刀来最后使它达到完美的独立自主。

摩挲停止了，我听见女理发师走开去，她这次才真的拿起剃须刀。这一瞬间我心里想(因为思想继续在活动)，我应该看一看我脑袋的女主人(也是升降机)，我温柔的刽子手是什么样了。我把目光从天花板上挪下来，往镜子里瞧。我怔住了，原来觉得很好玩的这一番折腾蓦地变成了格外实实在在的情景：镜子里那个朝我弯着身子的女人，我好像认识。

她一手按着我的耳垂，另一只手十分细致地刮着我脸上的肥皂沫；我仔细观察她，尽管刚才一瞬间，我不胜惊愕地认定她是谁，但这个被认定的她又慢慢烟消云散，不见了。接着，她弯身向着洗脸池，用两只手指把剃须刀上的一大堆泡沫抹下去，直起身子，轻轻地转动椅子。就在这一刻，我们四目相遇了一秒钟，我再次觉得就是她！毫无疑问，这张脸已经有所不同：变得灰暗、憔悴、两颊微凹，仿佛是她姐姐的脸；不过我最后一次见到她已是十五年前的事！在这个阶段里，时光在她的面容上烙印了一张蒙人的面具，但幸好这张面具有两个孔眼，通过它们，那双原先的眸子，真性的眸子能够重新凝视我，就像我曾经熟悉的那双眼睛那样。

可是，后来出现了一件让我摸不准的事：理发店又来了一个顾客，他坐在我的背后等着。他很快跟我的女理发师说起话，大谈这夏天天气多么好，城边上正在造什么游泳池；女理发师搭着话(她的声音传进我的耳朵，但说什么我没有听进去，再说也没有要紧的话)。我发现她的声音我并不熟悉，语气是坦然的，没有任何不安的成分，几乎很俗气，完全是一个陌生的声音。

现在她给我冲脸，把我的脸用手掌按着，而我又开始重新认定那是她(尽管声音不对)。这是在十五年以后，我重又感受到自己的脸受到她双手的爱抚，是她在久久地、温柔地爱抚着我(我其实忘了这根本不是爱抚，而是给我洗脸)。那个家伙越来越饶舌，她那陌生的话音也就不停地答着什么，我难以相信这就是她的声音。我努力从她的手触摸的感觉中来辨别到底是不是她，还有她是否认出我来。

接着，她拿来毛巾，擦干我的脸颊。那个啰嗦家伙为他刚说的一个笑话大声地乐开了。我注意到女理发师没有笑，所以她对这个家伙说了些什么，肯定并不留心。这一点又使我惶恐起来，因为我认为这是她认出我来的一个印证，证明她内心很激动。我决心等我一站起身就跟她说话。她给我解掉脖子上的毛巾。我站起来，从上衣里面的口袋中抽出一张五克朗的钞票。我期待我们的目光再次相遇，我就好开口说话，叫她的名字(那个家伙还在唠叨)，然而她一直漫不经心地别着头，利落地把钱接过去，毫无反应，顿时叫我觉得自己简直像个异想天开的疯子。于是，我绝对没有一点勇气再开口。

怀着难以名状的不满足感，我离开了理发店，只觉得满脑子的疑团。一张从前爱恋至深的面孔如今我竟对它狐疑不已，这实在是太无情无义了。

要弄个水落石出当然并不困难。我匆匆回到旅馆（半路上远远看见对面人行道上有个年轻时代的老朋友，扬琴乐团团长雅洛斯拉夫，但我像躲开刺耳的、过于喧嚣的音响一样，赶忙扭过脸去），从旅馆给考茨卡挂电话；他还在医院。

“请你告诉我，你让她给我理发的那个女理发师，名字是叫露茜·赛贝考娃吗？”

“现在她不叫这个名字，不过，就是她。你怎么会认识她呢？”考茨卡说。

“说来话长。”我回答。我走出旅馆（天开始黑了），也没想起吃晚饭，就在街上溜达起来。

第二部

埃莱娜

1

今天晚上我要早点睡觉，我不知道能不能睡着，反正我要早上床。巴维尔今天下午去了布拉迪斯拉发，我明天一早乘飞机去布尔诺，然后乘汽车。我的小乖乖兹德娜要一个人在家待两天，她对这个倒无所谓，并不非要有我们陪着她，至少她不爱跟我在一起，而喜欢巴维尔。巴维尔是她的第一个男性偶像，应当承认，他懂得怎么样跟她相处，他一向善于和女人，也包括我周旋，一直到现在还是这样。这个星期他待我又像从前一样了，拍拍我的脸，指天画地发誓说等他从布拉迪斯拉发回来的时候到摩拉维亚去接我。看他的意思，我跟他应当好好谈一谈，也许这是他开始明白过来事情不能这样下去；也许这是他想让我和他又恢复到从前一样。可是他为什么要到这时候，等我现在已经认识了路德维克，才想起来这么做呢？我越想越不安，然而我不应该悲哀，不应该，*让我的名字在任何人心里都不要唤起悲哀*，这句伏契克[1]的

---

① Julius Fučik（1903—43），捷克斯洛伐克民族英雄，作家。

名言是我的座右铭，他即使在受刑的时候，甚至在绞刑架下，也绝对没有悲哀，虽然今天，乐天已经过时。我这个人有点傻呵呵，这有可能，但人家那种摩登的怀疑主义也跟我差不多，我看不出来为什么我就该放弃我的傻而接受别人的傻，我不愿意把我的生活劈成两半，而想要一个从头至尾、前后一致的生活。正因为这样，路德维克那么使我中意，当我跟他在一起的时候，我不需要改变我的理想、我的兴趣爱好，他是一个平易的人，单纯、清澈见底，我喜欢这样，也是一直这样过来的。

我并不因为自己是这样一个人感到羞耻，我没法和过去的我截然不同。十八岁以前，我的全部见识，就是外省规规矩矩的有产阶级家庭那套收拾得整整齐齐的公寓，还有学习，学习，根本不知道在七重高墙之外的真正生活。后来，我于一九四九年来到布拉格，那可真是一步登天了。那么强烈的幸福感，我永远也不会忘记，也恰恰因为这样，我一直无法把巴维尔从我的心里抹掉，即使我现在不再爱他，即使他使我痛苦，我不能抹掉他，巴维尔，他是我的青春：布拉格、学院、大学生宿舍，尤其是还有伏契克歌舞团这个学生团体，如今再没有人能懂得这一切对我们意味着什么。就是在团里，我认识了巴维尔，他当时是男高音，我，女次低音，我们两人参加了不止上百次的音乐会和文娱演出，唱苏联歌曲，我国的政治歌曲，当然还有民间歌曲。我们最心爱的是那些民间歌曲，我迷恋摩拉维亚音乐，竟至于虽然生在波希米亚，却觉得自己是摩拉维亚姑娘一样；我把这些歌曲当作生活的火车头，对我来说，那些歌和那个时代，和我的青春岁月，和巴维尔，都是分不开的。每当我听到它们，心里就会冉冉升起太阳。最近几天，我又听到了这些歌曲。

当年我是怎么会和巴维尔拴到一起的，简直跟谁都说不清。这好像是蹩脚的小说：一个解放节，在老城广场上举行盛大的群众集会，我们歌舞团也去了；我们到处一起行动，在成千上万的人群里总是抱成小小的一团；主席台上有我们的国家领导人，还有外宾，许多人讲话，一阵阵热烈欢呼。后来，陶里亚蒂[1]走到麦克风前，用意大利语作了简短祝词，整个广场像惯常那样报之以欢呼、鼓掌、一字一顿呼喊口号。在这一片人海中，巴维尔正好在我身边。我听见他一个人在这样的暴风雨中大喊着什么，那是很特别的话，我望着他的嘴，看出来他是在唱歌，与其说是唱，倒不如说他在嚎，他要我们听到他的声音，跟他一起唱。他唱的是我们节目单上的一首意大利革命歌曲，这首歌在当时非常风行：前进吧，人民，高举红旗，红旗……

他这个人就是这样，从来不满足于按道理该怎么做就怎么做，而是要去打动人家的心。我觉得在布拉格的广场上，给一个工人

---

① Palmiro Togliatti(1893—1964)，意大利共产党领袖。

出身的意大利领导人唱一支意大利革命歌曲，以这种方式来向他致敬真是妙极了。我想到这里激动万分，希望陶里亚蒂也和我一样激动万分，于是我鼓起全身的劲伴着巴维尔唱，又有几个人，然后再有几个人跟上来，最后是我们全团高唱。但广场上的呼喊响得厉害，而我们才五十人，一小伙；人家至少是五万，绝大多数，拼是拼不过的。在唱第一段歌词的时候，大伙儿以为我们就要顶不住了，谁也不会发现我们在唱什么，可是奇迹出现了，渐渐地有很多声音加入进来，大家开始明白了，慢慢地，从广场的喧嚣声里，歌声脱颖而出，仿佛一只蝴蝶，从一个硕大无朋、轰轰作响的蛹壳里飞出来。终于，这只蝴蝶，这支歌，至少是最后几个节拍，飞到了主席台上。我们全都眼巴巴地盯着那位头发花白的意大利人的脸，当他的手动了一下时，我们似乎觉得那就是他对歌声的反应；于是，我们兴奋极了，我当时甚至深信不疑看见了他眼眶里的泪花。

不知怎么的，在激动而狂热的情绪中，我拽住了巴维尔的手，巴维尔则紧紧握着我的手。当广场又恢复平静，另一个发言者走到扩音器前时，我很担心巴维尔会放开我的手，但他一直握着，直到大会结束，甚至在散队以后，我们也没有分手，在到处是鲜花的布拉格街头，溜达了好几个钟头。

七年以后，小兹德娜已经五岁，我永远忘不了他对我竟这么说，咱俩结婚并不是出于爱情，而是出于党的纪律。我知道，我们当时正在吵架，他这话是假的。巴维尔本是爱我才娶我的，他变心是在后来，但是他对我说出这样的话来还真叫我寒心。正是他曾不断表白说：今天的爱情是新的爱情，它不是躲到一边的儿女私情，而是战斗中的鼓舞。再说我们正是这样对待爱情的：我们中午甚至没有时间吃饭，而是在青年团的书记处啃两个小小的干面包；然后我们有时直到上完一天班也见不着面；一般都是我等巴维尔直到午夜，他开会回来，那些会都是没完没了得进行六七个小时；我得空就替他抄在各种报告会、培训班上的讲话，这些文章在他看来极其重要，只有我最清楚他对自己的政治报告是否成功看得有多重。他在发言中曾说过不下百十次：一个新人和一个旧人是有区别的，因为一个新人已经在他的生活里永远消除了公和私的对立。如今，多少年过去了，他反倒责备起我来，说什么同志们当时没有尊重他的个人生活。

那时候，我们交往已有两年，我渐渐着急起来。没什么可奇怪的，任何一个姑娘都不会对一个大学小伙子的泛泛之爱感到满足，而巴维尔，他却满足了，习惯于这种有快慰而没有义务的状况。不管哪个男人都有点自私，女人须得自卫，只有靠女性自己来捍卫女性的使命。可惜巴维尔对这一点不如我们团的同志们懂得深，他们曾经把他找到团委去，我不知道他们对他是怎么说的，我们之间从来没提起过，不过他们大约对他说得很不客气。因为那个时代的人都是很严肃的，就算他们当时有些过分，但多讲道德总比如今不讲道德强。巴维尔在相当长一段时间里回避我，我以为一切都完了，非常绝望，很想结束自己的生命，可是他后来又来找我，我的双腿抖得厉害，他向我道歉，送给我一件礼物，一个克里姆林宫纪念章，他最珍贵的纪念品，我永远也不会把它丢开，它不仅是巴维尔的纪念品，而且意味深长。我顿时幸福得泪流满面。半个月以后，我们就举行了婚礼。全歌舞团都来了，热闹了一天一夜，大家唱啊，跳啊。我对巴维尔说了一遍又一遍：如果有一天咱俩相互背叛，那就是背叛参加我们婚礼的大伙儿，背叛了老城广场上那次集会，同时也是背叛了陶里亚蒂。今天当我想到我们最后还是背叛了这一切，我真想发笑……

2

我琢磨明天穿什么，比如那件粉红毛衣和风雨衣，这两件仍是我最合身的衣服。我已经不算苗条了，那又怎么样！虽说我脸上有皱纹，可相反我还有一个姑娘所没有的风韵——那是一个见过世面的女人独具的迷人之处。在金德拉眼里，我就有这样的魅力。可怜的孩子，当他得知我明天一早就去乘坐飞机而他一个人驾车走的时候，那副失魂落魄的样子现在还在我的眼前。每当他可以和我待在一起的时候，就非常高兴，在我面前，他很喜欢标榜自己那十九岁的男子气派，他为了让我欣赏他，肯拿出百分之一百三十的力量来和我周旋。这只丑小鸭，除此之外，他作为一个技术员和司机，是挑不出毛病的，电台编辑都很喜欢把他带出去搞一些小型采访。说到底，假如我喜欢知道有人巴不得和我在一起，又有什么不好呢？最近几年，我在电台，大不如从前那样被人看得起，倒像成了一头蠢母牛，盲从、刻板、教条、党的看门狗，等等，等等。不过，我想，我永远也不会因为热爱党而觉得羞耻，我还要把我的余生贡献给党。首先因为，我生活中还有什么呢？巴维尔有别的女人，我也不想弄明白她们是谁，小家伙爱她的爸爸；而我的工作，已经十年一成不变，报道、采访、播出，都是关于完成计划、模范饲养场、挤奶员什么的；至于我自己的家庭，还是无可救药。惟有党，党从来也没有指责过我，我对党也是忠心耿耿、一如既往，即使是在一九五六年，人人都想把党抛弃的时候，我也依然那样。斯大林的罪行到处流传，大家一下子都疯了，对什么都不屑地吐唾沫，他们说我们的报纸谎话连篇，国营企业经营不好，文化一钱不值，农业合作社根本就不该问世，苏联是一个没有自由的国家。最糟糕的是，甚至共产党员也一样这么说，他们在党的会上就这么说，巴维尔也是这个腔调，大家还给他鼓掌。巴维尔从小时候起，就一向能得到掌声。他是独生子，他母亲现在仍抱着儿子的相片睡觉。他是天才儿童但只是个平庸的男人，不抽烟，不喝酒，可是没有掌声就没法生活，掌声就是他的酒精，他的尼古丁。当他在大肆渲染斯大林所造成的那些可怕的冤案时，真动感情，几近催人泪下，我能感觉到，当他沉浸于自己的义愤填膺之中时，是多么幸福，而我则憎恶他。

幸好，党还是及时反击了这些歇斯底里的人，他们闭上了嘴，巴维尔和其他人一样，也闭上了嘴，因为他在大学里讲授马克思主义的教席利益攸关，容不得他冒险。但是空气里还是留下了异样的东西：冷漠、怀疑、无信仰等苗子在悄悄地、秘密地大量滋长。我暗暗问自己，怎样抵制呢？只有比以前更紧紧地向党靠拢，就把党看作是一个活生生的人，把我的心里话都倒给党，反正我已经跟任何人都没有什么话可说了，不仅仅跟巴维尔无话可谈，别人也不大喜欢我，这一点是当我有一次需要处理一件为难事的时候发现的。我们有一个编辑，是个有妇之夫，当时和一个女技术员，一个年轻单身姑娘关系暧昧。这个女人既不顾后果，也不知廉耻，那个编辑的妻子急得没办法来找我们党委求助。我们花了好几个钟头研究这件事，分别把这个女人，女技术员和处里的其他证人都找来，尽量了解各方面的情况，力求不偏不倚。编辑受到党纪处分，女技术员挨了批评，两人不得不当着党委答应一刀两断。唉，说归说，嘴上的答应只是为了让我们大家平息下来而已，而他们仍继续来往。可是纸包不住火，没多久我们就发现了其中奥妙，于是我主张采取最严厉的解决办法，要求把这位同事开除出党，因为他要手腕欺骗党，一个对党撒谎的共产党员是什么东西，我最恨骗人。可是我的动议没有被采纳，那个编辑最终以挨一次新的处分了事，而那个女技术员不得不调离电台。

他们也给自己出了气，因为他们把我说成是一个恶魔，一头发了疯的野兽，好一番铺天盖地的议论。他们想方设法窥探我的隐私，那恰恰是我的致命弱点，一个女人不能没有感情生活，要不然就不成其为女人了。为什么要否认这一点呢？既然我在自己的家里受到欺骗，我就在别处寻找爱情，何况我虽说是找，但其实也并没有真的做什么。忽然有一天，有人在会上拿这个攻击我，说我是个伪君子，我对一些人以破坏家庭为由把他们弄臭，我总恨不得把这些人驱逐出党，把他们赶走，把他们消灭掉，可恰恰我自己对丈夫不忠诚到了极点。他们在会上当面这么说，背地里把我糟蹋得更厉害，说我表面上做给别人看的时候，简直装得像个圣女，骨子里却是个婊子。他们似乎根本无法理解，正是因为我知道不幸的婚姻是什么滋味，出于这样一个再简单不过的原因，我才对别人严格要求；并不是我恨这些人，而是出于爱护他们，出于对爱情的卫护，出于对他们家庭和子女的爱护，因为我愿意帮他们一把，我自己有孩子和家庭，所以我为他们担惊受怕！

可怎么说呢，他们也许有理吧，我可能真是一个恶毒女人，而且实在也应该让人们有自己的自由，谁都没有权利介入别人的私事，也许我们真的是把我们这个世界想象错了，我成了个地地道道的恶侦探，老把自己的鼻子伸到跟自己毫不相干的事情里去。不过我，我就是这么个人，只会怎么想就怎么做，现在要改变已经太晚了。我始终认为，无论如何，一个人没法变成几个人，只有不老实的资产阶级分子才会人前一套和人后一套。这是我的信条，我以前一直按这个信条行事，这一次和以前一样。

我变得可恶了，我接受这个说法，用不着来问我为什么，我极其厌恶那些轻佻的小姑娘，那些浪姐儿仗着青春年少，对比她们年纪略大一些的女人没有一丝一毫的团结精神，倒像她们永远不会有到三十、三十五、四十岁的那一天似的，到那时候她们别来对我诉苦，说还爱着他。这种女人哪里懂什么爱情，还不是跟什么人都睡觉，倒也大方，恬不知耻，要是有人因为我已经结了婚，又交过几个朋友，就把我和那些浪姐儿相提并论，那我会感到莫大的侮辱。不同的是，我始终在追求爱情，如果我有时错了，发现所遇非所求，我会觉得浑身起鸡皮疙瘩，掉头而去，再到别处寻找。但是我很清楚，要我断然忘掉青春时期的爱情梦，破釜沉舟，沦入那没有羞恶心、不知检点、不讲道德的境地倒也容易。那种地步就是一种古怪而且丑恶的自由，只要听到男子躯体里那性的搏动，那头野兽，就顾不得其他了。

我也同样清楚，一旦越过那条界线，我就不再是我了，我会变成另外一个人，一个不知什么样的人。这种可怕的变化使我胆战心惊，所以我一直在强烈的失落感中拼命寻求爱情。这种爱情，应该让我能继续生活在往昔与今日一致的爱情憧憬、爱情理想之中，因为我不愿意把我的生活从中间分割，我要它自始至终贯穿如一。正因为如此，我认识了你，竟然会这样目眩神摇，路德维克，路德维克……

3

我第一次踏进他办公室的情景，真可说是有点可笑。他并没有特别可攫住我心的地方，我不觉拘束，告诉他我需要他提供什么情况，我本人对这次连续广播报道是怎么考虑的。可是后来当他开口对我说话的时候，我突然发现自己慌张起来，结结巴巴，笨嘴拙舌地说不清楚；而他见我慌乱，马上就把话题转到我的身上，问我是否结婚了，有没有孩子，我假期爱上哪儿去，他说我显得年轻，我漂亮，他想方设法减轻我的怯阵心理。这是他的好意。我以前见识过那么多夸夸其谈的家伙，只会摆迷魂阵，他们所懂的东西还不及他的十分之一，而要是换了巴维尔，他就会自吹自擂个没完。但可笑的是，经过一刻钟的交谈之后，我头脑里的思路一点也不比采访他以前更清楚一些。回到家，我趴在自己的稿子上，但也毫无起色，不过这样对我倒也不错，至少我有了给他打电话的借口，问他肯不肯看一看我已写出来的东西。我们在一家咖啡馆又见了面。我那倒霉的广播报道稿一共四页，他态度十分礼貌地读了一遍，而且微微一笑，说稿子非常好。从一开始他就让我从话里听出一个意思，他对作为女人的我而不是记者的我感兴趣，我不知道该高兴还是气恼。归根结底，他表现得风度翩翩，我们相互理解，他不是那种两耳不闻窗外事的知识分子；那种人使我受不了，他阅历丰富，甚至在矿下也干过。我告诉他，我喜欢像他这样的人。但是，最为使我意想不到的是，他原来是摩拉维亚人，参加过一个扬琴乐团。我简直难以相信自己的耳朵，竟然听见别人提起我生活中的火车头，我的青年时期仿佛又从遥远的地方回到我的身边，我为路德维克所倾倒。

他问我，我品行端方的一天里都做些什么事。我一一数给他听，他用半是玩笑、半是怜悯的语气对我说，“你的生活很糟糕，埃莱娜。”这话至今犹在我耳边。然后他又告诫我必须改一改，我应当下决心过另外一种生活，要使自己得到一点生活的乐趣。我告诉他，我根本不反对快乐，而且我一直是崇尚快乐的，现在到处以哀哀怨怨、无精打采为时髦使我很气愤。他反驳道，我这种宣言式的大道理毫无意义，越是号称乐天的人，多半正是最凄凉悲愁的人。唉呀！我真想喊起来，你说得太对了！后来，他干脆提出第二天下午四点钟到电台门口来等我，我们一起到布拉格郊区某个风景宜人的地方去溜达溜达。我还想争辩说，算了，我是个有家的人，我不能这么着跟一个男人，一个陌生人，在树林里相伴游玩。路德维克开玩笑地回答说，他不是个男人，只是个科学家而已，而且就在这时脸上立即露出怏怏不乐的神色，很是怏怏不乐！我看到这一点，心里一热，发现他巴不得和我在一起，这真让我高兴，尤其是我已经提醒他，我是个有家的人，不应当和我多接近，但他却仍然表示要和我在一起。反正，人总是这样，越是不可及的东西就越是孜孜以求，我惬意地望着他忧伤的神色，这一瞬间，我明白他爱上了我。

第二天，一边是伏尔塔瓦河的潺潺流水，一边是树木林立的陡坡，真是富有浪漫情调。我喜欢浪漫的一切，我的举止行为多少有点出格，不合一个有十二岁丫头的妈妈身份。我嘻嘻哈哈，跑跑跳跳，拉住他的手，要他和我一起跑；我们又停下来，我的心怦怦直跳，我和他面对面站着，几乎是身贴身，路德维克微微向前倾着，飞快地给了我一个吻，我马上躲开，但仍抓着他的手；我们又重新跑了几步，我有心脏病，平时稍一动就要心跳，哪怕是上一层楼。我很快就放慢了脚步，呼吸一点一点地平和下来，不知怎么的我轻轻地哼起一支摩拉维亚曲子的开头几个节拍，那是我最心爱的曲子。当我看到他明白我的心情之后，我就放开喉咙唱起来，一点也不觉得难为情，岁月，忧虑，悲哀，种种不快全都从我的心里消失。后来，我们坐在一个小酒馆里，吃点面包、香肠，简简单单，普普通通，虽然服务员粗声粗气，桌布斑斑渍渍，但这真是一次欢乐的约会。我对路德维克说："你知道吗，我三天以后要去摩拉维亚采访众王马队游行。"他问我具体是在哪儿，等我回答以后，他说那儿正是他的故乡。这对我又是一个巧合，让我欣喜不已。路德维克说："我要腾出身来跟你一起去。"

我害怕了，我想起巴维尔，他本已给我亮起一丝希望的光芒，我不是那种对自己的婚姻无所顾忌的女人，我还是准备尽全力破镜重圆的，哪怕是为了兹德娜小乖乖；但又何必不说实话呢，主要是为了我自己，为了过去已有的一切，为了我青春的记忆。然而，我没有力量对路德维克说不行，我没有这份勇气。于是就这样，命运的骰子掷出去了，现在小兹德娜酣睡着，我心里害怕，而这个时刻路德维克已经在摩拉维亚，明天他会在我下汽车的地方接我。

第三部

路德维克

1

是的；我去闲逛了。在摩拉瓦河桥上停一会儿，望着河水流去。这摩拉瓦河多么难看(水色完全是褐色的，简直可以说河床里流的不是水，而是泥汤)；岸上又是那么寒碜：一条街上只有五幢互不毗连的富有市民居住的两层建筑，每一幢都自顾自地矗立在那儿，零零落落，孤孤凄凄。也许它们该是一个港口的雏形，但雄伟计划就再也没有了下文。其中有两幢房子饰有珐琅瓷和仿大理石的小天使，还有一些图案，但今天它们都已明显破损：天使丢了翅膀，图案的某些地方剥落，露出里面的砖，所以也看不出个名堂来。走到底，由孤凄凄的房子构成的街就到了尽头，只剩几个铁制的电线杆。野雁在草丛里徘徊，然后是田野，无边无际的田野，不知伸到哪里，摩拉瓦河的泥汤浊流就消失在其中。

一切城市，彼此都能成为一面比照的镜子；在纵览中(我童年时期虽然熟悉这景象，但并未领会出什么来)，我一眼就看见了俄斯特拉发这个矿工城。它和一个巨大的临时集体宿舍区差不多，到处是没人管理的楼房，肮脏的街道通向空无一物之地。我走了错路：原来站在这座桥上，活像是供机关枪扫射的人靶。我不想继续观望那条荒凉的街道和它那五幢散乱的房屋，因为我不愿意去想俄斯特拉发。于是我转身沿河朝上游走去。

那里有一条狭窄的小路望不到头，路旁是一排密密的白杨树。右边，一片满是荒草野树的河坡，一直下到水面；再往远处，河对岸目光所及处，是一些仓库、工场和一些不起眼的小制造厂的院子；小路左边，首先是一片没边没沿的垃圾倾卸地，接着是辽阔的田野，其间竖立着一支支高压电缆的金属架。我一面远眺这一切，一面沿着小路往前走，恍惚是在水面上踩着长长的跳板——我之所以能把这大片景象比作在宽阔的水面上，是因为感到阵阵凉意向我袭来，而且沿着这条道走就像有滚落下去的危险似的。就在这时，我觉察到，在邂逅露茜之后我本不愿再回想的东西偏偏又被眼前这景象所触发，深深埋在我心底的记忆似乎全印刻在周围我所目睹的一切事物上面：荒寂的田野、工厂的院子、仓库、浑浊的河水，还有那无处不使人感到透骨的寒气更与这全部景色混成一体。我明白了，我永远躲不脱这些记忆，我在它们的重重围困之中。

2

也不知是怎么回事，我在生活中第一次沉了船(而且由于那种并不招人喜欢的连锁作用，波及了露茜)，如今倒也不难用一种轻松甚至调侃的口气来叙述这事：事情坏就坏在我那乱开玩笑的该死的癖好上，也怪玛凯塔不懂玩笑那倒霉的不开窍上。玛凯塔是属于对无论什么事都较真的那类女人(简直是那个时代的样板)，从她们的摇篮时代起，神明就赋予她们这样一个特色：笃信一切就是她们最大的优点。我这里远非拐弯抹角影射玛凯塔可能是个头脑简单的人，根本没有这个意思，因为她可以说很有天赋，很聪明，而且那么年轻(十九岁)，她那天真的轻信多半是因为她漂亮迷人而不是因为少点心眼。在系里，人人都喜欢玛凯塔，多多少少都想得到她的欢心，不过这也不能阻止我们(至少有几个人)温和地拿她开心，完全是善意地。

当然，幽默对于玛凯塔是不协调的，更和当时的时代精神格格不入。那是在一九四八年二月后的一年级，一种新的生活开始了，确实是完全不同的生活，它的面貌，正如深深烙在我脑海里的那样，有一个特点：极为刻板地严肃；而且令人奇怪的是，这种严肃并不是带着阴沉的色彩，正相反，有一副笑吟吟的外表。是的，那些年正是被视为最欢乐的年头，谁要不是欢天喜地，谁就马上值得怀疑，怀疑他是否因为工人阶级的胜利而悲哀，或者就是沉溺于个人主义的患得患失之中(这也一样严重)。

那时候，我倒不大有个人得失的烦恼，反之我特别有兴趣开玩笑；但这并不是说，按当时要求乐观的眼光看我已做得很好：因为我的玩笑话总是太欠严肃。当时的快乐是不能容许取笑和嘲讽的，我要重申，那是一种严肃的欢欣鼓舞，它被豪迈地称为“胜利阶级的历史性乐观主义”—— 在一种凛然的苦行主义中的兴高采烈；一句话，“快乐”。

我还记得，大学里我们分成“学习小组”，小组经常开会，全体成员公开地进行批评和自我批评，在此基础上对每一个人做鉴定。当时我和许多党员一样，身兼好几个职务(在学生会里担任要职)；而且，由于我的学习成绩也不坏，所以这种鉴定，对我并没有很大麻烦。然而，虽对我的能干、勤奋、对国家和工作的积极态度，以及我的马克思主义认识都有好评，后面却往往跟着一句：我的个性中有“个人主义残余”。这样指出一点不足倒也不一定会让人在意，因为即使最优秀的人，其鉴定中也要加上一条批评性意见，这是惯例。这一个是“对革命理论不够注重”，那一个是“对他人关心不够”，又一个就是缺乏“警惕和慎重”，再有就是“对女士行为不检点”。当然，从此，万一谁卷入到某个冲突中去或者偏巧成了怀疑或否定的目标，那么这一条就不再是孤立的，也许还会有另外一条来加重它的分量，诸如“个人主义残余”或“对女士行为不检点”之类有可能变成一个灾难的苗子。仿佛是命中注定，这种祸苗在每一个人的档案卡片上都有；是的，我们人人都有。

有几次我起来反对他们指责我个人主义(倒不是因为怕，而是有什么说什么)，要学习组的同志拿出证据来。特别具体的证据，他们一点也没有。他们说：“因为你就是这样的。”“我哪样？”我问。“你老是有一种特别的笑。”“那又怎么啦？我高兴！”“不，你那笑的样子让人觉得，你笑的东西只有你知道。”

我的同志们认定我的举动和我的笑容都有一股知识分子味(那个时代众所周知的另一个贬义词)，终于我也接受了他们的意见，我不可能想象(不至于如此狂妄)大家全都错，也不可能认为革命事业本身、时代精神会错，而我个人倒正确。我开始对自己的笑有所收敛，于是很快就发现，我的内心存在一条裂痕，我分成了一个本色的我，还有一个应该是我努力想成为的我(按照时代精神的要求)。

然而我究竟是个什么样的人呢？我现在愿意老老实实地回答这个问题：我是一个有着多副面孔的人。

而且面孔越来越多。放假前一个月左右，我开始去接近玛凯塔(她一年级，我二年级)。我千方百计要引起她的注意，那蠢劲儿和古往今来任何二十岁的小伙子毫无二致：我给自己造出一个假面具；我俨然一副老成的样子(好像经验丰富，思想成熟)；我装出对什么都持客观态度的样子，居高临下地看世界，似乎在自身之外又包上了一层，让人看不见摸不透，足以拦住枪林弹雨。我认为(其实也对)，玩笑就清楚地表明了客观距离。如果说，我本来就好说笑话，那么在玛凯塔跟前，我更硬搞噱头，特别卖力。

但是，我当时究竟是怎样一个人呢？我在这里不得不重申：我是一个有着好几副面孔的人。

在大会小会上，我庄重、热情、坚定；和最亲密的伙伴们在一起，我又爱笑爱闹；对着玛凯塔，我喜欢冷嘲热讽，竭尽挖苦之能事；独自一人的时候(还有惦念玛凯塔的时候)，就像个中学生一样，没有主意，烦躁不安。

是不是只有这最后一张面孔才是真的呢？

才不是呢。张张面孔都是真的：我不是那种伪君子，只有一副真面目，其余全是假的。我之所以有多副面孔，是因为当时我年轻，自己也不知道自己是什么样的人，也不知道该成为怎样的一个人(各副面孔难以相互协调也使我害怕，无论要以哪张面孔出现，我都不会得心应手；而在面具的背后，我优柔寡断，十分茫然)。

爱情的心理和生理的机制非常复杂，在一生的某个时期，年轻小伙子会全身心陷入对爱情的追求，有时反倒把爱的对象——

他心爱的女子丢却了(好像一个功底不够的年轻小提琴手，技法尚未成熟，就尽想着运用手法，反而不能用心于曲子的内涵)。我刚才谈了自己在想念玛凯塔时曾经有过的惶惑，简直和个中学生差不多。今天我还要加上一句，由于堕入了情网，我那份痴心，又缺乏自信心，倒比玛凯塔本人还厉害，搅得我在感情和思想上压力沉重。

针对自己的优柔寡断和傻里傻气，我采用在玛凯塔面前显出高她一筹的办法：我事事和她相左，或者干脆对她的一切意见都加以嘲弄。这么做倒并不困难，因为她虽聪慧，却是个心地单纯的老实姑娘(和所有的美人一样，她的美貌给人以一种难以亲近的印象)。她总是不能透过事情看问题的本质，而停留于就事论事。她对植物学的悟性很好，可是对学习小组同学的打趣却往往不开窍。对当时的各种狂热，她虽无不随从，然而对于在“只要目的正确可以采用一切手段”格言指导下进行的政治活动，她的理解力也像对伙伴们的打趣一样卡壳。鉴于此，同志们认为，还应当让她对革命运动的战略和战术意义有进一步认识，以激发她更大的热情。大家于是决定，她在暑假期间应当去参加为期两周的党课培训班。

这个决定对我一点儿也不好，因为这两个星期，我正好打算和玛凯塔在布拉格一起度过，由此把我俩的关系推进到某种程度(直至目前为止，这种关系仅限于一起散散步、聊聊天和几次接吻)，我没有别的选择，只有这两个星期(后一个月我必须到一个农业生产队去，假期的最后两周我得去摩拉维亚看妈妈)，所以，当我看到玛凯塔一点也不因为要去培训而像我一样着急，甚至还当我面说很高兴能去培训，我简直气坏了!

她从培训班(安排在波希米亚中部地区的一个大古堡)寄给我一封十分符合她个性的信：凡她所经历的一切，她都高兴地大加渲染，无论是一刻钟的出早操，听报告，讨论，唱歌，样样都使她称心；她在信里对我说，那里洋溢着“健康精神”；她还像得了天机似的，居然还说革命在西方国家爆发已为时不远了。

总的说来，我和玛凯塔的每一种观点其实都很一致，我也相信，西欧的革命只在早晚了，只有一点我和她不同，那就是：她高兴，心满意足，而我却因她而烦恼不堪。于是，我去买了一张明信片(想让她也难受难受，给她当头一棒，拿她的观点把她捉弄一番)，提笔写道：乐观主义是人民的鸦片！健康精神是冒傻气。托洛茨基万岁！路德维克。

3

玛凯塔回应我那张抬杠式明信片的是一张极其简短、措词平淡的明信片，而对我放假后先后寄去的几封信则毫无反应。我当时正在某个山区，和一群大学生割草劳动，玛凯塔的不理不睬使我心情抑郁。我从山里给她写了几封几乎完全谈琐事的信，带着一种央求和惆怅的情调；我请她务必使我们至少在暑假的最后半个月里见面，只要能和她在一起，什么地方都行，我已经准备好不回家去看望已被我冷落的母亲了。这一切不仅是因为我爱她，而且主要还是因为在我的圈子里她是惟一的女性，而我作为一个没有异性朋友的小伙子来说，这种处境是难堪的。然而，玛凯塔始终音信全无。

我不明白究竟出了什么事。八月，我去了布拉格，终于在她家找到她。我们又一次按往常一样在伏尔塔瓦河边和叫做皇家草场的小岛上散步(这片单调的草场上长着许多白杨树，还有几个荒废的运动场)，玛凯塔硬说我们之间没有什么变化，所以她对我也还是一如既往，只不过这种没有变化的常态(没有变化的吻，没有变化的谈话，没有变化的微笑)很令人沮丧。当我向玛凯塔提出第二天再见面的时候，她让我给她打电话，然后再约定时间。

我给她打了电话；电话里一个女人，但不是她的声音，对我说玛凯塔已经离开了布拉格。

我垂头丧气，那程度只有当一个小伙子已二十岁了却连一个女朋友也谈不上的时候才会有的那样。我当时还差不多是个腼腆的毛头孩子，只体验过有限的几次肌肤之亲，何况还是那么短促，半半拉拉的；可就是这么几次就让人怎么也丢不开放不下。日子长得叫人受不了，难以打发；我看不进书，工作又干不起来，只好一天看三场电影，一场接一场，早场、夜场一次不落，无非为了消磨时光，我的心底像有只猫头鹰老在叫唤，我必须忍住不去听。玛凯塔满以为我大约不再以此为意，凭着我精心装扮出的那副神气，跟女士们常来常往，可我在街上连向姑娘们开口都不敢，她们漂亮的双腿使我心里隐隐发痛。

于是，我眼巴巴等着九月，它终于来了，学校开学了，我得提前两三天到，重新开始我在学生会里的工作，还有一大堆各种各样的事务。我在学生会里有一间独用的办公室。可是开学刚第二天，就有一个电话要我去党委书记处。从这一时刻起，所发生的一切事情，哪怕是细枝末节后来都深深刻在我的记忆里：那天阳光灿烂，我走出学生会的大楼，积在我心里整整一暑假的沉郁顿时如烟消云散。我怀着愉快和急不可耐的心情朝书记处走去。我按了门铃，给我开门的是党委主席——一个高个儿窄脸盘的年轻人，淡色的头发，一对极地蓝的眼睛。我像当时共产党员相互致意时那样，说:“光荣归于劳动。”他没有回答我的致敬，说:“到里面去，有人在那里等你。”里面，即书记处的最末一间屋子里，有大学生党委的三个成员等着我。他们让我坐下。我坐下了，觉得气氛不对头。那三个同志本都是我很熟悉的，过去常和他们嘻嘻哈哈聊天，这时他们紧紧绷着脸；当然，他们仍称我为“你”而不是“您”(根据同志之间的原则)，只是除了一点，即这个“你”已经不再是朋友式的，而是公事公办而且带有威慑意味的“你”。(老实说，打那以后直到今天我对称呼“你”就有一种反感；本来，这个称呼表示信任和亲切，但如果互相直呼“你”的人一点也不亲切，那么这“你”就立刻有了一种相反的效果，一种不客气的态度，所以一个统统以“你”称呼人的世界并非是一个到处情深谊长的天地，而是一个没有尊重的世界。)

我于是就面对直呼我为“你”的三个大学生坐下来。他们向我提出第一个问题：我是否认识玛凯塔，我说认识她。他们问我是否和她通过信，我回答说通过。他们问我记不记得给她写过些什么，我说我想不起来了。不过那张抬杠的明信片忽然在我眼前浮现，我开始辨别起风向。你没法想起来了吗？他们问我。想不起来了，我回答。那么玛凯塔，她给你写些什么？我耸耸肩膀，想使他们产生一个印象：她信里谈到的都是私事，我不能在这里说。关于培训班，她什么也没向你提吗？他们问我。对了，我说，提过的。说了些什么？说她在那儿很满意，我回答。还说些什么？还说会上发言很有意思，整个集体很好，我说。她跟你说了整个培训班精神健康没有？说了，我回答，她大致写过这个意思。她给你写了她开始认识到乐观主义的力量没有？他们接着问。是的，我说。那么你呢？你对乐观主义怎么看？他们问。乐观主义？我应该对它怎么看？我反问。你认为自己是个乐观主义者吗？他们问我。当然，我底气不足地回答。我爱开玩笑，我是个特别爱乐呵的人，我这样来回答，想使盘问变得稍微轻松一些。即使一个虚无主义者也可以是乐呵呵的，他甚至可以奚落正在痛苦中煎熬的人，其中一个人说。接着，他又说：一个厚颜无耻的人也可以是乐呵呵的！你是不是认为不要乐观主义也可以建设起社会主义？另一个人问。不行，我说。照这么说来，你是不赞成我们的社会主义建设的啰！第三个人宣布说。怎么会呢？我否认道。因为在你看来，乐观主义是人民的鸦片！他们气忿忿地说。什么？人民的鸦片？我反问。你别想抵赖，是你自己这么写的！马克思把宗教比喻为人民的鸦片，可是在你的眼里，鸦片倒是我们的乐观主义！你给玛凯塔就是这么写的。我倒是想听听，要是我们的工人，超额完成计划的先进工作者得知他们的乐观主义就是鸦片，他们会怎么说。另一个人语气激烈地跟着说道。第三个马上接下去：对于一个托洛茨基分子，建设者的乐观主义就只能是鸦片，不会是别的。所以你，你就是个托洛茨基分子！老天爷，你们从哪儿听来的？我分辩说。不是你自己这么写的吗，对不对？我可能写过这样的话，不过那是闹着玩的，这至少已经是两个多月以前的事，我记不清了。我们可以帮你回忆回忆，他们说着，就读起我的那张明信片来：乐观主义是人民的鸦片！健康精神是冒傻气！托洛茨基万岁！路德维克。在这政治书记处小小的空间，这几句话竟像是如雷轰顶，顿时把我吓坏了，我觉得它们似有千钧之力，自己万难招架。同志们，我当时不过是写着玩儿的。我说道，可我觉得没人肯相信我。你们觉得这么写好玩吗，你们说说？三个同志里的一个向其他两人问道。他们摇摇头。你们最好去问玛凯塔！我说。我们认识她，他们回答。唉，其实是这么回事，我说，玛凯塔总把什么都信以为真的，过去我们老是故意取笑来气气她。有意思，一个同志说道，可根据你后来的几封信看，我们似乎没看出来你对玛凯塔不认真呀。什么，你们把我写给玛凯塔的信全都看了？所以说，另一个插嘴了，你用玛凯塔把什么都信以为真做借口，你就拿她开心取笑。那你就给我们说说吧，她把什么东西信以为真呢？譬如说，把党，把乐观主义，把纪律，信以为真了，不对吗？ 这一切，她是认真相信的，而你，却拿来逗乐。同志们，请你们理解我，我说，我记不起是怎么写那几句话的了，当时写得很快，这么涂了几句，开开玩笑，我甚至想也没想一想我自己在瞎写什么，要是我真有什么恶意，我也就不会把它寄到党课培训班去了！你是怎么写出来的，这也许没有什么要紧。不管你当时写得快还是写得慢，放在腿上写的还是桌上写的，反正你只能写你心里想的事，不会是别的。要是你思前想后的话，当然有可能不会写出这些话来。只有这样写，你才不是装假的。这么一来，我们至少可以知道你是怎样一个人了。我们知道你这个人有好几副面孔，一副是给党看的，还有一副是给别人看的。这时我感到，从此以后再分辩也无济于事。我翻来覆去跟他们说：那完全是开玩笑，那些话并没有什么深意，无非是反映我当时的情绪，诸如此类。他们根本听不进去。他们说我已经把我的格言公开写在明信片上了，谁都可以看，这些话自有其客观的意义，而且上面也不曾附带任何说明我情绪如何的话。这些都说完了以后，他们问我都曾经读过托洛茨基的什么书。没读过，我对他们说。他们问我是谁把这类书借给我的。没有人借给我，我对他们说。他们问我和哪些托派分子见过面。没见过一个，我对他们说。他们向我当场宣布解除我在学生会的一切职务，并要我把办公室钥匙交还给他们。钥匙就在我口袋里，我就交给了他们。他们随后又说：在党内，我所在的理科系基层党组织将会对我进行处理。他们连瞧也没瞧我一眼就站了起来。我说："光荣归于劳动。"他们离开了。

过了一会儿我才想起来，我那间学生会办公室里还有我的许多东西。我从来也不是一个会收拾的人，所以，有一双鞋还在办公桌抽屉里，还有一些个人的信。此外，在一个放满文件的柜子里，扔着一个咬过的蛋糕，是妈妈从家里给我寄来的。刚才，我已经把钥匙还给区书记处的人了，确实如此，但还有一把在楼底门房那里，与许多其他钥匙一起串在一块木板上，我把它取来了。至今我对这些连细节全都记得清清楚楚：可以开我门的那把钥匙上用结结实实的麻线拴着一块小小的木牌，牌子上有漆成白色的办公室号码。于是，我用这把钥匙进了屋，坐到办公桌跟前，打开抽屉，开始把属于我的东西全部都拿出来。我并不匆忙，有点心不在焉，因为在这相对安静的片刻，我正在思考自己到底出了什么事，又该怎么办。

刚过一会儿，门开了。书记处的三位同志又到了我面前。这一次，他们的脸不再是冷冷的，也不是毫无表情了。他们现在气愤地说起来，声音很大。尤其是最矮的那一个，党委管干部的那个。他厉声问我怎么进来的，有什么权利进来，我是不是想让他叫安全部的警察来把我带走，我到办公室来翻什么。我说我来只是要拿走蛋糕和鞋。他对我说即使有满柜子的鞋在这儿，我也没有一丁点儿权利闯进来。然后他走到抽屉那儿，一页页地查看里面的纸张和本子。其实那儿真的只有我个人的东西，所以最后他还是让我当着他的面把那些东西放进一只小提箱。我把那双又皱又脏的鞋胡乱塞了进去，把原在柜子里的蛋糕也放到里面，垫蛋糕的那张纸油乎乎的沾着许多碎屑。他们监视着我的一举一动。我提着小箱子走出屋子。那个管干部的对我说，以后再不许在这儿露面，算是跟我告别的话。

我一离开区里的那几位同志，脱离了他们盘问我的那种战无不胜的逻辑，我就觉得自己很冤枉，不管怎么样我的那几句话也没什么大不了，我应该去找一个熟悉玛凯塔的人，把心里怎么想的诉一诉，这个人一定会理解这件事从头到尾都是可笑的。我去找了我们系的一个大学生，一个党员。当我向他把全部情况说完以后，他表示区书记处那些人实在太过分，对玩笑一点也不懂，而他是认识玛凯塔的，完全能想象得出是怎么回事。按照他的意思，我现在应当去找泽马内克。泽马内克将是我们系的党组织主席，毕竟他认识玛凯塔，也认识我。

4

泽马内克将是下届党组织主席，这对我真是个好消息。因为我的的确确认识他，而且满有把握能得到他的同情，哪怕只看在我是摩拉维亚人的面上。泽马内克实在喜欢摩拉维亚歌曲。那个时候特别流行唱民间歌曲，唱得还要带那么一点乡土味，把双手高举过头，而且要有一副地道的、从娘胎里带出来的劳动人民的模样，这往往是出现在舞蹈的某些段落之中，并由扬琴伴奏。

算来算去理科系里真正的摩拉维亚人就我一个，这使我多少有些特殊地位。每当有重大场合，例如集会，节日或五一节的时候，同志们就请我亮出单簧管，再加上两三个从同学中遴选出来的爱好者，也就算可以演奏地道的摩拉维亚音乐了。于是，连着两年(靠一支单簧管、一把小提琴和一把低音大提琴)，我们参加了五一游行。泽马内克是个漂亮小伙子，很爱出风头，也来加入我们的队伍。他穿着一套借来的民族服装，一只胳膊向上举着，边走边跳舞，嘴里还唱着。这个生在布拉格又长在布拉格的小伙子，从来不曾到过摩拉维亚，可扮起我们那儿的人来味道十足。我满怀友情地望着他，心里十分高兴，因为我可爱的家乡自古以来就是民间艺术的发祥地，它的音乐居然如此受人喜爱。

再说，泽马内克认识玛凯塔，这又是一个有利因素。大学生活使我们三人常有机会碰在一起。有一天(我们一大群人的时候)我瞎编说，在捷克的山区里生活着一些侏儒部落；还有根有据地说是从一部科学著作里看来的，一本有关这个令人关注的问题的专著。玛凯塔很惊讶，说是从来没有听说过这事。我说那没有什么可奇怪的：资产阶级的科学当然会故意闭口不谈这些侏儒的存在，因为资本家把他们像奴隶一样来贩卖。

“那么应当好好写篇文章揭一揭！”玛凯塔大声说，“为什么没有人写呢？这是揭露资本家的一个很好证据！”

“也许是因为考虑到这个问题有点微妙，”我若有所思地说，“不好下笔。侏儒性爱能力特殊，所以属于不可多得，我们共和国把他们秘密出口换取大量外汇，向法国出口最多，那些青春已过的资本家阔太太喜欢买他们去当仆人，当然其实是为了以另一种方式去糟践他们。”

同学们都忍着不笑，他们觉得最滑稽的并不是我那胡编乱造的荒唐话，倒是玛凯塔听得入神的那副样子，她总是随时会为某事(或反对某事)挺身而出。同学们咬住嘴唇不笑，免得败了玛凯塔大长见识的兴致。有几个(泽马内克也在内，而且特别起劲)还异口同声附和我，忙不迭证明我那关于侏儒的消息千真万确。

我至今还记得，由于玛凯塔当时很想知道这些侏儒究竟是什么样子，泽马内克一本正经地肯定说，齐库拉教授——玛凯塔和同学们有幸常在学校讲台上见到的那位——就是侏儒的后裔，他的父亲或母亲，二者中有一个是侏儒血统。据说乌尔讲师曾经告诉过泽马内克，记不清在哪个暑假，他和齐库拉夫妇同在一家旅馆下榻。那两人相加不到三米高。一天早上，他不知夫妇俩仍在睡觉，撞进他们的房间，一下子呆住了：两人同在床上，但不是并排，而是头脚相连，齐库拉蜷身在床尾，妻子睡在床头。

"是啊，"我加以证实，"既然如此，那么毫无疑问，不仅是齐库拉而且他的老伴，籍贯都是捷克山区人，出身于侏儒族，原因是，一个在另一个脚下躺着睡觉是这个山区所有侏儒的返祖习惯。再说在往昔，侏儒族从来不按圆形或方形来营造栖身之所，而总是造长条形，因为不仅夫妻如此，就是整个氏系都习惯于排成串睡觉。"

在我觉得天昏地黑的时刻，当我想起那天七嘴八舌胡诌的情景时，心头似乎闪现出一点点希望的火花。马上就要由泽马内克来处理我这个案子，而他既了解我爱逗乐的作风，又熟知玛凯塔，他会理解到我写给她的那张明信片无非是恶作剧罢了，和一个大家都挺喜欢又常和她一起闹着玩的姑娘逗逗趣儿罢了。于是，我一遇见泽马内克，就赶紧把我的麻烦告诉他。他仔细听了，皱起眉头说他会考虑的。

然而，我的日子难挨；我还和以前一样去听课，等待着。我老是被叫到各级党委，他们着力于确认我是否是某个托派的喽啰；我则竭尽所能地表示我连什么是托洛茨基主义还不甚了了。我拼命去捕捉那些来调查的同志的每一个眼色，恨不能从中分辨出一丝信任来。偶尔也有这样的机会，我竟至于对这样的目光念念不忘，耐心地期待着从中迸发出一丝希望。

玛凯塔始终回避我。我很明白，她的那种态度和我那张明信片事件有关，所以出于自尊心，也出于懊恼，我不肯问她任何事情。不过有一天，她自己在学校走廊里把我拦住了："我想和你谈件事。"

于是，在相隔几个月之后，我们又一起出去散步。秋天早已来临，我们两人都缩着脖子，裹在长长的雨衣里——那个时代大家都穿这种衣服(那是一个绝对不讲美的时代)。天下着濛濛细雨，码头上的树木光秃秃地一片黑色。玛凯塔一一告诉我事情是怎么发生的：她当时在假期培训班，同志们和领导忽然把她找去问她是否收到一些信件。她说是。他们问是从哪儿写来的。她说是妈妈给她写信。还有别人给她写吗？偶然也有，一个同学。她说。你能说说是谁吗？他们追问。她说了我的名字。他给你写些什么，这位扬同志？她耸耸肩膀，因为说实在的，她不想提起我明信片上的那几句话。你也给他写信吗？他们又问。写了，当然。她说。他写的什么？他们问。她躲闪地答道，谈些培训班等等的事。你喜欢培训班吗？他们问她。喜欢，很喜欢。她回答。那么你这么给他写了吗？是的，当然了。她答道。那么他呢，他说什么？他？玛凯塔躲躲闪闪地反问，你们知道，他这个人很怪，你们要是知道他就好了。我们知道他，他们说，而且我们很想知道他给你是怎么写的。你能不能给我们看看他那张明信片？

“你可千万别怪我，”玛凯塔补上一句道，“我完全是没法子才给他们看明信片的。”

“你不要道歉，”我对玛凯塔说，“其实他们在找你谈话以前早就知道了，不然的话，他们不可能找你去谈。”

“我一点也不是想道歉，而且我也并不因为把明信片给他们看了而感到难为情，你千万别想错了。你是个党员，党有权利知道你是怎样一个人，你是怎么想的。”玛凯塔反驳我说。她后来告诉我，我给她写的内容把她吓坏了，因为我们人人都知道托洛茨基是我们最凶恶的敌人，我们的一切奋斗目标和生活理想，他都反对。

我又能向玛凯塔怎么解释呢？我请她讲下去，说说后来的情况。

玛凯塔说他们读了明信片的全文，露出惊愕的神态。他们问她怎么想的。她说这太不像话了。他们问她为什么当时不直接把明信片送到他们那儿去。她耸耸肩膀。他们问她是否不知道应该提高警惕这一条原则。她低下了头。他们问她知道不知道党还有很多敌人。她对他们说是知道的，可是她不认为扬同志会是……

他们问她对我是不是很了解。他们问她我这个人怎么样。她说我这个人很怪。毫无疑问，她认为我是个可靠的共产党员，但有的时候会讲一些作为一个共产党员不容许说的话。他们问她比如说是哪些话。她说具体记不起来了，不过她说我这个人拿什么都不当回事。他们说这张明信片清楚地表明了这一点。她对他们说在很多问题上她都和我争论。还有她对他们说我在会上发表的意见经常是和大家、和她不一样的。按她的话说，我在会上非常积极热情，但和她在一起的时候，我拿什么都大开玩笑，对一切都嗤之以鼻。他们问她这样的人她是不是认为还可以做共产党员。她只是耸耸肩膀算是回答。他们问她，如果党员全在散布什么乐观主义是人民鸦片之类的言论，党还能不能建设社会主义。她说党要是这样就不能建设社会主义了。他们对她说这就够了。还说，她目前什么也不要向我提起，因为他们要监视我后来写些什么。她告诉他们，她再也不想见到我了。他们批评她说这不对，相反她还应当继续给我写信，至少暂时还要写，好让我充分暴露。

“那么后来你把我的信件都给他们看了？”我问玛凯塔，我记起了自己那些感情的倾吐，心里真觉难为情。

“我有什么办法？”玛凯塔说，“可我这边出事以后，我实在没有心思再给你写信了。我还不至于到喜欢给人当诱饵而跟人通信的份上！后来我只给你寄过一张明信片，以后就断了。我不想碰见你，因为人家不许我向你透风，再说我也怕你来问我，那样的话我就不得不硬着头皮跟你说假话了，我说假话心里不舒服。”

我问玛凯塔既然这样，今天又为什么要来找我呢？

她说是因为泽马内克同志的缘故。开学后的第二天，他在系里过道上碰见她，把她带到一间小办公室，那是理科系党组织的书记处。他告诉她，他已经收到一份报告，谈到我给她寄明信片到培训班的事，明信片上写的是反党言论。他问她究竟是哪些言论。她说了。他问她的看法如何。她声明谴责这种言论。他说这样才对，而且担心她是否还会继续和我来往。她心里很慌乱，回答是支支吾吾的。他告诉她，培训班寄给系里一份报告对她十分肯定，系党组织准备找她谈话。她说为此很高兴。他又告诉她，他无意干涉她的个人生活，但他认为物以类聚，所以如果选择我，那对她就很不利了。

玛凯塔也承认，这个问题反反复复在她脑子里转来转去好几个星期了。其实我们已经有几个月没有见面，所以泽马内克的忠告实际是多余的。然而他的这番话反而使玛凯塔琢磨起来：一个鼓动人家因为男朋友犯了错误就和男朋友断绝关系的人是不是有些心狠，违背道德；再往下推理，她自己已经先和我分了手，这是不是也不对呢。她去找暑假培训班的一个领导同志，问他，原先不准她在明信片事件上向我透一点风的决定是否仍然有效。得知已经没有什么可保密的时候，她才拦住我要跟我谈谈的。

她这时向我娓娓诉说心里的苦恼和内疚：是的，她曾经下决心不再见我，这也不对；说到底，没有一个人——哪怕他犯了极大的错误，是不可救药的。她记起苏联电影《名誉法庭》(当时在党内是极受推崇的片子)说的是苏联一个搞研究的医生，他把自己的发现首先给国外应用而不是使本国同胞先受益，这是一种世界主义(当时又一个人人皆知的贬义词)，甚至是叛国。玛凯塔声音抖抖地援引电影的结论说：这个学者最后被他的同事所组成的名誉审判团判刑，但是爱他的妻子却并没有扔下屈辱的丈夫，而是想尽一切方法促使他鼓起勇气来改正严重的错误。

“所以，你决心不抛弃我。”我说。

“是的。”玛凯塔拉起我的手说。

“可是告诉我，玛凯塔，你是不是认为我真的犯了罪呢？”

“是的，我认为是犯罪。”玛凯塔说。

“那你看，我还能不能继续做党员呢？”

“不能，路德维克，我认为你不能做了。”

我知道，玛凯塔投身于一种冒险——看来她已经一心一意地在体验这种冒险的情感——如果我加入进去，那么我就会达到我所奋斗的目标，这个目标正是我几个月来梦寐以求而未可得的：现在她被一种仗义救人的狂热所推动，就像是一只有蒸汽动力的船一样开起来，她会把什么都交给我。当然，有一个条件：就是她舍身赎罪的使命感必须得到回报。为了达到这种满足，关键在于赎罪的对象(可叹，就是我！)要承认自己罪孽深重，十分深重。

但是我不能这样做。现在目标——玛凯塔这个人已近在咫尺，然而我不能以这样的代价来得到她，我无法认罪，也无法接受这样的判决。悉听别人——哪怕和我很亲密，来认可这样的错误和裁决，我不能。

我并不同意玛凯塔的做法；我回绝了她的帮助，就等于失去了她，但难道我真的觉得自己是清白的吗？当然，我仍不断地在想这整个事件多么可笑，然而同时我也开始用审查我的人的目光来看待明信片上的那三句话。这三句成问题的话使我不寒而栗：在大开玩笑的外壳下，这几句话反映了某种十分严重的东西，也就是说，我以前并没有整个儿融入党的肌体之中，我从来不曾是一个真正的无产阶级革命者，而是简单地(!)下了个决心，就“加入了革命队伍”。(可以说，我们并没有真正觉得，献身于革命不仅是一次抉择，而且是真干的问题；或者说，要么我们是革命者，和革命运动融合成一体，要么我们其实不革命，仅是想当革命者而已；但在这种情况下，自己就会因为“有异心”而心虚，有罪恶感。)

当我今天回想到自己当年的那种处境时，就会联想起基督教那无边的威力。教会给信徒灌输了原罪是根本的、无时不在的概念。当时我也就是这样站在革命和党的面前低头认罪(我们人人如此)，所以我渐渐地接受了这种思想：即我的那几句话——虽然是开玩笑，却并不因此而不算一种犯罪，我开始在心里自谴自责：我对自己说，那短短三句话并不真的是那么无缘无故冒出来的，并非完全出于偶然，同志们早就(肯定是有道理的)批评过我有“个人主义的残余”；我觉得，我已自命不凡到了极点，对自己的才学、大学生的身份和作为知识分子的前途踌躇满志。我的父亲本是工人，死于大战中的集中营，他大概不会理解我这样的狂傲。我责怪自己，父亲的工人意识在我的身上——可叹！——已丧失殆尽；我责备自己的种种劣迹，最后终于自认该当受到惩罚。从此之后，我一心只想朝这个方向努力：不被开除出党，由此不被划为党的敌人。我从少年时代起就选择了跟党走这条道路，而且一直衷心追随，而今我成了党的仇敌，这使我太痛心了。

这样的引咎自责——同时又是哀告一样的辩护，我在脑海里进行了百十次，在各级党委面前进行了不下十次。而最后到了系里极其郑重的全体大会上，泽马内克首先提出了一份对我和我的错误所拟的报告(效果极佳、才气横溢，使人经久难忘)，然后以组织的名义建议把我开除出党。在我作了自我批评之后开的讨论会对我很不利。没有一个人出来为我说话，结果到了后来，全体(百十来人中有我最亲近的老师和学生干部)，的的确确是全体，甚至一个不落都举手表示同意，不但要把我开除出党，而且还勒令我退学(我却丝毫没有料到会这样)。

会后当晚我就乘火车回家去了，不过这样回家我的心也不能踏实，因此一连多天，我没有勇气把这祸事向母亲说穿，她还一直为我上大学而高兴。相反，第二天，我的中学老同学、当年在扬琴乐团演出时的伙伴雅洛斯拉夫就来了。他见到我在家里喜出望外：因为他两天后就要结婚，希望我当证婚人。怎么能拂一个老朋友的美意呢？我就只好以一个盛大婚礼来庆祝我的落难了。

最别出心裁的是，因为雅洛斯拉夫深爱摩拉维亚，执著地崇尚民俗，他要借自己婚礼之机，把在这方面的得意之想付诸实施，打算按民间的古老习惯来操办庆典：要有民族服饰、扬琴乐团，有“老长辈”来读祝颂词，要抱着新娘过门槛，咏唱歌曲等等。总而言之，这从头至尾一整天的庆祝仪式，雅洛斯拉夫并不是单凭老人的记忆，而是查阅了许多民俗学教科书才得以编排出来。然而，我还是发现了一个奇怪之处：我的老同学雅洛斯拉夫，新近当上了一个相当兴旺发达的歌舞团编导，虽然遵从了一切可能的老习俗，但是他特意和伴婚仪仗队不进教堂(显然是考虑到他的前途，服从了提倡无神论的号召)。对于一场传统的民间婚礼来说，没有神父，没有神圣的祝福，那是不可想象的，而且他让“老长辈”去读各种颂词，却小心翼翼地排除任何与《圣经》有关的内容。然而正是《圣经》中对婚姻的一些提法才是自古以来祝婚词的基本形式。

由于愁肠百结，我无法在这大喜之日一醉方休，这又使我发现，排演古代仪式本应如石间溢泻清泉一般美妙，但我在其中也闻到了异样的气味。所以，当雅洛斯拉夫要我(有感于我当年积极参加的演出）也拿起单簧管和其他演奏者坐在一起时，我谢绝了。我眼前确实浮现着最近两年的五一节时我吹奏、布拉格人泽马内克跳舞的情景：他穿着民族服装就在我的身旁，张开双臂唱着歌。我不能再把单簧管拿在手里，我觉得这种民间的吹吹打打让我多么恶心，恶心，恶心……

5

我被取消了学籍，也就不再享受推迟服兵役的优待，只能等着被征召。在此之前，两个劳务大队要召用我：我先要去修路，在靠近哥特瓦尔德夫那边的一个地方；夏末，我被召去在军需工厂做季节工。最后，一个秋天的早晨，在火车上度过一个不眠之夜以后，我便到达俄斯特拉发一个丑陋的无名小镇，进入了军营。

于是我置身于司令部的一个院子，身旁有许多被指派到同一军团的新兵；我们互相不认识；在初次相处的沉闷之中，只觉得他们身上明显地露出庸俗和古怪的气息。我们之间惟一的纽带就是前途未卜，对此我们彼此曾三言两语作过猜想。有几个人说我们是“黑帮”，也有一些人说不是，还有一些人连这个词的意思都不知道。我是知道的，我听着他们的话呆住了。

一个班长来把我们领到一个木棚。我们挤在过道里，然后又走进一间大屋子。四周的墙上有很大很大的墙报，上面贴着标语、照片和蹩脚的画；在一条横幅上用别针别着红纸剪的粗体字：我们要建设社会主义；这句话下面，有一张椅子，椅子旁站着一个体质虚弱的矮个子老头。班长指定了我们中的一个人，这个人就坐下，小老头在他脖子周围系一块白布，在靠椅子腿挂着的一个包里，掏了一会儿，取出一把推子，插入小伙子乱蓬蓬的头发之中。

把我们改造成士兵的模样有一系列的环节，而这张理发椅就标志着这个过程的第一步：我们在这张椅子上由人剃掉头发以后，又被领到下一个地方，在那个地方，我们被迫脱了个精光，把衣服卷起来塞在一个纸袋里，用绳子捆上，交到一个小窗口，我们全都光着头，赤条条地穿过走廊，到另一间屋子去领睡衣；穿着睡衣，我们跨过又一道门，去领取规定的士兵靴。然后，穿着军靴和睡衣，我们又穿过院子，到了另一个木棚，在那里，有人发给我们衬衫、短裤、毛袜子、腰带和军装(上衣的臂章是黑色的！)；我们终于走到最后一个木棚，一个士官在点我们的名，把我们编成队，给我们指定房间和铺位。

就在同一天，我们还跑去集合，吃晚饭，然后睡觉；第二天早上，起床后出发去矿下；到了堆矿场，我们的队又被分成几个劳动小组，发给工具(尖嘴镐、铲子、矿灯)，我们中谁也不知道，或者说几乎是谁也不知道怎么使用矿灯；接着，下井的笼子把我们带到地下。当我们上来时，浑身酸疼，等着我们的士官命令我们排队，把我们带回营房；我们吃午饭，下午队列训练，大扫除，政治教育，唱规定必唱的歌。一个宿舍二十个铺位，可算亲密得很。日子一天接一天，天天如此。

在最初的几天里，人们强迫我们忘掉每个人个性的做法，使我们如同生活在一团漆黑之中；毫无人性特色，都是硬性规定，干活便是我们一切人性的表现。当然，这种眼前一团黑的状况是相对而言的，是因为具体环境所造成的，而且也是因为我们还不习惯(就像一个人从亮处进入一间黑屋子里)；随着时间的推移，眼前的漆黑慢慢地褪去。终于，在这种将人作物之中，人性渐渐显露端倪。我应当承认，在当时我是最末一个学会适应亮度变化的人。

原因是我整个身心不肯接受命运的这份赠礼。所谓戴黑臂章的士兵——我也在其中——实际上不发武器，只不过练练队列，在矿井下干活而已，他们的工作是有报酬的(这一点，他们比别的部队有更多的实惠)。可是，年轻的社会主义共和国把这些人都当作敌人，所以也不肯把枪交给他们，一想到这里，报酬不报酬对我的安慰也就微不足道了。这些人是敌人，人们对我们的态度日益严酷，而且使我们还受着一种威胁，就是在法定的两年之后，服役时间可能延长。然而，最使我寒心的，还是看到我自己和被我认为是不共戴天的敌人混在一起，还是我的同志们作了把我送来的决定。

因此，我在极端的孤寂中度过了在黑帮队伍里的最初一段时间。我不愿和我的敌人交往。至于外出，在那个时期是非常困难的(一个大兵没有任何权利，外出是作为一种奖赏来赐予的)，而当这些男子汉成群结队光顾一家又一家小酒馆、找女人的时候，我宁肯一个人留下来据守我的那个角落。我懒懒地躺在宿舍的床上读些什么，甚至还在学习(对一个搞数学的人说来，一支笔和一片纸就够了)，因难以接受处境而怨艾不已。我认定在这种逆境中，我惟一的特殊使命，便是继续为自己争取“不致沦为敌人”的权利而斗争，为争取摆脱这种境地的权利而斗争。

我好几次找到连队政委，不遗余力地要他相信，我在这里与这些黑类分子为伍是一个错误，我被开除出党是因为知识分子意识，出言不逊，但我不是社会主义的敌人；我喋喋不休地解释(多少次！)那张可笑的明信片事件，但是这个事件现在已和我的黑色臂章联在一起，就一点也不可笑了，而且变得越来越扑朔迷离，似乎里面藏掖着什么东西使我讳莫如深。不过我应当坦白地说，政委毫无厌烦之意听取我的申诉，对我急切辩白的心情表示出一种理解，几乎超出我的意料。他最后当真把问题提到了上级某个部门(多么神秘的组织关系！)，只不过到头来，他把我叫去说:“你干吗要骗我？现在我知道你是个托洛茨基分子。”语气中露出某种真心的埋怨。

我开始明白，我的形象已经经过人世命运的最高法庭的判决，再也没有任何可挽回的余地。我觉得托洛茨基分子的名声(即使和本人出入再大)已经是实实在在的了，比真实的我更强不知多少倍；它绝对不再是我的影子，倒变成了我本人，而我本人却是这种名声的影子；我也明白，不能再申诉什么名不符实的问题，这个名不符实，就是我的十字架，我是不能把它卸给任何人的，注定是我要把它背起来。

尽管如此，我还是不甘心举手投降。我愿意真正地背起这个负担：将来要让人看到我不是他们所断定的那种人。

足足半个月才使我好歹习惯了矿下那累死人的活儿——手得用力握住沉重的风镐，干完后直到第二天早上我还感到全身的骨头架子在震颤。那我也不管它，还是凭良心猛干，决心要达到那些先进突击手的效率，而且没多久我就差不多做到了。

要命的是，没有一个人认为这表现了我的正确信念：因为实际上，我们这些人全都是按干多干少得报酬的(伙食费和住宿费已经给我们扣了，但我们还可领到不少钱)，所以，不管各人想法如何，许多人那么拼命干是为了在这没有希望的年头里至少还能得到点实惠。

虽然我们统统都被看作是疯狂反对社会主义制度的敌人，但社会主义组织里所有的种种政治活动在军营里也都有。我们这些社会主义制度的顽敌也在政委的监督下召开一些十来分钟的临时会议，我们还参加政治学习，办墙报，张贴社会主义国家领导人的照片，用毛笔写些诸如“前途光明”之类的标语。起初，我几乎是带着标榜自己的心情主动来承担这些工作。但是，这么做在任何人眼里都无所谓。别人不都是这么做的吗？因为他们需要让领导注意到自己，批准自己外出；至于士兵，他们没有一个人是认真来看待政治活动的，而是把政治活动看作是一种装模作样的猴儿戏，没有实在意义，是迫不得已做给那些掌握我们命运的人看的。

最后，我终于明白了，我的反抗，无非是自己的异想天开罢了，只有我自己才知道我不是名符其实的托派分子，别人可不这么认为。在那些把我们任意摆布的有军衔的士官里，有一个小个子黑头发的斯洛伐克人，他是个下士。他和其他人有所不同，态度和气，毫无以折磨人为乐的嗜好。在我们眼里他是个好人。尽管有些刻薄的人说他那副憨厚相无非是因为他蠢笨。当然，那些小士官和我们不一样，都是有枪的，时不时去进行射击练习。有一天，这个矮个子下士囊括了各种奖项打靶回来，据说他总环数第一。开会的时候，很多人都对他大加恭维(半是真心半是揶揄)；小下士只是咧嘴笑。

就在那一天，碰巧我和他一个人遇上了。出于没话找话，我问他："你使了什么鬼点子枪法能那么好？"

小个子下士打量我半天才说道："这有什么难，我嘛，我有特别的法儿。我对自己说：那不是什么铁皮靶子，那是个帝国主义鬼子。这一来，我心里气得不行，就真的中靶心了！"

我极想问他，帝国主义鬼子这个相当抽象的概念在他的脑袋里具体指的是何等样人。当他要回答我的这个问题时，声音极其严肃而且胸有成竹地向我透露说:“我真寻思不透，你们这些人干吗要来给我叫好。咱们说实话，要是打起仗来，我可是要朝你们开枪哩!”

要知道这个老实巴交的汉子从来没有大声叱骂过我们——就因为这个他后来被人调走了。当时我从他的嘴里听到这番话的时候，我顿时觉得，原来还认为有根线把我和党、和同志们维系着，现在这根线从我的手里抽掉了，再没有任何挽回的希望。我早已被人甩出了自己生活的轨道。

6

是的，一切维系都断了。

学业、政治活动、工作、友谊，完了；爱情，还有对爱情的追求，完了；统统完了。一句话，生活的整个进程，本是充满意义，都完了。给我剩下的，只有悠悠的时光。我这才切切实实领略到，时光是什么，这是从前不曾有过的体会。仅在不久以前，时光对我是那么亲密，它就是工作，就是爱情，就是各种各样都可能做的努力，我向来漫不经心地接受时光，因为它是那么不露痕迹，悄然隐藏在我的那些忙忙碌碌的背后。现在它赤裸裸地现出它的本来面目，真正的面目来到我面前，迫使我不得不直呼它时光(因为我现在在度纯粹的时光，一种真空的时光)，它怕我有片时片刻把它忘记，要我无时无刻不想着它，没有间歇地体验它是多么沉重。

当一种音乐奏起进入我们的耳朵，我们忘记了它不过是时光的一种方式；乐队戛然而止，我们听到了时光，这是纯态的时光。我现在就正在经历一个休止节拍。当然，这不是乐队的休止节拍(这种休止节拍的长短是有一个约定俗成的乐符所严格限定的)，我所处的休止是没有限度的。我们无法用裁缝的尺子(使用其他度量衡也同样不行)来量一量我们两年的兵役期每天能短去多少；事实上，黑类分子有可能被人要留多久就留多久。二连有一个四十来岁的人，叫安布洛兹，就是在这里度过他的第四个年头。

当一个人家里有老婆或未婚妻而自己老在部队，那是一件辛酸的事，这就等于说，他对家里人的生活无法掌握，精神上不断地对她牵肠挂肚。同时这也意味着，他虽以巴望她什么时候能来探亲为快事，但心里又不停地害怕长官可能不许他在那一天外出；又担心女人动不动就不到军营大门来。黑类分子(他们自有黑色幽默)私下里常议论说，大兵的妻子因男人在军营里不得出来而得不到满足。于是那些当官的去等着她们，在她们身边转来转去，希望她们的欲念从被禁在营里的男人身上落到他们这儿。

尽管如此，对于家里有女人的汉子来说，还有那么一条线牵连着他们，也许这只是一根游丝，又细又脆，让人随时随地担心会断掉，但总归还算有一线维系。可是我，就连这样的一丝一线也没有。我和玛凯塔已经断绝一切往来。假如我偶尔收到几封信，那也是从妈妈那儿来的……什么，这难道不是一个维系吗?

不是的。一个家如果仅仅是父母之家，就不是一条维系的线，它只是一个往昔：从你父母处来的邮件，那是从一块你与之日益疏远的土地给你送来的信息；糟糕的是，这类信件不停地提醒你，你已经走错了路，回头吧，回到你曾经堂堂正正、勤奋努力准备一切条件扬帆远航的港岸去；是的，这样的信对你说，港岸还在那儿，没有动，还是从前的那副老样子，安全又美好，但是航向呢，航向已经丢失了！

这样，我渐渐习惯这样一个现实：我原来的生活道路已经断了，已经不掌握在我的手里，我只有从现在的立足点重新开始，甚至在精神上也是如此，没有讨价还价的余地。一点一点地，我的视觉适应起将人作物的黑暗环境，并开始分辨周围的人；比起别人来，我是慢得多了，但幸好差距还不是很大，我还没有和他们格格不入。

在这黑暗地带第一个现出身影的是洪萨(他今天也同样第一个出现在我记忆的幽明之中)，一个来自布尔诺的小伙子(他当时讲一种让人不知所云的方言)。他之所以沦为黑类，是因为曾打伤过一个警察。那警察是比他年级略高的老同学，他俩发生争吵，他就把警察揍了一顿。但法庭不肯听他的申辩，洪萨先是蹲六个月的大牢，后来就到了这里。他本是个熟练钳工，所以很显然，将来他重新去干本行还是干其他什么工作，对他都一样；他对什么都无所谓，而且提起他的前途时，他一脸的满不在乎，只求自由自在。

就这种少有的但求自由自在的要求而言，能和洪萨相提并论的只有贝德里奇，我们宿舍二十个人中数他最为古怪。他到我们这儿已经是九月，正式招兵后两个月了。他原来被指派到一个步兵连，但他始终顽固地拒绝领取武器，原因是这和他严格的宗教教规相抵触。本来人家就不知拿他如何是好，后来又截获了他写给杜鲁门和斯大林的信，信里口气极其恳切动人，他以社会主义道义的名义，请求两位国家领导人解散一切军队。他的上级觉得事情十分难办，起先准许他去参加队列训练，于是他便成了所有士兵中惟一没有武器的人。当他执行“枪上肩”、“枪放下”的口令时，他的动作完美无缺，然而手里是空的。他也参加了头几次的政治学习，讨论时积极要求发言，大谈反对帝国主义战争贩子。他还主动制作了一张宣传画，把它贴在军营里，但画面上他号召放下一切武器，军事法庭以煽动哗变对他起诉。可是他那主张和平事业的长篇大论又把各位法官弄得晕头转向，命令对他进行心理检查，又迟迟难以作出结论，只得把他送到我们这里。贝德里奇很高兴：他是惟一志愿佩戴黑臂章的人，他还为自己能奋斗到我们这种黑臂章而心花怒放。所以他在这里感到十分自由自在——当然他的自由自在和洪萨的不一样，不是以桀骜不驯的形式来表现的，恰恰相反，外表循规蹈矩，安守本分，对干活有着纯真的热情。

其他人全都心情苦恼得多。瓦尔加，三十岁，斯洛伐克区的匈牙利族人，根本没有民族偏见的概念，曾先后加入过几支军队打仗，也尝过战斗双方各种战俘营的滋味；有一头红棕头发的彼特拉恩，有一个兄弟因在国境通道上打死一个守兵逃到国外去了；头脑单纯的约瑟夫，来自易北河流域(习惯于像鸟儿一样四处遨游，因为害怕可能长期留在井下和巷道这样的地狱里而郁郁不语)，是个富农的儿子；二十岁的斯塔纳，布拉格郊区人，发疯般酷爱衣着打扮，他所在地的区政府曾经为他大书特书过一份报告，好像是说他在五一游行之际酩酊大醉，然后竟故意在人行道边，欢乐的人们众目睽睽之下，公然小便；法律系大学生彼得·佩克尼曾在二月事件期间和一小撮同学一起，去进行反对共产党的示威(他大约很快就知道了，在二月事件后把他开除出学校的那伙人里就有我，而且他看见我如今和他顶着同样的罪名，和他关在一起，便成了这里对我惟一幸灾乐祸的人)。

我还可以回忆起其他一些和我共过命运的士兵，但我只想说说最主要的：那就是我最喜欢洪萨。我至今还记得我们早先的一次谈话。那是一次在工作面上喘息的时候，我俩正在一起(一面给肚子胡乱填些东西)。洪萨在我膝盖上拍了一巴掌："喂，你，聋哑人，你到底是怎么回事？"聋哑人，我当时实在一点也不错是个聋哑人(心里老是没完没了地在想自己的辩护词)，于是我就不厌其烦地向他解释(我马上很丧气地发现自己说话矫揉造作，咬文嚼字)，我是如何如何，又是为什么会被弄到这儿来的，说到底，我实在什么事儿也没有。他对我说："他妈的！我们，我们难道就应该待在这儿吗？"当时我又想好好向他陈述一番自己的观点(一面在寻找更自然的话语)，洪萨咽下他最后一口东西，一字一顿地说:“你这么个大个儿可真是个大傻瓜，太阳把你的脑袋都烤糊涂了。”透过这句话，我被一个乡镇平头百姓的冷嘲一下子点中了，我忽然觉得自己依然自视特殊，耿耿于怀那些失去的优越权利，感到很难为情，而自己恰恰曾自以为是反对特权和娇宠的。

随着时间的转移，我和洪萨接近多了(我获得了他的器重，因为我能很快地进行心算，解决工资发放时的一切问题，从而不止一次地避免了人家对我们的算计)。有一天，他挖苦我老是泡在军营里简直是个傻瓜，不去利用外出的机会，他还把我拉上和他那一伙人一起走。这次外出我至今记忆犹新。当时我们一大帮子，可能有八个，其中有斯塔纳，还有瓦尔加，切内克，一个从装饰艺术系辍学的小伙子(他归入黑类是因为坚持要在艺校里画几幅立体派绘画，而现在为了蹭到某种好处，他到处都画上大幅木炭画来美化营房，画的是十五世纪宗教改革战争中的士兵，还有大批的武器和狼牙链锤)。我们没有什么可选择的余地：俄斯特拉发市中心是不准我们去的；只有几个地段可以光顾，而且那里只有有限的几家酒吧。那天刚到较近的一个镇子，运气不错：在一个由体操馆改成的大厅里正在举行舞会，这个地方绝不在禁止之列。一看门票很便宜，我们就一窝蜂拥了进去。大厅里摆下的桌椅真不少，但人不多：算来算去，到顶也就十一二个姑娘，约摸三十来个男的，半数是从这一带的炮兵营来的军人。我们一进去他们就警觉起来，我们马上产生了一种不祥的感觉：他们在盯着我们，而且还在数我们有多少人。在一张没有人的长桌子边，我们坐下来，并要了一瓶伏特加。但女服务员冷冷地回答我们说这儿不准卖酒精饮料，于是洪萨要了八瓶汽水；每人交给他一点钱，十分钟后他回来时，手里拿着三瓶朗姆酒，我们在桌子底下拿它兑进汽水杯里。这一切做得尽可能小心，因为那些炮兵在紧紧盯着我们，他们会毫不犹豫地告发我们偷偷喝酒。这里得说明，我们对正规部队深有恶感：一方面他们把我们看作图谋不轨的分子，杀人凶手，刑事犯，凶恶的敌人，随时随地都有可能丧心病狂地屠杀他们的和平家庭(根据当时流行的反间谍文学作品)；另一方面(肯定是更重要的方面)，他们妒忌我们有钱，我们什么时候都比他们大方五倍。

我们的处境就是这么奇特：除了干活受累，我们见不到任何东西；每半个月脑袋被剃光一次，惟恐我们的自信心——不能被容忍的——也和头发一样长起来。我们是倒霉蛋，从来交不上生活赋予的好运。然而，钱，我们有。谈不上多，但对于一个大兵和他一个月两次的外出说来，已算是绰绰有余，使我们在那仅仅以小时论的自由里(而且仅限少数几个地方)可以像个阔佬，从而补偿一下平时多少个漫漫长日里的无尽烦恼。

一支蹩脚的铜管乐队在台上奏着一支又一支华尔兹和波尔卡舞曲，有两三对舞伴在池里旋转着。我们十分安闲，一边偷眼瞟着姑娘们，一边啜着汽水，那里面的一点点酒精味使我们一时间比这里所有的顾客都尊贵了些，我们的心情好极了。一种欢快的、期望和人交往的情绪在我心里升腾起来，我又感到了伙伴间的美好情谊。这是自打雅洛斯拉夫和他以扬琴为主的乐团最后几次演出以来我再也没有体验过的。在这空儿中，洪萨已经想出一个计划，专门要把炮兵们期待的姑娘尽最大可能夺走。这计划既高明又简单，毫不迟疑，我们开始把这意图付之实施。切内克最为果断，说干就干。他平时喜欢充好汉，又滑稽，这时为了让我们高兴，他摆出一副雄赳赳的气势去完成他的使命：他去邀请一个浓妆艳抹的棕发姑娘跳舞，然后把她领到我们的桌子边，让人给他也给女郎斟掺着朗姆酒的汽水，同时以预先谈妥的口气说："那么就一言为定了！"那个棕发女郎点点头，还和他碰杯。这时有一个半大小子走来，他的炮兵服的臂章上标着下士军衔，他在棕发女郎面前站住，对切内克用尽量粗鲁的口气说："让一让行吗？""去吧，老兄！"切内克满口答应。正当棕发姑娘和那个兴头正浓的战士踏着不合拍的步子扭来扭去跳波尔卡舞的时候，洪萨赶紧去打电话叫出租汽车，十分钟内，汽车到了。切内克去出口处站着。等舞一停，那棕发女郎就向那当兵的道歉，说要去洗手间。一秒钟之后传来了汽车发动声。

切内克成功之后轮到老安布洛兹。他给自己找到一位无姿无色的半老徐娘(这也挡不住还有四个炮兵在她身边转来转去献殷勤)。十分钟后，一辆出租汽车开来，安布洛兹就和那女人还带上瓦尔加(他声称没有一个女人会跟着他走)，去俄斯特拉发的那一边，在约好的一个小酒吧里找到切内克。我们中又有两人马到成功地劫走了另一个姑娘。体操馆里我们只剩下了三个人：斯塔纳，洪萨和我。那些炮兵的眼神越来越凶，因为他们开始怀疑我们的减员和本在他们角逐场上的三位女士的失踪有着某种关系，我们再装得若无其事也白搭，感觉得到一场斗殴就要临头。“现在该找最后一辆出租车来体面撤退了。”我说，心里恋恋不舍地望着一个金发姑娘，我和她在一开始跳过一回舞，但还没好意思向她提跟我走的事。我指望跳下一个舞的时候再开口，只不过那些炮兵与她简直寸步不离，我没法靠近。“老这么等不行。”洪萨说完便起身去打电话。但是正当他穿过大厅的时候，那一群军人离开他们的桌子，迅速到了他的周围。可不是，眼看一场混战一触即发，而我们最多也只有斯塔纳和我可以去救援正在危难之中的伙伴。好一群炮兵一言不发团团围住洪萨，突然这时出现一个喝得太多了点已经半醉的家伙(肯定也是在桌子底下藏着一瓶的)，来打破了这令人心焦的沉默：他竟来大发议论，说他的父亲在战前失过业，所以他看不惯那些卑鄙的资产阶级分子佩着黑臂章来神气活现，他已经受够了，伙计们得看住洪萨，因为他就要来给洪萨扇几个嘴巴。洪萨利用醉汉演讲中的一个小空儿，客客气气地问这些炮兵同志找他有什么事。你们赶快滚，这伙扛炮的答道。洪萨说正好我们想走，但是也得让我们叫一辆出租车！这时一个士官几乎要气晕了：他奶奶的，他吼道，他奶奶的，我们大伙儿拼死拼活，为出来一趟，老子勒紧裤腰带，费了老牛劲手里也没有几个子儿，倒看这一帮子，资本家，浪荡公子，一堆臭垃圾，倒要坐出租车兜风，不行，还不如咱们亲手把他们统统掐死了才好，别叫他们坐出租车跑了！

大家吵得不可开交，一些老百姓来围观这些穿军装的；夜总会的人也来了，怕闹出乱子来。这当口，我瞥见了我的那位金发姑娘。她一个人在桌子边（才不理会那大乱呢），站起来正要往洗手间走，我悄悄从人群中溜出来，在门厅里跟她搭上话，这儿正是存衣处和洗手间（除了服务的没有别人）。我跟她说话，就像一个不会水的人硬着头皮往河里跳，不管好不好意思，不得不上阵。我在口袋里摸索着，掏出好几张皱巴巴的一百克朗的钞票说："你肯不肯跟我们一块儿去玩玩？比这里要强得多！"她望了一眼钞票，耸耸肩膀。我又接着说，我到外面去等她。她点头了，消失在洗手间又很快出来，套上大衣。她对我笑笑说，一眼就看得出来我跟别人不大一样。这话很使我高兴，我挽起她的胳膊朝街的另一头走去，拐过街角就在那里等洪萨和斯塔纳，他们还在惟一有个灯头照明的体育馆前。金发姑娘很想知道我是不是大学生，当我说是，她才告诉我，昨天夜总会的衣帽处，有人从她那儿偷了些钱，可那钱不是她的，是厂子的，她眼下急坏了，因为人家为这个要把她告到法院去。所以她问我能不能借给她——就说是一张一百的吧。我探手进了口袋，给了她两张脏乎乎的票子。

没等多久两个伙伴就出现了，军衣军帽穿戴齐整。我朝他们打个口哨，但同时冒出三个当兵的(既不穿大衣又不戴军帽)朝他俩冲过去。我听不清他们问的是什么，但从那气势汹汹的话音里，我猜出了他们的意思：是要找我的金发姑娘。三个人中有一个扑向洪萨，于是又是一番吵闹和厮打。这下我也跑了过去。那时斯塔纳的对手是个炮兵，而洪萨要对付两个人。正在这两人要把洪萨打倒在地的一刹那，幸好我及时赶到，朝着正出手要打的两人中的一人挥拳过去。这些扛炮的家伙原本是仗着人多势众，一等势均力敌，那股锐气就大减了。他们中有一个被斯塔纳打趴在地上，我们趁着他们愣神的工夫赶紧溜之大吉。

那个金发女郎还听话地在街角等着。两个小伙子一见她欣喜若狂，大夸我有能耐，非要拥抱我不可。洪萨从他那长外套下居然抽出满满一瓶朗姆酒(我不明白他何以能把它从这场意外的遭遇战中救出来的)，把它举得高高的。此时此刻，我们真是称心如意，只是不知道该上哪儿去，人家刚把我们从一个酒吧赶出来，别家酒吧也不许我们进；刚才那些气得要发疯的对手使我们没能乘上出租车，而这么站在原地随时都可能受到报复性的袭击。我们赶紧从另一条小巷走开。这条小巷两边开头还有稀稀落落的房屋，原来一边是墙，另一边是一个个栅栏；靠着一个栅栏显出一辆汽车的轮廓，紧接着，有一台农用机器的模样，上有一个钢板座位。“一个宝座呢。”我说。洪萨帮金发姑娘坐了上去，大约离地一米来高。酒瓶从手里传来传去，四人都喝。金发女郎开始变得话多起来，并先向洪萨挑逗：“我打赌你不会给我一百克朗的！”洪萨大模大样把一张一百的钞票交到她手里，没等第二张，那女郎已经把身上大部分衣服脱掉了，裙子撩了起来。接着一瞬间，她自己脱掉了裤衩。她用手拉住我，想把我拉到她的身边，但我一时怯阵，挣脱出来，把斯塔纳推过去顶替了我。他毫不迟疑地钻进了她的两腿之间。他俩刚在一起才不到二十秒钟；我想退到洪萨身后(我坚持当一个东道主，而且我仍有怯阵心理)。不过这一次，那金发姑娘自作主张，把我按在她的身上。经过一阵鼓励性的接触，我顿时兴起。她在我耳边软软地小声说道：“我是为你才来的，大傻瓜。”接着她又叹气，使我忽然觉得她实在是个温柔的姑娘，她爱我，我爱她，她不断地叹气，而我仍行着我的事，这时我突然听见洪萨的声音，他骂了句脏话，我顿时想起，她不是我爱的那种姑娘；我没等结束，猛然离开她，那女人几乎害怕了，说：“你搞什么鬼？”但洪萨已经到了她的身边，于是继续传出了叹气声。

那天夜里，我们将近凌晨两点钟才回到营地。一到四点半，我们就得起身去上星期天义务班。这个活能使我们的头儿挣到一份奖金，也使我们自己每两星期得到一次星期六外出。我们缺觉，身体里又泡着酒精，在半明半暗的巷道里，我们就像幽灵那样，动作虚飘无力，尽管如此，我还在津津有味地回忆着我们度过的这一夜。

两个星期以后的情况就没有那么美了；为了一件不知什么事，洪萨被取消了外出假。我和另一个班的两个年轻人一起出去的，我和他们交情一般。我们去找一个女人(十拿九稳地可靠)，她个儿之高使她赢得了高脚灯的美称。这太差劲了，但也没有办法，因为我们所能支配的女性圈子实在太有限，尤其是我们的空余时间极少，只能不惜代价利用这一丁点儿自由(这么难以得到又这么短暂)，这使士兵们饥不择食。随着时间的推移，亏得大家相互通报探访的结果，逐渐地，把一些还算可以亲近的女人(当然仅是勉强能接受而已)连成一个网络(尽管还微不足道)，以供共同之用。

高脚灯是在这公共网络之内的；这对我倒丝毫没有什么。两个伙伴拿她超乎常人的魁伟取笑一番，三五十遍地说：到了要干那事的时候，我们应当去搬一块砖来垫在脚下才够得着。这类玩笑让我觉得出奇地开心，刺激我对女人的强烈欲望：什么样的女人都行。她越是没有个性，越是毫无灵魂就越好；唾手可得的女人正是求之不得。

我虽然狂饮一番，可是当我见到那个被人叫做高脚灯的女人时，旺盛的欲火顿时熄灭了。什么都让我恶心起来，一点意思也没有，而且由于洪萨和斯塔纳都不在，没有一个人让我觉得亲切。第二天我因酒而感到嘴里麻木难受极了，连对半个月前的艳遇也不以为然起来，发誓再也不要那种农机座上的和高脚灯之类的女人。

莫非是什么道德原则又在我的身上复苏了吗？不是，无非是心灰意懒而已。但为什么会这样呢？明明在几个钟头以前我对女人还有着那么强烈的欲望，而且这种极度的饥渴感恰恰还使我觉得无论是哪个女人都无所谓。莫非我就是比其他人更挑剔一些？我那么厌恶娼妓吗？不是，而是因为我悲哀。

悲哀在于我看出来这种艳遇并没有什么稀罕，并非因为它豪华或因为我要胡闹，或者出于一种不安分的热望，什么都要见识见识，什么都要尝试尝试(高尚也罢，下流也罢)；悲哀在于这种状况已经变成了我当前生活的常态，它严严实实地限制了我一切别的可能的余地，也给我一笔划定了从此便属于我的情爱圈子；我还明白，这种状态所表达的绝不是我的自由(如果这种自由在一年前来到我身边的话，我倒会这么理解的)，而是表明了我的条件决定论思想，我的局限，我的判决。我害怕了，怕这可悲的天地，怕这落在我头上的命运。我觉得自己的灵魂在瑟缩发抖，在这些东西面前退避；而且一想到自己的心灵正处在这样的重重包围之中无路可退，我就不寒而栗。

7

因我们性爱生活的可悲境地所引发的抑郁心性，是人人，或者说几乎是人人都在经历。贝德里奇(那个和平宣言的炮制者)想以内心世界里的沉思来逃避，显然，这里深藏着他神秘的上帝；与这虔诚的内心相呼应的，是性自慰，在肉欲范畴，几乎是像做礼拜一样规律。其他人的招数更是自欺欺人，他们除了厚颜无耻地逐猎荡妇以外还嫌不足，需寻求小说里的浪漫手法来补充：有些人常沉浸在遐想的情爱中，养精蓄锐以求一泄；有些人相信忠贞不渝和锲而不舍地等待；还有些人私下里相互倾吐，说自己在某某小酒吧里醉中作贱的姑娘为他如何爱火燃烧。有一个布拉格女人两次来找斯塔纳，他在服役以前和她交往过几次(那时候他确实没有把她太当回事)，如今突然决定要和她马上结婚。他告诉我们说他这么做只不过是因为可以得到两天的婚假。但这么说也白搭，我很明白，他这只是一种苟且的说法。这一切发生在三月初的几天里，而头儿真的给了他四十八小时假。斯塔纳在布拉格，星期六和星期天两天结婚。我至今还是记得清清楚楚，因为斯塔纳婚礼那天，对我也正是一个极其重要的日子。

那天我获准外出，而且由于我自从上次和高脚灯浪费一天之后，我一直是心情沉郁，为了避开别人，我独自一人走了。我乘坐的小火车——一辆破旧的窄轨电车把俄斯特拉发的郊区都连结起来，我毫无目的地坐着，任凭它去哪里。后来我胡乱下了车，又胡乱换乘了车。整个俄斯特拉发郊区漫无边际，工厂和自然景色、田野和垃圾场、树丛和矸石堆、大高楼和小破房犬牙交错，这一切吸引着我，也使我极其迷惑不解；我随意下了有轨电车以后，便开始长时间的闲逛：我几乎是起劲地观察着奇特的景致，竭力去分辨其中的意义；我思索着，想给这个杂乱无章的画面起一个名字，这个名字应当使这幅画显得统一和整齐。我经过一幢完全在常青藤遮盖下的小屋，它富有诗情画意，我发现它在这儿正是地方，恰恰和附近那些门面斑斑驳驳的高墙形成强烈对照，也和那些衬在它后面的矿车滑车架、大烟囱和高炉的影子产生明显的反差。我顺着一个棚户区的木板房走去，注意到稍远处立着一座别墅，又脏又蒙着灰倒是真的，但四周居然有花园和铁栅栏环绕；花园角上有一株像是投错了地方的垂柳；然而我对自己说，恰恰因为如此，这便是它该待的地方。这种胡乱搭配使我很不是滋味，因为它不仅使我看到景致布局的共同章法是这样，更主要的是我从中发现了自己的命运的形象，自己流落于此也是一个样子。当然，我个人的历史竟能如此反映在整个城市的客观实际中，这赋予我一种安慰，我懂得了，我本不属于这个地方，就像那棵垂柳和那座常青藤小屋本不属于这个地方，就像那些由杂乱无章的建筑构成、又通不到任何地方去的短巷，一切都不属于这个地方，我也不属于这个地方；这个曾经富有田园乐趣的地方，如今却是由低棚矮屋组成的丑陋街区。由此我意识到，正因为我不属于这个地方，这里才成了我的位置，我的位置就是在这样一个胡拼乱凑、使人沮丧的都市里，就在这样一个由无情的钳制把风马牛不相及的东西串在一起的城市里。

我正站在彼特尔科维斯长长的主干道上，它由一个旧日小村而成为今日俄斯特拉发的近郊镇。我在一幢笨重的两层建筑旁停下来，楼房角上赫然有直直的一行字很突出：电影院。我顿时生出一个疑问，简直不值一提的问题，只有穷极无聊才会想得出来：这个电影院怎么没有名字呢？我仔细寻看，确实，建筑物上再没有任何别的字样(而且这所房子一点也不像是用来放电影的)。在这座建筑和与它毗邻的房子之间，有一个近两米宽的空间构成类似小巷的东西；我钻进去就来到一个院子，到了这儿，才叫人发现这座建筑在后面还连带着一个只有一层的偏屋；墙上的橱窗里陈列着一些电影海报和剧照；我走上前去，但那里也没有电影院的名字；我回过身来，透过分隔用的铁栏，我瞥见在旁边另一个小院子里有个小女孩。我问她这个电影院叫什么名字，那丫头露出惊诧的眼神回答说她不知道。于是，我无奈只好认为这个电影院是没有名字的；我还想，打发到俄斯特拉发来的，连电影院都不配有个名字。

我回步(毫无目的)重又走到玻璃橱窗那儿，这时我才注意到一张布告和两幅剧照预告的就是苏联电影《名誉法庭》。就是因为这部电影，玛凯塔曾经突发奇想要在我的生活中扮演大救星，那时她提起过其中的女主角；还有在我要受到党内处分的时候，同志们也是提了这部电影里的严肃准则；这一切差不多使我对这部电影极其反感，因为我不愿意再听人提起它。然而，即使在这儿，俄斯特拉发，我也无法逃过它的指斥……可那又怎么啦，要是伸出的手指招人讨厌的话，我们只消转身走开就是了。我就是这么办的，我想回街上去。

就在这时候，我第一次看见了露茜。

为什么在和她交身而过时我没再继续往前走呢？是因为我无所事事，闲得发慌吗？还是因为傍晚那院子里奇特的照明使我迟迟不回到街上去呢？或者是因为露茜的外表？然而她的外表完全是普普通通的，尽管后来就是这种寻常本身打动了我，吸引着我，可又怎么解释她当初能使我顿时停住脚步呢？难道我在俄斯特拉发的人行道上不是常常遇到这类寻常姑娘吗？或者这样的寻常本身竟是这样的极不寻常？我不知道。不管怎么样反正我在那里站住了，注视着姑娘：见她迈着慢悠悠的步子，不慌不忙地朝着陈列《名誉法庭》剧照的橱窗走去；然后，还是慢条斯理地走开去，跨过一扇开着的门，从这扇门可以走到卖票窗口前。对了，肯定是露茜这种特别的慢悠悠把我给迷住了，这种慢悠悠映射出一种逆来顺受，没什么目标催着去做，也用不着急于伸手去拿取什么。对了，可能实际上是因为这种哀婉的、十足的慢悠悠迫使我盯着姑娘，看她去窗口，看她拿出钱，取了一张票，朝整个屋里瞥一眼，然后又回院子里去。

我对她仍目不转睛。她依然站着，背对着我眺望远处，越过小院，越过那一个个园子地，越过四周有小小栅栏围绕的农舍，直到棕色的采石场挡住目光的去处为止。(从此我没能忘记这个院子，没忘记它的任何一个细节，我记得它与邻院之间的栅栏，邻院曾有一个小女孩站在门口台阶上出神，我记得台阶边上是一堵矮墙，墙上的凹口中放着两个空花盆和一个灰色大水盆，我还记得火红的太阳落到采石场的边缘。)

六点差十分，也就是说，离开演还有十分钟。露茜已经转回来，还是毫不着急，离开院子上了街；我尾随她而去，我身后那幅乱七八糟的俄斯特拉发乡村之画就不见了。眼前重又是城市的街道；五十步开外有一个小广场，收拾得很整齐，一个小小的街心公园配着几条长凳，一座模仿哥特式建筑，那红砖微微发亮。我观察着露茜：她已在一张长凳上坐下，悠悠之态没有离开过她一时一刻，我几乎要说她连坐下都是慢吞吞的；她并不看周围，也毫不着急，仿佛坐在那里等待一次外科手术或类似会使我们放不下思绪的事情，对周围什么都不去注意，全神贯注集中在自己的内心。可能我应该感激这样的一个氛围，使我得以在她周围徘徊，端详她而没有引起她的注意。

有人喜欢用一见钟情这个词。但我可是太清楚了，爱情总是要给自己编出美丽故事的，爱情一旦产生，就会开始说得像天方夜谭一般。所以我向来不说自己立刻就掉入了爱河的话，不过这一回我还真的有了某种通灵感：露茜的宝贵或需要我说得更准确一些的话——露茜后来显示的宝贵性，在当时我就猛然明白了，感悟到了，直截了当地看了出来，而且是在一瞬间就完成：露茜给我送来了一个本色的她，就像人家把揭示的真谛送到你面前一样。

我望着她，端详着她土气的烫发发式，把她的头发弄成蓬蓬松松的一大堆细毛卷没个样子。我看着她的栗色小大衣，破旧不堪，磨出了毛，而且稍微短了些；我又悄悄端详她的脸，细看很漂亮，是一种耐看的漂亮；在这个姑娘身上我感到了安详、单纯而且谦和，这些正是我所需要的品质；而且我觉得我们两人很相近；似乎我只要走到她身边，开口和她说话的那一刻，她就会直视我的眼睛，朝我笑笑，像看到一个多年不见的兄长突然出现在她面前一样。

这时候露茜抬起头，一直望着钟楼上的时间(这个动作一直刻在我心里，只有一个手腕上从不戴表的姑娘才会有这样的动作，而且总是不自觉地对着钟表坐)。她离开坐的那张凳子，朝着电影院走去；我本想追上她，倒不是没有这份胆量，而是一时找不到话来说。当然在那瞬间我的胸膛有的是激情，但脑袋里却空空如也。我跟在姑娘后面，这一次进的是检票处，从这里能看到电影厅里没什么人。这时有几个人进来径直朝卖票窗口走去，我赶紧抢在他们前面买下一张票，来看这部我深恶痛绝的影片。

这当口，姑娘已经进了观众大厅；我也照此办理。在这个人半空着的地方，票上的座号失去了意义，谁爱坐哪儿就坐哪儿。我溜进露茜那一排，坐在她旁边。接着轰地响起了有点刺耳的音乐，是一张陈年唱片发出来的。灯黑了，银幕上出现一个又一个广告。

露茜肯定觉察到一个戴黑臂章的大兵挨在她旁边坐着，这并非偶然，她发现并感觉到我离她很近，何况我对她已是全神贯注。银幕上演的是什么我一点也没看进去(多么滑稽的报应：那些向我大谈道德品质的人曾多少次要我去接受这部电影的教育，而这部电影现在就在我面前，却根本没有引起我的注意，我真为此高兴)。

电影结束了，重又大放光明，寥寥的几个观众离了座。露茜站起来，一面从膝盖上抓起她那件栗色大衣，把手伸进一只袖子里去。我神速地把帽子戴上以免她发现我光光的脑袋，一句话也不说，就帮她把第二只袖子穿上。她匆匆瞥了我一眼，没开口，可能最多只是微微动了动头，但我弄不清那是表示谢意还是一个完全无意识的动作。然后，她挪着小步从椅子空行里出来。我自己敏捷地穿上了卡其军大衣(它太长了，肯定极不合身)，紧紧步她后尘。还没有走出电影院我就跟她搭上了话。

似乎在她身边待着的这两个钟头 —— 一心总想着她，使我捉摸到了她的波长：我忽然知道该怎么跟她说话了，好像认识她已久。我并没有像惯常那样拿玩笑或怪论而是以非常自然的方式 —— 连我自己都感到吃惊 —— 打开了话匣。因为以前在姑娘们面前，我总是在假面具重压下栽跟斗。

我问她住在哪儿，是干什么的，是不是常去电影院。我告诉她我在矿下干活，简直累死人，要隔很久才能出来一次。她说她在工厂工作，住在一所女工公寓里，必须在十一点以前回去，还说她常看电影，因为她不喜欢舞会。我对她说我很乐意常陪她上电影院，只要她哪个晚上空了就行。她说她习惯一个人去。我问她是不是因为她生活不如意。她点点头。我对她说我的生活也并不快活。

再也没有比同病相怜(哪怕有时只是误以为同病)更能使人与人相互接近的了。这种平和的投缘气氛可以消除一切恐惧和警惕心理，无论高雅还是粗俗，人人都会理解这种投缘，因为这种气氛最容易使人相互接近，然而十分难得，实际上必须摆脱那种思维定势 —— 包括一些有意做给人看的手势和动作，完全朴朴实实才行。我不知道当时我怎么会做到这样的(突发地，事先并没有想好)，也不知道我怎么就达到了这种境界，而我以前却总是先摆出假模假式的面孔，然后像个瞎子跟着这种面孔一步一步摸索；如今我对这些已经一无所知。但是当时我似乎灵性大开，竟神奇地运用自如。

我们互相倾诉自己的一些普普通通的事；一起步行到她的公寓，又在那里耽搁了一会；路灯的光芒投在露茜身上，我望着她那件小小的棕色大衣，没有去抚摸她的脸庞或头发，而是抚摸着这件牵动我心的衣服那磨旧的衣料。

我还记得那盏灯摇摇晃晃的，我们的周围来来往往着一些不断推开公寓门的女人，她们发出很讨厌的响亮笑声，至今我眼前还浮现出这幢大楼垂直的阴影，它那灰色、光秃秃的墙和墙上那没有窗沿的窗户；我也记得露茜的面容(和我在类似环境中所认识的姑娘们的面貌相比)，绝对地保持安详，没有一点慌乱，好像是站在黑板前的学生，她尽自己所懂来回答老师提问(既没有赌气一样的固执，也不是滑头滑脑的)，并不介意得分好坏和褒贬。

我们约好，我将给露茜寄一张明信片，告诉她我什么时候能获准外出，我们什么时候能见面。我们分了手(相互没有吻别，没有肌肤之亲)，然后我就离开了。走了好几步，我又回头见她手里拿着钥匙仍站在门旁，一动不动地望着我。在这时，当我已经和她有一段距离以后，她才放弃了那种拘谨的态度，把她的目光(直到刚才还是怯生生的)定定地盯着我。接着她举起手来道别，那姿势好像是从来没有这么跟人道别过也不知道怎么道别的样子。所以她只会摆摆手，而现在她下决心来试验一下但还不熟练。我赶紧停步，向她回报同一手势；我们远远地相视着，我又走一段，再停下来(露茜没完没了地用手势表示着道别)，就这样我渐渐走远，直到街角，它把我们彼此阻隔不见。

8

从这个晚上开始，我的一切发生了变化，我的身躯又重新焕发生气；像是一个经过整理的房间有人住了。墙上的挂钟，在几个月里，它的指针始终是瘫痪的，现在忽然又重新滴答滴答地开步。变化是巨大的：时光在这之前好像是一个与我毫不相干的流程，消逝着，从一个虚无走向另一个虚无(因为我是在一个休止节拍之中！)，没有任何标杆，没有任何小节线，而现在，时光又一步一步地恢复了它人性的面目：它重新开始日月分明，并计起数来。我把离开军营的准假外出看得极其重要，日子变成了我的一架梯子，我一天一天地爬着，最后去和露茜相见。

自此以后，我再也没有对一个女人思念得如此焦渴，也不再有过如此默默无声但如此深沉的专注(再说，以后我再也没有这么多的时间来这样做)。没有任何一个女人，我对她能怀着如此深深的感激之情。

感激之情？感激什么？首先，露茜把我从爱情生活的凄凉空间里拔出来，而当时我们大家，每一个人都深深被困。当然：斯塔纳这样的人，因为新婚，算是以他的方式冲破了这种困境；从此以后在他布拉格的家里，不是有了一个他所爱的妻子，一个他所思念的女人了吗？然而，他并没有什么值得艳羡的。由于结婚，他使自己的命运有了变化，从他登上一列火车回到俄斯特拉发的时刻起，他就在失去对命运的影响力。

发现了露茜，我自己也对命运推动起来，但是我还没有忘乎所以。当然，我和露茜的相会是有着时间距离的，但这个间距几乎是有规律的，而且我知道露茜能够等我半个月，何况随后她对我那么热情好像是我们昨天才分手似的。

在俄斯特拉发时，我对爱情的前景感到绝望，心中一片厌恶之情，露茜并非只是仅仅脱离这一境地而已。我确实醒悟到我的奋斗失败了，我企图改变黑色臂章是办不到的，我认识到，我被迫与之肩并肩地生活了两年或者说两年多的那些人，现在我想把自己和他们划清界限完全是发疯；我也认识到，我老是大声疾呼我有选择自己道路的权利（我开始看清这种权利的特权性质），其实完全是荒谬的，在我内心深处，我一直为自己失落的命运而痛哭流涕，而现在，我新的姿态并不是由于眼泪已经流干，而是出于理智，出于觉悟。这些偷偷流的泪水，露茜像有魔法一般把它止息了，我只要感觉到她在我的身旁，感觉到她的生活就行，而在她的生活里，什么世界主义和国际主义的问题、提高警惕和阶级斗争、关于无产阶级专政定义的争论、战略政策和战术政策都统统不起作用。

我的船正是翻在对这种种问题的关心上(它们完全属于那个时代，过了不久就变成一大堆令人难懂的词汇)；可当时我恰恰对这些问题念念不忘，后来我被叫到各级党委前交待时，我竟至于能列举出十几种使我向往共产主义的动机。然而，在当时的运动中，真正能吸引我的，甚至使我迷恋的，是“历史的方向盘”，我在掌握着它(或者自以为掌握着它)。实际上我们确实在真正决定人和物的命运，这种情况恰恰发生在大学里：由于那个时候教师队伍中共产党员屈指可数，所以学生共产党员在最初的几年里几乎一直是独立担负着学校的领导责任，他们既决定教师的任命，也决定着教学改革和课程改革。我们得意洋洋，尝到了权力带来的陶醉是什么滋味，然而(不无善良的意愿)我可以改用比较温和的说法：我们被历史迷惑了；我们陶醉于骑在历史的马背上，陶醉于感受着屁股底下它的身躯；在大多数情况下，最后必定会转化为一种对权欲的嗜好，但是(就和一切人世间的事情都难以定然一样)，其中也包含着一种美丽的幻想，那就是：我们，要亲手开创一个这样的时代，在这个时代里，人(每一个人)都不再是游离于历史之外的人，也不再是追随在*历史后面*的人，因为他要引导历史，造就历史。

我当时坚信，远离历史方向盘的生活就不算生活，而是行尸走肉，会六神无主！不啻是一种逃亡，简直如放逐在西伯利亚。而现在(在西伯利亚过了六个月之后)，我忽然看出来，离开历史方向盘还是有可能生活的，一种新的、原先未曾估计到的可能：原来在历史飞腾着的翅膀下，居然隐藏着一个被人遗忘的、日常生活的辽原，它就横卧在我的面前，草原中央站着一个可怜巴巴的女子，但又是一个值得爱恋的女子在等着我：露茜。

露茜，她对这个历史的巨大一翼又怎么看待呢？即使它那悄然飞过的声音也曾掠过她的耳旁，她也难以觉察。她对历史一无所知；她生活在历史的底下；她对历史这个陌生的东西一无所求；对那些号称伟大的、时代性的思虑毫无概念，她只是为自己那些琐碎的、无穷无尽的忧虑而生活。而我，忽地一下子，得到了解脱；她似乎是特地来把我领到她那个模模糊糊的天堂；刚才的那一步，原来我不敢跨出的那一步大约正是使我“跨出了历史”，这一步对我来说，使我猛然摆脱了桎梏，使我一举获得了幸福。露茜，羞怯地挽住了我的胳膊，我任她拉着往任何地方去……

露茜无形中成了我的引路人。但是，根据具体情况看，露茜到底是怎么一个人呢？

她那时十九岁，但看起来要大得多，凡是有过艰辛生活的女人都像这样显得很老，她们是被人把脑袋向前猛地从童年抛进成年的。她自己说生在西部的波希米亚，上学到十四岁，后来去当学徒。她不愿提自己的家，我要不是逼着她，她是什么也不肯说的。她在家里时的生活是很不幸的：“我家里的人不疼我。”她举了一些例子：她的母亲是再嫁的；继父老喝酒，对她很不好；有一次他们还怀疑她偷钱；此外她还常挨父母的打。当这种不和发展到一定程度时，露茜寻机逃跑了，到了俄斯特拉发。她在这儿已近一年；她也有一些女伴，但喜欢独来独往，女伴们去跳舞，带男朋友来宿舍，而她不愿意这样，她是个老实稳重的姑娘：宁愿去看电影。

是啊，她认为自己"老实稳重"，而且把这个优点和爱好看电影联系起来；她最喜欢战争片，那个时期这类片子很多；她喜欢这类片子无疑是因为她觉得好看；但也可能是因为这类片子里到处有十分痛苦的场面，那些饱含着可怜和悲怆的形象使她得到满足，她认为这些情感能使她崇高，并坚信自己的"老实稳重"是对的。

当然，如果以为是她的单纯使我觉得是一种难求的异趣而被她吸引的话，那就错了；她天真无邪，缺乏教育，但这丝毫不影响她对我的理解。这种理解力并不是从一大堆经验或世故中得来，也不是一种讨论问题和拿出主见的能力，而是在于她聆听我的时候具有一种天生的接受力。

我记得夏季的一天：那一次我总算可以较早地出了军营，露茜还没下班；我于是带了一本书，坐在一堵矮墙上看起来。要说读书，当时由于我空余时间不多，和布拉格的朋友也没什么联系，所以读得不多；但是我曾把三本诗集带到新兵连，我一天到晚老是泡在那上面，从中获得享受，那是弗朗基谢克·哈拉斯[1]的诗。

这几本小册子在我的生活里有过特别的意义，首先特别在我根本不是一个读诗的人，这是我一生中阅读的仅有的几本诗集。我是在被开除出党后才见到它们的。当时正好哈拉斯的名字又重新流行起来，因为那几年，思想界的一位权威刚刚批判了这位离世不久的诗人，批判他情调不对，缺乏信仰，是存在主义者，批判他在当时宣扬脱离政治。(那位权威人士出版了一本关于捷克诗歌和哈拉斯的文集，发行量极大，成千上万的大学生组织把它当作必读书。)

说一句不怕见笑的话，我老实承认：我之所以需要哈拉斯的诗是因为我极想了解另一个被逐出教门的人是什么样的；我一心想弄明白我的精神世界是不是当真和他差不多；我要看一看，被那位颇有影响的思想家斥为不健康的、有害的哀伤是否会引起我的共鸣，使我得到一种欢乐(因为在当时那种处境，我无法从欢乐中得到欢乐)。这三本诗是在我被打发到俄斯特拉发之前，在一个酷爱文学的老同学那里得来的，因我再三恳求，他已同意不要我归还。

当露茜那天在约定地点见到我的时候，我手里正拿着一本，她问我在看什么书。我把摊着的书递给她。“这是诗呀。”她很惊讶

① František Halas(1901—1949)，捷克诗人。

地说。“你觉得我读诗奇怪吗？”她略略耸耸肩，答道：“有什么好奇怪的？”不过我还是认为她觉得奇怪，因为对她来说，十有八九认为诗歌和儿童读物没有什么两样。那一年俄斯特拉发的夏天到处都是煤灰，简直是个黑色的怪天，天空里不是像奶一样白的云，倒像是多少车的煤扯成了长条在上空飞渡，我们在这样的天气里游逛。我发现自己手里的那本书老是吸引着她的注意力。所以当我们走到一个干柴似的树丛里坐下的时候，我把它又翻开来，问她：“你想看看吧？”她点点头，表示是。

在此之前以及在此之后，我都没有再向任何人朗诵过诗；我这个人有一套自己的东西跟别人很不一样，脸皮儿特别薄，不爱在大庭广众袒露自己，就像电流短路一样把感情赤裸裸地表达出来。所以朗诵诗在我看来，不仅是把自己心里的情感说出来，同时又像让我只用一脚着地站着保持平衡；如果我不是独自一人时读诗，又是韵律又是节奏什么的，会使我不知如何是好。

但露茜简直有一股神奇的能量(在她之后就再也没有人做得到了)，竟使断路接通，把我的羞怯心情一扫而空。当着她的面，我觉得无拘无束，可以直抒胸臆，袒露感情，缠绵悱恻，于是我朗声读道：

你的身体是空瘪的麦穗
落下的种子不会发芽

你的身体就像空瘪的麦穗

你的身体是一束蚕丝
丝丝都写着你的希望
你的身体就像一束蚕丝

你的身体是火灼后的天空
死神始终在你的肌体里等待和期望
你的身体多么像火灼后的天空

你的身体是独特的静穆
我的眼睑因它哀哭而颤抖
你的身体是多么静穆

我把胳膊围在她的肩膀上(肩膀从一件薄薄的小花连衣裙里露出来)，我的手指挨着它，后来一种感觉传来，似乎露茜的身心随着我正在朗读的诗句(节奏缓慢的祈祷诗)一步步沉入悲哀之中，她柔心弱骨，默然顺从，已万念俱灰。接着我又读了几首别的，其中有一首至今我仍印象清晰，最后三行是这样的：

啊，滔滔的花言巧语，我更信任默默无语

它胜过美丽胜过一切

啊，欢乐的节日属于你们，心心相印默默无语

忽然，我的指头告诉我，露茜的肩膀在急促地抖动，她抽泣了。

到底是什么使她这样泪如泉涌呢？是因为诗中的含义吗？还是因为我的声音或诗句的情调透出了无可名状的伤感呢？或许还可能是因为诗浓重的玄秘感把她带进了另一种心境，是这种升华使她感触至深而热泪盈眶吧？或者，这些诗句使她茅塞顿开，从长期的压抑下解脱了出来？

我不清楚。露茜像个小孩子一样搂着我的脖子，把脑袋抵在我胸前绿色的工作服上，呜咽着，呜咽着，呜咽着。

9

最近几年，曾有多少回，各种各样的女士责备我(只因为我不知道回报她们的感情)，说我自命不凡。这真是没来由的话，我并不是孤高自傲的人，不过说实在的，我连自己也很沮丧，因为在我而立之年始终未能求得与一位女性建立真正的关系，而且也正如别人所说的，从来不曾爱过任何一位女士。今天我还不敢肯定已经找到了这一失败的原因，我也不知道这种感情的缺陷是不是天生的，或者说其根源早已种在已往的经历中；我不想悲悲切切，反正事情就是这样：在我的脑海里常常会浮现出一个大厅，百十来人在这里举起胳膊规定了我的生活必须截然断裂；这百十来人并不知道，万事都有一天开始慢慢变化；他们估摸着我的发配是永不翻身的。不是我要反刍苦涩的草料，而是思维那顽固的特性，使我曾经多少次给自己的历史虚构各种不同的可能：假设大家当初不是提出要开除我，而是要把我绞死，那么后来会怎么样。结果我得出结论只有一个，那就是在当时那种情况下，大家也都会举手的，特别是只要那份报告情真意切地鼓动一番，说那死刑是多么恰当多么有利就行。从那事件以后，每当我再见到一些新的面孔，无论是男是女，朋友或情人，我总要在脑海里把他们放进那个时期的那个大厅里去，琢磨他们会不会举起手来。没有一个人通得过这样的考验：人人都像以前我的那些朋友和熟人一样举起手来(有的是出于信念，有的是因为害怕，有人忙不迭地举手，有人无可奈何)。所以你得承认：跟那些随时随地准备把你送去发配或送到死神那里的家伙一起生活是很难的，把他们引为知己密友是很难的，爱他们也是很难的。

也许我这样做不公正，把跟自己交往的人全都放进这么残酷、其实是假想出来的考验之中。不公正在于，他们实在很可能跟我一起太太平平度日，没有那些好好坏坏的事。他们从来没有进过那个大厅，也没有在那里举过手。有人甚至可以这么说，我那么做只有一个目的：就是要抬高自己，妄自尊大，把自己置于众人之上。可是那“自命不凡”的指控也实在是不公正的。虽然事实是我没有投票赞成过任何人的覆没，但是我完完全全清楚，我的这一德行是靠不住的，只是因为我老早就失去了给别人举手的权利而已。在很长时间里，我确实一直力图使自己相信：在同样情况下我不会像其他人那么做。然而归根到底，我还有足够的坦诚来嗤笑我自己：就那么着，难道我一个人，会不举起手来吗？难道我会独立主持正义吗？才不会呢，我没有一丁点儿东西可担保自己比别人强；只不过那又何尝能改变我和别人的关系呢？意识到我自己的不幸并不能使我在看到其他人的不幸时，觉得没什么。

一些人在别人身上看到了和自己一样的卑鄙，彼此就称兄道弟起来，我最讨厌这样了。我才不要这种肮脏的情谊呢。

那么，我是怎么爱上露茜的呢？当时我并不清楚为什么，而现在我很高兴，清楚了，所以我当时(在青少年时期，易于忍受折磨而不善于思索)迫不及待地，而且也毫不怀疑地把露茜看作是一件礼物，一份由老天(灰蒙蒙而善良的天)赐予的礼物。于是这就成为我的幸福时代，可能是最幸福的时代：我挨整挨批，种种倒霉的事接踵而来，然而在我的内心却日益平静，一种越来越纯净的平静。这倒也有趣：如果说，女士们今天埋怨我自满自大，怀疑我把人人都视作笨蛋的话，但要是她们认识了露茜，一定会把她看作一个蠢姑娘，她们会难以理解我怎么会爱上她。而我，我爱她爱得至深，到了再不能相信将来会有各奔东西的一天；关于这一点，我从来没有对她说起过，这倒是真的，但我心里却存着这样一个信念，我总有一天要娶她。如果说这一结合在我看来并不般配的话，那么正是这样的不般配更加吸引着我而不是使我却步。

由于这短短几个月的幸福，我也应当对我们当时的指挥官感恩戴德；那些士官极尽能事地故意找我们的碴儿，有时从我们军装的衣褶里找出一点儿脏来，有时遇上我们的床整理得不是方方正正、有棱有角就把床给掀了，可是指挥官总是规规矩矩的。他已不很年轻了，原是从一个步兵营调来的，据说，这件事表明他是降级了。所以，他也是挨了整，倒霉的，可能是这一点我们私下里向着他；从我们这方面说他要求我们服从和遵守纪律是理所当然的，但星期天要我们去这儿那儿地义务劳动一天除外(他得去向上级汇报他的政治活动情况)。不过，他从来不无缘无故地找我们的麻烦，而且每两个星期六中总是毫不作难地必给我们一次外出假：在那个夏天，我甚至记得每个月能见到露茜有三次之多。

在不能见到她的日子里，我给她写了无数的信和明信片。如今，我已记不太清在信里究竟给她写了些什么，怎么写的了。然而重要的不是我的信到底怎么样；我想说明的是：我写了很多封，露茜一封也没写。

要想从她那儿得到回信，显然已是超出我的能力；也许我的那些信吓着她了；也可能她觉得不知给我写什么好，而且她的错别字太多；也许她因自己的字写得难看而不好意思，在她的身份证上，我只能认出她的签名来。我无法让她相信，正是她的稚拙，她的一无所知于我最为宝贵。这倒并不是我要推崇她的单纯，而是因为露茜的这些方面正反映出她洁白无瑕，使我有希望能给她留下深深的印记，难以磨灭。

起先露茜对我的信件只是不好意思地道谢；很快她就想回报点什么给我，由于不肯写信，她决定用鲜花来表示。事情是这样的：我们漫步在一个疏疏落落的树丛里，露茜忽然弯下腰采了一朵花递给我。我觉得这很动人，但丝毫不让我觉得意外。结果下一次见面时，她带上一束花等待我，这不免使我有些窘迫。

我当时二十二岁，忌讳那些会使我显得女气或嫩相的东西；在街上，我不好意思拿着花，我也不喜欢买花，更不用说接受别人的鲜花了。尴尬之余，我对露茜说应当是男子汉给女士送花，而不该倒过来。但是我看见她的眼泪几乎就要滚下来，就赶紧夸花好，接了过来。

真是没有办法。从那天起，我们每次见面，总有一束鲜花在等待我，最后我也习惯了，因为这种赠予出乎真心，使我再也不想别的，而且我也明白，露茜对这种形式的礼物看得很要紧，因为她苦于自己拙于言词，所以把鲜花看作是说话的一种手段；她倒不是根据从前花的话语所具有的浓重象征，而是把花理解成它们在更为远古时代的意义，这种意义更为含糊、更出于本能、是先于语言的；可能由于她向来不爱说话而喜欢沉默，所以她更向往那个还不存在语言的时代，那个人们用简单手势交谈的时代，例如用手指指一棵树，他们笑着，这个人碰碰那个人……

不管我是否弄清了露茜礼物的思想内涵，这种持之以恒本身最后感动了我，也使我萌生了给她赠送一件礼物的热望。露茜只有三件连衣裙，她老是按同一顺序轮换着穿它们，于是我们的约会也成了按三拍子进行。这三件小小的裙子，每一件我都很喜欢，甚至是因为它们全都磨毛了，穿旧了，也相当土气，它们和那件我曾经抚摸过的栗色大衣一样都使我喜欢（袖子上的装饰已磨得发旧)，何况在我抚摸大衣之前我还不曾抚摸过露茜的脸。不管怎么样，我的脑瓜里转着一个念头：我要回报给她一件连衣裙，一件漂亮的连衣裙，一大堆连衣裙。有一天，我拉着露茜进了一家很大的成衣商店。

刚一进门，她以为我俩是因好奇而去的，去看楼梯上上上下下的人群。到了三楼，在长长的挂衣架上密密麻麻地挂满女装，我在跟前停了下来，露茜发现我很有兴趣地打量着衣服，便走过去，对某几件衣服指指点点地评论起来。"这件好看。"她对我指着一件红花连衣裙说，那花儿很逼真。其实那儿没有几件真正漂亮的，但最后我们还是觉得很好。我抽出一件来，叫售货员道："这位小姐能试试这件吗？"当时露茜可能本想表示不要试的，但当着外人面，衣服又已经放到了柜台上，就没敢那么做。她还没有回过神来，就进了试衣室。

过了一会儿，我掀起帘子的一角去看她。尽管那件被试过的裙子没有什么特别的地方，但还是让我吃了一惊：这件样子勉强算是新式的衣服，几乎像是有魔法一样使露茜简直成了另外一个人。"我可以进去吗？"我的背后响起售货员的声音，接着他对露茜和她身上的这件裙子没完没了地夸起来。说着说着，他看着我，还有我的臂章问我(尽管不问，答案也是肯定无疑的)是不是属于"政治性"的那一类。我点点头。他眨了眨眼，微笑着说："我还有高级东西呢，您不想看看吗？"我马上看到一整套夏天穿的衣裙，外加一件黑色长裙。露茜一件一件试穿，件件都极合身，每一件都使她变一个样，而穿着那件漂亮的黑色长裙时，我就认不出她来了。

恋爱发展的关键时刻，并不总是有什么戏剧性事件为前奏的，它们常常不过是一些看起来无所谓的事情所造成的结果。我们进成衣店就是这样。直到那天，露茜对于我意味着一切：既是孩子，爱怜和慰藉的源泉；又是我的寄托和避难所。她几乎分毫不差地是我的一切——除了妻子。我们的爱情，从肉体感受角度，还从不曾超过接吻的界线，在这期间，甚至她拥抱的方式也是孩子气的(从前我曾经尝到过纯洁的长吻的滋味，双唇紧闭，始终是干干的，在相互抚爱中，毫不感觉到嘴唇上细细的垂直纹路)。

总之，直到那时候，我对她满怀柔情蜜意，但不是肉欲；我一向习惯于没有肉欲的生活，所以也不以为意了；我对露茜的依恋在我看来是那么美好，我连想也没有想究竟还缺什么东西。我们在一起多么和谐：露茜，家常穿的灰色旧衣服，以及我和她的交往，和修行者一样清心寡欲。在露茜穿上新衣裙的那一分钟里，原来的一定之规就完全完全乱了阵脚：露茜蓦地完全脱出了我心目中的露茜形象，我顿时看见一位漂亮的女士，在剪裁精良的裙子下露出一双腿，那比例协调的体态十分优美，原来那质朴无华不见了，在这一身鲜艳优雅的衣服中无影无踪。这突如其来的发现，使我的心突突地跳动起来。

露茜和其他三个姑娘在一家公寓里同住一个房间；这里每星期只有两天接待来访，从五点到八点，只有三个小时，而且来访者还必须在底楼门房处填写名字，留下身份证，离开公寓时须再到这里来。此外，和露茜同室的三个女伴各有一位或多位相好，也都得在这个公共房间内接待他们，由此她们产生多次舌战、对抗，为相互破坏掉的每一分钟而责怪对方。这一切都那么令人难受，所以我从来没有冒险去公寓看露茜。但是我知道，那时她的三个同室一个月后要去农业生产队待三个星期。我向露茜说我想利用这个时机去她那里会她。她变得闷闷不乐起来，说她更喜欢和我一起到外面去。我对她说我希望能和她在一个没有任何事，也没有任何人来打扰我们的地方单独待在一起，那样的话我们就可以完完全全地属于我们自己了；再说，我也想看看她住得怎样。露茜一点也不知道怎样反驳我，直到今天，我还记得，当她最后终于答应我的要求时，我是多么激动。

10

在俄斯特拉发已经将近一年了，起初那令人难以忍受的兵役生活，如今我早已习以为常。当然，还有许多烦恼和劳累，但是我总算能够在这种环境中适应下来，已结交了两三个好朋友，心里很高兴。这个夏天在我看来阳光灿烂(树木满是煤黑，然而由于我从矿下工作面的黑暗之中出来，所以我看所有的树木都青翠欲滴)。只不过，众所周知，在欢乐之中，总是包藏着不幸的萌芽：秋天的许多倒霉事件就是在这个又绿又黑的夏天里孕育出来的。

事情打斯塔纳开始。他在三月结了婚，而没几个月，就有消息传来：他的妻子经常出入夜总会。他很着急，给她一连写了好几封信，回信陆续地来了，口气是温软的；就在这个时候(天气十分晴好)，他的母亲来到俄斯特拉发；整个星期六全天，他们娘俩都在一起，而当他回到军营的时候，脸色惨白，一言不发；开头，他什么也不肯说，感到羞愧；然而第二天，他就对洪萨，后来又对其他几个人说出了心里话；而当斯塔纳看到大家都已经知道这件事的时候，他也就谈得更多了，天天谈，不停地谈：说他的女人像个婊子，他要去找他的女人，教训教训她，要把他女人的脖子给扭断。而且，他马上去找少校请两天假，可少校犹豫着不想准假，因为刚好这几天，少校听到了一大堆的抱怨(既有从兵营来的，也有从矿上来的)，说斯塔纳心不在焉，经常大发雷霆。于是斯塔纳再三恳求，说至少给他二十四小时的假。少校动了恻隐之心，就同意了。斯塔纳走后，我们就再也没有见他回来。其中发生了什么事，我也是后来听说的：

他到了布拉格，就直接扑到他女人那儿(说是女人，实际上是一个十九岁的孩子！)，而她，竟然不知羞耻地(可能还很高兴)向他把什么都承认下来；斯塔纳开始揍她，她抵挡着，斯塔纳想把她掐死；最后，他拿一个瓶子打在她的头上。女孩子一下子倒在地上，一动也不动。斯塔纳马上清醒过来，心里非常害怕，逃走了。上帝才知道他怎么躲进深山里的一间小屋子，就在那里过日子，等着有一天人家来抓他，把他送上绞架。果然，足足两个月之后，有人把他逮捕，他被判了刑，不是因为杀人，而是因为开小差。事实是，在斯塔纳走后不久，他的女人就苏醒过来，除了脑袋上有一个肿块，什么病也没有。当斯塔纳在军事监狱里的时候，女人和他离了婚。如今她是布拉格一个著名演员的妻子，我有时候去看她，好让我想起这个老朋友。斯塔纳后来的结局大概很惨：他的服刑期满后，又留在矿上干活；一次生产事故使他失去一条腿，截肢手术后创面愈合不好，丢了命。

就是那么个女人，人家说她至今仍然在艺术家圈子里很有名气，那时候她不仅给斯塔纳一个人带来厄运，而且坑害了我们大家，至少我们当时的印象如此。斯塔纳的失踪和不久以后军事部派来的一个检查团二者之间是否真有因果关系，我们虽没有可能具体确定，反正我们的长官卷了铺盖，由一个年轻军官（他刚二十五岁）接替他。他这一来就什么都变了。

我刚才说他有二十五岁，但样子要年少得多，完全是一个毛孩子。他费尽力气想给人以威风凛凛的印象。他不喜欢大喊大叫，说起话来冷冷地，以一种雷打不动的冷静口气让我们明白，他把我们大家全部看做是罪犯："我知道，你们心里最大的希望就是看我上绞架，"这个孩子在发表他的上任演说时，以此为开场白，"不幸的是，如果有人被绞死，那只是你们，而不是我。"

第一波冲突很快就发生了。尤其是切内克事件，始终留在我的记忆里，大概是因为我们觉得这个事件特别有趣：切内克入伍一年以来，画了很多大型墙画。在我们先前的长官手下，他总是受青睐的。他最崇拜的人，我在前面曾经提过，是胡斯[①]战争的统帅约翰·齐茨卡[②]和他手下中世纪军队里的那些兵；他十分注意让大家高兴，在那些兵士旁边画上一个裸体女人，他告诉长官，这个裸体女人是自由或祖国的象征。这一回新来的长官也决定要让

① Jan Hus（1371—1415），捷克宗教改革家。

② Jan Zizka（约1360—1424），捷克爱国将领。

切内克来效劳，派人把他叫去，要他画点东西来美化那个专门用于上政治教育课的大厅。他告诫切内克说，这回得丢掉齐次卡的那一套陈芝麻烂谷子，而要“富于时代感”，画面应当以红军和红军与我们工人阶级大团结为题材，还要反映红军在二月社会主义革命中的重要作用。切内克当时说，“是，首长！”于是立即就动手干了起来。他把好几张大幅白纸铺在地上，一连忙碌了好几个下午，然后把白纸用图钉钉在墙上，盖住了教室后面整个墙面。当我们发现画已完成的时候(少说也有一米五高，八米长)，大家一片寂静：原来画面中央画着一个穿得厚厚的苏联士兵，显得像个英雄一样，胸前挂着一支冲锋枪，毛皮帽子一直遮到耳朵，他的周围有八个裸女像，有两个挨着他，用一种挑逗的神情向他望着；而他则搂住她们各人的肩膀，那肥头大耳的脸上堆满了猥琐的笑。其他的裸女围绕在周围，有的向他伸着双臂，有的就那么站着(也有一个躺着)，展示着她们美丽的形体。

切内克站在墙画前(当时大厅里只有我们，等着专员的到来)大加发挥:“嗯，中士右边的这位是阿蕾娜，诸位，她是我一生中的第一个女人，她把我弄到手的时候，我才十六岁，当时她是一个士官的老婆，所以她在这个位置上是再合适不过的了。我这里画的是她当年的模样，今天她肯定没有这么漂亮了，你们根据她的腰胯(他用手指点着那女人的腰胯)大概就可以看出那个时期她已经发福。由于她当时从背面看要美得多，所以我又画了她一次，看那儿！(他朝着画幅的一头走去，用手指着一个背对观众的女人，她似乎正朝某个地方走去。)你们看，她的臀部多么气派，可能尺寸稍微大了一点，但正是咱喜欢的那个样。再看那个(他指着中士左边的那个女人)，她叫洛兹卡，当我跟她好的时候，我已经长大点儿了，她那时候有两个小小的乳房(他用手指着)，两腿很长(他用手拍着两腿)，她有一张漂亮得要命的脸蛋(他又用手指着)，她和我在学校里是同级的。至于那一个，在那儿，她是我们装饰美术学院的模特儿，我对她绝对记得清楚，还有二十个同学也跟我一样，因为她站在教室当中摆姿势，我们就是按她的样子来做人体素描练习，可没有一个人去碰她的，每次她的妈妈都等在门口，马上把她领回家去；但愿上帝宽恕这个姑娘，我们这些小伙子可从来也没碰过她，凭良心讲。先生们，那边那个就不大一样了，那是一个骚货(他指着一个懒洋洋地躺在一张怪模怪样、装饰意味很强的沙发上的女人)，过来，你们来看(我们就过去了)，她的肚子上有一个黑点，这个点你们看见了吗？这个点是用烟头烫出来的。据说是被她的女主人，一个爱妒忌的女人烫出来的，因为那个女人，诸位，通阴阳两性，她那下身，简直是架手风琴箱，先生们，无论什么都进得去，我们这些人可以统统都进去，我们大家，另外还有我们的妻子，我们的情妇，我们的孩子、曾祖父母……"

眼看切内克正要进入他那报告最精彩的部分，政委走进了教室，所以我们不得不回到板凳上。前一个长官在的时候，政委就习惯了切内克的作品，所以对这幅新画丝毫无动于衷，他马上高声朗读起一本小册子，大谈社会主义军队和资本主义军队之间有什么不同。切内克的讲解还在我们的脑海里回旋；我们沉浸在一种甜蜜的遐想中。在这当口那个毛头指挥官突然出现在教室里，他肯定是来听学习会的，但是他还没有来得及接受政委那刻板的报告的教育，就已经把墙上那幅大型墙画尽收眼底，甚至他没有让政委接着朗读，就用冰冷的声音问切内克这墙画是什么意思。切内克跳起来，在他的作品面前站得笔直，报告说："象征红军为我们人民而斗争的伟大；这儿(他指着中士)，这就是红军，他两旁，一个是工人阶级的象征(他指着士官的老婆)，一个是欢乐的二月(他指着他的同学)，这儿(他指着其他的女人)是自由女神和胜利女神，那边一个平等的化身；现在再看这儿(他指着后背向外的士官老婆说)，我们可以看到资产阶级正在退出历史舞台。"

切内克住了嘴，上尉宣布说这幅画是对红军的污辱，应当马上把它拿掉。至于切内克，要等候处理。我小声地自言自语道："为什么？"上尉听见了，问我是不是有问题要提，我站起来说这幅画我很喜欢，上尉说他毫不怀疑，因为这些画是专门画给那些玩手淫的家伙看的，我说严肃艺术家米斯尔贝克[①]也曾经把自由塑为裸体女人，我又说，伊泽拉河[②]在阿尔斯[③]的著名画幅上也是以三位裸体像来表现的，所有的画家在任何时代一样都是这么做的。

毛头指挥官困惑地瞥了我一眼，他再次下令摘掉这幅画。然而大概我们还是多少把他说动了，因为他没有处罚切内克，不过他记恨切内克，还有我。后来没有多久，切内克还是受了军纪处分，不久，我也是。

事件的经过是这样的，有一天我们班带着尖嘴镐和铲子在远离营房的角落干活，一个懒惰的下士马马虎虎地看着我们，所以我们老是倚着工具聊天，没有觉察那个毛头指挥官远远地在那儿站着，监视着我们。直到他骄横地喊道："列兵扬，到这儿来！"这时我们才发现他。我横下心，提着铲子，到他面前立正站定。"你们就这么干活吗？"我现在记不起来当时是怎么回答的了，不过肯定没有顶撞他，因为我当时丝毫不想为鸡毛蒜皮的小事去惹一个掌握我生死大权的家伙，我也丝毫不想把我在军营的生活弄得复杂化。但是当他听我支支吾吾时目光变得冷酷起来，他走近我，一把抓住我的胳膊，使出一招漂亮的柔道工夫，把我从他肩上甩了出去。然后，他蹲下，把我死死地按在地上(我并没有做出自卫的举动，当时只觉非常意外)。"够了吗？"他大声问我(以便让大

---

① Josef Myslbek(1848—1922)，捷克雕塑家。

② Jizera，位于捷克的北波希米亚，长一百六十四公里。

③ Ales(1852—1913)，奥匈帝国时代的捷克画家。

家尽管在一段距离外也能听清他的话)。我回答说:“够了。”他命令我站起来立正,面对着集合成一排的全班宣布道:“我要把列兵扬关两天禁闭。倒不是因为他冲撞了我,这种小事,你们已经看见我把它处理了,易如反掌。坐两天的黑屋子,是因为他磨洋工。如果你们也这样磨洋工,也有的是黑屋子可以坐。”他转过身,得意洋洋地走了。

那个时候,我的心里对他充满了恨。恨得太强烈,反而把恨什么记不清了。当时我的这位指挥官在我眼里简直是一只喜欢记恨而且狡猾的耗子。而今天我再看他时,则觉得他主要是年少气盛,而且在扮演角色。归根到底,年轻人如果装腔作势,不能算他们的错;他们还没有定型,但生活把他们置于一个定型的世界之中,在这个世界里,人们要求他们像成熟的人一样行事。于是他们迫不及待地采用那些流行的方式和样子,这些东西容易对他们的胃口,使他们喜欢——他们在扮演角色。

我们的指挥官在那个时候也没有定型,而忽然那么一天,他和我们这一群人对垒,他完全不能理解这支队伍,但是他已经学会了怎么对付,因为他所读到的和听到的一切已经给他备下了一具用来对付类似情况的面具:连环画里的硬汉,铁石心肠的勇士在收编一帮乌合之众,不靠说大话,全凭冷静沉稳,干巴巴的幽默一针见血,相信自己和自己肌肉的力量。他越是觉得自己有一副孩子气,他就越是起劲地扮演超人这样的角色。

然而，难道这是我第一次遇到年轻人做戏吗？当我因为明信片事件在书记处受到盘问的时候，我刚二十出头，盘问我的那些人比我大不了一两岁。他们也无非是一些毛头小伙子，把自己没有定型的面孔藏在他们自认为是最出色的一张面具下面，这张面具就是一个禁欲苦行百折不挠的革命者形象。玛凯塔呢？她不是曾经想扮演仗义救人的角色吗？而且这个角色还是从当时银幕上一部蹩脚电影里学来的呢。还有那个突然大谈道德以煽情的泽马内克，难道不是在扮演角色吗？还有我自己，那个时候我不是甚至还同时扮演着好几个角色吗？我在被他们使绊子打倒以前，不是还不停地从一个角色转换到一个角色吗？

青年时代是可怕的：它是一个舞台；一些小孩子，足蹬厚底靴、身穿各式各样的服装跑来跑去，照搬着许多他们似懂非懂，也是从别人那儿学来的套路，但他们对这些十分热衷。历史也是可怕的，它经常给幼稚提供演习的场地，它是小尼禄、小波拿巴的演习场地，它也为一群群如醉如痴的孩子提供演习场地，于是他们从别人那里模仿来的狂热和简单化的角色就变成一种实实在在的灾难。

现在每当我想到这里，我头脑中的价值系统就摇摇欲坠，对青年时代产生一种深深的憎恶——而同时我又对历史上的那些欺世大盗反而有了某种宽容，我忽然从他们的行为中看到一种幼稚病带来的可怕狂热。

一提幼稚，我就想起阿莱克塞；他也是扮演着一个超乎自己理智和经验的重大角色。他和我们的指挥官有某种共同之处：看起来比实际年龄还要小些。但是他的青春少壮(与指挥官又不同)缺乏英俊：身体瘦小虚弱，在厚厚的眼镜片后面是一双近视眼，皮肤上满是小黑疙瘩(这是青春发育带来的)。他先是应征入伍，当了陆军军官学校的学生，但一夜之间他发现自己失去了这种优越地位，被调到我们这里。那个时候，正是许多著名的政治案件发生的前夕，在各种各样的会议厅里(党的，司法部门的，警察局的)，不断地举手表决来剥夺被告者的信仰、荣誉、自由；阿莱克塞是一位不久之前被监禁的重要共产党人士的儿子。

一天，他来到我们组，分到那张斯塔纳留下的床。那个时候，他看待我们的目光和我当初看待我的新伙伴们差不多。他也是寡言少语，而别人一旦知道了他是共产党员(他还没有被宣布开除)，就开始在他的面前说话十分小心。

阿莱克塞听说我曾经是党员，就跟我说话多一些；他透露给我，他觉得应该不惜一切代价经受住生活强加于他的巨大考验，而绝不背叛党。他后来给我读了一首在被宣布遣送到这里以后写的诗(尽管从前从没有写过)。这首诗有四行：

你们可以，我的同志们，
把我贬为一条狗，对我吐唾沫。

尽管有狗的面目，尽管被你们唾弃，同志们，
我将忠诚地，和你们站在一起。

我理解阿莱克塞，因为我自己在一年以前也有过同样的感受。然而，我现在已经不是那么灰心丧气：我有了个日常生活的引路人，露茜，她已经把我拔出这个境地，而许许多多的阿莱克塞还在这里经受着痛苦煎熬，走投无路。

11

正当那个毛头指挥官在我们连队建立他那套体系的时候，我一直在琢磨要不要开口请假外出；露茜的伙伴们已经到生产队去很久了，可我也已经有一个月没有离开过营地；指挥官牢牢地记住了我的面孔和我的名字，这是在军队里最糟糕的事。现在，他不放过任何一个机会来让我明白，我生活中的每时每刻怎么过无不取决于他的喜怒哀乐。至于准假外出，那是绝对不行的；首先，他已经宣布过，只有那些经常参加星期天义务劳动队的人才能得到准假；于是大家呼啦一下全都去了，只不过这样一来，生活就没有了盼头，因为我们没有一天不下矿井，如果我们之中有一个人在某个星期六享受到外出的自由，一直弄到凌晨两点，那么他在星期天干活的时候就困得要睡着。

我也和别人一样，报名去参加这种星期天的活儿，可这丝毫不能保证我的申请就会被批准，因为只要是床没有收拾好，或者随便什么小错，星期天的活就白干了。然而，当权者的专横并不仅仅表现为冷酷，也有(少得多)表现宽大为怀的时候。所以，几个星期一过，毛头指挥官又高兴开恩了。最后我得到一个晚上的假，正好是露茜的伙伴们回来的前两天。

当看门的老太婆让我在会客簿上登记的时候，我很慌乱，接着她就允许我上五楼去。我敲敲长廊尽头的一扇门。门开了，但是因为露茜藏在门背后，所以我面前只见到一个空房间，一眼望去，它一点也不像个宿舍；我简直以为自己是到了一间用来举行不知哪种宗教仪式的屋子：桌上被一束大丽花装点得很漂亮，窗前两大枝榕树叶，到处(桌子上，床上，地板上，墙上的镜框下面)是一片星星点点的绿色(我马上认出那是天门冬)，仿佛在这儿等待着耶稣基督骑着他的小毛驴降临似的。

我拥着露茜(她站在门后，没有动)，吻了她一下，她穿着一件黑色长裙，脚上是高跟鞋，那是我给她买衣服的同一天送给她的。她站在这庄严的绿色之中，仿佛是一位修女。

我们把门关上，我这才看出自己是站在一间普通的公寓房间里。虽然布置了很多花草，但也无非是四张铁床，四个斑斑驳驳的床头柜，一张桌子和三张椅子而已。但是从露茜给我开门时起，我心里的激动就并没有因这种景象而稍减：因为我整整申请一个月人家才给了我几个小时的松快，而且也因为，长长的一年以来，我还是第一次置身于一个小屋子里。一股温馨的气息以它醉人的芬芳把我团团包围，那强烈的气氛几乎使我晕倒。

直到那时，凡在我和露茜一起散步的时候，空间总是敞开的，把我和军营仍连成一片，同时也连着我的特殊处境；周围无处不在的空气像一根看不见的缆绳始终把我和那扇铁栅门系在一起，门上写着："我们为人民服务。"我似乎觉得，无论何时何地我都不可以(哪怕是一小会儿)停止"为人民服务"。整整一年了，我从来没有看见自己居然能身处一间由四堵墙围起来的私人小房间里。

这真是突如其来的一个从没有经历过的环境。我感觉到，在这二个小时里，我是完全自由的；比如说我不仅可以毫无顾虑地(不管什么军纪不军纪)摘掉帽子，解去腰带，而且可以脱掉上衣，裤子，高帮皮鞋，一切，而且只要愿意，我可以把它们统统踩在脚下，我可以做任何事情，而人家怎么也看不见我；再说房间里很暖和，很惬意。这温暖再加上这自由使我头脑发起热来。我拥抱露茜，把她带到铺盖着绿草的床铺那儿。床上(被子是灰色的)的那些枝枝叶叶使我十分激动。在我看来它们不是别的，正是象征着新婚；我脑海里闪现出一个念头(使我心旌摇动)：在露茜的稚气中，不自觉地反映着最古老的习俗，她已经决定要在一种庄严的宗教仪式中来告别童贞。

露茜虽然也回报我的亲吻和拥抱，但显然是很有保留的，这一点我还是过了好一会儿才觉察出来。尽管她的嘴唇也是热烈的，但始终严锁着；她全身紧紧贴着我的身体，但当我把手伸进她的裙子想用手指抚摸她双腿的时候，她就挣脱了。在忘怀一切的眩晕之中，我原本急切地想让我和她尽情在一起。但我明白了，这种急切之情只是单方的。我现在还记得，当时我因为失望而热泪盈眶(我在露茜屋里才不到五分钟)。

于是我们并肩坐着(屁股下面压着枝枝叶叶)闲谈起来。过了好一会儿(谈话没多大意思)我又拥抱露茜，她抵制着。我跟她扭搏一番，不过很快我就发现这种情爱上的比武一点也不好玩。由于露茜用力地、拼命地、几乎是不顾一切地自卫，这简直就是在打架，只可能把我们的恋情弄得面目可憎。我只得住手。

我想拿话开导露茜听我的，我就对她说起来：我告诉她我爱她，相爱就意味着相互给予一切，完整的一切；尽管这没什么出奇，但完全是无可非议的，而且露茜也丝毫没有想要反驳的意思。相反她只是默然，要不就恳求："不要，我求求你，不要！"再不就是："别在今天，别在今天！……"她于是想方设法(她那不善应变令人心动)转移话题。

我又卷土重来；你是那种把人家的火点了起来又拿人家开心的姑娘吧？你就那么没心肝，那么使坏吗？……我再次抱住她，结果又展开一番短短的、但令人伤心的搏斗，这番搏斗是不愉快的，没有柔情可言，这一次又给我留下了腻味。

我停下来，突然自以为明白了露茜为什么要拒绝我。上帝，我怎么没有早点想起来呢？露茜是个孩子，性爱大概吓着了她，她还是童身，她害怕所未经历过的事；我马上决定一改我迫不及待的方式，这只能使她胆怯，我要温柔，要细致入微，性爱应当和我们的温情抚爱没有一点差别，它本身应当是温情抚爱的一部分。所以我没有固执坚持，而是对露茜温存起来。我拥抱她(很久很久，我都不再觉得愉快)，对她百般殷勤(不是由衷的)，装出并不是故意的样子，想法让她躺下。我做到了；我摩挲着她的乳房(露茜从来没有抗拒过这样)；我在她身边轻轻地说我对她身体无论是哪一部分都会十分温柔，因为这是她，我对她的一切都要十分温存；我甚至把她的裙子稍微撩起了一些，在她膝盖以上十到二十厘米的地方亲吻着，然而我再不能往上了；当我把脑袋快要贴近她下身的时候，露茜突然惊恐万状，挣脱我跳下床去。我望着她，她的五官不知为什么竟抽搐着微微抖动起来，我从来没有见到过她这样的表情。

露茜，露茜，莫非是光线太亮使你觉得难为情吗？你想让房间黑暗？我问她。她把我的问题当作是块救命的木板，点点头，光亮对她是一种障碍。我到窗子跟前想放下遮帘，可露茜说："别，不是的！放着别动！""那为什么？"我问。"我怕。""你怕什么东西，怕黑还是怕亮？"她不作声了，泪流满面。

我越来越不能同情她，她的拒绝在我看来莫名其妙，很伤人，也太不通情达理了，这样的拒绝太折磨人，我无法理解。我问她，她不肯依从是否因为她还是童身，害怕即将体验的身体上的痛苦。对这一类的每个问题，她一律都温顺地点头，因为她拿不出任何论据为自己的抗拒辩护。我对她说，她的守身如玉当然是非常好的，可只要和我、深爱她的我在一起，她会获得一切新的感觉。“你不高兴能成为我的妻子，地地道道的妻子吗？”“高兴。”她说，她想到这一点很高兴。于是我马上抱住她，而她也马上变得僵硬起来。我几乎难以控制我心里的怒气。“你到底为什么不肯？”她回答：“我求求你，等下次吧，是的，我很愿意，可不要今晚，下次。”“为什么不要今天？”“不要今晚。”“为什么不要？”“我求求你，现在不要！”“那么什么时候？这是我们的最后一次机会可以两人单独在一起，你好像还不如我清楚你同房间的人后天都要回来了！以后，什么地方，我们还能没有别人一起待着？”“你会找到办法的。”她说。“好吧，”我说，“我来解决，但你得答应我一定来，因为再要找到一个像你这个房间这么合意的地方不大可能。”“那没关系，”她说，“绝对没关系！你要去哪儿就去哪儿。”“就这样吧，不过你要答应我，只要一到那儿，你就得做我的妻子，你可不能闹别扭。”“好吧。”她说。“你起誓？”“好。”

我知道，这一回我也只能得到一个空头许诺而已。这太少了，但聊胜于无。我按下失望的心情，把剩下的时间都用于闲聊。临走的时候，我把衣服上沾的天门冬草星子抖落，在露茜的脸蛋上抚摸了好一会，对她说，我从此就只一心想着下一次的见面（这不是假话）。

12

在这次和露茜约会之后，又过了好几天(一个秋季的雨天)，我们排着队经过一条坑坑洼洼的路，从矿上走向驻地，高一脚，低一脚的。我们浑身是土，精疲力竭，淋了个透湿，急着想休息。我们大多数人已有一个月没有在星期天外出过。然而，午饭刚刚吞下肚，那个毛头指挥官就让人吹起集合哨，向我们宣布他在检查我们的宿舍时发现了许多毛病。于是，他让士官们出来指挥，命令他们延长两小时的训练，以示惩罚。

既然我们是没有武装的，那我们的操练就显得特别荒唐。除了贬低我们生命中时间的价值之外，没有任何目的。我记得有一次，在毛头指挥官监督下，我们整个下午就是把许多沉重的木板从军营的一头搬到另一头，第二天又搬回来。一连十天，天天如此。我们从井下工作面回来之后在驻地院子里所做的也都和这种木板搬运差不多。不过，我们那一天这么搬来搬去的不是木板，而是我们自己的躯体。我们让躯体一会儿迈步，一会儿向后，或向右转，我们不断地卧倒，不断地跑到东，跑到西，还拖着身子在泥水里爬来爬去。这么折腾了三个钟头，指挥官露面了：他指示士官们把我们带去上体育课。

在营房的背后，最里面有一片可以说是十分窄小的场地，可以玩足球，也可以操练或跑步。士官们已经想好给我们组织一次接力赛跑。连队本有九个班，每班十人：都是现成的比赛组。当然，那些士官本意要折腾我们，但是因为他们大多数是十八到二十岁，有着这个年龄的心气；他们自己也愿意赛跑，以证明我们不如他们，所以，他们组织了十个下士或上等兵编成自己的组和我们抗衡。

他们花了好一会儿时间来向我们解释怎么进行，并让我们明白他们的计划：十个打头的要从操场一头跑到另一头，第二个人在终点线上应当准备好朝对面跑，然后，这个人又被组里准备好出发的第三个人接替，照此类推。士官们清点了我们的人数并把我们分在跑道的两边。

干完矿上的活，又进行训练，我们已经累得要死，还要接着赛跑，使我们要气疯了。于是我想出一个小小的点子告诉两三个伙伴：要跑得极慢极慢！马上，这个主意悄悄地传开了，很快，一阵满意的暗笑鼓动着精疲力竭的小兵们。

最后，我们各就各位，准备进行一场其总意图纯粹是无聊的竞赛，尽管我们身上穿的是军服，脚上是沉重的大皮鞋，我们还得跪在起跑线上；发给我们的接力棒是从来不曾见过的(因为要拿接力棒的人是和我们面对面跑的)，让我们握在手里的是一根真正的传爆管。给我们起跑信号的倒是货真价实的发令枪。比赛开始了。一个二等兵(士官们的第一个选手)以冲刺的速度起跑了，我们才直起腰(我当时在排首)，慢步起跑。还没有跑出二十米，我们就几乎忍不住要笑出来，因为那个二等兵已经快到对面了，而我们的人刚刚离开起跑线不远，差不多是齐头并进，装出一副因竭尽全力而累得上气不接下气的样子；同时在场地两头站着的小伙子们扯开嗓子为我们喊:“加油，加油！……”半路上，我们和士官队的第二号选手交臂而过，他已经在向我们刚刚离开的线上冲刺。当最后我们终于到了场地那一头把接力棒递出去时，在我们后面远远的第三名士官手里拿着传爆管已从起跑线上出发了。

我今天想起这次接力赛简直就像是我们黑伙伴盛大的示威。他们的创造力没有止境：洪萨一瘸一拐地跑，大家发狂似的给他加油，于是他到达终点时(欢声雷动)还像一个英雄似的，抢在别人之前两步。茨冈人玛特洛斯在赛跑路上摔跤竟有八次之多。切内克把膝盖抬得有下巴高(这样一来，比用最快速度倒换两只脚还要累得多)。没有一个人出来拆台：那个老实本分，曾经拟就一篇宣言为和平而张目的贝德里奇，也是郑重其事一本正经地跟大家一样拖拖沓沓地跑，还有那个富农儿子约瑟夫，那个跟我不和的彼得·佩克尼，那个不紧不慢双手放在背后跑的老安布洛兹，那个总是用假嗓子尖叫的红头发彼特拉恩，还有那个在一路上用破锣嗓子大喊“乌拉”的匈牙利人瓦尔加，他们没有一个人给这番令人叫绝却又极其简单的串演露马脚。这场好戏让我们笑破了肚子。

正在这个时候，我们远远看见毛头指挥官从营房那边走过来。一个士官瞧见他迎上去汇报。指挥官听完后，就过来站在场边视察我们的赛跑。那些士官紧张起来(他们早已跑完)一齐给我们当啦啦队:“快呀，快呀！使劲！加油！”但是他们的喊声被我们的喊声吞没了。我们这些士官不知如何是好，吃不准是否该停止这场比赛，跑来跑去相互商量，一面注意着指挥官那边的动静。指挥官却并不朝他们看一眼，只管冷冰冰地观察着我们。

最后一批人起跑了。阿莱克塞也在其中。我就好奇地想看看他会怎么做，果然不出我所料：他想拆台。他猛地一下子全力起跑，于是跑出二十米之后，少说他也比别人领先了五米。但奇怪的事发生了：他的节奏慢了下来，所以再也不能拉开更大的距离。我突然明白，阿莱克塞是要拆台，但心有余力不足，做不到是因为他体质太差，所以来了两天以后，他们也只能让他去干轻活。他既没有力气，呼吸又跟不上。这样一来他的跑步就成了我们这场戏里最精彩的部分。阿莱克塞简直把吃奶的劲都使了出来，结果看起来和那些拖在他身后五米的人毫无二致。士官和军官都大概认为，阿莱克塞开头猛跑也是我们滑稽戏里的节目之一，和洪萨装出来的一瘸一拐、玛特洛斯的栽跟头或者啦啦队的大吼大叫如出一辙。跟在阿莱克塞背后的人仍装作十分吃力，故意大口大口喘粗气，阿莱克塞也跟他们一个模样，紧捏着拳头拼命往前冲。

然而他确实还有真正与众不同的一点，那就是他要尽最大的力量使唤自己，真的汗流满面。跑到一半，他不得不再放慢速度，于是其他人不用加速就在缩短和他的距离。在离终点三十米处，终于超过了他。当他只剩下最后二十米时，他不能跑了，踉踉跄跄走着，一只手捂着肚子的左边。

指挥官下令集合。他要弄明白我们为什么跑得那么慢。“因为我们累得散架了，上尉同志。”他要求觉得累的人举手。我们举起了手。我专门注意了阿莱克塞(他在我前面一排)。只有他，没举起胳膊。但指挥官没有瞧见他。指挥官说:“好得很，这么看来是人人都累了。”“不是的。”有人说。“谁还不累?”阿莱克塞答道:“我。”“哦，你不累?”指挥官盯着他的脸奇怪地说,“你怎么会不觉得累呢?”“因为我是共产党员。”阿莱克塞回答道。一听这句话，全队的人都很不以为然，露出无声的冷笑。“刚才就是你最后到终点的?”指挥官问。“是。”阿莱克塞承认。“而你还不累?”指挥官问。“不累。”阿莱克塞再次肯定地说。“既然你不累，那么你是故意破坏训练。所以我要关你十五天禁闭，因为你有意捣乱。其他人，你们全都累了，算你们还有情可原。你们在采矿面上的效率微乎其微，因为你们外出太疲倦。为你们的健康着想，两个月之内全队不准出营。”

进禁闭室之前，阿莱克塞非要跟我谈谈不可。他责备我不像个共产党员的样子。他声色俱厉地问我，到底是拥护还是反对社会主义。我回答他说我拥护社会主义，但是在这儿，黑帮营里事情截然不同，因为这儿和外面其他任何地方的阵线不一样：一边是丧失了掌握自己命运权利的人，另一边是把这些人的命运大权强夺在手并任意处置的人。阿莱克塞不同意我的看法，说他认为区分社会主义和反动势力的方法在任何地方都适用；归根结底，我们这种连队也是与社会主义的敌人作斗争、保卫社会主义的一种方式。我问他，毛头指挥官把他阿莱克塞送去关十五天黑屋，把其他人统统认作社会主义最凶恶的敌人，这又算是怎样捍卫社会主义以及和社会主义的敌人作斗争呢？阿莱克塞承认他不喜欢那个指挥官。我对他说，如果这个军营真的是一个与反对社会主义的敌人作斗争的地方，那么他就不该被打发到这儿来。然而，他这时激奋地回答说，他完完全全该到这儿来："我的父亲是因里通外国而被逮捕的。你没掂量过这利害关系吗？党怎么可以信任我呢？党对我不予信任是党的职责！"

后来，我又找洪萨谈过话。两个月没有外出的可能，我叫苦连天(心里想着露茜)。"你这个大笨蛋，"他对我说，"咱们会比以前出去机会还要多的！"

原来这次破坏接力赛跑的趣事使我的同志们大大加强了团结，也启发了他们的创造性。洪萨成立起一个像核心组似的东西，范围不大，专门研究如何组织大家越墙外出。不出四十八小时，事情就安排妥了，并且凑起一笔秘密基金用来贿赂。负责我们宿舍的两名士官让我们拉下了水，我们找到一个最合适的地方在铁丝网上打开了个缺口。那是在营地的尽头，那里只有一个卫生所。从铁丝网到最靠近的一所矮民房只有五米，那房子里住着我们在井下认识的一个矿工，伙伴们跟他很快就谈妥了：他不锁院墙的门；偷跑的大兵悄悄地走到铁丝网前，眨眼之间钻过去，快步跑五米，进院墙门就安全了：再穿过房东屋子就到了小镇的街上。

这条通道是比较可靠的，但不能大意，同一天不能有太多的人过去，不然缺那么多人，容易被发现。所以洪萨的核心组不得不对外出进行规定。

但是还没轮到我，洪萨的整个计划就全泡汤了。一天夜里，指挥官亲自来到营房发现有三人不在。他训斥上士(宿舍长)没有报告缺席人数，就像知道底细一样，问他得了多少好处。上士以为有人告了密，就没有否认。指挥官派人把洪萨找来对证，上士承认他是从洪萨那里拿到钱的。

毛头指挥官这下可把我们弄得一败涂地。他把上士、洪萨和当夜秘密外出的三名士兵送上了军事法庭。(我甚至没来得及和这位最好的朋友告别，一切都在一个上午飞快地发生，当时我们还在井下，我后来很久才知道他们都被判了刑，尤其是洪萨，落得个蹲一年大狱。)面对集合起来的全连，毛头指挥官宣布处罚期再延长两个月，而且还把我们按惩戒连处理。按他要求造了两个角楼，布上瞭望哨，安装了许多探照灯，还不算弄来两个带领狼狗的专家来看守。

毛头指挥官的处理竟然这么快又这么准，我们大家全都顿生疑窦：一定是有人出卖了洪萨。这倒并不是说，在我们黑类分子里告密很盛行。尽管我们全都瞧不起这种事，但这种事我们知道还是随时会有可能发生的。因为我们如果想要改善自己的处境，想一到期就能离开，那告密这种手段乃是最为有效的了，还能带走一份好鉴定，以保证有个过得去的前途。到目前为止，我们(大多数)还没有落到这样卑劣的地步，这一点我们是做到了，但却做不到不去怀疑别人。

这一次也是，这种疑窦油然而生，并很快转化为大伙一致的想法(尽管毛头指挥官的出击也可能并不是出于告密)，目标集中在阿莱克塞身上，而且毫无条件地十分肯定，这个家伙当时正在最后几天的禁闭之中。尽管如此，他每天早上还是跟我们一起下巷道，这很自然，所以大家都说他肯定对洪萨的行动计划有所知晓(他的耳朵和警察狗子的一样灵)。

这个倒霉的戴眼镜大学生因此到处都有人给他颜色瞧：队长(我们的人)分配给他最难干的活；他的工具老是丢，所以他不得不自己掏钱按价赔偿；含沙射影的咒骂没有少给他听，更不用说种种刁难了，够他受的。在他床脚附近的木隔板上，有人用污油刷上了几个老大的黑字：小心点，卑鄙小人。

洪萨和其他四个罪犯被押走后没几天，我在一个傍晚时分去宿舍看看，里面除了阿莱克塞弯腰在重新整理床铺外，没有其他人。我问他干吗这时候铺床。他对我说小伙子们一天要把他的铺盖掀翻好几次。我对他说大家认为是他告发了洪萨。他否认了，几乎要哭起来，他什么也不知道，也没有去打小报告。“你干吗要这么说？”我对他说，“你自己愿意跟指挥官一个鼻孔出气。所以，很自然就是你可能去告密了。”“我才不是和指挥官一个鼻孔出气呢！指挥官专门搞破坏！”他咬牙切齿地说。于是他把自己的想法告诉了我。他说这些想法是他在牢里经过思索得出来的：党建立了对黑臂章战士的教育体系，虽然不能把武器交给这些人，但本意是要对他们重新进行教育。只不过，阶级敌人没有睡觉，他们要不惜一切代价来歪曲这种再教育，他们所期望的，就是要让黑臂章士兵对共产主义抱刻骨的仇恨，于是就成了反对革命的后备力量。如果这个毛头指挥官竟然如此对待每一个人，挑起他们的怒火，那就很清楚，这是敌人的阴谋！党的敌人究竟藏在哪些地方，看来我一无所知。肯定，这指挥官就是敌人派来的。阿莱克塞知道自己应该做什么，于是把指挥官的所作所为写成一份详尽的报告。我大惊失色：“什么？你写了什么？你寄到哪儿去了？”他回答说他向党组织递交了一份向党告指挥官的信。

我们说着已经走出了营房。他问我怕不怕让别人看见我跟他在一起。我对他说提这样的问题太愚蠢了，而他认为自己那封信上级能收到更是双倍的愚蠢。他的回答是作为一个共产党员，应该时时处处都以无愧于这一称号作为行动准则。而且他又再次提醒我，我也是个共产党员（即使已开除出党），不应该再像现在这样生活下去："我们，共产党员，应当对这里的一切都负起责任来。"这让我觉得真滑稽。我对他说，连自由都没有还谈得上什么负责任。他回答说他觉得有充分的自由来当个真正的共产党员，他现在和将来都要以行动来证明自己是个共产党员。说这句话的时候，他的下巴颤抖着。在许多年过去的今天，当我回忆起那个时刻，更加感慨万千：阿莱克塞在那个时候才刚刚二十岁，还是个年轻人，一个乳臭未干的孩子，他的命运就像是一件巨人的衣服套在他那小小的身体上那么不相称。

我还记得，和阿莱克塞谈话后不久，切内克问我为什么要和这个卑鄙小人说话。我对他说，阿莱克塞是个傻东西，但不是卑鄙小人，我还把阿莱克塞控告指挥官的那番话说给他听。但切内克并不以为然："傻不傻，我不知道，"他说，"但卑鄙小人是肯定的。因为一个公然连老子也不承认的人，那只能是个卑鄙小人。"我不明白是什么意思。他很奇怪我竟然不知道。政委曾经拿出一些几个月以前的报纸来给大家看，报上登着阿莱克塞的一份声明：他认为，他的父亲已经背叛和玷污了被儿子珍视为最神圣的事业，所以他与自己的父亲脱离关系。

这一天傍晚，从角楼望哨（近日刚修好）上第一次高高打出探照灯照射着营地。一个卫兵带着狗监守着铁丝网围成的墙。一种无底的悲哀向我袭来：我失去露茜了，我知道在这两个月难熬的漫漫长日里，我无法再见她。当晚我给她写了一封长信，告诉她我要很久很久见不到她，我们不能获准离开营地，我是多么遗憾她当初拒绝了我的要求，只有靠回忆来帮助我忍受这一星期又一星期满天阴霾的日子。

在我寄出信后的第二天，我们没完没了地操练，立正、向前走、卧倒。我机械地完成着这些动作，至于班长勃然大怒，我的伙伴们走步或卧倒我都视而不见；我也没看见周围的情况：院子的三面都是营房，第四面是挨着外面大路的铁栏杆，有时候一些行人停下来看热闹(更多的是孩子，有时有父母跟着，有时没有，父母往往告诉他们，栅栏里是一些小兵在操练)。这一切对于我全都成了用彩色的布做成的没有生命的摆设(铁丝网外面只有一堆彩色布而已)。所以若不是有人从那边朝我喊："你在想什么，布娃娃？"我还不往那边瞧呢。

这时我才看见了她。是露茜。她靠铁栏杆站着，还是穿着那件旧得磨起毛的栗色大衣。(我们买东西的那天，怎么就没有想起来夏天就要结束，天气转冷了呢？)脚上穿的是黑色高跟浅口皮鞋(我送给她的)。她紧盯着我们，一动不动。战士们看出她是出奇的好性子，兴趣越来越浓地议论她。他们用言词来宣泄被迫长期过单身生活的男子在性爱方面的苦恼。最后，就是班长也注意到战士们的分心，而且很快，又发现了分心的原因，他自己又无法控制局面，不由大为光火：他毕竟没有资格去命令一个姑娘不能待在那儿，铁丝网外面是一个相对自由的天地，不受他的管辖。于是他气鼓鼓地命令小伙子们有议论以后再发，并提高嗓门来喊口令，同时也加快了训练速度。

露茜挪动几步，一时走出了我的视野，但最后总是回到我们彼此看得见的地方。即使队列训练结束，总算熬到了时候，我也并没有时间走近露茜，因为我得三步并作两步跑到政治课上去。我们大听特听关于和平阵营和帝国主义阵营的套话。又过了一个小时，我才设法溜出来(已是天擦黑时分)，去看看露茜是否还在铁丝网那儿。她还在。我跑过去。

她要我别生她的气，她是爱我的，知道我因为她的不好而伤心，她恨自己。我对她说还不知道什么时候才能有机会去看她。她说这没关系，她会常来这儿的。(一些小伙子走过我的背后，朝我们大声说些猥亵的话。)我问她，大兵们这么粗鲁是不是让她难堪。她安慰我说她不介意，因为她爱我。她从铁丝网眼里塞进来一朵玫瑰花(军号响起来，要我们集合了)。我们在一个网孔里接了吻。

13

几乎一天不落，露茜到我们军营大院来。那一阵，我上午去矿下，下午的时间就在营地过。我每天都收到一个小小的花束(有一次班长检查行装，把它们全都扔到了地上)。我跟露茜相互能说的话很少(只有几句一成不变的话，因为我们彼此没什么可倾诉的，既没有思想，也没有新闻交流，只是翻来覆去那几句心里话)。除此之外，我几乎天天给她写信，这是我们爱情最为炽烈的阶段。无论是角楼上的探照灯、近晚时分狼狗短促的叫声，还是严控这里一切的那个毛头，在我心里都只占很小很小的地位，我的心整个儿都惦着露茜要来的事。

说实话，当时我无论在那个狼狗看守的兵营里，还是在矿下靠着震动的风镐时都觉得非常幸福。我既幸福又自豪，因为我拥有露茜这一财富，我的伙伴们，甚至那些士官都不如我。我被爱着，人人都没有像我这样能被人爱着，在众目睽睽下不加掩饰地被爱着。尽管在我伙伴们的眼里，露茜未必就是个理想的女性，尽管她的爱情显得有些奇特——在他们看来，但反正是女人之爱，这就引起大家惊讶、伤感和嫉妒。

我们越是远离社会，远离女人，苦行僧似的生活得越久，女人就越是经常地在我们的谈话里出现，并越谈越具体入微。大家议论美人痣，画女人的乳房和臀部(用铅笔在纸上画，用手镐在地上画，用指头在沙上画)；大家为究竟什么样的屁股具有最佳曲线而争论不休；还把交欢时说的话，嘴里发出的声音都精确地重现出来。这一切都是被再三再四地玩味，而且总是添加进新的内容。我也同样被盘问到了。伙伴们最感兴趣的是，我谈到的姑娘每天出现在他们的眼前，他们可以很容易地把我的叙述和她真人联系起来。我不能避而不答，我只有告诉他们才行。我向他们描绘她的身体——其实我没有见到，描绘那些爱情之夜——其实没有经历过，说着说着在我的眼前逐渐把她那娴静的深爱化成了一幅细腻逼真的图画。

我第一次亲近她身体的时候曾是什么样的呢？

那是在她那里，一间公寓里；她已完全脱去了衣服，温柔地、百依百顺地在我的面前，然而还是羞羞答答的，因为她是一个乡间姑娘，我又是第一个见到她裸体的男子。一想到这里我简直冲动起来，这是忠诚而又贞洁的奉献；当我一步步走近她的时候，她退缩着，两手捂在耻骨前……

她为什么总是穿那一双黑色高跟鞋呢？

我是特意为她买的，想让她裸体穿着，在我面前变个样；她觉得难为情，但我要她怎样就怎样；我却尽量拖延着不脱衣服，她光着身子穿着这双小小的鞋走来走去(她不穿衣服而我穿着衣服，这使我太高兴了！)，她裸着身子去柜子里拿酒，裸着身子来替我把杯子斟满……

因此，当露茜来到铁丝网前的时候，不仅我一个人来端详她，而且是足足有十来个伙伴都对她了如指掌，知道她怎么抚爱人，抚爱的时候都说些什么，或者她如何叹气，每次他们都以会意的神气看到她又是穿着那双黑色的浅口皮鞋，他们在脑海里想象她裸体的样子，像蹬着高跷似的，在小小的房间里从这个角落踱到那个角落。

我的每一个伙伴都能做到把他对女人的回忆拿出来供大家分享，但除去我，任何别人都没有能力拿自己的女人让大家一饱眼福；只有我的这一位才是真有其人的、活生生的、能够亲眼目睹的。哥们儿义气嘛，我不能不向他们描绘出一幅又一幅露茜的裸体形象，一个又一个露茜的性爱行为的形象，结果使我的欲望越来越煎熬着我，我痛苦不堪。伙伴们在她来到时说的那些放肆的话毫不使我生气；他们拥有露茜的方式并不影响我拥有她(铁栏和狼狗把她和众人，其中包括我都隔离着)。相反，人人都带给我一个露茜：谁都把她形容成一个撩拨人心的形象，大家和我一起来为她塑像，赋予她极大诱惑力。我早已和伙伴们无所不谈，于是，我们大家一起都钟情于露茜。当我接着到铁丝网边去会她时，我快乐得浑身颤抖，说不出一句话来，我太想她了。我简直不懂，我这个腼腆的大学生和她交往了半年，怎么竟没有想起来她的女人身；只要能跟她交欢一次，哪怕豁出一切我也情愿。

我这里并不是说，我的恋情竟然蜕变得如此赤裸裸，如此庸俗，一腔柔情丧失殆尽。我是想把我当时体验着的欲望——对女人忘乎一切的饥渴——说出来，那是一生中绝无仅有的一次：那时我的一切，我的身，我的心，我的俗欲，我的柔情，生活的乐趣和狂躁，既渴想俗欲也需要慰藉，既企盼恒久的占有，又极需哪怕瞬息即逝的欢乐。我思恋不已，神魂颠倒地投入其中，而今天当我再回忆起那段时期，不啻怀念一个永远失去的天堂(由狼狗和岗哨严守的奇特天堂)。

我决心不惜一切代价以求在营房外和露茜见面。她已经做出允诺：下一次，“她不再抗拒了”，而且我要她去哪儿就去哪儿。透过铁丝网，她向我一再允诺。所以只要敢大胆行动就行。

事情早已在我的脑海里酝酿成熟。洪萨计划的主要部分并没有被指挥官所洞悉。营地的铁篱仍被秘密地开着口子，和那个住在营地旁边的推车工所订的协议也没有作废。当然，眼下戒备森严，想白天偷越根本不可能。夜里卫兵和狼狗在周围巡逻，探照灯也亮着，但归根到底，这些东西其实只是取悦指挥官，而并非真的对我们可能的偷越产生多大作用。要是一旦被逮住就得军法处治，这个险冒得太大了。根据前前后后这些情况，我心想可能多少还有一点希望。

我须得给我俩找到一个离营地不太远的藏身之所。住在附近的大部分矿工和我们乘同一提升罐笼下井，所以我很快就和其中一个(五十岁上下的鳏夫)谈妥交易，他同意(当时三百克朗的代价)借给我屋子。那是一所二层小灰楼，从营地就看得见。我在隔离网那儿给露茜说明了我的计划，并把那房子指给她看。她并没有显出高兴的样子，劝我不要因为她而冒这么大的险，但最后又接受了我的计划，因为她不知道该怎么拒绝。

约好的那一天到了。事情一开始就很古怪。我们刚从矿上回来，毛头指挥官就派人把我们集合起来听他那老一套的训话。往常，他总是大谈战争很快就会爆发，到了那个时候，我们的国家就定将把反动派(在他思想里首先指的是我们)打个落花流水。可这一回，他又加上新内容：阶级敌人已经钻进共产党内；但无论是间谍还是叛徒都该记住：隐蔽的敌人其下场比不隐瞒真实感情的敌人受到的惩罚会更严厉一百倍，这种隐藏起真面目的敌人是害群之马。“而我们中间就有这样的敌人。”毛头指挥官一面这么说，一面让阿莱克塞这个毛头出列。然后他从口袋里抽出一张什么纸在阿莱克塞鼻子底下晃了晃：“这一封信，你想得起来吗？”“是的。”阿莱克塞说。“你就是那种害群之马；还是一个告密的，一个暗探。只不过狗咬得再厉害也吵不翻天！”当着阿莱克塞的面，他把信撕了。

“我还有一封信要给你，”他说着把一个已拆开的信封递给阿莱克塞，“大声念一念！”阿莱克塞抽出一张信纸，看了一遍——保持着沉默。“念呀！”指挥官重复道。阿莱克塞仍缄默着。“你不肯读？”面对阿莱克塞的沉默，这个当官的下命令道：“卧倒！”阿莱克塞趴倒在泥水中。毛头指挥盛气凌人，迟迟不说话，于是我们知道了，下面只能是起来！卧倒！起来！卧倒！而阿莱克塞就应该爬起来，趴下去，再爬起来，再趴下去。然而毛头指挥官偏偏没有继续发口令，而是转过身去对阿莱克塞不予理会，慢慢地沿着队列的第一排人踱去，拿眼睛审视着全队，终于到了队尾（用去了好几分钟），又转过脚跟，丝毫不比刚才加快，又回到肚子贴地卧倒的那个士兵身边：“现在，读！”他说。阿莱克塞抬起沾满泥浆的下巴，把右手伸到前面来——他始终紧紧捏着那封信，依然趴着，读了起来：“我们通知你已于一九五一年九月十五日被开除出捷克斯洛伐克共产党。地方党委将……”指挥官又给阿莱克塞发了入列的口令，把队列交给一个军士指挥，于是我们开始操练。

队形训练后是政治教育，而六点半左右（天已经黑了），露茜就在铁丝网那里等着；我朝她那个方向走去，她略略动了动脑袋，表示一切顺利，走了。接着是晚饭，熄灯，大家就寝；我躺在床上，等着宿舍里的班长睡着。然后我套上鞋，穿着白衬裤和睡衣走出房间。我穿过走廊来到院子里，觉得很冷。铁篱的出口开在营地最角落的地方，医务所的后面，这倒好，万一猝不及防碰上人，我就可以借口说不舒服要去找军医。然而我什么人也没碰上。我绕过医务所的墙，躲进它的阴影里；一盏探照灯懒洋洋地打在一个点上不动(角楼上的那个家伙显然没把自己的任务当作一回事)，所以我刚才穿过的院子就始终是黑漆漆的。只剩下一件事让我担心：别撞到那个卫兵手里，他整夜带着他的狗沿着院墙巡逻。万籁俱寂(静得可怕，使我更得戒备)。我待在那儿足足十来分钟，最后终于听到一声狗吠，远在营地的那一头。我从墙脚蹿到那个地方，原来在洪萨的安排下，那里的铁丝已被齐根断开，我肚皮贴地从下面钻了过去。现在不能有任何犹豫，紧接着几步我就到了矿里那推车工家的木栅栏前。一切都安排好了：门没有锁，我进了这所简陋小屋的院子。窗子里(百叶窗放下了)漏出一些灯光。我轻敲玻璃，一分钟以后，门口出现一个庞大的身影，声如洪钟地请我跟他进去。(这种高声粗气的招呼几乎使我出了一身冷汗，我才离开营房几米远，提着的心还没有放下。)

我站在门槛上一时什么也看不见：原来门里桌旁(桌上放着一瓶开盖的酒)很舒适自在地围坐着五个人，他们看见我这副穿戴都笑了，说我穿着睡衣出来一定冻坏了，给我倒了一杯酒；我尝了尝：是只搀了一丁点儿水的九十度白干，他们给我鼓气，我一饮而尽，咳嗽起来，这一来又引起他们善意的大笑。他们递给我一把椅子，很好奇想知道我是怎么“偷越国境线”的，而且望着我小丑般的衣服再次乐开了，戏地称为“出逃裤”。这些矿工都在三四十岁之间，大概常在这儿聚会，喝点儿但不醉。我惊魂稍定，看到他们那副乐天的样子倒也使我一时放下了心事。我没有拒绝第二杯又辣又烈的烧酒。这当口那推车工已到隔壁房间去了一趟，回来时手里拿着一套深色西装。“不知能穿不？”他问。我看出推车工比我足足高出十厘米，那身材相应就魁伟得多，但我说：“一定能穿。”我把裤子套在自己合体的衬裤外面，不过得用手提着，否则它就会滑下去。“谁有皮带？”借给我裤子的人问。没人有皮带。“来根带子也行。”我说。找出来一条带子，于是这条裤子算是系住了。我穿上上衣，那几个人就认定(我不大清楚为什么)我很像查理·卓别林，就差那顶礼帽和那根拐杖了。干脆让他们高兴，我把脚尖分开，把鞋后跟靠到一起。裤子直拖到大头皮鞋的盖面上，像风箱似的忽扇忽扇，那些人笑得前仰后合，并发誓说，打今晚见面以后，大家都会尽力帮忙。他们给了我第三杯酒，把我送到人行道上。那主人担保说，我什么时候都可以来敲他的窗户换衣服。

我出门走上勉强有照明的街上。我还要沿着军营的院子绕一个大弯约走一刻钟的路才能到达和露茜会合的那条街。我不得不途经我们军营那灯火通明的大门口，我那忐忑不安的心情完全是多余的：我那身老百姓的破旧装束把我保护得很好，哨兵虽看见了我也没能认出来。我平平安安走到了，打开房门(只有一盏灯照着)，我按记在心里的路线往前走(没有来过，全凭矿工告诉我的话找路)：上左边的楼梯，楼上，正对面的第一个门。我敲敲门。钥匙在锁眼里转动了，露茜给我开了门。

我拥抱了她(从那个上夜班的矿工离开以后，她就来等我，已经有六个钟头了)，她问我是不是喝酒了，我说是的，并告诉她我来的经过。她说这段时间她一直在担惊受怕，惟恐我出什么事。(我真的发现她在发抖。)我对她说我能来跟她在一起有多么高兴；我感到她在我的怀里仍在瑟瑟地颤抖着。“你怎么啦？”我不安起来。“没什么。”她说。“可是你为什么还在发抖？”“那是我为你害怕。”她说，而且轻轻地挣脱我。

我环顾四周。房间极小，陈设也极简单：无非是桌椅床铺(已铺好，床单不很干净)；床铺上方有一张圣像；在对面墙板那儿，有一个柜子，上面放有几个装着蜜饯果子的玻璃瓶(这间屋里惟一温情的东西)，天花板上，孤零零地亮着一盏没有罩子的灯，很不舒服地直刺眼睛，那光线硬生生地罩住我的全身，于是这身可悲又可笑的服装立刻使我很难堪：宽大无比的外套，一根带子系住的裤子，下面伸出一双鞋面脏黑的老大鞋子；在灯光的照射下，最上面我那齐发根推光的脑壳大约在熠熠发亮，活像一个光影模糊的月亮。

“看在上帝的份上，露茜，请原谅我这副模样来见你！”我求告着，并再次说明自己不得已乔装的苦衷。露茜对我说这都是次要的。由于酒精的作用，我声称在她面前我不能这身打扮，很快我就把上衣、裤子脱掉。然而里面是睡衣和后勤部发的难看透顶的内裤(拖到踝骨)，这两件比起一分钟前套在外面的那套西服更要可笑十倍。我把灯扭黑，但房间里一点也不黑，对我毫无帮助，因为街上那盏路灯一直照进屋里。我这么难看可笑，心里的羞愧比身上一丝不挂还难受。我赶紧又把睡衣、衬裤甩掉，于是就赤裸裸地站在露茜面前。我搂住她(我又一次感觉到她在发抖)。我要她脱衣服，把一切分隔我们的东西全摆脱。我一面摩挲着她的全身，一面央告又央告，但露茜对我说再等一会儿，说她不能，实在不能马上来，她不能这么快。

我拉起她的手，一起坐到床上。我把头靠在她的肚子上，呆着没动有好一会儿。突然我觉得自己倒是光着身子，这不对头(现在映射在我身上的是路灯肮脏的微光)。我想起来这种情况和我原来的梦想正好相反：已不是姑娘裸着身子在穿着衣服的男子汉面前，倒是男子汉光着身子依偎在一个穿着衣服的女子的肚子上，简直是被钉过十字架的耶稣被慈爱的圣母马利亚抱在怀里，这个形象马上把我急坏了，因为我不是到这儿来寻找怜悯而是别的东西——于是我又一次吻起露茜，脸上，裙子上，并试图悄悄解开她的衣服。

但我失败了；露茜挣脱了我：我原来的冲动，迫不及待的信赖都不见了，我已经倾尽一切言词和抚爱。我仍躺在床上，木然，赤裸着，露茜坐在我的身上，那双粗糙的手在抚摸着我的面孔。

渐渐地，痛苦和恼怒升腾起来：我在心里重新对露茜说，今天为了会她我担了多少风险；我对她说(在心里)今晚这一出走可能给我带来多少惩罚。然而这些愤懑都不是最根本的(所以——虽没有说出来——我可以向露茜吐露这些)。其实我的恼怒，其源头还要深长得多(这是我不好意思吐露的)：我想到我的痛苦，命运多舛的青年时代，这些漫漫长日的郁郁不得志，求爱不得的无尽屈辱。我想起玛凯塔，角逐虽然成功却终成泡影；想起在那台农机上的金发女郎；而和露茜，又一次成功而不遂愿。我真想奋力喊冤：为什么要让我成年？难道为了让我眼睁睁看着自己被审判，被开除，被定为托洛茨基分子吗？难道是因为成年把我发配到矿下来吗？而在爱情方面我就难道没有权利成年吗？为什么要对我视同未曾成年逼我忍受这种屈辱呢？我生露茜的气，特别是因为我知道她对我的爱恋，这就使她的抗拒显得十分反常，不能理解，也不能不使我心生怒气。所以我固执地沉默足足半个小时之后，又开始了攻势。

我扑在她身上，使出全身的力气才撩起她的裙子，扯破她的胸衣，抓住了裸露出来的胸部，但露茜抵抗着我，并越来越猛烈(也和我一样，受着某种盲目的强力的支配)，她挣脱我，从床边跳开去，全身紧紧抱住柜子。

“你为什么不肯？”我狂叫着。她无力作答，嗫嚅着要我别生气，别怪她，可含糊其辞的，而且语无伦次。“你为什么不肯？你难道不知道我有多么爱你吗？你真疯了！该捆起来！”我恨恨地骂她。“那么，你就把我赶走吧。”她说，身子还是贴着柜子。“是的，我要把你赶走，因为你不爱我，因为你拿我开心！”我吼叫着，向她发出最后通牒，要么她把身子给我，要么我就不想再见她，永远！

我又朝她走去，拥抱她。这一回她没有抵抗，偎依在我怀里，一点没有气力，像死了一般。“你干吗非要守着身子呢？你要为谁守着呢？”她不说话。“你干吗不说话呀？”“你不爱我。”她答道。“我，我会不爱你？”“你不爱！我原以为你爱我的……”她哭得泪人儿似的。

我跪在她面前，吻着她的双脚，求她别哭。她呜咽着翻来覆去说我不爱她。

蓦然间，我的怒气升了起来。似乎总有一股超乎自然的力量非要堵我的路不可，一次又一次把我要的，我追求的，本该属于我的东西从我的手里夺走；就是那一股力量从我这里抢走了党，抢走了我的同志，我的学校；就是那股力量每一回都把我剥夺殆尽，而且总是要夺就夺，不知为个什么。我明白了，那股超自然力又拿露茜来跟我作对，于是我恼恨露茜竟充当它的工具。我一记耳光打在她的脸上——心里想着打的不是露茜，而是那一股敌意的力量。我大声吼着我恨她，我不想再看见她，永远不见她，一辈子！

我把她那件栗色大衣(脱在椅子上的)朝她扔过去，喊叫着要她走。

她穿上大衣，出去了。

我后来扑在床上，心里空落落的，很想把她叫回来，因为刚才就在我要打发她走的时候我就已经有了怅然若失的感觉；因为我还知道，有一个穿着衣服、不听话的露茜要比没有露茜强千百倍。

凡此种种我都清楚，然而我还是没有动弹去叫她回来。

我光着身子躺在这间借来的屋子里很久很久，现在这个光景，我怎么回去见人，怎么回到那家紧挨着营地的人家，怎么去和矿工再开玩笑，回答他们那些粗鄙的盘问。

最后(夜已很深)，我还是穿上衣服走了。从对面的人行道上，路灯还是照在我离开的这屋子里。我绕过营地，敲了敲那所独屋的窗户(现在是黑着的)，等了三分钟，当着那个呵欠连连的推车工的面，把身上的那套旧衣服脱下来，他还问我好事怎么样了，我支吾过去，(重新穿着睡衣和衬裤)走向军营。我在灰心丧气之中，对什么都无所谓了。那巡逻兵带着他的狼狗走到哪儿了，我也没去注意，也没有去想探照灯不探照灯的。我钻进铁丝网，从容不迫地朝我的营房走去。当我正在沿着医务所的墙走的时候，突然听到:“站住！”我停下来。一支手电照在我身上:“你在这儿搞什么名堂？”

“我正在呕吐，中士同志。”我一面解释，一面用一只手支在墙上。

“你吐你的，你吐你的！”这名士官回答道，带着他的狗重又巡逻去了。

14

那天夜里再没有发生任何枝节(班长睡得正沉)，我回到床上，然而无法合眼，所以当本星期值日的士官那破锣嗓子(粗声吼道："里面的，起身了！")终于结束了我倒霉的一夜时，我很高兴。我套上鞋，跑进盥洗间，用凉水把自己浇了个透。回来的时候，我看见整整一个班的伙伴都还没有穿好衣服，不出声地围在阿莱克塞的床周围大乐。我明白了：阿莱克塞(盖着被子俯卧着，把脑袋埋在枕头里)还睡得像段木头似的呢。这情景马上让我记起弗朗塔·佩特拉塞克来，有一天早上，他生排长的气，故意装睡不醒，结果来了三个级别一个比一个高的上司来摇他也没有能把他弄起来；实在没有法子了，不得不把他连床一起架到院子里，直等到有人要把灭火机拿来对准他，他才懒洋洋地揉着眼睛起来。可是阿莱克塞决不会有这种反叛性的念头，所以他睡不醒肯定不是别的，而是因为身体虚弱才引起的。一个下士(我们宿舍的头儿)从房间过道里走来，手里端着一大锅水，后面还跟着我们的好几个人，显然是他们出了这个馊点子，虽然不新鲜，但对任何时代下级军官的脑子来说，正好够有意思的。

这些人和带衔的士官(平时谁都讨厌他)竟然串通一气，这把我惹火了，看到他们为了一起报复阿莱克塞居然将旧有的怨恨一笔勾销，这太过分了。显然，因为昨天指挥官把阿莱克塞说成是个告密的家伙，大家全都认为跟他们的怀疑合了拍，所以对阿莱克塞产生强烈的反感，这就使大家赞同起士官和他的残暴做法来。我气得一下子脑门热辣辣的，对身边所有的人都不满，不满这么随便地轻信对一个人的指控，不满他们随时拿出的恶毒手段——于是我抢到了下士和他的帮凶前面。我紧挨着床边，大声叫道："起来，阿莱克塞，别装傻！"

马上，我身后有人拧转我的手腕，一下子逼得我跪倒在地。我回过头一看认出是彼得·佩克尼。"好啊，布尔什维克，你想搅和这场好戏？"他朝我吹了个口哨。我一挣扎解脱出来，给了他一个耳光。我们眼看要打起来，旁边的人怕惊醒阿莱克塞，赶紧把我们扯开。而且，那下士还端锅等着呢。他站在阿莱克塞床头，吼道："起来！"同时把锅里足足十公升的水全泼了上去。

奇怪的事情发生了：阿莱克塞还是跟先前一样躺着。那中士高兴了几秒钟，叫道："士兵！起来！"然而这士兵就是一动不动。中士弯下腰，摇晃他(被子，床，还有床单全是湿的，水滴滴答答向地上流)。他总算把阿莱克塞的身体翻了过来，阿莱克塞的面容袒露在我们面前：深深凹陷着，惨白，没有一点动静。

中士大叫一声："快让医生来！"没人挪步，人人都望着裹在湿淋淋的睡衣里的阿莱克塞，中士又叫："快让医生来！"他指定一个士兵，那士兵马上去了。

（阿莱克塞僵卧着，显得更瘦小，更像个受气包似的，而且更显年轻，和一个孩子差不多，只不过他双唇紧闭，孩子的嘴是不会这样闭着的，他身下淌着水滴。有人说："还下着雨呢……"）

医生赶来，抓起阿莱克塞的手腕，说："唔……"然后他掀起水淋淋的被子，于是我们看见了他趴着的整个儿（短短的）身躯，一条浸透着水的白色长睡裤，一双光脚板。医生在他周围搜检着，在床头柜上有两个小药瓶；他细细审视了一会（两个药瓶都是空的）说："解决两个人也完全够了。"然后从离他最近的那张床上揭下床单，把它盖在阿莱克塞身上。

这件事把我们拖晚了。我们不得不跑步去吃早餐，三刻钟之后又下矿井。后来收工了，又是训练，政治教育，规定的唱歌，扫除，又到了就寝时间。我想起斯塔纳不在了，我最好的朋友洪萨不在了（我再没有见过他，我只从别人那里听说，他服完役以后偷渡到奥地利去了）；现在阿莱克塞又不在了，他已经结束了他那荒唐的角色，那么盲目又那么勇敢地承担着的角色；如果说，他突然间扮演不下去了，他不懂得如何才能继续留在革命队伍里，不能再戴他的那副狗的面具，如果说他丧失了力量，这都不能归咎于他。他不是我的伙伴，从他那狂热的信仰角度讲，他与我格格不入，然而，从他那命运的角度看，他又是大伙儿中间和我最为接近的人。我仿佛觉得，他的死隐含着对我的谴责，好像他想对我说，从一个人被赶出党的怀抱的那一时刻起，这个人就没有必要再活着了。我自己原来不喜欢他，我猛地为此而深感内疚，因为现在他已经死了，无可挽回地死了，而我却一直没能为他做点什么，可我还是这儿惟一可以为他做点什么的人。

现在站在今天来看问题，可以说那一次我失去的不仅是阿莱克塞和救一个人的惟一机会，而且我还丧失了跟黑兄弟们抱成一团的热烈心情，而且由此，也丧失了使我对别人产生信任的最后一丝可能性。我开始怀疑这种团结一致的价值，因为仅仅是各种因素的压力和自卫的本能使我们抱成一团。我渐渐觉得，我们黑类分子的集体照样可以断送一个人(使他流亡或走向死亡)，和从前在会场上举手的那个集体，或许也和任何一个集体都没有什么区别。

那些日子，我的心里一片荒漠，我身在荒漠之中的荒漠，我真想呼唤露茜。我忽然一下子无法理解自己为什么那么疯狂地企望她的肉体；现在我似乎觉得，她或许不是一个血肉之躯的女人，而是在这个无限冰冷世界之中一尊透明的热源柱，一尊离我越来越远的透明柱，它被我自己赶跑了。

又有一天，在院子里操练的时候，我的眼睛老是盯着栅栏那儿，期待她来到。但整个操练期间，只有一个老太婆在那里停下来，指着我们给她那个滚了一身脏的小男孩看。晚上，我写了一封缠绵悱恻的长信，请求露茜回来，我必须见她，只要她在我身边就行，我再也没有任何别的要求，只求她来，允许我看到她，知道她和我同在一起，知道她怎么样……

简直跟捉弄人一样，天又热了起来，天空蓝蓝的，真是极好的十月天。树木披挂着色彩，似乎大自然(这个可怜的俄斯特拉发的自然)忽然兴致大发，欢送秋天。可是我却觉得这是它对我的奚落，因为我的那些伤心书信全都如石沉大海，而且在铁丝网那儿站着一些陌生人(在大太阳底下)，真是岂有此理。半个月以后，邮局把其中一封信退给我；信封上，原地址已被划掉，并用铅笔在上面写着：此人已走无新地址。

有如晴天霹雳。自从我与露茜的最后一次见面以后，我曾无数次回忆当时我俩相互说的每一句话，我曾百十次大骂自己，又百十次为自己辩护，同时我又百十次自认为从此与她断绝往来，可是又同样百十次安慰自己说，不管怎么样，露茜总归还会理解我的，也会宽恕我的。但是这一行邮递员的字迹就像是给我的一纸判决书。

我心急火燎难以自制，第二天我不顾一切做了一件疯狂之事。我今天说它疯狂，其实也不比我上一次溜出营地更为危险多少。现在回想起这一豪举觉得纯属胡来，主要还不是在于其冒险，而是根本不会成功。在我之前，我知道洪萨在夏天里，曾不止一次地干过同样的事，出去跟一个保加利亚女人见面，那女人的丈夫每天上午在外面干活。所以我也按此办理：我跟大家一起出工上早班，领了工牌和安全灯，拿煤粉往自己脸上一抹，于是乎脚底下就溜号。我跑到露茜的公寓，问那个女门房。我得知露茜已走，大约在半个月以前，一只小箱子里装走了她全部的东西；谁也不知道她去哪儿，她也没有给任何人留下话。我吓坏了：莫非出了什么事？那门房看了我一眼，懒懒地一挥手："得了！这一号丫头有的是，她们全都这样。一会儿来了，一会儿走了，从来也不告诉谁是怎么回事。"我一直寻到她的工厂打听消息，到人事处去问，也没得到任何结果。接着我在俄斯特拉发满处走，直到下班时分我才赶到地面堆矿场，想混在从工作面上来的伙伴们队里。不过在洪萨给这一类溜达所开的方子里，我肯定在哪个地方出了纰漏，我被逮住了。两个星期后我上了军事法庭，落了个因开小差而蹲上十个月牢的下场。

对了，正是从我失去露茜的那一刻起，开始了一个漫长的阶段——万念俱灰，一切枉然。而当我刚来到家乡想在这里小住几日时，它那秽土污泥的景象一度让我又想起这个阶段。对了，还有一些事也是这个阶段开始发生的：在我铁窗生涯的十个月里，妈妈故去了，而我甚至没能去给她送葬。后来我又回到俄斯特拉发，还是和黑臂章的在一起，又服了一年的役。那时候，我又签了一个合同，在当完兵后到矿下干三年，因为在这之前有风声传来说，谁不肯去矿下干谁就会留在军营里多干上几年。所以我就又以老百姓身份与煤矿打了三年交道。

我不爱回想这些，不喜欢提到这些，而且在这里顺便说说，有些人当年也和我一样被他们深信正确的政治运动所清除，今天他们又吹嘘起自己的经历来，我不喜欢这些人。是的，我也曾以自己一度遭难落拓为荣，然而那不过是虚荣心而已。随着时光的推移，我已经毫不客气地告诫自己，我当年并不曾站在黑类分子队伍里发扬勇敢精神，进行反抗斗争，也不曾以自己的思想去抵制过什么其他思想；我的出事并不是由什么真正的悲剧事件所带来的，不是的，我不是自己个人历史的主体，而不过是它的客体，因而我也就没有一丝一毫可以自我标榜的资本(我不承认折磨、悲哀、失败自身有什么价值)。

露茜呢？对了，十五年过去了，我从没有遇见过她，甚至很长时间对她一无所知。只是在我服役期满之后，我才听说她大约在波希米亚西部的一个什么地方。然而，我不再寻找她。

第四部

雅洛斯拉夫

1

我看见田野里一条小路。我看见这条小土路，被农民的大车轧上了许多辙。小路两边草儿青翠欲滴，我忍不住用手去抚摸。

四面八方，都是小块的庄稼地，没有合作社归并起来的辽阔田野。怎么回事呢？难道我纵览的不是我们这个时代的景色吗？这是哪一个国家呢？

我继续往前走，这时在我眼前，看见在一块地边有棵犬蔷薇，开满小小的粉红色花。我休憩一会，十分惬意。我坐在树下的青草丛里，很快就躺下了。我感觉到背脊下茸乎乎的地面。我用背去蹭蹭它。我把它留在我的背下，也请求它不要怕把我压坏了，尽管放心大胆躺在我身上。

后来我听到靴子的声音。远处扬起一阵细细的尘土，越来越近，渐渐散淡，透过去可以看见一些骑马的人，都是稳稳坐在鞍上的年轻人，白色的军装。他们越是走近，人们就越能看清他们一副不修边幅的样子。盘花的上衣有的扣着金色的扣子，有的敞着；有的只穿着衬衫，有的穿直身袍子，有的不戴帽子。啊，不对，这根本不是正规军，而是些逃兵，游勇，乌合之众！这支骑兵队是我们的！我支起身子，看着他们走来。头一名骑手拔出大刀，举了起来。队伍停住了。

拿大刀的汉子从马背上弯下身，打量着我。

“对，是我。”我说。

“国王！”另一个说，很惊讶，“我认出你来了。”

我低下头，很高兴。多少个世纪，他们都在这里驰骋，他们居然认出了我。

“你生活得怎么样，我的国王？”那汉子问。

“我害怕，朋友们。”我说。

“他们追你吗？”

“倒不是的。更糟，他们在阴谋反对我。在我身边的人我都不认识。我回到家，房间不是原来的，妻子也换了个人，一切都变了。我对自己说走错了，我就出来，可是，看外面倒真是我的家！外面看是我的家，里面和我毫不相干。这让我犯糊涂。发生了一些叫我害怕的事，朋友们。”

那汉子问我：“你还会骑马吧？”我这时才注意到他身边有一匹马，鞍辔齐备但没有人骑。那汉子对我一指马。我把一只脚伸进镫，腾身起来。那马摇晃了一下，但我已用双膝紧夹着马身。那汉子从口袋里取出一块红纱递给我：“把你的脸蒙上，别让人认出你！”面孔一遮上，我就变成了瞎子。那汉子的声音传来：“你随马走好了。”

整个马队小跑起来。在我两侧，我感觉到旁边的人在飞奔。我的腿擦着他们的腿，有时我还感觉到他们的坐骑节奏分明的喘息。我们身子挨着身子，大约这么奔跑了一个小时。后来我们停了下来。还是那个男子的声音招呼我说:“我们到了，我的国王!”

“到哪儿了?”我问。

“你没听到河水哗哗响吗?我们到多瑙河边了。这儿，我的国王，你安全了。”

“真的，”我说，我觉得自己有了保护，“我想摘掉面纱。”

“不能摘，我的国王，还不行呢。你要眼睛有什么用?你的眼睛只会使你产生错觉。”

“可是我要看我的多瑙河，我的大河，我要看看它!”

“你不需要你的眼睛，国王!我来把一切都告诉你。这样好多了。在我们周围，平展展地望不到边。有许多牧场。这儿，那儿，到处有荆棘，有时可以见到长长的木杆，那是井上的提水杆。我们是在陡峭的河岸上，在草丛里。但两步外草就变成沙子了，因为在这儿附近，多瑙河床里泥沙很多。现在，请下马吧，国王!”

我们下马席地而坐。

“小伙子们点火，”那汉子的声音又响起来，“太阳落到地平线以下了，马上就要凉爽了。”

我突然开口说:“我想见芙拉丝塔。”

“你会看见她的。”

“她在哪儿？”

“不远。你会找到她的。你骑的马就会把你带去。”

我跳起来，要求马上就去。但一只有力的腕子扣住了我的肩膀。“坐下，我的国王。你应当休息休息，吃点东西。我来告诉你她的情况。”

“说吧，她现在在哪儿？”

“离这儿一小时的路，有一间草顶的小木屋，周围有小小的篱笆。”

“好，好，”我赞同地说，心里十分幸福，“全都是木头的。这样非常好。在这所小房子里，我一根铁钉也不想要。”

“对！”那声音接下去，“篱笆是用几乎没有削过的小木桩打的，连树枝的原来样子都看得出来。”

“所有用树木造出来的东西都让人想起一只猫或一只狗，”我说，“它们都是有生命的，不是东西。我喜欢木头世界。只有在木头世界里我才感到舒适。”

“篱笆后面种着一些向日葵、缎花和大丽花，另外还有一棵老苹果树。芙拉丝塔正好站在门槛上呢！”

“她穿着什么衣服？”

“一条麻布裙，有点儿脏了，因为她刚从牛栏里回来。她拿着一只小小的木奶桶。光着脚，但她很美丽，因为她年轻。”

“她很穷。是个穷丫头。”

“是的，但样子像王后！因为王后是应当不见人的。连你也不能走到她跟前去，担心她被人发现。你如果蒙着脸还是可以去的。马儿认识路。”

那汉子的叙述真动人，一种舒适的困顿向我袭来。我躺在草地上，一直听见那个声音说话，接着那声音消失了。只有水声，轻轻抖动的水声。太美了，我不敢睁开眼睛。但一点办法也没有。我知道时候到了，必须把眼睛睁开。

2

我身子底下，是压在漆木上的床垫。我不喜欢漆木，也不喜欢支撑长沙发的弧形金属腿。在我的上方，天花板上吊着一盏粉红色的球灯，拦腰有三道白杠。我不喜欢这个大球，也不喜欢对面的柜子，那玻璃把一大堆没有用的玻璃杯展现在人的眼前。只有墙角那架风琴是木制品。我不喜欢风琴放到这样一间屋子里来。琴之所以留下来是为纪念爸爸。他去世一年了。

我从沙发上站起来。仍觉得浑身懒洋洋的。那是一个星期五的下午，离举行众王马队游行的那个星期日还有两天。一切都指着我。在我们这个区里凡和民间艺术有关的，总是要看我的。因为操心，因为手续繁杂，因为要去争，我有半个月没睡足过觉。

后来芙拉丝塔进了房间。我常常突然发现自己在想她该胖起来才是。胖女人总被看作是富态。芙拉丝塔很瘦，脸上许多细细的皱纹。她问我从学校回来的时候有没有忘记去洗衣房，把洗的衣服取回来。我忘了。“我早就料到了。”她说。然后又问我，我今天打算不打算在家里待上那么一回。我不能不告诉她说不行。一会儿，我在外面有会。区里开会。“你已经答应帮符拉第米尔做功课的。”我耸耸肩。“开会的都有谁？”我一一说出名字，芙拉丝塔打断我：“汉兹利克的女人也去吗？”“那可不。”我承认。芙拉丝塔生气了。事情坏了。汉兹利克太太名声很糟。大家知道她跟彼埃尔和保尔都睡过觉。芙拉丝塔倒毫不对我怀疑，但她对凡有汉兹利克女人参加的工作会议都瞧不起。没办法跟她说。还是趁早溜走为妙。

会议是为众王马队游行作最后准备的。一切都乱了套。全国人民委员会开始跟我们斤斤计较。没几年以前，他们拨给我们大量经费用在民间节日上。而如今，倒是我们要去支持全国人民委员会的财政。青年团对年轻人不再有任何吸引力，所以我们把组织众王马队游行的事交给了青年团，好让它恢复点威信！从前，我们把众王马队得来的富余钱补贴给别的不怎么赢利的民间艺术企业，而这一次是要让青年团来得利，凭他们爱怎么用就怎么用。我们已经向安全部门提出在马队游行期间要管制交通。结果，我们讨论的那天，得到的通知是不同意。他们说，不可能因为众王马队而去扰乱过往车辆。只不过，万一这个马队陷进汽车阵里，还像个什么样子？心烦，心烦。

会议拖下去，我回来时差不多已经八点。广场上，我远远看见路德维克。他正在对面的人行道上朝与我相反的方向走着。我几乎吓了一跳。什么事把他给弄到这儿来了？我瞥见他已经落在我身上的目光，只一秒钟工夫赶紧转过去了。他装作没看见我。

两个老同学。一条板凳坐了八年哪！而他居然装得出没有看见我的样子！

路德维克，他是我第一条生活的裂痕。如今，我已经习惯了：我的一生简直是一所太不结实的房子。最近在布拉格，我去一家小剧院看戏，六十年代这类剧院冒出过一大批，而且仗着一些具有大学生意识的主持人，它们拥有很多观众。那天上演的是一出有趣的滑稽剧，但也用了许多很有思想性的歌曲及很好的爵士乐。当时，忽然乐师出来了，头上是插羽毛的圆礼帽——在我们那儿穿民族服装才戴的。他们开始模拟扬琴乐队那样的演出，发出刺耳的声音，带着一副兴高采烈的样子，滑稽模仿我们的舞蹈和一些典型的动作——向天伸出直直的胳臂。观众笑得前仰后合。我真不敢相信自己的眼睛。五年前谁敢拿我们来开心！再说也没有人会跟着笑的。可现在，我们简直成了逗笑的角色。为什么，我们一下子逗人发笑了呢？

还有符拉第米尔。最近几个星期，瞧他让我看见他都干了什么好事吧。全国人民委员会提出要青年团给今年的节日游行选定一个国王。这么来选择意味着给当爸爸的表示敬意。其实众人想到的就是我。也就是通过我儿子，奖励我为人民艺术所做的一切贡献。可是符拉第米尔简直让我恨不得去拧他耳朵才好，竟想尽一切办法来搪塞我。他声称那个星期日要去布尔诺，参加摩托车比赛。他甚至说出什么怕骑马之类的话。最后，他干脆声明不肯扮演国王，因为这是靠“上头命令”。说他才不要走后门呢。

一想起来我真生气。他倒像要把生活里凡是显出有我这老子的地方统统都不要。我在团里又组织一个附属的儿童歌舞团，他就从来不肯参加。那已经是推托了，他居然还说自己没有音乐天赋，可是他吉他弹得相当不错，而且经常跟他的那一帮朋友唱些什么美国破歌儿。

说真的，符拉第米尔才十五岁。他很爱我。近几天来我跟他好好谈了谈。大概他已经理解了我的心情。

3

我记得清楚极了。当时我坐在一张可以转动的凳子上，符拉第米尔坐在长沙发上，正对着我。我的胳膊撑在关着的风琴上。风琴是我最心爱的乐器。我从孩提时代就听琴乐。我父亲每天都弹。弹得最多的是一些和声简单的民歌。我多么像在倾听远处清泉潺潺。这些，要是符拉第米尔肯听一听就好了。他要是肯下决心去懂得这些就好了。

在十七、十八世纪，可以说捷克人民是停止了生存。十九世纪可以算是她的新生。在欧洲各古老民族之林，她只是个幼儿。当然她也曾有过伟大的往昔，但二者已经有了一道二百年的鸿沟。在这段时期，捷克语从城市出来到乡间寻到了匿身之所，那也只有不识字的人会说了。然而，即使如此，捷克语言依然在繁衍生息自己的文化。朴实无华的文化，在欧洲并不引人注目。歌曲、民间故事、日常风俗礼节、成语、谚语等。无论如何，它是跨接两个世纪的惟一桥梁。

惟一的一座桥，惟一的一个拱。从绵绵不绝的传统萌发的独枝。十九世纪之初，捷克新文学倡导者正是将民间文化嫁接到自己的创作中，所以我们的早期诗人十分热衷于采集民间故事和歌曲。他们最初所作的诗歌和乐曲与民间作品十分接近。

符拉第米尔，我亲爱的宝贝，你可不能对它不以为然！你老爸并非仅仅出于对民间艺术的癖好，也可能有那么一丁点儿，但只不过在这样的癖好后面，他自有远大的目标。他很想通过民间艺术，激发出新的活力，否则捷克文化将只能是一棵枯树。

我在大战期间懂得了这一点。有人曾经要我们相信我们没有权利生存，让我们当无非操捷克语的德国人。所以我们曾经必须要肯定我们存在过，我们长期以来是存在的。在那个时候，我们人人都去发祥地朝圣。

我当时在一个小小的搞爵士音乐的中学生乐队里拉大提琴。有一天，摩拉维亚小组的人来找我，要我们组建一个扬琴乐队。

既然这样谁会不答应呢？我参加进去拉提琴。

我们把那些沉睡多年的老曲子挖掘出来。在十九世纪，当一些捷克爱国人士着手把每件艺术收集记载的时候，这些曲子是最晚收入的。现代文明已经在将民俗挤走。于是，本世纪初，一些民间文化团体为把民间艺术从书籍文字中挽回，让它重新走向生活而诞生。首先让它回到城市社会中。然后又来到农村。摩拉维亚经历了这个过程。人们组织一些民间节日，还有众王马队游行，鼓励民乐团。力气花了不少，但成效仍然不大：因为提倡民间艺术的人不知如何才能让已经湮灭的文明再生。

大战给我们注入了新的力量。纳粹占领时期的最末一年，我们的人组建了众王马队，在市里有一个德国军营，军官们在人行道上的人群里不断轰赶着老百姓，我们的马队成了示威队伍。一队年轻的骑手穿着花花绿绿的衣服，手里拿着大刀，这是遥远历史的重现。所有的捷克人眼睛里都闪着泪花，心里明白。我当时十五岁，被选中当国王。我骑在马上，由两名侍从护卫着，脸被蒙上了。我真自豪，我爸爸也是。他知道大家选中我是对他表示尊崇。他是村里学校的老师，爱国人士，人人敬爱他。

符拉第米尔，我的小乖乖，我相信什么事都有它的含义。我相信人们的命运相互之间是靠智慧这种凝固剂牢牢粘结的。人家把你定为今年的国王，在我看来那就是一种预兆。我就跟二十年前一样感到得意。更加得意。因为通过你，他们要表示对我的崇敬。那么，干吗要否认呢，这份荣誉我是十分看重的。我希望能把我的王位传给你。我要你亲手接我的班。

他大约已经理解了我的心情。他答应我接受国王的角色。

4

他要是肯去理解其中大有乐趣就好了。我可再想象不出还有什么比这更有意思的了。令人神魂颠倒。

比如说，很长时期内，布拉格音乐家支持这样的论点：欧洲的民间歌曲起源于巴罗克时期。在贵族城堡乐队[①]里经常有一些乡间音乐家演奏和演唱。他们后来又把贵族的音乐文化移植到平民生活中去。因此，民歌根本不是自生的形式。它由高雅音乐衍生而来。

但是，不管波希米亚的情况如何，我们在摩拉维亚所唱的歌却并不符合这一解释。从调式角度看就很明显。当时巴罗克时代的高雅音乐分大调和小调。我们的歌曲的调式唱起来对城堡乐队来说是不可思议的！

以利第亚调式为例，其中包含一个增四度。在我心目中，这一调式总会使人缅怀起古老时代的田园牧歌。我的眼前浮现出并非宗教的牧神潘[②]，我听到了他的笛声：

---

① orchestre de château，属于早期城堡王公贵族的西方乐队。

② Pan，希腊神话中的神，常以吹着笛子领舞的形象出现。

巴罗克和古典时期的音乐对第七大调的漂亮结构崇拜之极。它原只知可以通过导音的法则来获得主音。第七小调通过第二大调上升到主音，这在古典音调中是不允许的。而在我们民间乐曲中，正是这种第七小调是我所最喜爱的，它属于伊奥利亚调式、多利亚调式或利第亚混合调式。于是有了它的哀婉。于是不必要愚蠢地采用一个基本调式，不必非用它来结尾——既是歌曲也是生活的结尾：

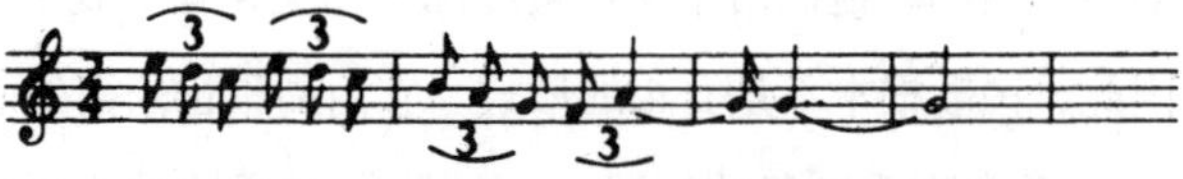

然而有些歌曲的调性是很特别的，不可能归纳到任何一种称之为教堂音调的名下。我对有些曲调非常惊讶：

摩拉维亚歌曲表现在调性上有难以想象的复杂性。它们的和

声理念令人百思难解。开始用小调，结尾却是大调，似乎在不同的调式间犹豫不定。经常是，当我得给这些曲调配和声时，不知从何入手取准音调。

节奏方面的问题也一样捉摸不定。尤其是那些慢节奏歌曲，按巴托克[①]的说法叫做说话式宣叙调。我们现在的记谱系统没办法记下这些歌曲的节奏。换句话说，按现有的记谱法，一切民间歌手都是节奏不准确地唱歌。

如何解释呢？莱奥什・雅纳切克[②]肯定地认为：节奏之所以复杂，源自歌手演唱时情绪的瞬间变动。出于对花朵的艳丽色彩、天气、景色的展延产生的感受，他的唱法不一。

但这不是一种过于诗意的解释吗？我们刚大学一年级的时候，一位教授给我们谈到他的一次经验。有一支歌的节奏和所记的乐谱怎么也不合拍，他让好几个民间演唱者分别唱它。根据严密的电子仪器测定得到的节拍使他完全可以确定他们几个唱得一模一样。

这些曲调的节奏之所以错综复杂，其原因并不在于不精确，或演唱者的情绪。它有奥秘在其中。所以，在某种用来伴舞的摩

① Béla Bartók（1881—1945），匈牙利作曲家，曾在布拉迪斯拉发学习音乐。

② Leoš Janáček（1854—1928），捷克作曲家，出生于摩拉维亚，以从民间音乐汲取营养创作见长。

拉维亚歌曲中，第二个半拍总是比第一个半拍略长一点儿。但怎样在乐谱中标出这样的复杂性呢？高雅音乐的格律总是基于对称原则的。一个全音符相当于两个休止符，一个休止符相当于两个四分音符，小节总是分为两个、三个、四个等值的拍子。可又怎样处理长度不等的拍子呢？今天最使我们头痛的问题，恰恰就是怎样把摩拉维亚歌曲的特殊节奏在乐谱上表现出来。

有一件事是可以肯定的：我们这儿的歌曲并不是从巴罗克音乐诞生出来的。至于波希米亚歌曲，倒有可能。在波希米亚，文明程度要高些，城市和乡村的接触条件也更具备，于是乡里人和城堡的接触也多。摩拉维亚也有贵族城堡。但农夫阶层较少开化，也就与世隔绝得多。在我们这里，并没有乡间音乐家加入城堡庄园乐队的习惯。在这种条件下，即使是最古老的民间曲调也得以保存下来。这就解释了这里的音乐多样并存的原因。它们来自于悠久历史漫漫进程的不同阶段。

一旦面对我们整个的民间音乐，你就会看到它就像一千零一夜里那个跳舞的美人，一件又一件地脱下裹在她身上的舞衣。

看吧！第一件衣裳，衣料上印着的是粗疏的花纹。这里说的是最新的，即五六十年前的歌曲，从西边，即波希米亚传来。小学老师给我们学校里的孩子教的就是这些歌曲。大部分是大调曲子，只是根据我们的节奏习惯略加改动而已。

但这就到了第二层。色调显然分明些。这些曲调源于匈牙利。

它们和马扎尔语言的扩展是同步的。在十九世纪，茨冈人乐队把它们传播开来。这些是恰尔达什舞曲和应征士兵的军号。

当这位跳舞的美人脱去这一件衣裳后，立刻就现出里面的一层。十七至十八世纪的斯拉夫本地歌曲。

不过第四件衣裳更为漂亮，是一些追溯到十四世纪的歌曲。从东南方的喀尔巴阡山岭风尘仆仆走来瓦拉克人，到了我们这里。是些牧羊人。他们的牧羊歌与绿林曲，不知什么调音法、和声，纯粹以旋律为主，是由乐器——排箫和芦笛所确定的古调。

这一层纱衣最后落下就再也没有了。美女裸体而舞。那些是最古老最古老的曲子，滋生于非基督教的泥土中，基于最古老的音乐理念体系，希腊的四音音列，收割草料的歌，丰收之歌，是和古朴族长制村落的礼俗密切联系的口头音乐。

民歌或称民间礼俗音乐可说是不见经传的一条暗道，通过它，那些曾在历史上被无数次战争与革命，被一次次文明的劫难所摧毁的东西得到了部分的挽救。通过这条暗道我可以向后窥视到很远很远，我可以看到摩拉维亚最早期的王子们，我可以看到古老的斯拉夫世界。

但是为什么只提斯拉夫世界呢？因为面对歌词我们只能茫然。歌里唱的啤酒花，我不知道它和一辆牛车，一只羊有什么关系。歌词里唱有人在羊背上跳跃，有人赶车。人们赞美啤酒花，它使童贞的姑娘变成新娘。民间歌手唱这些的时候，自己也不明白词儿是什么意思。茫茫不可溯源的传统所具有的惯性是惟一的力量，竟使歌里已经变得晦涩难解的词儿原封不动地传下来。经历了无数圆月，最后惟一可能的解释就是：唱的是古希腊的酒神狄俄尼索斯。一个在羊背上的森林之神和在啤酒花丛中挥舞着一根酒神杖的神明。

上古啊！我真觉得不可思议！然而到了大学，我本要研究音乐思想史。我们最古老的民歌的结构其实和远古音乐思想是相互呼应的。就是利第亚的、弗里吉亚的或多利亚调式的四音音列。下行音阶的设想——它以高音为准而不是以低音为准。我们最古老的民歌就是和古希腊所唱的歌曲属于同一音乐理念的时代。正是它们给我们把遥远的古代保存至今。

5

那天晚上吃晚饭的时候，我眼前不断出现路德维克把头别过去的样子。同时我又因此而对符拉第米尔更加关切。我蓦地对过去忽视他而感到害怕，为我竟从来没能把他领进我自己的天地而害怕。吃罢晚饭，芙拉丝塔在厨房没走，符拉第米尔和我进了起居室。我想跟他聊聊歌曲的事。但一点也谈不下去。我像个小学老师对学生那样，我怕把他弄得不耐烦。他呢，当然了，乖乖儿坐着，什么也不说，好像在听我的。他在我面前总是恭恭敬敬。可我又怎么知道他脑瓜子里究竟有些什么呢？

我长篇大论给他灌输一通大道理，这时芙拉丝塔进来，说该是上床睡觉的时候了。有什么办法呢？她是家里的主心骨，家里的历法、时钟。

我们不跟她找麻烦。得了，去吧，小家伙，晚安！

我就让他一个人留在放风琴的那间屋里。他平时就睡在那儿，睡在那张有电镀管的沙发床上。我的房间在隔壁，和芙拉丝塔睡一张双人床。我不想马上去睡，不然我会翻身翻个没完，怕会把她吵醒。我还想到外面去待一会儿。夜晚很暖和。就在我们住的旧房子附近，园子里散发着旧时乡间的那种气味儿。梨树底下有一张木凳。

这个鬼迷心窍的路德维克！他为什么偏今天来呢？这是个倒霉的征兆，我怕就怕这个。我最老的伙伴！就在这张长凳上，我俩坐过多少回，当时我们都是小孩呢。我跟他非常要好。从中学一年级起我就认识他。他浑身上下的心眼儿比我们谁都多，可他的心眼儿偏偏不用到学校里来。学校呀，老师呀，他都不当一回事。他最爱干的事，就是偏要做学校规定不准做的事。

我为什么会跟他结成一对伴儿呢？大约是命里注定吧。他跟我一样，都是双亲中少一个的孩子。我妈妈在生产时死了。路德维克十三岁，德国人把他爸爸押走了，他爸爸是石匠，进了一个集中营，从此路德维克再没有见到他。

路德维克是老大，而且弟弟死后就成了独子。父亲被捕后，母子相依为命。日子真是艰难。上学很花钱。眼看着，路德维克就要辍学了。

然而，在这危难关头，总算有了救星。

路德维克的父亲有个妹妹，在大战前很久就已经嫁给当地一个有钱的企业家，从此她就几乎断绝了和石匠哥哥的来往。但在哥哥被捕以后，她突然动了爱国之心，主动向嫂嫂提出照管路德维克。她自己只有一个智力较为迟钝的女儿，所以这个天分极高的侄子就让她眼热。他们不仅常常从物质上资助他，而且也不断让他去他们家。他们家经常有镇上的头面人物聚会，路德维克在这里也被介绍给大家。他被迫向他们表示感恩，因为他的学业全靠他们的资助。所以他对他们的感情有点像是水对着火。他们家姓库特奇，而且打那时开始，我们就用这个姓氏来称呼一切自命不凡之辈。

库特奇太太对这个嫂子是不用正眼瞧的。她一直恼她的哥哥没娶个好老婆。即使她哥哥关进了集中营，她对嫂子也并不改变态度。做好事无非是完全对准路德维克这一目标而来。她觉得这孩子身上有她的血统，巴望着要他做自己的儿子。嫂子的存在就是她的一块心病。她从来不曾邀请她去家里。路德维克对这些都看在眼里，气得咬牙。多少次他为这个事要跟他们翻脸。但他的母亲苦苦哭求他，每次总能让他顺从下来。

路德维克就这样更愿意来我家，我们好得如一对孪生兄弟，爸爸差一点儿就对他比对我还喜欢。他看路德维克对他的书架上的书如饥似渴，把每一本书都读了，真是高兴。当我刚刚搞起中学生爵士乐队的时候，他也非要跟我在一起不可。他去破烂市场买了一支便宜货单簧管，很快就吹得挺像样子。后来我们就一道在爵士乐队泡着，直到又组织起扬琴乐队来。

库特奇小姐在大战快结束那阵子结了婚。当妈的大操大办简直吓人，新人后面竟有五对男女傧相。她非要路德维克也担当一份这个差事，和城里一个药剂师的女儿（十一岁）临时凑成一对。

路德维克愣住了，他觉得在这结婚队列里跟那些本地时髦的男男女女混在一起简直像个小丑，很难为情。他急于要让人把他看作是个大人，羞于让一个十一岁的黄毛丫头来挽他的胳膊。他想到还要在婚礼过程中也去吻那个沾满唾沫的十字架，简直气坏了。那天晚上，他从豪华的宴席上逃出来，跟我们一起呆在小饭铺的角落里吃饭。我们一面喝着酒，一面拨弄着我们的乐器，还把他取笑一番。他大发雷霆，声言对资产阶级恨之入骨。接着，他又骂宗教婚礼中的那些繁文缛节，声称他对教会嗤之以鼻，而且将来一定要把自己从信徒的名单上一笔勾销。

我们没把他的话当真。但战后没几天，路德维克说到做到。这件事他让库特奇一家气得要死。他也不管。他和他们闹了个不亦乐乎。他开始常常去参加共产党员举办的报告会，买他们出版的各种小册子。我们这片地区天主教影响很深，我们那个中学更是如此。尽管这样，我们大家都肯原谅路德维克独独走上了共产党人的道路。我们承认他跟别人不一样。

一九四七年，中学毕业。秋天一到，路德维克去布拉格上学，我在布尔诺。整整一年我没见着他。

6

当时正是一九四八年。整个生活都翻了个个儿，简直是底儿朝天。路德维克趁假期来我们的圈子里看我们。对他的欢迎有点尴尬。二月共产党政变在我们看来就像恐怖时期到来了一样。路德维克还带来他的单簧管，但根本就没用上。我们整夜都在争论中度过。

莫非是从那个时候起我俩的分歧就开始了？我觉得不是。那天夜里，路德维克使我心悦诚服。他竭力避开政治，只是谈我们的乐队。按他的意思，我们应当对自己工作的意义要看得更深远些。把以往的事情又翻出来有什么用呢？谁往后看，谁都会像罗得[1]的女人。

那么，我们说：该怎么办呢？

我们当然应当把民间艺术的遗产管理起来，他回答说。但这还不够。我们正生活在一个新时代。广阔的天地使我们大有作为。

---

① Loth，圣经人物，其妻因不听劝告回头向后看而变成盐柱。

要从公众的、日常的音乐文化中清除掉陈腔滥调，这使命就落在我们的肩上。资产阶级把那些东西强加给人们，而我们要以原本的人民艺术取而代之。

奇怪。路德维克所说的这个意思，和最保守的摩拉维亚爱国者由来已久的梦想如出一辙。他们始终对腐败的、没有上帝的城市文化深恶痛绝。美国查尔斯顿舞的音乐在他们耳朵里就是魔鬼撒旦的破笛声！说来说去，没关系，反正路德维克的话把我们的心越拨越亮。

那一次，他接着说出来的想法就更特别了。他提到爵士乐。爵士乐完全脱胎于黑人民间音乐，而且风靡了整个欧洲。这给我们提供了一个令人振奋的例子，原来人民音乐拥有这么巨大的力量。它足以孕育出整整一个时代的音乐总体风格。

在聆听路德维克讲话的时候，我们的心情很复杂，既有钦佩也有反感。他的自信神气使我们不快。当时所有的共产党人都有这么一副神气。仿佛他和未来本身早已达成秘密的协议，他可以全权代表未来行事似的。他还使我们诚惶诚恐，大约也因为他和我们原来认识的那个年轻人一下子已今非昔比。过去我们认为他是个老实的小伙子，爱嘲弄。如今他说话爱虚张声势，满嘴华丽的词藻，大言不惭。我们之中没有一个共产党人，这种不假思索，直截了当地把我们乐队的前途和共产党联系起来的方式当然使我们很不痛快。不过他那滔滔不绝的讲演对我们很有吸引力。他的思想和我们心底深处的梦想是一致的。这样一来，他的思想猛然把我们提高到了伟大的历史高度。

我心里悄悄地把他叫做驯鼠。真的很像。笛子里吹出一个颤音来，我们就都自己跑到他的跟前，凡是他的见解还不够全面成熟的地方，我们就忙不迭地来补救。我还记得我自己的慷慨陈词。我谈到了巴罗克时期以来欧洲音乐的演变。印象派时期结束后，欧洲音乐一时停滞了。它的活力似乎已经衰竭，无论是奏鸣曲还是交响乐，再或就是舞蹈的前奏都一样停滞了。因此，爵士乐对欧洲音乐的影响简直神奇，不仅使全欧洲的夜总会、跳舞厅如醉如狂，甚至也使斯特拉文斯基①、奥涅格②、米约③等为之倾倒，他们也以爵士乐的节奏作为曲子的开头。不过要注意，与此同时，可以说自十年前以来欧洲音乐已经吸收了大陆古老民间艺术的新鲜血液，而这民间艺术在任何别处均已消失而惟独存活在我们中欧。雅纳切克、巴托克。于是，欧洲音乐的发展在古老的民间音乐和爵士乐之间建立起横向的联系。无论前者还是后者都同样对二十世纪现代严肃音乐作出了贡献。不过对广大民众的音乐来说，情况则不是这样的。欧洲各国人民的古曲调可以说没有留下任何

① Igor Feodorovich Stravinsky (1882—1971)，俄罗斯作曲家。
② Arthur Honegger (1892—1955)，瑞士作曲家。
③ Darius Milhaud (1892—1974)，法国犹太作曲家。

痕迹。在这里，爵士乐压倒一切。于是，我们的任务正是从这里起步。

是的，我们的信念是：在我们民间音乐的根柢之中，也蕴含着和在爵士乐中一样的力量。爵士乐有爵士乐的旋律，其中经常会透示出古老的黑人乐曲原始的六和弦。但我们的民歌也有着这样的旋律，而且在调式上，要更加丰富多彩。爵士乐具有独特的节奏，其惊人的变化是在整整十来个世纪中打击乐和非洲达姆达姆鼓的文化中凝成的。但同样可以说，我们这儿的音乐，其节奏也只能是从此而来。最后，爵士乐是基于临场发挥的音乐。但是那些从来不知有乐谱的乡村小提琴师也是把他们惊人的合奏依托在临场发挥上的。

只有一样东西是我们和爵士乐完全不同的，路德维克接着我的话说。爵士乐发展和变化得极快。它的风格是在变动的。道路急转直下，从新奥尔良的复调音乐，经过管弦乐，又经过一种变体的摇摆爵士乐，向着疯狂急速的波普爵士乐发展，然后又超过了波普爵士乐。哪怕是做梦，新奥尔良也不曾想到我们今天的爵士乐竟会有这样的和弦。我们的民间音乐，有如往昔世纪里的睡美人，竟长眠不动。我们得把她唤醒。她应当步入今天的生活，跟上生活的步子发展。应当仿照爵士乐的榜样。一方面不断保留自己的特色，毫不丢失本身的旋律和节奏，同时，我们的民间音乐必须把自己独特的风格不断推向新阶段。这并不容易。这是一个艰巨的任务。这个任务只能在社会主义制度中才能得以完成。

这跟社会主义制度有什么关系？我们不同意地说。

他给我们摆道理。从前的农村里，生活是公共化的。一年到头村民总有一系列重大民俗活动。民间艺术寓于这些民俗活动而存在。在浪漫主义流行的时期，可以想象，一个在地里干活的农妇只要来了灵感，一支歌就从她嘴里涌出来，就像泉水从石头底下流出。但民歌的诞生与文人诗并不一样。诗人的创作是为了自我表达，为了道出心里独有的思想。而民歌，人们唱出来并不是要表现自己与众不同，而恰恰是要寻求与他人的沟通。一首民歌的形成就像钟乳石一样要长年积累。每一点每一滴都可以增添一点新意，形成一个新的变化。人们把这支歌世代相传下去，每一位歌手都赋予它新的成分。所以每一支歌曲都曾经有过许多创造者，然而他们人人又都谦虚地留下创造而隐没了自己。没有一支民歌不是这样而只为自身存在。它的功能非常确定。有在婚礼上唱的，有在收获的节日唱的，还有为狂欢节、圣诞节的和割草季节而唱的民歌，还有一些是为舞蹈，为丧葬而唱的，甚至情歌也没有超出某些习惯用途的范围。晚间散步曲、窗前小夜曲、求婚曲，这些全都是集体仪式，唱歌是其中的一部分。

资本主义制度摧残了这种集体生活。正是因为这样，民间艺术才失去了它的基础，它存在的理由，它的功能。在一个社会里，人如果脱离了别人、只为自己一人而生活，那么一切想使民间艺术恢复活力的尝试都是徒劳的。不过现在是社会主义，它即将把人从孤独的锁链下解放出来。人们要生活在一种新的集体里。由一种共同的利益团结在一起。每个人的个人生活和公共生活会一致起来。二者也会被一大堆的庆祝仪式统一。有些礼仪由推陈出新而来：收获的节日、舞蹈晚会、与劳动相关联的习俗等。也有新创造的节日：庆祝五一、群众集会、解放节、开会。人民的艺术将要处处有它的地位。它要全面发展，变化，革新。我们究竟理解了它没有呢？

果然，很快就出现了过去难以置信的事情变为现实的情况。从来不曾有谁比共产党政府为人民的艺术做过更大的贡献。政府花费巨款用以建立新的歌舞团。民间音乐、提琴、扬琴，天天都在电台的节目单上。摩拉维亚歌曲涌进各大学，涌进每年五一节、青年人的舞会和官方的盛大庆祝活动。爵士乐不仅从我们祖国的地面上完全消失了，而且它成为西方资本主义制度及其没落情趣的典型。青年们不跳探戈，也不跳布吉乌吉舞[1]，而是喜欢集体舞，跳的时候把手放在旁边人的肩膀上。党不遗余力地来创造一种新的生活风格。基本思想就是斯大林给新艺术所下的著名定义：民族形式加社会主义内容。而这样的民族形式，除了我们的民间艺术，没有任何别的东西，能把它赋予我们的音乐，我们的舞蹈和我们的诗歌。

我们的组织便开始乘着这一政治的大风大浪奋勇向前。它很快在全国范围有了名声。歌手和舞蹈人员激增，并转而成为一个强大的歌舞团，出现在数以百计的舞台上，每年赴国外巡回演出。我们不仅大唱——按过去的唱法——那个杀死自己心爱的姑娘的绿林好汉之歌，也唱我们自己创作的歌曲，例如斯大林颂，或合作社丰收赞歌。我们的歌曲不再是单纯对过去时代的缅怀，而是当代历史的一个组成部分，并与当代历史同步前进。

共产党支持我们。于是我们原来在政治上的一些保留也像雪花见了太阳似的消融干净。我本人在一九四九年初入了党，歌舞团的同志也陆陆续续和我一样加入进去。

① Boogie-woogie，爵士乐的一种演奏形式，一九二〇年代在美国黑人中间流行。

7

我们本来一直是好朋友。那么什么时候起我们之间开始有了阴影呢？我当然知道。我完全清楚。那是在我结婚的时候。

我曾在布尔诺的高等音乐学院学习小提琴，同时在综合性大学听音乐学课程。这样到了三年级的时候，我觉得心里很不是滋味。我爸爸在家里身体越来越糟，他得过脑溢血。大难不死，他不得不特别小心。我心里惦着他一个人在家，万一有个三长两短，连个电报也不能给我发。我每星期六总是提心吊胆地回到他的身边，星期一离开他的时候心里又开始七上八下的。有一天，我实在放不下心了。我星期一全天心神不宁，星期二更加厉害，星期三我把所有东西收拾进箱子，给管房子的算清了账，对她说我走了不再回来。

我仍然记得是怎样从火车站回到家的。我的村子邻近市区，进村要走过田地。那时是秋天，有风吹着，还没到傍晚，一些小孩在放风筝，在不见尽头的线的那一端，风筝飞舞着。从前我爸爸也给我糊过一个，他带我去田野里，放起来，跑着，让风把纸鸟托起来，升得高高的。我并不觉得太好玩。爸爸玩得倒很起劲。

这个回忆使我心里热乎乎的，便加快了脚下的步子。我忽然生出一个念头：爸爸准是在给妈妈送去这些风筝呢。

我一直在想象妈妈在天上的样子。我不信上帝，不信诸如永生之类的事情。这不是信仰问题，是幻想问题。我不知道为什么要放弃这种想象，没有它我就觉得自己孤苦伶仃的。芙拉丝塔责备我老是有幻觉，我似乎不是按事物的本来面目来看事物。其实不然，它们该是什么样我看得很清楚，但是除了可见的部分，我还看到了其他方面。幻觉的存在是有其作用的。正是幻觉才使我们把家当作归宿。

我从没见过妈妈，所以也没有哭过她。相反，我知道她在天上又年轻又美丽，我很高兴。其他孩子的妈妈没有我的妈妈那么年轻。

我爱把自己想象成圣彼得，挨着他那个能看见尘世的小窗户坐在一张凳子上。妈妈常常到他这儿的窗户边来。为了她，圣彼得什么都肯干，因为她漂亮，他允许她来张望。于是妈妈看见我们。我和爸爸。

妈妈没有愁容。相反，当她从圣彼得住所的小窗里张望的时候，她常常笑。活在永恒中的人是不知忧愁的。因为他知道人生只有一瞬间，转眼就到了重逢的时候。但是当我在布尔诺的时候，我把爸爸一人扔在家里，我就似乎看到妈妈脸上很难过，全是责备的样子。而我，我想跟她好好相处。

所以我加快速度走回家去，看着挂在天空中的风筝。我心里真痛快。我毫不后悔我放弃的东西。很明显，我更热心于我的提琴和音乐学，但还没有急着要成名。即使将来能飞黄腾达也抵不上我现在回家的快乐。

当我告诉爸爸，我不会再回布尔诺的时候，他的脸都气红了。我竟然因为他而耽误我的一辈子，他没法同意。于是，我告诉他，我因为成绩差而被学校开除。他最后相信了，但对我更加不高兴，可这并不使我很着急。因为我并不是回家来吃闲饭的。我又在我们歌舞团的乐队里重新坐上了第一提琴手的位置。另外，我还得到了市音乐学校提琴教师职位。所以当时我就可以从事我所喜欢的工作了。

还有，我也可以有时间和芙拉丝塔在一起。她住在附近一个村子，和我所住的村子一样属我们市的一个镇。她在团里跳舞。我在布尔诺上学的时候就认识她，我回来以后几乎天天能见她。不过真正的爱情之花是在稍后才开放的——无意之中的，她有一次排练时不巧摔了一个倒霉的跤，腿摔断了。我把她抱起来送到别人叫来的急救车里。她在我胳膊上，我觉得她那么瘦小、单薄、弱不禁风。我吃惊地注意到自己竟有一米九十高，体重有一百公斤，简直可以打倒一棵橡树，而她是那么轻那么弱。

这一分钟，我的心突然亮堂堂的。在芙拉丝塔这个受伤的女子身上，我忽然看出另一个人物的形象，熟悉得多了。我怎么会没有早发现呢？芙拉丝塔就是在无数的民歌里都有的那个人物——可怜的丫头啊！那个除了善良正直再无其他财富的可怜丫头，那个被人欺凌的可怜丫头，那个穿着旧衣烂衫的可怜丫头，没有爹娘疼的可怜丫头。

当然正确地说不完全是这样。她有父母，而且他们经济毫不拮据。但正因为他们是大庄园主，所以这个新时代有如一把钳子，向他们逼去。芙拉丝塔眼泪汪汪地来排练不是一次两次。人家硬要他们交出大批产品，她的父亲被宣布是富农，拖拉机和机器都被没收，人家还说要抓人。我同情她，产生了要照顾她的念头，照顾这个可怜丫头。

自从我通过民间歌曲里的一句词对她加以注意以后，别人体验过无数次的爱情又在我的身上重演。我似乎是在演奏一个年代久远不可追忆的乐曲。这些歌曲似乎在我心中唱着。我沉浸在这个乐音的波涛之中，梦想着结婚。

婚事前两天，路德维克不声不响地回来了。我特别高兴地欢迎他。我马上告诉他这一重大喜讯，接着说，既然他是我最亲密的老同学，我把他列为证婚人。他答应了。他也来了。

歌舞团的朋友非要给我办一个真正的摩拉维亚婚礼不可。婚礼开始时，他们首先全体来到我家，穿着民族服装带着乐器。一个五十来岁的扬琴高手是男傧相里最年长的。所以主婚老人的义务就落在他的身上。爸爸已在一切开始之前给每人敬过李子酒、面包和腊肉。主婚老人一挥手，待大家安静下来，便朗声诵读道：

尊敬的小伙和姑娘们，
尊敬的先生们和女士们！
在这里我邀请各位
一起和小伙子走向姑娘的父门
他已经选中了这位姑娘，高贵的小姐
为自己的意中人……

主婚老人就是整个仪式的首领、灵魂、轴心。从来就是如此。十个世纪来一直这样。新郎倌从来没有占过婚礼的主位，并不是他给自己娶亲，而是人家给他娶亲。婚礼主导着他，把他推在浪尖。不是由他行动、说话，而是主婚老人替他安排、说话；而且甚至也不是主婚老人，而是古老的世世代代的传统在把男人一个个卷进温软的气息中。

在主婚老人的引导下，我们一起去我未婚妻的村子。我们穿过田野，朋友们一面走一面奏乐。在芙拉丝塔家的小房子前，她一家人已经在盛装等候。主婚老人又高声说道：

我们是跋涉劳累的旅人。
你们是慷慨的人

请让我们跨进
门风高洁的府上。

从列在门口迎候的队伍里也站出一位长者。“既然你们善意而来，我们欢迎！”于是他邀请我们进去。我们一言不发纷纷入内。主婚老人先说我们是远方来的旅行者，并没有一下子说明我们的真正来意。长者是新娘一边的代言人，他鼓励我们说：“如果有什么事压在你们心上，请开口吧！”

于是主婚老人开言了，先是隐隐约约、有所影射的话，对方那位长者也同样地致复。好多个回合以后，主婚老人终于亮出我们登门的真正用意。

于是，那位长者问他：

亲爱的朋友，恕我动问，
这位来求婚的小伙子缘何
　　要娶这位正派姑娘为妻。
到底为开花还是为结果？

主婚老人答道：

谁不知道盛开的鲜花

美丽芬芳、赏心悦目。
但花开要过
花落结果。
我们的新郎不是为花好一时，而是为了果实，
因为果实才滋养我们。

对答又进行了一会儿，直到长者最后说："既然这样，我们就让新娘来吧，看她答应不答应。"他走进旁边的屋子，一会儿手里搀着一个盛装的女子出来。瘦瘦高高的，背朝着大家，有一块头巾遮着脸。"她来了，你的未婚妻！"

不过主婚老人摇摇头，我们大声嚷嚷着说不对。长者又夸大其词劝导一番，最后终于下决心把这个盖着脸的女人带了进去。这时候他才让芙拉丝塔出来。她穿着一双黑色靴子，朱红色的罩裙，色泽鲜亮的开襟短背心，头上戴着一顶花枝编的头冠。我觉得她美极了。长者拿起她的手，放到我的手里。

然后，他转身朝着新娘的母亲，带着伤心的语调叫道："哎哟，好妈妈呀！"

一听这句话，我的新娘把手从我的手里抽了回去，扑在母亲脚下，低着头。长者又接下去：

亲爱的好妈妈呀，请宽恕我过去使您受的累！

敬爱的好妈妈，看在仁慈的上帝分上吧，
　　请宽恕我过去使您受的累！
我最心爱的好妈妈呀，看在基督五处受伤的分儿上，
　　请宽恕我过去使您受的累！

我们给不知从何年何月传下的作品充当着哑角。作品很美，很迷人，而且一切都很真实。接着乐声又起，我们朝市里走去。仪式在市政厅举行，乐声始终大作。然后去吃午饭。下午，大家跳舞。

晚上，女傧相把芙拉丝塔的那顶迷迭香花冠取下来给我郑重其事地戴上。她们把芙拉丝塔散开的头发编成一条辫子盘在她的头上，扣上一顶小小的女帽。这一仪式标志着一个姑娘到一个妇人的过渡。当然，芙拉丝塔早已不是处女，说实话她并没有权利戴这个象征性的花冠，但这对我没什么关系。从更高更重要的意义来说，现在才是她失去童贞的时刻，也就是她的女友们把她的花冠给我的那一刻。

上帝，为什么这顶小小的花冠会使我如此激动，胜过我们的第一次拥抱，胜过芙拉丝塔真正流血的时候呢？我不知道，但的确是这样。在这个时候女傧相唱起了歌，歌里说这顶花冠顺水漂去，流水将解开它殷红的缎带。我真想流泪。我心醉了，仿佛看见这顶花冠漂呀漂的，漂进小溪，又从小溪流向大河，又顺流从

大河奔向多瑙河，最终又从多瑙河投入到大海的怀抱。我望着它，这顶童贞的花冠，一去永不回头。是的，永不回头。生活中的一切重要时刻都只是一次性的，永不回头。一个男子汉要成为男子汉，他就应当完完全全明白这一点。但愿他不要自欺欺人！但愿他不要装作不知道！现代男人自欺欺人，他们费尽心机，躲避关键时刻，从生到死都没有付出。它们都是一去不再复返的。平民百姓中的男子汉比较诚实，他们能唱着歌儿在每一个重大事件中坚持到底。当芙拉丝塔把我给她铺在身下的毛巾染红的时候，我还远没有想到自己正在际遇一个一去不返的重大时刻。然而，在这个婚礼上，在歌声响起的这一刹，不可复返就在这儿。女傧相唱着告别歌。请你等一等，等一等，我温柔的情郎，我要向亲爱的妈妈告别。请你等一等，等一等，勒住马儿吧，我的小妹妹哭了，多么舍不得离开她。再见了，再见，我亲爱的女伴们，我永远地走了，不再回还。

接着夜色浓郁起来，伴婚的人们把我们一直送到我们自己的家。

我打开大门。芙拉丝塔在门前停下来，最后一次向站在屋前的朋友们转过身去。他们之中有人开始唱起最后一支歌：

她站在门前，
多么美丽，

玫瑰花，我小小的玫瑰花。
她已跨过门口，
迷人的美丽消失了，
我小小的玫瑰花谢了。

然后，我们身后的大门关上。只剩下我们两人。芙拉丝塔那时二十岁，我比她大不了多少。但我心里想，她刚刚跨过门槛，从这魔术般的一分钟起，她身上的魅力就要像叶子从树上掉落。我眼见树叶即将坠落的景象。坠落的起始已经定下。我对自己说，她已不止是一朵花，这时刻，果实的未来时刻已经在她身上。这一切都让我体验什么是无可回避的进程。我参与着也心甘情愿地接受这一进程。我想到了符拉第米尔，我还不认识他，也想象不出他将是什么样。但我确已在想着他，而且透过他，我在注视着他遥远的未来。接着，芙拉丝塔和我躺在床上，我似乎觉得，是人类睿智的无限把我们拥进了它绵软的怀抱。

8

路德维克在我婚礼那一天究竟怎么啦？说到底怎么也没怎么。那天他板着脸，十分古怪。下午在大家跳舞的时候，小伙子们建议他吹黑管，他们想要他参加合奏。他回绝了。不一会儿，人就不见了。幸好我当时有些忙昏了头，竟没有注意。不过第二天，我又想起来，觉得他先走了真是昨天的美中不足。这时酒精正好在我血管里起着催化作用，加上芙拉丝塔比酒精还厉害，于是这美中不足的一点就变得庞大起来。芙拉丝塔从来就没喜欢过路德维克。

原来当我告诉她，他要来当我的证婚人的时候，她的样子就不高兴。正因为这样，我们婚礼的第二天，她又提醒我路德维克头天的举止。他那没完没了的丧气样，倒像是人人都对不起他！这个好虚荣的家伙。

当天晚上，路德维克自己登门来见我们，给芙拉丝塔带来几件小礼品，还道了歉。他请求我们宽恕他，因为昨天他很难过。他向我们说出了所发生的一切：开除党籍、学籍，他前途未卜。

我难以相信我的耳朵，不知说什么好；而且，路德维克根本不肯让人对他表示怜悯，急急转了话题。半个月后我们的歌舞团要出发，到国外巡回演出。我们这些外省人为此觉得好不高兴！路德维克问起我这次旅行的一些情况。这时候我马上想起，他从小就向往着能到国外去旅行，而现在他大约再也去不成了。政治上有过污点的人，人家不会放他们跨过国境线。我看出来，我跟他的境况从此之后会有天差地别。所以我不能大谈特谈我们的巡回演出，我很怕一下子把我与他之间突然形成的命运鸿沟点拨得太清楚。我既想掩盖这一道鸿沟，又担心说的每一句话都是欲盖弥彰。可是我又偏偏找不出一句能不把它挑明的话来。只要涉及我们的生活，每字每句都在表明我们如今已分道扬镳，我们的前途、未来各奔东西，我们会被卷往相反的方向。我竭力聊些日常琐事来掩饰我们彼此已成陌路人的状况。但这更糟。谈话中故意找鸡毛蒜皮的话题很容易暴露用意，弄得十分尴尬。

路德维克告辞了。他自己申请去某个地方劳动，离开我们的城市，而我则带着歌舞团去国外了。打这以后，我好几年没有见着他。我往俄斯特拉发的部队发过一两封信。每一次都像在上次见面后那样有一种空落落的感觉。直接提路德维克栽跟斗的事我做不到，我对自己步步高升很不好意思；让我给朋友居高临下地说些要振作的话或怜悯的话，连我自己都觉得受不了。我只得装出我们之间一如既往的样子。在我的信里给他细列我们现在在做些什么，歌舞团里的新鲜事，团里新的扬琴手慢慢可以独当一面了。我把我自己的圈子说得就像是我们共同的圈子一样。

有一天，爸爸接到一份讣告。路德维克的妈妈去世了。我们这儿人人都知道她早就病倒了。当路德维克从我们眼前消失以后，也看不到她了。只有当我手里拿着这张带着黑框的信纸时，我才觉察到自己对那些不在我生活轨道中的人是多么不关心，哪怕他们离得不远，反正他们不在我一帆风顺的生活轨道上。我感到内疚。后来我又发现了一件事，使我心里难以平静。在讣告下方，以亲人的名义出现的，只有库特奇夫妇。至于路德维克，只字未提。

下葬的日子到了。从早上起，我就惴惴不安，怕会见到路德维克。但他始终没来。棺木后面只有稀稀落落几个人。我问库特奇夫妇路德维克在哪儿。他们耸耸肩，说不知道。小小的人群和灵柩在豪华的墓地最里面停住了，旁边是沉甸甸的大理石墓板，还有白色的天使塑像。

由于这个阔老板和他一家人的财产已全部被没收，他们这些人如今只靠一点点生活费度日。给他们留下的只有这座气势雄伟并饰有一个小天使塑像的家族墓穴。这些我是知道的，但我弄不明白为什么这次灵柩要落葬到这儿来。

只是到了后来，我才听人说那个时候路德维克正在监狱里。这城里只有他母亲知道这事。当她死的时候，库特奇家就硬把这个当初并不喜欢的妯娌的尸体弄走了。他们终于对忘恩负义的侄子报了一箭之仇。他们抢走了他的母亲，藏到有天使守着的大理石板下面。这个一头卷发的天使以及天使手里拿着的树枝从此就不断显现在我眼前。他一直在我好朋友被剥夺的生活上空盘旋，他连亲人的尸体也被抢走。糟害人的天使。

9

芙拉丝塔什么事也不喜欢过分。晚上在花园里懒懒地躺在凳上不走，这就过分了。我听到使劲敲窗子玻璃的声音。一个穿着睡衣的女人影子站在窗子跟前，黑绰绰的，很严厉。我顺从了。我这个人就怕比我弱的人。再说我一米九十的个头，一手就能提起一个一百公斤的口袋，所以无论碰上谁，我都不忍跟人家作对。

于是我进去在芙拉丝塔身边躺下。我只跟她说我刚才遇见了路德维克。“那又怎么啦？”她故意口气冷淡地说。她实在是不喜欢他，直到今天还是，谁都不能在她面前提他。不过除了这点，她没什么不称心的。打我们结婚以后她只见过他一次。那是在一九五六年，而且我也没打算掩饰我们之间隔着的那道鸿沟。

服役、坐牢和好几年矿下劳动都已经是路德维克的往事了。在布拉格，他居然设法重新完成学业，而后来，如果说他确实又在我们这里露过面，那也只是因为要办几个警察局的手续而已。和他相聚的念头使我感到别扭。但我见到他时，人可没有一点愁眉苦脸的样子。相反，这个路德维克和我以前认识的路德维克好像是两个人似的。他身上透着一种饱经风霜之气，那是一种坚毅，可能更为镇定自若。没有一丝一毫可称为可怜巴巴的样子。我觉得，我们会很容易跨过曾经使我震惊的那道鸿沟。我迫不及待地想恢复旧日情谊，就把他拉到我们乐队去参加排练。我认为这个乐队也仍然还是他的乐队。至于已有别人当了扬琴手，当了第二提琴手，吹黑管的也换了，只有我一个是老队员，那又有什么要紧。

路德维克拿一把椅子挨着扬琴坐下。我们先奏了几首最喜欢的歌曲，就是那些在我们中学时代最心爱的歌曲。接着是一些新歌，是我们到山里偏僻村落里发掘到的。最后来，是我们最为得意的几首。这一次同样，我们没有演奏真正的传统歌曲，而只是几首我们按民间艺术的路子创作的歌曲。就这样我们歌唱合作社的田野一望无际，歌唱穷苦人如今已经变成国家的主人，还歌唱拖拉机手，如今有了农机站，他们什么都不愁。这些歌曲的音乐和真正的民间音乐旋律相仿，但是词儿却比报刊文章还要新。在这些所选的歌曲中，我们特别钟情的是一首献给伏契克的歌，献给这位在德国占领时期被纳粹严刑拷打的英雄。

坐在他那张小椅子上，路德维克注视着演奏扬琴的那一位手里两根槌子的变动。他好几次给自己倒了些酒。我越过手里那把提琴，从上面看过去，观察着他。他悉心凝神没有朝我这里抬过一次头。

一些乐手的妻子先后走进了大厅，这是排练就要结束的标志。我向路德维克提议到我家去。芙拉丝塔给我们准备了晚饭吃的东西，让我俩自己在一块，她去睡觉。路德维克东拉西扯地闲聊。我感觉到他是以瞎聊来避开我想要谈的话题。但是怎么能对我最好的朋友闭口不提我们原来最珍贵的财富呢？所以我打断了路德维克的唠叨。你觉得我们的歌曲怎么样？路德维克说他很喜欢。但我可不让他拿这种客套来应付我。我又往下追问，他对我们自己创作的新歌怎么想？

路德维克有意回避争论。但我却一步一步地强迫他来争论。他终于开了口：那几首从民间采访来的老歌，它们确实很美；至于我们节目单上的其他东西么，他并不觉得怎么样。我们过分迁就现时的口味了。那不奇怪。我们为广大公众而创作，我们努力使他们喜欢，所以我们剔去了歌里最鲜明的特色，不要难以模拟的旋律，改为通常性节奏。我们是从时序层次上借鉴最浅近的东西，因为这样才容易得到大家的喝彩。

我大叫起来：我们不过是刚起步，我们须得尽最大力量把大众歌曲推广开来。这就是我们要让它适合最大多数人习惯的原因。我们好在已经创造出了现代民风，也创造出了许多新的人民歌曲，它们歌唱我们今天的生活。

他不同意。正是这些新歌使他觉得刺耳。多么可怕的代用品！多么矫揉造作！

一想起这些来我就伤心。究竟有谁不准我们往后看，说否则我们就会落个像罗得的妻子那样的下场呢？究竟有谁说过一个新的时代风格会从人民音乐中产生出来呢？又是谁要我们去提倡大众音乐而且非要让这种音乐和我们的时代齐头并进呢？

这一切，全都是空想，路德维克说。

怎么，空想？这些歌曲已经有了！它们已经存在了！

他对我嗤之以鼻。这些歌曲你的歌舞团唱，但除了歌舞团呢，谁唱这些歌，指一个给我看看！你们那些歌唱集体农庄光荣的老调子，你去找一个喜欢它们的庄员来给我看看！这些歌那么大杂烩似的，庄员们才不爱搭理呢！生拉硬扯的宣传加上假民族音乐，简直牛头不对马嘴。一首以伏契克为题抄袭摩拉维亚风格的歌算什么东西！这不是要弄明白人吗？一个布拉格记者！他跟摩拉维亚有什么关系？

伏契克，那是我们大家的伏契克，我说，我们总也有权利用我们自己的方式来歌唱他吧？

用我们的方式，这是你说的？可是你们用的是政治鼓动那一套，而一点也不是什么真正的我们的方式！你想想那些词儿吧！而且，干吗要来一首关于伏契克的歌呢？莫非只有他一个人抵抗？别人没有受过刑？

不管怎么样他最有名吧！

说得是呢！担负宣传任务的部门在选择已故名人的时候是严格按照顺序来的。在英雄之中，他们还得找头号英雄。

说这些挖苦话有什么用？难道每个时代不是有每个时代的象

征吗？

就算吧，这倒也有趣，原来他是作象征而当选的！这暂且不说！那么还有好几百名也曾经是同样英勇的人，统统都被忘记了，而且他们常常是一些出类拔萃的人，政治家、作家、学者、艺术家。人们并没有把他们弄成象征，他们的肖像也并没有贴在各书记处或学校的墙上。可是他们常常是留下了遗作的。然而正是这些著作使人为难，要把它弄好，删删减减，修修改改，很难了。于是，这著作就让这些要被宣传的英雄先后次序乱了套。

他们谁也没写《绞刑架下的报告》呀！

说到点子上了！要一个默不作声的英雄有什么用？一个不利用自己最后的时刻来引人瞩目的英雄有什么用？要留下某种训诫么？伏契克，尽管他原来没有著作，但他认为必须把他在狱中想些什么，感受到什么，经历了什么公诸于众，警示人们。他把这些东西逐渐记在一些小纸片上，又让人冒着身家性命的危险偷偷地传到外面来，保存在可靠的地方。他对自己的思想和感受估价得多么高啊！他对自己本人的价值又是估得多高啊！

要这么说我就不能容忍了，难道伏契克竟是这么自命不凡的人吗？

路德维克仿佛是一匹撒了性子的马。不对，倒不见得因为是自命不凡他才非写不可，而是出于一种软弱。因为在隔绝之中，没有见证人，没有别人的认可，只有自己对着自己，这就非得有很强的自豪感和巨大的力量才行。伏契克需要公众的帮助。在牢房的孤寂之中，他给自己至少设想了一个心目中的公众。他需要被人看到！以喝彩声来增强自己的力量！想象中的喝彩声也行，因为没有别的！只有把囚室化为舞台，把自己的命运展示出来，公之于众的时候，才承受得了自己的命运。

我原来对路德维克会心灰意冷倒有所准备，还有，他会大动肝火；但这样狂躁，这样刻毒的嘲弄却使我不知如何是好。死难的伏契克怎么招他惹他了？我看到了，一个忠于旧日友情的人要付出什么样的代价。我知道，路德维克遭受过极不公正的惩罚。所以事情就更严重了！因为他态度变化的原因是再清楚不过的了。难道只是因为受过侵害就可以把对生活的态度整个儿颠倒过来吗？

这些话，我并不想对路德维克明说。接着，又发生了意想不到的事。路德维克不说话了，仿佛他的这番怒火顿时烟消云散。他探询地看着我，眼睛里流露出好奇的神色；然后又几乎是小声地、非常沉稳地对我说不要生气，他自己是错的。他吐出这句话的语气如此陌生，极其冷漠，我觉得显然是言不由衷。我不愿意让我们的交谈就这样言不由衷地结束。不管我感到多么苦涩，我还是不改初衷，我要和路德维克交换意见，重建我们的友谊，哪怕交锋激烈，我仍抱着希望能通过一场长长的争论，找到一个共同的立足点，一个曾经那么晴朗的共有一隅，一方使我们将来可能共同居住的天地。然而，我费尽心机想把谈话继续下去也是白搭。路德维克连连道歉：他又一次暴露出爱夸张的毛病来，他请我忘掉他刚才说过的话。

忘掉？见鬼，为什么要忘掉一场严肃的谈话呢？难道我们不是更想把谈话继续下去吗？第二天我才看出来，路德维克请求忘掉的背后还有一层意思。他当夜住在我家，早上吃了饭之后，我们又有半个小时可以聊天。他说想要获准用两年的时间完成大学的学业，手续十分困难，开除出党在生活里留下多么严重的后果，人家到处都对他表示不信任。惟一能指望的就是少数几个在他被清除出党以前就认识的朋友，只有靠他们帮助他才有可能重新坐到教室的板凳上去。接着，他又谈到了几个处境和他差不多的熟人。他肯定他们都是被监视的，他们的言行也会被仔仔细细地记下来，他们所接触的人被调查，过分激烈或不怀好意的表现很可能给他们带来几年额外的麻烦。后来他又重新转回到一些琐碎话题上，该分手的时候，他声称很高兴见到我，重又请求我别再去想昨天他对我说的那些话。

联系他朋友们切身经验的暗示，和他再三的请求，两者之间的关系再明白不过了，我久久琢磨着放不下来。路德维克不肯再跟我说什么是因为他害怕。他怕我们之间的争论会传出去！怕被揭发！怕我！这太可怕了，而且——可不是！——完全预料不到的。我们之间的鸿沟比我所想象的还要深，深到我们甚至无法把话说完的地步。

10

芙拉丝塔已经睡了。可怜的小东西。她时不时轻轻地打鼾。我们家里一切都入睡了。我那么高，那么魁梧，巨人一样。我躺下后，还在想，我是多么无能为力。这一次我的体验是酷烈的。从前，我那么轻信，总以为任什么事都掌握在我们自己的手里。路德维克和我，我们从来没有断过交，只要稍加努力，哪还有什么能阻挡我重新变成他的密友呢？

现在事实已证明，这根本没有掌握在我自己的手里，无论断交还是和好都由不得我。我曾经寄希望于时间之手。时间流逝。从最后一次相逢至今已有九年。其间，路德维克学业已续完，得了一个极好的职位，在一个他感兴趣的部门当科学工作人员。我是在远远地注视着他的道路。我深情地关注着他。我永远不能把路德维克看作敌人或外人，他是我的朋友，但中了邪。好像是哪个童话的翻版，故事里王子的未婚妻被变成了蛇或癞蛤蟆。在童话里，由于王子的忠诚等待，终于一切都得以挽回。

可是我这里，时间并不能把我的好友从沉迷中唤醒。前些年有好几次，他经过我们市，一次也没有来我家。今天我碰上他了，他却躲开我。这个魔鬼缠身的路德维克。

事情全是从我们上次谈话起的头。年复一年，我感觉自己的身边是一片沙漠，它一天天蔓延，我内心深处的焦虑也不断滋长。疲劳日益积累，欢乐和成功却越来越少。从前，歌舞团每年都出国巡回演出，同时也增多被邀请的渠道，而如今几乎无人问津了。我们坚持不懈，加倍努力，但周围毫无反响。我在空落落的大厅里孤零零一个人，好像是路德维克下的命令让我一个人待着。因为根本不是你的敌人而偏偏是你的朋友把你打入孤独的境地。

从那个时候起，而且也越来越经常地，我养成了溜到外面的习惯，走在一条两边都是小小田野的土路上。就是这条田野小路边，坡地上形单影只地只长着一棵犬蔷薇。只有在这里，我才能找到几个最后忠于我的人。一个逃兵和他的几个朋友，一个颠沛流离的音乐家；而在地平线后面，有一所木屋，里面有芙拉丝塔——可怜的使唤丫头。

逃兵把我叫作他的国王，一口咬定我在任何时候都可以藏身在他家。他说，我只消来到那棵犬蔷薇旁就可以。他肯定会守约前来。

在遐想的天地寻求到安宁是多么容易啊！可是我必须设法同时生活在两个世界里，一个也不能丢开。我没有权利放弃现实世界，尽管我在这个世界里丧失一切。可能在末日的末日，我只需办成一件事就够了。最后一件事就是：

把我的一生作为一个明白易懂的信息，交给一个惟一理解它的人，由他把这个信息再传得更远。但从现在到那一时刻，还不允许我跟着那个避世的人向多瑙河走去。

这个惟一的人，我在那么多失败之后寄予最后希望的人，我想念着他，我和他只隔着一道墙壁，他正在睡觉。后天，他将骑上一匹马。面孔被遮起来，大家称他为王。来吧，我的小乖乖！我要睡觉了。他们会把我的头衔给你。我要睡了。我希望看到你在马上，在我的梦里。

第五部

路德维克

1

我睡了很久，睡得很香。八点以后我醒了。根本记不起来做的什么梦，美梦、噩梦都记不得，脑袋也不疼，不过却不想起身；于是我仍躺着；这一觉使我感到昨晚的巧遇和我自己之间好像竖起了一道屏幕；倒并不是说今天早上，露茜就已从我的记忆中烟消云散，而是她重又变得虚无缥缈起来。

虚无缥缈吗？是的，自从她在俄斯特拉发像谜一样、令人痛苦地失踪之后，起先我没有任何有效的手段来寻找她的踪迹；接着(退役后)，又过去好几年，渐渐失去了寻找的希望。我对自己说，尽管我曾经那么热烈地爱过她，哪怕她是怎样地举世无双，但也和当年的境况分不开，我们是在那种境况中相识而且相爱的。在我看来，把一个所爱的女子，从和她相遇、交往时的整个环境中抽出来，朝思暮想，一心一意把她本身没有的东西理想化，也就是把和她一起生活的历史理想化，把促使爱情形成的历史理想化，这是一种错误的思考。

说到底，我在这女人身上所爱的，并不是她为自己的那部分，而是她对我的那部分，她对于我意味着什么。我爱她，因为她是我们共同史中的一员，如果哈姆雷特没有了他的埃尔西诺城堡[①]，没有了奥菲利娅，没有了他行动所处的种种具体环境，这个角色离开了作品，那还有什么意义呢？除开那种我也说不清的、看不见、摸不着的主旨，那还会留下什么呢？同样，如果不是在俄斯特拉发附近小镇，没有那些从铁丝网眼里塞进来的玫瑰花，没有那几件小小的旧衣裙，没有我那些毫无希望却期待着的漫漫岁月，露茜也就不成其为我所爱的露茜了。

当时，我是这样来设想和理解这些事情的，而且随着岁月流逝，我几乎害怕与她重逢，因为我明白，到了我们再度相逢之日，露茜也就不再是那个露茜了，我已经无意重结前缘。这并不是说，我已经断了对她的爱心，或者说我把她已抛到脑后，她的形象已经失去光彩；不是的，她日以继夜地在我心里，成为一种无声的缅怀；我向往她就像人们向往那些一去不再复返的东西。

露茜已经变成了一个凝固不动的往昔（这个往昔永远只能以往昔的形式存活，而在现时中已经死去）；对于我，她在慢慢地消失：先是肉身的外形，物质而又具体，后来化为遥远的传奇，记叙在羊皮纸上的神话，收藏在我生命底蕴之中的一只小金属盒里。

也许正因为如此，不可思议的事情才有可能出现：我坐在她理发店的椅子上，她就在我眼前，我却无法肯定是她。也还因为如此，今天早上，我竟产生了这样一种印象：这次邂逅并不是实有的，一定是发生在传说里，是神示，是谜语。如果说昨天晚上，露茜真的出现了，使我震惊，把我一下子又掷回到那个遥远的由她主宰的时代，那么怎么可能在这个星期六的上午，我竟心如平镜，只是询问自己（经过睡眠休息之后）：我为什么会遇见她？这一巧遇意味着什么，又可以告诉我什么？

个人历史除了它本身的发生之外，也还告示什么吗？尽管我抱着怀疑，但我仍然残留着一丝非理性的迷信，例如坚信落在我身上的一切事件总有它的含义，它表明某个东西；还有生活通过它本身的历史，在向我们说话，给我们渐次揭示某个秘密，它就像一幅字谜画让你去猜，我们所经历过的各种历史同时组成一部生活的神话，而这一部神话中就藏着解开奥秘和真理的钥匙。这是幻觉吗？可能甚至是真实可信的，但我无法抑制想要持续不断地解开我自己生活之谜的愿望。

我仍是躺在旅馆那张吱呀叫唤的床上，思索着又恢复了简单理念形态的露茜，一个简单问号式的露茜。床吱呀叫唤着，这个怪毛病又触动了我的意识，导致“啪”的一声（突然地，不协调地）把我的思想扭向了埃莱娜。似乎这张吱呀叫唤的床呼唤我去尽责，我叹了一口气，把两脚挪出床，坐在床沿，伸了个懒腰，把手指头插到头发里，透过玻璃望了望天，然后站起来。昨日和

① Elsinore，莎士比亚《哈姆雷特》的剧情地。

露茜的邂逅像海绵吸干了我对埃莱娜的兴趣，这兴趣在没几天之前是那么地炽烈；而此刻它成了记忆中的兴趣，它本身已经失却，但留下了须得对它履行责任的感觉。

我走近洗脸池，脱去睡衣，把龙头开足；两手在水流下合拢，快捷地一捧一捧，用水大面积地洗着脖子、肩膀、身上，然后用毛巾擦干。我想刺激一下血流。忽然我着实对自己吃了一惊，发觉自己对埃莱娜即将到来竟这么无所谓；我很担心这种冷漠会弄糟一次难得的机会，这种机会很少会再有的。我决定给自己喂点儿好料，浇点儿伏特加。

我下楼到咖啡厅，但只见一行行令人失望的椅子，四脚朝天，放在一张张没有台布的小圆台上，其间蹒跚着一个矮老太太，身上的围裙脏腻不堪。

我去接待处，门厅服务员无精打采地躺在柜台后面一张深椅里，和那张椅子一样木然。我问他能否在这旅馆里吃早点。他纹丝不动，说咖啡厅今天不营业。我上了街。天气看来极好，小片的云彩在天空里飘游，轻风拂起人行道上的灰土。我加快脚步朝广场走去。在一家肉店门口，有人排着队，胳膊上不是挎着提包就是网兜，这些女人不急不慌地等着轮到自己。在过往行人中，我很快注意到有些人手里举着一个小火炬样的东西——蛋卷冰淇淋，他们舔着上面盖着的一个粉红色小帽。就在这个时候，我已步入中心广场。那里有一个两层的建筑——自助餐馆。

我走进去。里面极宽敞，地上铺着方砖。在很高的桌子跟前许多人站着正在大啃夹馅小面包，喝着咖啡或啤酒。

我没有胃口在这儿吃饭。我自早上梳洗时起，就一心一意地想来一顿饱餐，有鸡蛋和熏肉什么的，外加一杯酒，好提提神。我记起一家坐落在稍远处的餐厅，那是在另一个有街心花园和一个巴罗克风格雕塑的广场。这餐馆没有什么好东西吸引人，但我只求能找到一张桌子、一把椅子和一个肯为我出力的服务员就行。

我从雕像旁走过：基座上立着一个圣徒，圣徒的头上顶着一团云，云上现出一个天使，天使上面又是一个天使，再上面还是一个坐着的天使，这一回可是到顶了。我抬头顺着雕像往上看，圣徒、云彩和天使组成一个相当动人的金字塔，它借着这一个沉重的石堆来模拟上天和上天的高深，而现实中那蓝得苍白的上天，却依然离开这个厚蒙尘土的地球一隅有十万八千里。

于是，我走过街心花园，草坪和长凳（尽管如此，公园还是光秃秃的，并没有给这个灰蒙蒙的空间增添什么情趣）。我抓住餐厅的门把手。关着。我开始明白了，希望中的小小一餐美食只能是奢望，我着急起来，因为我有着像孩子一样的执拗，把这顿美餐看作是过好这一天的先决条件。我醒悟到既然在这些小城镇里，旅馆、饭店都很晚才开门营业，那么这里也不会理睬那些巴望坐下来吃早餐的怪人。所以我只得作罢，转身穿越花园，沿原路回去。

我在归途上又遇见不少人手里拿着粉红帽蛋卷，这些蛋卷仍然使我不断想起火炬。蛋卷的样子或许有着某种意义。虽然火炬并不真的是火炬，只是有着火炬的模样罢了，所以它们堂而皇之顶着的，那点儿讨人喜欢的玫瑰色，也就算不上享口福，只是有着享口福的模样罢了。这样一来，在这个尘土飞扬的小镇上，什么火炬、口福都不可避免地具有一种滑稽模仿意味。后来，我估计只要溯这些边舔边走的火炬手们的潮流而上，就定会有发现甜食店的运气，里面很可能有个放着桌椅板凳的角落，甚至还会有浓咖啡或小点心什么的。

结果，我踏进一家牛奶店：有人排着队买巧克力或牛奶，还带羊角面包，我又看见了高脚小桌子，顾客们倚着吃喝；店堂紧里面倒确实有几张小凳、椅子，但全有人占着。无奈，我也跟在队尾小步小步向前挪，十分钟后我得到了一杯巧克力和两个羊角面包。我拿着这些东西走到一张高桌前，上面已经堆有半打空啤酒杯。我想法在这桌面上找出一片没有流汤的地方，放下我的杯子。

我吞下这顿早餐的速度简直令人心酸：刚三分钟后，我就上了街。钟敲九点，眼下我还有两个钟头：埃莱娜今天早上乘头班飞机从布拉格起飞，得在布尔诺换汽车，十一点以前能到这儿。我知道，我这两个钟头实在是无所事事。

当然，我可以跑去看看我小时候的那些老地方，在我出生的房子附近逗留一会儿，妈妈一直住在那里直到最后。我常思念她，但是她那瘦小的身躯忍辱受欺长眠在一块别人家的大理石下，在这样一个城市里，我一回忆起她来就不是滋味：想到当年的走投无路，升起一种难忍的苦涩，所以我不愿意去想。

我只好去坐在广场的一张长凳上，又马上站起来，去观看橱窗，后来又到书店门前浏览书籍的封面装帧，最后在一家烟铺买了一份《红色权利报》，重新坐在长凳上，在那些味同嚼蜡的标题上溜一眼，看了两条国外花絮栏里多少还有些意思的新闻，把崭新的报纸折起来，塞进一个垃圾箱；然后，我慢慢地朝教堂走去，在大门前停下脚步，端详一番两个钟塔，再登上宽宽的台阶，钻过门洞，走进中殿，我悄悄地溜进去，省得让人家抱怨这个新来的也不划个十字，到这儿来不过是像进公园一样闲逛。

人渐渐多起来，我马上就觉出自己在这个地方简直手足无措，所以我赶紧走开；瞧瞧表，发现这点儿一无所用的时间真难熬。我自己强要自己用心去想埃莱娜，把这时间占上。可是思想却不然，始终木然不动，只是勉强唤起埃莱娜的直观样子。说穿了，这种现象众所周知：当一个男子等待一位女子的时候，他很难去思考关于她的什么东西，而只能是在她定型的形象下踱来踱去。

我就是这样踱着步。这时候我远远望见对面市政大楼前（如今是市人民委员会）停有十来辆婴儿车，都是空的。当时我不知道是在干什么。一个青年男子气喘吁吁跑过来把又一辆小推车排在它们旁边，他的女伴（显出有些兴奋的样子）从车里抱出一个带白花边的布包（里面肯定包着个小宝宝），接着这一对夫妇匆匆消失在市政厅里。我想反正还有一个半钟头要消磨，就跟了进去。

从宽大的楼梯脚下开始，站着不少看热闹的人，我越往上走见人越多。二楼过道里挤得满满的，而通向上面的楼梯却空空如也。那么招引这么多人来的大事显然是在二楼举行，想必是在那扇对着过道洞开的大门里面。过道里一大群人留连不去，我也凑了上去；原来那间屋子并不大，里面大约已有七排椅子坐上了人，他们似乎在等着看什么。前面有一个台墩，上面搁一张蒙上红布的长桌子，在一个瓶子里插着一大束花；后面墙上彩色国旗悬垂，那些褶子迭得十分艺术；台墩下，面朝墩基（离池座前排三米远），八张座椅列成半圆形。另一边，最里面，已经放好一架小风琴；一位戴眼镜的老先生坐在前面，脑袋俯在揭起盖子的键盘上面。

还有几张椅子是空的；我占了一张。好久，什么动静也没有，但公众却丝毫没有不耐烦，大家转向相邻的人低声攀谈。这期间，走道里不肯离开的三五人群已经充满房间，坐上最后几个坐椅，或在周围席地而坐。

活动终于开始了：讲台后面，门开处，出现一位穿栗色衣裙的女士，细长的鼻子上架一副眼镜；她环顾在场的人，举起右手。我顿觉四周静悄悄的。接着这个女人转身向着她刚走出的屋子，似乎朝那里什么人发了个信号，说了句什么，但马上转身来把后背紧紧贴在板壁上，与此同时脸上现出庄重的笑容并凝滞不动。一切都是精心安排好的，因为在我的身后，在那个笑容展现的同时，风琴就奏响了起来。

几秒钟后，讲台后面的门里，出现一位脸色红红的少妇，一头黄色的头发烫得卷卷的，她精心化过妆，神色有些慌乱，抱着一个裹着婴儿的白色襁褓；穿栗色衣裙的女士更紧紧地贴着板壁，好让她过去，女士的微笑分明在鼓励抱婴儿的人走进屋里。这一位畏畏缩缩地向前移着，紧搂着自己的乳儿；第二个女人也抱着个白襁褓出场了，在她身后（一个跟一个的女人）形成一支小队伍。我一直端详着那个打头阵的女人：她先是把目光在天花板附近游移一阵，又落下来，大约和屋子里某人的目光相遇，又不好意思，赶快把眼睛转向别处，咧嘴笑笑，但这一丝笑意（笑的动作而已）又很快在紧闭起来一动不动的嘴唇上消失；所有表情从她脸上掠过只用了几秒钟（从门边开始走五六米所用的时间）。由于她只管一直朝前，没有很快转向排成半月形的椅子走去，那位栗色衣裙的女士从墙角猛地蹦起来（脸色沉下了些），赶紧跟上前去，用手碰了碰她，提醒她走原定的路线。少妇马上改变方向，转了个身，后面其他抱孩子的妇女也就跟着。她们总共八人。该走的路程终于走完，她们停下来，背朝着大家。每个人都站在一张椅子前。栗衣女人做了个自上到下的手势；她们一个一个慢慢都明白了（当然仍背朝着观众），落了座（抱着襁褓）。

栗衣女人又笑容可掬，朝依旧开着的门走去。在门槛边停了一会儿，接着又很快倒退三四步，回到屋里，重又背靠在板壁上。这时出现一个二十来岁的男子，穿着黑色衣服，白衬衫，系一条绘着图案的领带，衬衫的领子硬邦邦地卡着脖子。他低着头，沉着步子。另外七名男子走在他后面，年岁不尽相同，但个个都穿着节日的衬衫和深色衣服。他们围着带婴儿的女士，每人站在一张椅子后面。这时候，其中有两三个人露出不安的神色，朝四周张望，好像在寻找什么东西。栗衣女人（脸上立即又罩上刚才那样愠怒的阴云）跑过来，一个有些着急的男子低声对她说了几句，她点头表示同意，各位先生就此赶快调换了位置。

栗衣女人很快又笑容可掬，回头向讲坛后面那扇门走去。这一回，就用不着她任何示意了。又一队人整整齐齐地走进来，说实在话很可以算得上是守纪律了，他们迈着庄重的步子，毫无窘迫感地朝前走，简直具有专业人士水平；这一队由孩子组成，他们大约都是十来岁光景；鱼贯而入，男女相间；男孩子穿着海蓝裤子，白衬衫，系着红色的三角巾，其中的一角，拖到两肩之间，其余的两角在颌下打着结。女孩子穿着小小的海蓝裙子，白上衣，脖子上的三角巾和男孩一样。他们个个手持小束玫瑰。我刚才说过，他们自若而优雅地向前走，而且也不像前面那两个队列顺着椅子的半圆而是沿着讲台走，停下以后，侧过半个身子，在台墩下拉成一条长线，面对坐着的女士和整个屋子。

几秒钟又过去了，后面那扇门里出现了一个大家刚才没有注意到的新人物，他向讲台和铺红布的长桌直走过去。这是个中年男子，头发已经稀少。他步履很有气度，身体挺得笔直，穿着黑色套装，手里拿着一个紫红色的大公文包。他在长桌子的正中停下来，转身面向观众，欠身致礼。大家看到了他臃肿的脸，身上斜披着一条宽宽的蓝白红三色绶带，上面别着一个镀金的勋章，垂在胃的高度。当他微微鞠躬的时候，勋章在讲台上空摆动了好几下。

这时候，突然有一个站在台墩下队列里的小男孩高声地朗诵起来。他说：春天到了，大地复苏，爸爸妈妈们欢欣鼓舞。诸如此类地说了好一会儿，然后又有一个小女孩出来接着他的话也说些差不多的内容，意思并不十分清楚，但有一些词反复出现：妈妈、爸爸，也有春天，有时还有玫瑰。又一个小家伙在这之后打断了她的朗诵，他后来又被一个小女孩接下去；不过绝不能说他们在相互争执，因为这批小人儿所用的那套词藻大体一样。例如其中一个小男孩声称：儿童就是和平；那后面的小姑娘又肯定地说儿童就是花朵；而大家则一致同意后一个提法，全体男女孩子向前跨进一步，一齐把拿着花束的胳膊伸出来。由于他们正好是八个，和坐成半圈的女人数目相符，所以她们每个人都接到一束玫瑰。孩子们回到讲台下，自此就默不作声了。

反之，原来站在讲台上的男子翻开了他紫红色的公事包大声宣读。他也大谈春天，鲜花，妈妈和爸爸，谈到爱情会带来结晶，但他的用词很快有了变化，不再说爸爸妈妈，而是父亲和母亲了，一面列举政府赋予他们(父母)的种种好处，强调说他们也应该为国家利益，把自己的孩子培养成模范公民；说完这些后又提出，凡在这里的父母要签字，以庄严保证做到这些；说着他指着桌子的一头，那里果然躺着一本皮面装帧的大厚册子。

这时候，栗衣女人站到坐在半圈首位的一个母亲后面，碰碰她的肩膀，那母亲回过身来，栗衣女人从她手里接过婴儿。然后那母亲起身走到桌子边。披着绶带的那个男人翻开册子，把笔递给当母亲的。她签字，回到座椅那里，栗衣女人把小宝宝还给她，又轮到父亲过去签字；然后栗衣女人又抱住下一个母亲的娃娃，把她领到讲台那儿，在母亲后，是她的丈夫签字；在他之后，又一个当母亲的，又一个丈夫，依次类推，直至最后一个。随后风琴传来一阵阵新的乐声，我的邻座纷纷起来去向当父母的握手道贺。我也跟着这么做(因为我也很想和人握握手)。蓦然，我听见有人在叫我的名字：就是那个披绶带的人问我是否认得出他。

我当然没有认出来——尽管我在他滔滔不绝的时候端详过他。对于这个使我不大自在的问题，我并不想作一个否定的回答，便表示想知道他近况如何。他说不坏，我这就把他认了出来：科伐里克，一个中学同学。他的五官线条因他有点发福的样子而模糊了，现在才刚刚让我想起。而且，他在我的同学中间属于不起眼的，既不好也不坏；既不活跃也不孤僻，功课始终一般；那时候他额头中央总有一绺头发耷拉着，如今不见了——我为刚才没马上认出来抱歉了一番。

他问我来这儿干什么，是不是在这些当母亲的人中有我的亲戚。我告诉他不是的，我只是因好奇而来。他很得意地笑笑，给我大谈这里市人民委员会如何竭尽全力为百姓生活中的大事安排这样隆重的仪式；他微露得意地接着说，他自己作为民政事务的主管干部，也是做了一些工作的，并因此而受到上级的表扬。我问他刚才所举行的是不是洗礼仪式。他对我说这不是洗礼，而是欢迎新公民出世典礼。看来他很高兴能这样聊聊。在他看来，两大系统是针锋相对的：一边是已有千年传统的天主教及其仪式；一边是和它截然相反的民政机制，年轻的庆典应当替代古老的仪式。他说只有当我们的民事庆典十分美好隆重，足以和宗教那套祝祷膜拜抗衡的时候，人们才会放弃教堂那套庆祝受洗和婚礼的仪式。

我对他说，事情并不像看起来那么简单。他也同意，还庆幸他们自己作为这方面的专职干部，总算得到了我们的艺术家的支持。他们已经懂得（咱们希望如此）必须让人民举行真正社会主义的丧葬、婚礼、洗礼（他赶紧纠正自己的口误，改称欢迎新公民出世典礼），应该以此为荣。至于今天少先队员朗诵的诗句么，他接着说，很美。我称是的，又问他，如果让人们丢掉宗教仪式习惯，想尽方法让人们有可能避免任何仪式，岂不更好吗。

他说，人们永远也不肯让婚礼草草了之，葬礼也一样。何况，从我们的观点看（他强调我们这一字眼上，似乎要我明白，他也已加入共产党），不利用这样的仪式使我们的志同道合者乃至全国人民相互接近，那将是莫大的遗憾。

我问我的老同学，假定真有反对派，他会怎么对付。他对我说这些人自然是有的，因为并不是人人都接受新思想，但是如果他们不肯来，我们就一次一次地动员，直到大部分人最后在一星期或半个月之后好歹来了为止。我问到这里来参加这一类仪式的人是否被迫而来。不是的，他笑笑回答，但是人民委员会是根据这个判断公民的觉悟和他们对国家的态度；由于每个人都意识到这一点，所以他们还是来了。

我对科伐里克说人民委员会对待自己的忠信者比教会还要严厉。科伐里克笑笑，说他也没有办法。后来他邀请我到他办公室去待一会。我告诉他遗憾的是我没有时间，得去汽车站等人。他又问我这些年遇到过“小哥儿们”（他的意思是：中学同学）没有。我说没有，但我遇见他非常高兴，因为将来万一我有孩子要举行洗礼，一定会远道而来请他帮忙。他哈哈大笑，亲热地搂住我的肩膀。我们握了握手，我下去又回到广场上，想起离班车到达只剩一刻钟。

十五分钟就不算太久了。越过广场，我又经过理发店附近，再次透过玻璃窗朝里面瞥了一眼（虽然知道露茜下午才来，这时候不在），随后慢步朝长途车站走去，尽量回忆埃莱娜：她的面目模模糊糊的，像有一层雾遮盖着，浅红的头发显然有些褪色，她的身材虽不算苗条却也大体保持起码的比例，没有失去女人的风韵；凡我所记得的她的一切，都使我把她视为既讨人厌又讨人喜欢令人不平静的界线上，甚至她的声音也是，说悦耳又略嫌粗些，她在不知不觉中表现的动作反映出她仍然亟望人们倾倒于她。

我以前仅见过埃莱娜三次，要说是不多的，不可能对她保持一个清晰的印象。每当我想使她在我的记忆中活跃起来的时候，她面貌上的某些特点就显得很突出，所以在我的眼前她就老是像一张漫画肖像。然而，尽管我的记忆不很精确，但我相信，正是因为过分夸张了埃莱娜身上的某些特点，才抓准她原来被表象掩盖的真实内涵。

在这几分钟内埃莱娜那捉摸不定的形象在我的脑海里挥之不去，她皮肤已见松弛，这不仅是她年龄、生育的表现，更因为是她无所警戒的心理（情欲），无力抵制（用大量的言词掩饰也枉然）和专事充当猎艳目标的结果。那么埃莱娜的这个形象究竟与她本人符合不符合？或者它仅仅反映了我对她的看法？谁知道呢。汽车随时就到。我希望见到一个和我心里印象一致的埃莱娜。长途汽车站的周围有一个广场，我躲在广场的一个门洞下，这会儿我很希望能看她一小会儿，看到她下车后张大眼睛东寻西找的样子，看到让她突然以为自己远道而来却见不到我那惆怅的神气。

一辆直达长途车在站台上停下，埃莱娜是最先下车者之一。她身穿一件蓝黑色风衣（高领，紧束腰带），显得年轻，像运动员。她左右顾盼，但根本没有显得惶惑，而是毫不迟疑地一扭身朝我住的旅馆走去，她的房间也已经预定在那里。

一下子我确实感到，我想象中的埃莱娜的形象是不正确的。幸运的是现实中的埃莱娜比我虚构的埃莱娜要漂亮得多，我看到她踩着高跟鞋背朝着我走在去旅馆的路上，对这一点更加深信不疑。我跟在她后面。

她已经到了接待处，身体伏在柜台上，漠然的接待员正在往登记簿上写她的名字。她把自己的姓氏一个字母一个字母地拼出来："泽马内克，泽 — 马 — 内 — 克"。我站在她的背后，听她说着。当接待员放下笔，埃莱娜问他："扬同志住在这儿吗？"我走上前去，从她的背后，把手放在她的肩上。

2

我和埃莱娜之间所发生的一切都是经过精心考虑的。毫无疑问，自我们首次约会起，埃莱娜也一定有她的某种打算，但不会超出女人的朦胧希求：保持自己的本态，诗的感情，所以并不忙于事先安排好事件发展的进程。相反，在我这方面，从一开始就像一位作家或导演，处心积虑地安排我要经历的这番际遇，我十分当心不让自己随心所欲，并对自己所用的言词和埃莱娜单独相处的房间都仔细考虑过。我担心哪怕有一丁点儿不周都可能使我把送上门的机会错过。我对这个机会寄予极大的希望，这倒并不是因为埃莱娜特别的年轻，讨人喜欢或漂亮，而只是出于一个、也是惟一的原因，即她姓的是那个姓；她丈夫是我痛恨的人。

我在研究所里时有人通知我，有一个姓泽马内克的女同志从电台来见我，有个任务落在我的身上：关于我们所进行的研究，由我来给她提供材料。我当时，说真的，马上就想起我的老同学，不过在我看来无非是巧遇同姓罢了，如果说我很不愿意接待这位同志的话，那是别有原因的。

我不喜欢记者。他们往往很肤浅，又废话连篇，而且百无禁忌，加之埃莱娜代表的不是报纸而是广播电台，这只能使我更加兴趣索然。因为我认为：报纸本身有个变通，而且还相当严重：它们是不出声的，它们虽无用却倒也安安静静，不能强制人看，还可能被塞进垃圾桶里去。广播虽同样无用，但并不具有这一变通；它追随我们到咖啡馆、餐厅，甚至有些人已经到了若是耳朵里缺少这种源源不绝的精神营养就不能活下去的地步，所以我们到这些人家串门时也得听着。

在埃莱娜身上，连她说话的腔调都让我讨厌。明摆着，在到我们研究所之前，她对我们研究所和我们的研究是什么想法早就定局了，所以只需要从我这里弄几个例子往里填充填充（符合那些老套路）就行。我想方设法给她的任务添点麻烦，用些深奥的字眼让人根本不懂，而且，故意把她原先想好的评述弄得站不住脚。尽管如此，她对我的一番说法似乎仍然快要摸到头脑了。面对这样的危险我赶快转而跟她闲扯些私房话来。我说她的红头发跟她十分般配（纯系口是心非），我问她在广播电台的工作怎么样，她爱读些什么书。我一面和她交谈一面悄悄地分析，我渐渐可以断定，这不一定仅仅是碰巧同姓而已。这个能言善辩、到处钻营、鸿运高照的女记者似乎和我所认识的那个家伙如出一辙，他也那么能言善辩、到处钻营、鸿运高照。于是我装出漫不经心的口气问及她的丈夫。问得很准，三言两语我就肯定了：是巴维尔·泽马内克。应该说当时我还根本没想到后来竟会跟她如此交往。恰恰相反，当我发现她是谁以后，她进门时就使我产生的反感顿时增长。我马上寻找一个借口来中断和这个不速之客的谈话，把她打发给一个同事，甚至我马上就为自己能够把这个脸上笑容不断的女人推出门去而洋洋得意，但当我发现根本做不到这一点的时候，我遗憾极了。

就在我对她厌恶之极的那一刻，埃莱娜却对我刚才向她提问或陈述己见时所用的推心置腹的口吻（我纯出于别有用心，但不露声色）做出了相应的回报，她的几个动作都十分切合女性的特点，从而使我的怨艾又有了转机：在埃莱娜那职业腔调的外表下，我发现了她女人的一面，一个善用女人之长的女人。起初我曾窃窃冷笑，断定泽马内克配上这么一个内助真是活该，定是够他受的；不过我几乎马上又纠正自己的看法：这样居高临下的结论未免下得过于主观，甚至是太自作聪明了。毋庸置疑，这个女人原是漂亮的，没有任何理由可以认为巴维尔·泽马内克如今已不想利用她那女性的一面。为了掩饰我此时所想，我故意不断说些俏皮话。不知怎么的，我很想从这个坐在我面前的女记者身上去探究她到底有多少女人味。这个念头使我与她的交谈继续下去。

女性能起一种调和作用，甚至能给憎恶也平添几分亲切的意味，例如引起好奇、对其身体的兴趣，产生进入私交的欲望等。我转而渐渐亢奋起来，想象泽马内克，埃莱娜，以及他们的生活圈子（对我来说是陌生的），渐渐地我的恼恨得到了某种抚慰，我体验到一种特殊的快意（一种故意的恨，恨得几乎温柔起来），怪埃莱娜的长相，怪她的头发是红的，怪她的眼睛是蓝的，怪她的睫毛、她的圆脸、性感的鼻子、中间有道细缝的门牙、成熟而又丰腴的体态。我像别人端详自己所恋的女人一样来看她，观察她的每一个细小之处，似乎想把她整个儿深深地印刻在自己的心中，为了遮掩自己对她含着恨意的注目，我越来越挑轻松的话说，一个比一个动听的字眼使埃莱娜更富女性特色。我禁不住想道：她的双唇、乳房、眼睛、头发本属于泽马内克，而现在却被掌握在我的心目中，我摩挲着它们，玩味着，盘算是否有可能把她捏在我的手心，把她挤到一堵墙脚下。接着，我又重新忖度一番，先把自己放在泽马内克的地位上，转而再在我自己的地位上来分析这一切。

我心中一动，闪过一个念头，一个难以付诸实践、柏拉图式的念头：我或许可以把这个女人从打情骂俏的天地引到床上。但这个主意一闪而过旋即逝灭。这时埃莱娜声称感谢我的指导，不能再多耽误我的时间。我们相互道别。我很高兴她走了。那种古怪的亢奋冷却下来。对这个女人，我心里又只剩下先前的那种反感，而且生自己的气，刚才竟对她表示关怀备至、情真意切（尽管是假的）。

要是几天后埃莱娜没有来电话约我见面，事情本来也算告一段落了。可能她真的觉得需要把将播出的文章给我过目，但我当时立即有印象认为这只是借口。她说话的口气让我一下子想起上次谈话里那轻松亲切的一面，反倒不提工作上的正事。我毫不犹豫，也用这种口气跟她说话，而且决心沿用不变。我俩在咖啡馆碰了头。我故意挑毛病，摆出一副对埃莱娜的文章不感兴趣的样子，而且毫无顾忌地数落她那些记者用的套话。我的态度使她无言以对。但就在这时，我发现自己已经开始有了左右她的力量。我向她主动提出要离开布拉格去玩玩。她提醒我说她是有家的人不能答应。再没有比找这种理由来推托更使我高兴的了。我对这种谢绝方式玩味不已，觉得大有深意，我很开心，便再次提出邀请，并以此打趣。最后她十分高兴，到底接受了，不再说自己有家没家的话。自此以后，一切都进行得很顺利，我的计划在一步步地实现。出于恨，我想出这个计划有着十五年蕴蓄的怨恨，有一种莫名的把握，肯定它一定能实现，一定成功。

是的，眼下这个计划正在顺利实施。我从接待处附近提起埃莱娜的小箱子，陪她上楼到她的房间里——顺便提一句，这一间跟我的那一间一样差劲。尽管埃莱娜有一种可笑的习惯，总把什么事都形容得比真实情形要好得多；但她这一回也不得不说房间不好。我对她说不必为此不高兴，咱们自会有对付的办法。她朝我投来大有深意的一瞥。接着说她想要稍微梳妆一下，我回答说这很应该，我在楼下大厅里等她。

当她下楼的时候（敞开的风衣下穿着一条黑裙子，橙红色毛衣)，我再次暗暗赞赏她的确漂亮。我对她说一起到一家餐厅吃午饭，这家虽然很平庸，但已经是此地最好的了。她对我说，既然这里是我的家乡，她就悉听我的安排，保证言听计从(她显然选择了多少带有双关意义的字眼，这一理解很可笑，但很让人开心)。我俩按我上午的路线走，也就是我为找一顿像样的早餐而来回跑的冤枉路。埃莱娜又说她非常高兴来到我出生的城市。但是虽说她真的是第一次来，但她却并不东看西看，也不关心那是什么地方，什么单位，一点不像一个初到某地的客人。我暗暗纳闷：这种无所谓的态度究竟是出于麻木不仁，已经没有了常人有的好奇心呢，还是因为她心里只装着我，别的什么都不想了呢，我巴不得她属于第二种假设才好。

我们从巴罗克纪念建筑旁经过，圣徒顶着一团云彩，云彩上是天使，天使上又是一团云彩，然后又是一个天使。蓝天比上午更加湛蓝；埃莱娜脱掉风衣，搭在胳膊上说天真热，这股热气使干燥的尘土更不堪忍受；广场中心，雕塑矗立着像座小山，仿佛是一角陨落的穹宇再也回不到天上似的。我心想，我俩也是偶然抛落到这个行人出奇稀少的广场，它的小公园、餐馆，都是无可挽回地抛落到这儿来的；我们的思想、言谈，纵然向上攀登升腾，也是枉然，我们的行为却是低下的，和这块土地本身一样。

当时确实这样，这种鄙俗感向我猛烈地袭来；我为之震惊；我更诧异的是，我竟然会乐于接受甚至是带着一种欢欣鼓舞和轻松宽慰的心情容忍这种鄙俗。随后我相信，走在我身边的，其用意虽比我略高，但任我把她引向下午那几个暧昧的小时，我也就越发高兴起来。

餐馆早已开门，但大厅还是空的：十二点还差一刻呢。桌子已摆好；对着每张椅子，上汤用的盘子用一块餐巾纸盖着，上面堆放着勺子、刀叉。还没有来人。我们坐在一张桌子边上，拿起餐巾纸和刀叉，把它们分放在每个盘子的左右，等着。几分钟后，一个服务员出现在厨房那边的门口，懒洋洋的目光朝大厅慢慢看了一会儿，就要走开。

我叫他："服务员！"

他转过脚跟，朝我们的桌子挪了几步。"你们要什么？"他问，离我们有五六米远。"想吃饭，"我坦白地说道。他答道："得到十二点！"于是他又来个一百八十度，朝他的避风港走去。"服务员！"我又叫。他回过身来。"对不起，因为太远我没法不大声，你们有伏特加吗？""没有，没有伏特加。""那么你能给我们上什么？""刺柏子酒。"他老远说道。"太差了点。"我顶他说，"得了，就拿两杯刺柏子酒吧！"

"我都没先问问您喝不喝刺柏子酒，"我对埃莱娜说。

她笑了："我是不喝的，没这习惯！"

"没关系，"我回答她说，"您会习惯的。这儿是摩拉维亚，刺柏子酒是摩拉维亚人最喜欢的酒。"

“好极了！”埃莱娜表示很高兴，“对我来说，在这种小饭馆吃一顿，跟司机和工人们在一起，吃点喝点最平常的东西，那是最好不过的。”

“您也许还经常用啤酒杯来干朗姆酒吧？”

“那还不至于！”埃莱娜改口说。

“不过您喜欢跟普通老百姓在一起。”

“这倒是真的，”她说，“我讨厌那些豪华的夜总会，那些服务员低三下四的，端着堆得山一样高的菜盘子。”

“绝对同意您的意见，最好不过的就是这种小饭馆，服务员也不管你是什么人，店堂里烟雾腾腾，臭气熏人！尤其是有刺柏子酒，比什么都好。想当年我还是大学生的时候，我从来不喝别的。”

“我也是，喜欢简简单单的伙食，比如炸土豆或洋葱炒香肠，我就认为是再好不过的了……”

我这个人疑心很重，要是有人想起来告诉我说他喜欢什么或者不喜欢什么，我从不信以为真，说得更准确一些，我不过是把这看作是人家想要给自己树立某种形象而已。我才不信埃莱娜会觉得在肮脏小馆子里倒比在干干净净、通风好的餐厅里还要痛快，或者说她更喜欢蹩脚的白酒而不喜欢好葡萄酒。不过也不能因此说，她的这种信念就毫无意义，这实际上表明，当年革命狂热时期的一些情感在她身上仍有余留，那时候人们热衷于提倡一切

“普通的”、“大众化的”、“朴素的”、“粗实的”东西，一切“精致”和“高雅”的形式都会遭到唾弃。埃莱娜的态度让我想起自己的青年时代，从她的通身上下我可看出她的的确确是泽马内克的妻子。很快，我上午的心不在焉渐渐消失而精神陡长。

服务员用小托盘端来两杯刺柏子酒，放在桌子上，同时放下一张打印纸，勉强可认出它是一张杂七杂八的菜单（显然不知道是第几份复制件了）。

我举起酒杯说：“好吧，让我们以这种大众化的刺柏子酒来碰杯！”

她笑了，跟我碰杯，还一本正经地说：“我总是怀念过去那种朴朴实实的正派人。一点也不复杂，清澈透亮。”

我们喝了一口，我说道：“这样的人是很少的。”

“不过有，”埃莱娜回答，“您就是一个。”

“瞧您说的！”我反驳。

“不，您是的，您是的。”

她竟然会这样按自己头脑中的理想形象去套现实，我不禁目瞪口呆。不过我还是毫不迟疑地认可了埃莱娜给我的评语。

“谁知道呢。也许吧，”我说，“正派，清澈透亮。可这又怎么样呢？要紧的是，保持自己的本色，心里想什么，就要什么，怎么样，不怕难为情。人人都随大流。人家告诉他必须这样，必须那样，那他就拼命按这个干，也不想想自己过去和现在都是什么情况。一下子，他们全没了个性，一丁点儿也没有。最最要紧的，人应当敢于我行我素。埃莱娜，我跟您说个明白吧，您一开始就使我喜欢，我想您，不管您有家没家。我不能不这么说，我也不能不把这话说出来。”

这番话很不好出口，但是很必要的。控制女人的思想有它不可改变的规律；谁要是想说服一个女人而用种种道理来反驳她的观点，那样是很少能成功的。在和一个对手接触时，非要从她本人身上找出她希望在别人心里造成的印象（她的原则、理想、信念），那是最糟糕的；然后又想把她自以为给人的印象和我们希望她是个什么样说成协调一致（通过巧舌如簧），又是糟糕的。例如：埃莱娜一心在幻想着“朴素”、“自然”和“清澈透亮”，这些都是从革命的廉洁原则产生出来的理想，和为人“清正”、“毫无污点”，坚毅和严格联系在一起。只不过，由于埃莱娜的原则世界并不是建立在深思熟虑的基础上，而是（和大部分人一样）出于一些并无内在逻辑关系的各种需要，所以也很容易把“清澈透亮”的为人和不道德的行为放在同一人身上。这样一来，埃莱娜所希望的事（通奸）和她的那些理想也不会发生冲突。一个男人可以对一个女人想要怎样就怎样，但不能粗鲁，他必须让女人觉得事情和自己心底深处的幻觉和谐一致。

这期间，顾客陆陆续续来了，很快占满大部分桌子。那个服务员又过来，转了一圈，询问谁要点菜。我把菜单递给埃莱娜。

她又还给我，说我对摩拉维亚菜更在行。

当然，想在这里对摩拉维亚菜肴有所了解是徒劳的，因为这张菜单和这个等级的其他饭馆的菜单相比，没有一点儿独特的地方，全是罗列一串哪都一样的菜名，你也无从选择。我盯着菜单（灰溜溜地），可在一旁等着点菜的服务员却早已不耐烦。

“稍等一下。”我对他说。

“你们说要吃饭说了都一刻钟了，结果还没选好菜！”他一面教训着我，一面转身走了。

幸好他没一会儿就回来了，总算让我们要了两客肉卷，再来点刺柏子酒和苏打水。

埃莱娜（嚼着肉卷）说我俩忽然一起坐在她没来过的一个城市里真是棒极了（这也是她最爱用的形容词），她始终怀念着在伏契克歌舞团的时代，大家都唱这个地区的民歌。她还说我俩在一起不好，但她也没有办法，觉得跟我在一起就是痛快，她都忘乎所以了。我回答说，对自己的感情觉得可耻纯粹是一种可怕的虚伪。然后，我叫服务员来结账。

外面的那个巴罗克纪念建筑正对着我们。它在我眼里很可笑。我用手指着它说：“您瞧，埃莱娜，圣人在叠罗汉呢！您瞧瞧，他们是怎么往上爬的！他们想上天想得要死！可老天根本瞧不上他们！老天也根本不知道还有他们，这些可怜的长翅膀的土包子！”

“真是的，”埃莱娜赞同地说道，这时候酒力在她身上开始显出来了，“这些圣徒像，要它们站在这儿顶个什么用？为什么不在广场上造点儿什么赞美生活而不是宗教的玩意儿呢？”但看来她还留着点儿自控力，又说：“我的舌头是不是不听话了？千万告诉我，别等我出了格！”

“没有，您没有出格，埃莱娜。您还清醒得很呢，生活是美好的，我们怎么享乐也不过分。”

“对呀，”她打开话匣子，“谁都可以想说什么就说什么，生活么，棒极了，要我看，那些愁眉苦脸的家伙，我就讨厌他们；因为，要说发牢骚的话，我比谁都苦水多，不过我不爱说；干吗要嘟囔个没完，您说是吧，这不是也会有像今天这样的时候么；这有多棒：我没有来过的一个地方，我跟您在一起……”

埃莱娜一直没有停嘴，我们不久就走到了一幢新的大楼门前。

“这是哪儿？”埃莱娜问。

“听我说，”我对她说道，“这些小饭馆，多招人讨厌。在这栋房子里有一个小小的特别的小酒吧，我领您去。嗯，来吧！”

“您把我带到哪儿去？”埃莱娜大声说，她跟我进了走廊。

“一个真正的私人小酒吧，摩拉维亚风格的。您还没见过吧？”

“没见过。”埃莱娜说。

到了四楼，我用钥匙打开门，我们进去。

3

我把她领到一所借来的寓所里，可她一直没有任何表示，也不需要任何说明。相反，一跨进门槛，她似乎就已打定主意，从原来的打情骂俏转向只有一个解释的行为：就是从现在起不再是随便玩玩，而是生活中真有的那么回事了。她站在我朋友屋子的中央，半转身对着我，她的眼神告诉我她等着我走过去，吻她，紧紧拥抱她。就在她半转身的瞬间，她和我心里所想象的埃莱娜形象就完全一样了：解除戒备，听凭摆布。

我走到她那儿；她向我抬起头；我没有吻她(期待已久的吻)，只是对她微笑，手扶在她裹着蓝色风衣的双肩上。她明白了，解开纽扣。我把风衣拿到门厅，挂上衣钩。不，虽然现在一切都已就绪(我心里的渴望和她的百依百顺)，但我还不着急，生怕因为草率从事而不能获得圆满成功，我要十全十美毫无疏漏。我东拉西扯地聊着，让她坐下来，给她看种种家用小东西。我打开放伏特加的柜子，昨天考茨卡已经使我注意了这瓶酒；我拔去塞子，把瓶子放在小桌上，又放上两只杯子；我斟了酒。

“我会喝醉的。”她说。

“您和我都会醉的。”我让她放心(虽然我心里知道，自己不会喝醉，因为我已决心完全保持清醒的头脑)。

她没有笑，正色地喝了酒，说:“您知道，路德维克，要是您也把我当作那种下贱女人的话，那会让我难过死的。她们无聊，满脑子那种风流韵事。我可不是傻瓜，我知道您见识过一大堆女人，就是她们教会您用不客气的眼光来看待女人。只不过我，我会非常难过的……”

“我也一样，我说，要是您跟别的女人一样轻佻，肯接受随便什么人的所谓爱情，把丈夫丢下不管，我也会非常难过的。您如果也是这一类人，咱俩也就用不着见面了。”

“真的吗？”

“真的，埃莱娜。您刚才说得对，女人嘛，我见识过很多很多，她们使我明白，不必怕以轻佻换轻佻，但咱们在一起，跟那种情况不能相提并论。”

“您这不是随便说说安慰人吧？”

“才不是呢！我第一次见到您的时候，就似乎觉得我已经等了您很多很多年，我等的就是您。”

“您可不是那种花言巧语的人哪！您心里不这么想是不会这么说的。”

“那当然了，我对女人不会做假，她们教会我那么多，就是这一点没能教会我。所以我不是在向您说假话，埃莱娜，尽管看起来难以叫人相信。我一旦发现您的存在，是的，我就明白，这么长时间以来我需要的就是您，原来在我认识您以前一直在生活中等待您的出现。而现在我要您，这也是命里注定的。”

“我的上帝。”埃莱娜说，垂下了眼睑；她的脸上涂着胭脂，她和我设想的埃莱娜形象越来越一致：解除戒备，听凭摆布。

“路德维克，您要是知道就好了！我也是一样！当我一见到您就知道您不是那种逢场作戏的男人，可正是这一点叫我害怕。因为我是个结了婚的人，而且我清楚咱俩之间的关系会是真格的，您就是我真正理想的人，这一点我拿我自己也没法。”

“埃莱娜，您也是我真正的心上人。”我对她肯定地说。

她坐在沙发床上，瞪大眼睛看着我。我坐在她面前的椅子上，贪婪地打量着她。我把双手放到她膝盖上，然后慢慢地推起她的裙子，直到看得见她长统袜的边和松紧带。埃莱娜的臀部已显臃肿，不知为什么使我觉得有些悲哀，也有些可怜。埃莱娜任我触摸，一动也不动，既没有一个手势，也没有一个眼色。

“啊，您要是知道……”

“知道什么？”

“知道我过的是什么生活就好了。”

“您过的是什么生活呢？”

她苦笑笑。

突然我担心起来，怕她也会跟一切不忠的妻子那样，用她们的老办法，硬说自己所嫁非人，在我对这婚姻下手的时候要我来听她倒苦水。“您千万别对我说您的家庭生活有多么痛苦，您的丈夫根本不理解您等等的话！”

“我没想说这些，”埃莱娜辩白说，被我的进攻弄得有点不知所措，“我还不至于……”

“您还不至于在这个时候想说这些，可实际每一个女人在跟另一个男人幽会的时候都会这么想。正是在这时候，假话就开了头，而您，埃莱娜，您想要保持真诚，对不对？您的丈夫，您肯定是爱过他的，您不会没有爱情就跟他在一起的。”

“是的。”她轻轻地承认说。

“说真的，您的丈夫，是什么样的人呢？”

她耸耸肩，微笑说：“一个男人。”

“您认识他很久了？”

“结婚十三年，而我们认识还要早些。”

“那时您还是大学生吧？”

“对，一年级。”

她似乎要把裙子放下一些，我拉住她的手，不让她动，继续问她：“他呢？您在哪儿认识他的？”

“在歌舞团排练的时候。”

“歌舞团？您丈夫也是合唱团的吗？”

“是的。我们大家都是。”

“这么说，你俩是在合唱团相爱的……对于刚刚产生的爱情来说，这真是个美好的环境。”

“可不是！”

“再说那个时候，整个时代是美好的。”

“您也怀念那段时光吗，您？”

“那是我一生最美好的时代。但请告诉我，您丈夫是您初恋的情人吗？”

她犹豫了一下：“我现在不想提他！”

“埃莱娜，我愿意了解您。从现在起，只要是关于您，我什么都想知道。我对您认识得越清楚，您就越成为我的心上人。那么，在他之前，您还有过别人吗？”

她点点头：“是的。”

如果埃莱娜在少女时代已经属于过一个男人，那么她和巴维尔·泽马内克的婚姻就会不那么重要了，这使我差不多有些失望：“那一次是真正的爱情吗？”

她摇头：“傻呵呵的好奇心而已。”

“所以您的第一次爱情，还应当算是您的丈夫。”

“不错，”她接受地说，“但这已经是过去的事……”

“他那个时候怎么样？”我低低地说，紧追不舍。

“您干吗非要知道？”

“因为我要的是整个儿的您，要知道您装在这个脑袋里的一切！”我抚摸着她的头发。

假如有什么原因会阻止一个女人向她的情人谈论她丈夫，那么这个原因很少是高尚、体谅或真正的羞耻心，原因只能是害怕，怕惹得情人不高兴。一旦男的能够消除她的这种不安，他的情妇一定会很高兴，她会觉得更加自如，但更主要的是：这使她有了话题，因为可供交谈的话题并非无穷无尽，而且对一个有夫之妇说来，丈夫是一个最理想的题材，是她惟一有把握的题材，惟一她自信可以当有资格人士的题材，而每一个人，说到底，谁都乐意在人前以专家、内行的身份出现并以此自炫。所以，当我向她保证，说她谈了以后对我没有一丝一毫妨碍，她就大为宽心，谈起巴维尔·泽马内克。她动情地回忆着，所描绘的一切情景没有一个阴暗点。她详细叙述她如何对他倾心（对这个金发、身体挺得笔直的小伙子），当他成为歌舞团里政治负责人的时候，她在心里对他产生极大的钦佩，她多么赞赏他，再说那时她所有的女友都这样（他有惊人的演讲天才！），她大谈他们的恋爱史和当时整个时代多么协调，她对那个时代用几句话进行辩护（我们难道会怀疑到斯大林竟然让人杀害了那么多忠诚的共产党人吗？），她肯定不是在有意转向政治问题，而是她认为自己和这个话题有关。她为自己的青年时代辩护，还有，她在自己和那个时代之间划上等号（就像那个时代是她往昔的家），又好像她是那个时代的辩护人，她的表态如同一个小小宣言，仿佛埃莱娜要警告我：您要我吧，我没有任何条件，只有一点：你要允许我保持这个样子，你要我就得接受我的信念。在一个不该展露信念而应该展露身体的场合来展露信念，这本身恰恰包含着一种不正常——从某种角度说信念问题使这个女人坐立不安：她要不就是害怕人家怀疑她没有信念，所以赶快表白一番；要不(对埃莱娜而言，更像后一种)就是她自己内心也在怀疑这个信念，希望借此巩固这种信念，宁愿冒着失去一件于自己眼中价值无可争辩的东西：性爱行为本身(也许，她想拐弯抹角地验证：对情郎说来，性爱比一场信念的论战重要得多)。从埃莱娜方面，她这次的信念表白并不是要使我不快，因为她已经使我接近热烈情绪的关键时刻。

“瞧瞧，您看见这个吗？”她给我看用短短的几节链条系在手表上的一个小银片。我低下头仔细看，埃莱娜解释道：上面刻的是克里姆林宫。“这是巴维尔送给我的纪念品。”接着她给我讲起这个小饰物的历史。这小玩艺儿原是一个热恋中的俄罗斯年轻姑娘赠送给她的同胞萨沙的，萨沙当时正要出发参加大战。他最后到了布拉格，这个城市被拯救出劫难，但萨沙却牺牲在这里。当时巴维尔·泽马内克和父母一起住在一所别墅里，楼上曾有红军安置一个临时急救站。伤势严重的萨沙中尉就在这里度过了他最后的几天，已和他建立感情的巴维尔陪伴着他。用线挂在脖子上的小小的克里姆林宫经历了整个战役。在奄奄一息之际，萨沙把它赠给了巴维尔。后者一直保存着这件礼品，把它视为最珍贵的吉祥物。有一天——他俩订婚后——埃莱娜和巴维尔吵了嘴，甚至想要分手；这时候巴维尔为了和解，把这件廉价的饰物（珍贵的纪念品）交给她；从此埃莱娜再没有摘下过这件小东西，它对于埃莱娜是一种信息（我问她什么信息，她回答："欢乐的信息。"）。她应该一直带在身边直到生命的最后。

她始终坐在我的对面（撩起的裙子露出吊袜带，它被固定在流行的黑色内裤上），脸仍泛着红色。但在这一分钟里，我眼前闪现出另一个形象，使她的脸模糊起来：这个转了三次手的小小佩饰猛然搅动我的记忆，巴维尔·泽马内克整个人在我面前活动了起来。

对红军萨沙的事，我根本没有相信过。再说即使真有其人，它的真实性也已经被巴维尔·泽马内克的夸张而冲淡了，他把这个人弄成自己生活中的神话人物，一尊圣像，一个打动人心的工具，带着感情色彩的论据，虔诚的信物，他的女人（显然比他还经常地）一直到死都将不断提起它（半出于热忱半出于向人示威）。我仿佛觉得巴维尔·泽马内克的心（一颗邪恶的喜欢卖弄的心）就在这儿，就在眼前。我突然又仿佛重新置身于十五年前那个场面的中心：理工学院的大阶梯教室；泽马内克在讲台正中；他的身边有一个胖胖的姑娘，一张脸圆鼓鼓的，梳着辫子，套着一件难看的毛衣；泽马内克的另一边，是区里来的代表，一个年轻人。在讲台后面，一面宽大的长方形黑板；伏契克的像就挂在左边墙上。在庞大的长讲台对面横躺着一排比一排高的座级。我和大家一样就了坐。而我在经过近十五年的光阴之后，又用我当年的目光来看泽马内克，看他宣布说开始审查“扬同志的问题”，我眼前出现了泽马内克当时这么说的情景：“现在我向大家宣读两位共产党员的来信。”他说完这句话以后略略停顿一下，拿起几张纸，把一只手插进他那一头长长的卷发，用一种感人肺腑的、几乎是轻柔的声音开始朗读。

“死神，你总是姗姗来迟！而我老实说，希望经过许多年之后再同你相会，希望我再过一过自由的生活，再能多多地工作，多多地爱，多多地唱，多多地在世上游逛……”我听出这是《绞刑架下的报告》。“我爱生活，并且为使它更美好而投入战斗。我爱你们，人们，当你们也以同样的爱回答我的时候，我是幸福的。当你们不了解我的时候，我是难过的……”这是在监狱的铁窗下秘密写下的文字，战后曾被印成数百万册，多少次被广播，在学校里作为必读教材，是那个时代的经典作品。泽马内克给我们读了最为著名的几个片断，几乎人人都能背诵的几段。“让我的名字在任何人心里都不要唤起悲哀。这是我给你们的遗言，父亲，母亲和两位姐妹；给你的遗言，我的古丝妲；给你们的遗言，同志们，给所有我所爱的并还我以爱的人们……”墙上挂着伏契克的肖像，是著名的素描家马克斯·斯瓦宾斯基作品的复制件。这位老画家正在他的“巅峰时期”，善于采用各种比喻、象征，如胖乎乎的女人、蝴蝶、花花哨哨的东西。人家说，当同志们在战争刚一结束到他那儿去，要求他按伏契克的一张照片画肖像时，斯瓦宾斯基以他那特有的细腻风格，几笔就把他画出来(侧面像)：那神情差不多像个姑娘，脸上透着坚信和热情，那么透亮，那么美，凡认识这位楷模的人都觉得这张肖像比自己记忆中的真人更加生动。泽马内克，继续朗诵，整个大厅静悄悄的，人们聚精会神。在主席台上，一个胖乎乎的姑娘，满脸钦佩的神色，眼睛一眨也不眨地望着朗诵者，他突然改变语调，可以说是声色俱厉，原来读到了那个叛徒米列克“本来是一个坚强的人，在西班牙前线上曾冒过枪林弹雨，在法国集中营的严峻考验中未曾屈服过。而现在他竟在盖世太保的棍棒下吓得面无人色，为苟且偷生而背叛。他的勇敢是多么浅薄，如果这种勇敢经不住几下抽打就消失得无影无踪的话，他的信仰也是同样的浅薄……他之所以失去力量，是因为他开始只替自己着想，不惜牺牲战友以救自己的皮囊。对怯懦屈服了，由于怯懦而叛变了……”墙上，伏契克漂亮的脸庞沉思着，在我国千千万万公众大厅的墙上，它沉思着，那么漂亮，简直像个充满恋情的姑娘一样光彩照人。我望着它，心里就羞愧，不仅是羞于自己的错误，也羞于自己的颜容。这时泽马内克正读到最后的部分:“他们可以剥夺我们的生命，不是吗，古丝姐？可是谁也不能把我们的光荣和爱情夺去。啊！勇敢的人们，如果我们经历了这番苦难又重逢的话，你们能够想象出我们将要怎样生活吗？在辉耀着自由和创作的生活中重逢！那时我们所生活的便是现在我们所幻想的、所志愿的、为之赴汤蹈火的一切！”这最后几句感人肺腑的话一落地，泽马内克就打住了。

后来他说：“这是一封共产党员的信，是在绞刑架的阴影下写出来的。现在，我要给你们大家读另外一封信。”说到这儿，他把我明信片上那三句短短的、可笑的、可怕的句子一一读出来。于是他又保持沉默，全大厅也沉默着。我完了，我心里很清楚。好一阵子过去了，泽马内克真是个出色的导演，特别留意不打破这沉默的时刻。终于，他要我表态。我知道我已无法挽回局面，哪怕一丝一毫。如果说，我不下十次的申辩也没有让人听进去的话，那么今天泽马内克把我的那几句话已经放到伏契克这样的人的绝对尺度之下，我的申辩还会起什么作用呢？但是我又只能站起来说话。我再次解释，我写这张明信片只是闹着玩而已，不过我也谴责了自己这些话说得不是地方，玩笑是粗俗的，我指出自己的个人主义思想，“知识分子”的软弱性，脱离人民，我揭露自己的虚荣心、怀疑一切的倾向、玩世不恭，但我发誓，虽然如此，我对党是忠诚的，无论如何不会与党为敌。讨论开始了，同志们纷纷批判我的论点矛盾百出；有人问我，一个承认自己玩世不恭的人又怎么能够对党忠诚；一个女同学提醒我以前的某些不光彩的言词，说她想知道，我是否认为在一个共产党员的嘴里容许吐出这样的话来；还有许多人作了长长的抽象性发言，评论我的小资产阶级思想，我正好成为这方面的具体典型；总之，大家认为我的自我检查并不深刻，缺乏诚意。在这以后，那个坐在主席台上、泽马内克旁边的胖姑娘向我提问："您再想想，那些受盖世太保拷打而没能活下来的同志对您的这些话会怎么说呢？"（我想起了爸爸，我发现大家都装作不知道他最后的结局。）我没有说话。她重申了她的提问，要求我必须回答，我说："我不知道。""那您想想，"她不放松地说，"您也许会想得出来的！"她是要我想象死难的同志们说出对我的严厉宣判；我当时毫无思想准备，太觉突如其来，一股怒气油然而生，而且这几个星期以来天天自我检查已经精疲力竭，所以我说："他们那样的人视死如归。他们肯定不会庸俗低级。要是他们读了我的明信片，可能会觉得好笑！"

说实在的，那个胖姑娘其实是给我提供了一个多少可以挽回一点局面的机会。这在当时是最后一个机会表示理解同志们严厉批评的机会，是我表示对他们靠拢的机会，再斟酌我接受的程度，反过来，再要求大家给予某种谅解。然而，我仓猝之间的回答，等于是我一下子完全脱离了他们的思维轨道，拒不接受他们给我安排的角色。以前上百次的大小会议、各种程序、多少次的审查都要我扮演一个角色：被告，要沉痛自责（让自己也站在批判者的立场），以乞得怜悯。

又是一阵沉默。泽马内克终于开口了。他表示，他无法想象在我的反党言论中有什么可以引人发笑的地方。他又一次援引伏契克的话，说在关键时刻，回避问题或怀疑的态度都必然发展为背叛，而党这个坚强堡垒不能容忍内部保留叛徒。我的发言，他接着说，表明我什么也没听进去，同时表明不仅在党内不应有我的位子，而且我也不配享受工人阶级所给我创造的学习条件。他提议把我开除出党，开除学籍。会场上的人纷纷举手，泽马内克对我说我应该交出党证并离开会场。

我站起来，把党证放在泽马内克面前的主席台上。他连看都没看我一眼；其实他早已不再理我。但我，现在，看见他的妻子坐在我的面前，醉意朦胧，两颊通红，裙子撩到腰带那儿。两条粗粗的腿的上方是黑色的弹力三角内裤；两腿一张一合，其节奏标志着十多年来泽马内克生活中的脉搏。我的手搁在这两条腿上，我相信它们紧紧贴着泽马内克的命根子。我望了望埃莱娜的面孔，她的双目半闭着任我抚摸。

4

"您把衣服脱掉，埃莱娜。"我轻声说。

她从沙发床上站起来，裙摆滑落到膝盖。她的双目看着我的眼睛，没有说话(也不把目光移开)，慢慢地把裙子侧边的拉锁拉开。松脱的裙子沿双腿而下，她把左脚从中拔出，用手把着裙子，又把右脚从里面跨出来，把裙子放到椅子上。她身上还有一件套头衫和衬裙。她把脑袋从套头衫里钻出来，又把套头衫扔到裙子那里去。

"别看。"她说。

"我就想看看您。"我说。

"不，我脱的时候别看。"

我走到她身边，从她胳膊下伸手把她搂住，我的手滑向了她的腰胯。丝质的衬裙下，略有些汗湿。她躯体的曲线，软软的，被我感受着。她把脸蛋凑向前，由于多年的接吻习惯(坏习惯)，双唇半张着。可我不想吻她，倒是想要细细看看她，看得越久越好。

"您脱呀，埃莱娜。"我又说一遍，一面后退几步，脱去我自己的外衣。

“这儿太亮了。”她说。

“这样才正好。”我对她说，同时把外衣搭在椅背上。

她卸去连衣衬裙，把它扔到套头衫、裙子那里；把高筒袜一只又一只地褪下，抽走；她没有扔它们，而是自己走过去，小心地把它们放好。接着，她把双手反勾到背后，抬起胸，几秒钟以后她紧绷的肩膀才松开，于是乳罩从乳房上滑落下来。由于拖起了两只胳膊，双乳相互挨着，它们丰盈、饱满、苍白，而且明显地有些下垂。

“脱呀，埃莱娜。”我又催她。她望着我的眼睛，然后脱去那条紧紧裹着她的黑色弹力内裤，把它扔到高筒袜和套头衫那里。这时她已全裸了。

我把这一场面的每个细节都看在眼里；当我和一个女人在一起的时候(无论是哪一个)，我不是寻求匆匆一乐，而是要把这个陌生的亲密对象每一个细微处都彻底地占为己有，要在一个下午、一次做爱中把它们全部攫取过来。在做爱中，我不仅纵情欢乐，而且还要注意捕捉瞬息的变化，所以我必须保持完全的警觉。

到此刻为止，我仅仅通过视觉占有了埃莱娜。我现在还与她有一定的距离。而她则不然，已经在巴望两个肌体温热的接触，希望她在目光寒气中的身躯赶快得到覆盖。我虽离她尚有几步远，但似乎已经尝到她润湿的双唇，体味到她那舌头对肉欲的渴求。

又一秒钟，两秒钟过去了，我和她到了一起。在两张满堆着我们衣服的椅子之间，站在房间的中央，我们相拥着。

她动情地唤着我："路德维克，路德维克，路德维克……"我把她引向沙发床，让她躺倒。"来吧，来吧！"她说，"挨着我，紧紧地……"

肉体之爱极少达到与灵魂之爱水乳交融的程度。那么当肉体在结合的时候(其动作自古存在，天下皆同，恒久不变)，灵魂又在干什么呢？这时它所忙于创造的一切，便是要显示自己可以高高凌驾于单调的肉体动作之上！它对肉体(同样对他人的肉体)可以表示极大的轻蔑，因为它可以借助肉体进行想象的创造，其欲火比两个肉体的结合甚至更加强烈千百倍！或者反过来说：当它听任肉体进行小小的一来一往摆动的时候，它又是多么聪明地来鄙薄肉体。它可以随着各种思绪飞向远方(已经厌倦了肉体的反复无常)，比如去记起某次棋局、某次午餐，或想到某本书的阅读。

两个相互陌生的肉体结合在一起，这不少见；甚至两个灵魂合二为一有时也能实现。但一个肉体和自己的心灵要相互统一，达成默契，以共享激情却要难上千倍万倍……

那么当我的肉体在和埃莱娜做爱的时候，我的灵魂又在干什么呢？

我的灵魂看见了一个女人的身体。它对这个身体十分冷漠。它知道，这个肉体之所以被它选中，是因为这个肉体已经习惯被一个眼下不在场的人观察下的做爱，所以它也竭力以这个不在场的第三者的目光去看待它，它尽量要成为这个第三者的通灵人；在这里，一个女性裸露的躯体展示在目光下，还有她那屈着的腿、肚子的褶皱、胸脯，但只有当我的眼睛成为那个不在场的第三者时，这一切才有意义，我的灵魂，终于进入了那个人的目光，和它完全统一；弯屈的腿、肚子上的褶皱、胸脯，我的灵魂全都占有了它们，就跟那个不在场的第三者一样。

不仅是我的灵魂变成这第三者的通灵人，而且它指挥我的躯体替代那个人，然后，它就走开，以观察这夫妇两个的身躯如何紧搂，然后突然又命令我的肉体恢复自己本来的身份，插足于这对夫妇的结合之中，使这个结合解体。

埃莱娜全身痉挛，脖子上一根血管都变青了；她扭转头，用牙齿咬住一个垫子。

她轻轻呼着我的名字，眼神在恳求停息一会。

可是我的灵魂却命令继续下去，要把她推向一个又一个高潮，要强迫她的肉体处于各种各样的姿势下，一定也要和那个看不见的第三者一样，悄悄地从各个角度去观察她；毫不放松，一定要重复而又重复这种痉挛，在这时候她是真实的，本来的面目，在这时候她不装假；正是通过这种痉挛，她深深地留在那个不在场的第三者的记忆里，就像一个钢印，一个印章，一个数码，一个纹徽。要偷走他的密码，他的宝玺！撬开巴维尔·泽马内克的密室；要把这些统统搜索遍，不放过一个角落，而且全部翻个底朝天！

我望望埃莱娜的脸，紫涨着，因扭曲而难看。我把手按上去，好像按着一件可以拨弄来拨弄去、可以揉搓的东西一样。我觉得这张脸很乐意接受这只手，它也像觉得自己是一件特别需要揉搓的东西。我就让这个头朝右转，接着又朝左转，这么着一连几次，随后，这个动作就变成一个耳光，又是一下，第三下。埃莱娜呜咽起来，发出叫声，但一点也不是痛苦的叫声，却是因为快活；我拍着她，用尽力气拍，而她把下巴抬起来凑近我，后来我看见她不仅把脸，就连她的上身也抬起来凑近我，于是我乘势(压在她身上)揍她的胳膊、两侧、乳房……

一切都有完结的时候，这场劫掠也到了尽头。她背朝上横趴在沙发床上，精疲力竭。在她背上，能看到一粒美人痣；更低一些的，是屁股上被打出来的红道道。

我站起来，歪歪扭扭穿过屋子；打开浴室门，扭开龙头，让大股大股的水冲我的脸、手和全身。我又抬起头，在镜子里看到了自己，我的脸笑意盎然；而当我忽然看见这张笑脸时，觉得这笑容很滑稽，便放声大笑。一会儿，我擦干身子坐在浴缸边。我希望能一个人至少待上几秒钟，品尝突然与人隔绝的美好，陶醉于自己的欢乐。

因为，我心满意足；也许可以说幸福之极。我品味着自己的胜利，往后的分钟与小时，我觉得无用也无趣。

接着我又回去。

埃莱娜没有继续趴着，而是侧身斜躺，望着我。“宝贝，你到我这儿来。”她说。

许多人在一度和人肉体结合之后，便以为和对方的心灵也结合了，从这种错误的“以为”出发，自命有权顺理成章改换成亲昵的称谓。而我从未接受过这种肉体和心灵会和谐一致的信念，所以对埃莱娜把我昵称为“你”很是不快，心生反感。我不想听她调遣，便朝着放置我衣服的椅子走去，想穿上衬衣。

“你别穿……”埃莱娜请求我说，她把手向我伸过来，又说：“你来呀！”

我只有一个心愿：不要这么待下去，如果实在不行，至少也让后来的这段时间在毫无意义中溜过去，轻得像一粒尘土。我不想再碰埃莱娜，一想到还要亲热就使我心悸，然而如果弄得剑拔弩张或大哭大闹一番就更叫我害怕。为此我虽然心里不情愿，也只得放下衬衣，最后还是去坐在沙发床上，离埃莱娜不远的地方。这真叫人讨厌：她向我挪过身子来，把脸搁在我的腿上，她拼命地吻我，不一会儿我腿上就湿乎乎的；可她给我的不是吻，因为当她抬头的时候，我发现她的脸上满是泪水。她抹着泪说：“别生气，我的爱，我哭了，你别生我的气。”她对我贴得更紧，把胳膊围在我的腰上，忍不住抽泣起来。

“你怎么啦？”我问她。

她摇摇头，说：“没什么，没什么，我的狂人。”在我的脸上，身上她到处印满狂热的吻。“我爱得发疯了。”她说。见我始终不说话，又接着说：“你要笑话我了，但我无所谓，我爱疯了，疯了！”我还是什么也不说，她说：“我觉得非常幸福……”后来她向我指指小桌子和没喝完的伏特加酒瓶：“你给我倒点酒呀！”

我根本不想给埃莱娜或我自己倒酒；我怕的是再喝一通的结果会使这次幽会有拖长的危险（幽会虽美但须得结束，成为我的过去）。

“亲爱的，我求你啦！”她仍是指着小桌子，算是抱歉地说，“别怪我，我太幸福了。我愿意享受一会儿……”

“就是这样也不一定喝伏特加吧。”我说。

“可我想喝，你肯让我喝吗？”

我没办法，给她倒满杯子。“你呢？你不喝了？”她问。我摇头表示不喝。她一口气喝干，又说：“你放下让我自己来！”我放下酒瓶和小杯子，让她伸手就可以从沙发桌上拿到。

她从刚才的疲乏中有所恢复，速度之快令人吃惊。她顿时又变成一个顽皮姑娘，想高兴高兴，玩一番，来表示自己的幸福之情。很显然，她觉得自己裸着身子很轻快、很自然（通身只有一块手表，链上系着的那个小小的克里姆林宫窸窣作响）。她试着摆出各种各样的姿势以找出一个最舒服的样子来：先是两腿交叉着放在身子底下，像土耳其人那样坐着；后来又是把脚抽出来，她用胳膊肘撑着身子；然后又趴下，把脸埋在我的两腿中间。她用各种各样的方式，再三对我表示她的满足之情；同时一直在吻我，我不得不尽量克制自己来忍受她，尤其是她的嘴唇太湿，而且她嫌我的双肩、脸颊还不足，拼命要吻我的嘴。(我不喜欢湿漉漉的吻，除非是在求欢的忘情之中。)

她对我又说过去的一切感受都没法和这一次比。我回答她说(要这么说)她就过分了。她开始发誓说她在欢爱上从来不撒谎，我没有什么理由可以不相信她。她又进一步表白，夸口说我们初次一见面她就料定我们会这样，说她的身体自有天生的本事，是不会弄错的，又说她早就为我的才智和朝气(是的，朝气！她从哪儿学来的？)所倾倒，而且，尽管她一直没敢说出来，但她反正早就知道，我们之间一下子就形成一种默契，一般说来身体与身体在一辈子里只能订下一次这样的默契。“就是因为这样，我才觉得这么甜蜜，你知道吗？”这时，她弯起身子去够那酒瓶子，给自己斟上满满一杯。杯子一空，她笑了，说：“既然你不要了，你，我就只好一个人喝！”

虽然事情对我来说已经了却，可我应当凭良心说埃莱娜的话并不使我不快：它们证明我马到成功以及我的满足是有根据的。因此，由于我实在想不出说什么来，又怕显得过于沉闷，我就对她说单凭一次经验未免过分；况且她本人还告诉过我：她和她的丈夫，不也曾经有过伟大的爱情吗？

这几句话使埃莱娜陷入郑重的思索(她坐在沙发床上，两肘撑在膝盖上，两脚着地，微微分开，右手里仍拿着空酒杯)，她最后声音极低地说:“是的。”

大概是她觉得刚才既然已领略真情的享受，也就有义务要同样袒露真情。一连说了几声“是的”以后，她说如果因为有了刚才那一番奇感就否认从前那就太不好了。她又喝了一杯酒，话更多起来，大发感慨，说最强烈的感受都是无法相互比较的。对一个女人来说，二十岁时的爱和三十岁时的爱根本不同，又说我很明白她的话：指的既有心理又有肉体的方面。

后来(不太合乎逻辑，前后不一致)，她肯定地说，我在某个方面和她的丈夫十分相似！她也不知道到底怎么相似法。当然我们的举止动作完全不一样，但她是不会弄错的，她的直觉，万无一失，能使她透过外表看到内里。

“有劳你给我说说，我究竟怎么像你的丈夫。”我说。

她说她很抱歉，可这是因为我自己刚才问了她很多，是我要跟她谈她的丈夫的，所以她才敢这么来提自己的丈夫。不过如果我非要弄个水落石出，她可以也应该告诉我：在她一生中只有两次她被一种不可左右的强力所吸引：一次是被她的丈夫；一次就是我。按她的话说，使我和她丈夫可以相提并论的，原来是一种生命的冲动；一种在我们身上洋溢出来的欢乐；一种永恒的青春；

力量。

她在一心说明我和巴维尔·泽马内克如何相像的时候，使用的字眼都同样含糊不清，但毫无疑问的是，她看出了这种相似，感觉到这种相似，而且始终一口咬定如此。我现在无法说清这几句话究竟使我生气，还是刺痛我的心，说不清，我只是觉得震惊，这些话真愚不可及；我走近椅子，开始慢慢地穿衣服。

“我惹你生气了，我的爱？”埃莱娜感到了我的不高兴，她站起来，走到我跟前，抚摸着我的脸，求我别跟她闹别扭。她不让我穿衣服(不知何种神秘的原因，使她把我的裤子和衬衣看作仇敌一般)。她开始来向我保证说她真心爱的是我，而且说她从来不乱用这个爱字；说她将来定有机会证明这一点；说当我一提几个关于她丈夫的问题，她就知道自己来议论他是冒傻气；她不会让另一个男人，一个不相干的人来夹在我们的中间。对，一个不相干的人，因为很久以来，她的丈夫对她说来就不足一提了。“因为说到底，我的小狂人，我跟他完结已经足足有三年啦。没离婚是因为小家伙。各人只管各人的。彼此真的就跟外人一样。他在我心里只是一段旧事，一段遥远的旧事罢了……”

“这是真话吗？”我问。

“的的确确是真话。”她发誓说。

“你别这么随口瞎说，这太不好了！”我说。

“我可不是说瞎话！不错，我们现在还是在一个屋顶下过日子，但并不是夫妻生活。这一点，我向你保证，已经有好几年谈不上是夫妻了！”

她盯着我的那副神气，活像是个失恋的女人在苦苦哀求。一连好几次，埃莱娜对我重申她说的都是真的，绝没有撒谎，我没有任何理由妒忌她的丈夫；所谓丈夫，是过去；因此今天她也谈不上忠或不忠，因为没有可以忠于的人；我用不着担心：我们下午的爱情不仅美好，而且纯洁。

我猛地被点醒，有点发慌，我突然发现，归根到底我不能不相信她的话。她觉察到我信她，便如释重负，一次又一次要我大声告诉她：她已经把我说服了。接着她又自己给自己倒些伏特加，而且要我跟她碰一杯（我拒绝了）。她拥抱我。尽管我浑身起鸡皮疙瘩，却不能不去看她。那双傻蓝的眼睛和裸着的身子（活动着，跳来跳去的）吸引着我。

此刻，这个裸体在我眼里已发生了巨大的变化：裸得一无可取。原先具有的刺激能掩盖它年岁上的一切缺陷，因为正是其中浓缩了她和泽马内克夫妇生活的全部历史，所以我被俘虏了。然而此刻在我面前的她，丈夫没有了，夫妻关系没有了，只剩下她自己，她体形上的缺陷突然丧失了其险诈的魅力，还原为本身：纯粹的形体缺陷。

埃莱娜的醉意越来越浓，同时也越来越兴奋。我相信了她爱我的话竟至于使她不知如何表达自己幸福之情。忽然她要打开收音机(她背朝我，蹲在收音机前扭着旋钮)。传来一阵爵士乐。埃莱娜站起来，两眼闪闪发光，她笨手笨脚地做出几个摇摆舞的动作(我吓了一跳，看着她的两个乳房向两边甩动)。她噗地笑了："跳得好吗？你知道，我从来也没跳过这种东西。"她大声笑了，过来搂住我。她要我带她跳。我不肯她就生气。她说这些舞她不会跳，说我应当把她教会，还说她指望我教给她很多东西，跟我在一起她愿意变得年轻活泼些。她又求我对她说她真的还是很年轻(我对她说了)。她想起来我已穿上衣服而她没穿，她笑了。这让她觉得太气人；她问这房间的主人难道就没有一面可让她照照我俩模样的大镜子。只有书柜上的玻璃可权充一下。她想看个清楚，但影像过于模糊。她走近书柜，对着一大排书脊上的书名又噗地笑了：《圣经》、加尔文[1]的《基督教原理》，帕斯卡[2]的《致外省人书》，胡斯的著作。她抽出《圣经》，摆出庄严的姿态，任意翻到一页，学着牧师的样子读起来。她非要知道自己是否真的有牧师风度。我对她说，她这样读《圣经》的样子十分好看，不过最好还是穿上衣服，因为考茨卡快要回来了。"几点了？"她问。"六点半。"我回答。她抓住我的左手腕——我的手表戴在这儿，大叫道："胡说！才六点差一刻！你想摆脱我！"

---

① John Calvin(1509—1964)，十六世纪欧洲宗教改革家、基督教加尔文宗创始人。

② Blaise Pascal(1623—1962)，法国科学家和思想家。

我心里巴望她走得远远的；巴望她的身躯(实在的物体)能变得空灵一些，消融掉，像水一样淌走，或者化为一缕轻烟从窗口逸出 —— 可是这个身躯还在这儿，我没有从任何人那儿把她偷到手，也没有在她身上战胜或摧毁任何人，这是一个别人弃而不顾的身躯，被丈夫遗弃的身躯，我本以为可以利用它，但反倒被它所利用，它现在因大获全胜而高兴、得意、雀跃。

我但求赶快结束这种奇特的折磨却不得。直到临近六点半她才终于穿起衣服。她指指胳膊上被我揍出来的红痕，抚摸着。她说从现在起直到下次相会，这就是我留给她的纪念品。接着她又马上想起说：在这个纪念品从她身上消失以前我俩该是早见面了呢！她挨着我站着(一只长统袜已穿好，另一只拿在手里)，要我向她保证我俩一定能早早见面。我点了头，但她并不满足，非要我亲口说一说，到这个纪念品消失之前我俩还要约会许多许多次。

她穿衣服穿了很久。七点仅差几分才离开。

5

我打开窗户，急于让空气进来，把这个无用的下午扫个干净，把一切气味，一切感觉带走，不留一点残余。我赶快取走酒瓶，摆好沙发床上的靠垫。当我觉得什么痕迹都消失后，无力地坐在窗旁的椅子上，等着考茨卡回来(几乎随时就会到)，我期待他男子汉的声音(我十分需要听到这样一个深沉的声音)，我期待见到他高大的身材，平坦的胸膛，听到他平静的话语，同时也期待他给我带来露茜的消息。她和埃莱娜大相径庭，曾经是那么富于精神的气质，那么空灵，远离任何纷争、紧张和吵吵闹闹。然而却对我的生活产生了影响。我突然想到这种影响(露茜对我生活的影响)好像是那些星相家所形容的：人的生活受天上星宿左右。我坐在椅子里(面对着大开的窗户，它正在驱走埃莱娜的气味)，觉得自己又回到了有迷信意味的那个闷葫芦上，因为我在思索，露茜为什么在这两天又匆匆重现于舞台：就是为了要使我的报复变得毫无意义，要把推动我来到这里的一切都化为乌有。因为露茜，这位我曾经深深爱恋、又曾经毫无解释地在最后关头从我视野里消失的女子，就是一位逃遁仙女，一位纵然追寻也不可复得的仙女，一位在云遮雾障中的仙女；她始终把我的头捧在她的双手里。

第六部

考茨卡

1

我们很久没有见面，事实上，我们见面机会一直很少。可这是很奇怪的，因为我常在遐想中和他，路德维克·扬见面，我常常把他当作我最主要的对手，把我心里的想法向他倾诉。我已经非常习惯于和一个虚幻的他相处，所以昨天当我突然遇上活生生的血肉之躯的他时，我竟然会呆若木鸡。

我把路德维克叫做我的对手。我这样对吗？每当我们两人碰巧到了一块，我几乎总是处于困境，而且总是他来帮我一把。然而，在这表层的情谊之下却有着一道分歧的鸿沟。我不知道路德维克是不是和我一样度量它有多深。可以确信的一点是，他对我们外在的交往比对我们内里的分歧要重视得多。和外在的敌人水火不相容，而对各种内在的分歧则宽容得多。而我，不然，我恰恰相反。这不等于说我不喜欢路德维克。我喜欢他，就像人们喜欢自己的对手一样喜欢他。

2

我是在一次十分激烈的会议上认识他的，那是一九四七年，这类会议使各系十分不平静。民族的前途尚未定局。我在各种大小讨论会上持反对意见，而且站在少数共产党员一边，反对当时在各大学里的多数派。

许多基督教、天主教、新教教徒都对我怀恨在心。我居然与一个高举无神论旗号的运动为伍，他们视我为大逆不道。还有许多人今天有机会遇见我的时候，认为我在十五年以后一定会幡然悔悟，承认自己是错了。然而，我使他们非常失望，直至现在我也没有改弦更张。

当然，共产主义运动是没有上帝的。然而，基督教徒往往不肯看见自己眼里的梁木[①]，却反而指责共产主义运动本身。我这里说的是基督教徒。可是看看他们自己究竟到什么程度了呢？在我周围，我看到的全是些伪基督徒，他们和毫无信仰的人一个样。本来，一旦成为基督徒就意味着应当和别人不一样。意味着要走耶稣基督的路，以耶稣基督为榜样，意味着要放弃个人的利益，抛开舒适，抛开个人权力，面向在屈辱中的人，受苦受难的人。

可是教会有没有这样做呢？我的父亲是个长期失业的工人，他恭恭顺顺地笃信上帝。他虔诚面向上帝，但教会呢，却从来没把他放在眼里。他一直被周围的人所冷落，被教会所冷落，只能孤立无援地守着他的上帝，在病痛中依然如故，直到死去。

什么教会都不曾明白过，工人运动是那些被压迫者、痛苦呻吟者渴望公平的运动。教会始终都没有致力于为他们和与他们一起，在人间建立上帝的王国；相反，它们和压迫者站到了一起，于是就等于夺走工人运动的上帝。而现在教会居然要谴责工人运动没有上帝？多么假仁假义！当然社会主义运动是无神论运动，但是我认为这是老天的谴责，是对我们，对基督徒的谴责！谴责我们对穷苦人，对受难的人不闻不问。

在这种情况下我该怎么办？要我因为信徒大大减少而惊慌失措吗？要我因为学校里在教育孩子们反宗教思想而惶惶不可终日吗？不。真正的宗教并不需要强权的恩赐。世俗的干涉不当只能加强信仰。

或者说莫非因为社会主义是无神论的——责任在于我们——我就该和社会主义进行斗争吗？我只能为这一场使上帝和社会主

① 见《新约·马太福音》第七章："……为什么看见你弟兄眼中有刺，却不想自己眼中有梁木呢。你自己眼中有梁木，怎能对你弟兄说，容我去掉你眼中的刺呢。你这假冒为善的人！先去掉自己眼中的梁木，然后才能看得清楚，去掉你弟兄眼中的刺。"

义分道扬镳的错误悲剧感到遗憾。我所能做的，只是努力让人们明白这一点，并尽量有所补救。

再说，基督徒，我的兄弟们，为什么要这么着急呢？一切都是按上帝的旨意行事。我还常常这么想：让人类意识到谁要是僭越上帝的宝座是不会不受到惩罚的；还有，如果没有他老人家参与的治世良方——哪怕再公正不过，也只能弄得适得其反，一败涂地，这未必不是上帝的意图。

我想起前些年，我们之中很多人已经自认为离天堂仅剩两步而已。他们当时多么神气；已属于他们的天堂，用不着上天任何相助，他们照样能到达天堂！只不过，后来，这个天堂就在他们的眼皮下烟消云散。

3

一九四八年二月之前，我相信基督教还很合共产党人的口味。他们很喜欢听我给他们阐述《福音书》的社会含义，宣传对这个被蠹虫蛀空了的世界的不满，这个世界正在由于它的物欲和战争的重压而坍塌；他们也喜欢听我揭示基督教和共产主义的亲缘关系。当时这关系到他们能否获得尽可能多的各阶层——包括信徒的支持。然而二月一过，情况就变了。我仗着助教的身份，替一些可能被开除出学校的学生辩护，他们受累于父母的政治观点。我反对的结果便是和校方产生冲突。于是有些人就提出，一个宗教信念如此鲜明的人不配来教育社会主义青年。眼看我自身难保了。我记得正在这个时候，学生路德维克·扬在一次党员大会上出来为我说话。他认为如果忘记了我在二月革命前夕为党所做的工作，那纯粹是过河拆桥。当有人对我的基督教信仰表示不满时，他反驳说这只不过是我生活中的一个过渡阶段而已，我还年轻，将来一定会有所超越。

我去找他，对他的支持表示感谢。不过也对他说我不想欺骗他，我仍要再次提醒他我比他年长，所以他别指望我的信仰还会

"超越"。于是展开了一场舌战，辩论上帝是否存在，死亡和永恒的问题，笛卡儿在宗教问题上的立场，斯宾诺莎究竟是否唯物主义者以及许多其他问题。我们彼此无法一致。最后我问路德维克他是否因为曾经支持过我而觉得后悔，因为我现在在他眼里是无可救药了。他对我说我的宗教信仰是我自己的事，归根到底不关别人什么事。

后来我在系里没有机会见到他。而我们的命运却又是如此相近。在我们那次谈话以后三个月，扬就被清除出党，清除出系。六个月后，轮到我离开大学。我算是被开除的吗？是被迫一走了事吗？我说不清。反正越来越多的人反对我，反对我的信念；反正有些同事的意思是要我公开作一个具有无神论色彩的声明才好；反正当时在我的课上经常有一些反对我信仰的学生党员起来攻击我。空气中弥漫着一股要我走的气息，但在当时系里的党员中也始终有不少朋友，仍对我保持友谊，器重我在二月革命前的立场，这也是千真万确的。也许我当时多做一件事就好了：为我自己辩护。如果那样我肯定会争取很多人。只不过，我没有采取任何行动。

4

“你们跟我走吧。”耶稣对众门徒吩咐道，于是没有人反驳，全都扔下渔网、小船、他们的家乡、他们的亲人，跟着耶稣走了。“手扶着犁向后看的，不配进上帝的国。”[①]

如果我们也听从基督的召唤，就应当无条件地跟他走。至于福音书上的这几句话本是家喻户晓的，只是到了现代，它们就只被当作神话。基督的呼唤，怎么会和我们生活的格调一致呢？我们扔下渔网该往哪里去，又跟谁走呢？

然而，那召唤的声音还是在我们的世界上回荡，只要我们仔细倾听。那召唤，当然不像一封挂号电报，通过邮局给我们送来。它是隐蔽的，也很少披着诱人的玫瑰色外衣。“你要为之献身的，不是你自己要选择的行动，而是与你的选择、你的思考、你的愿望相悖的地方，这里才是你的道路，是我召唤你，你应当随我而去的地方，这里才是你的主所经之处……”路德[②]这么写道。

---

① 见《新约·路加福音》第九章六十二节。

② Martin Luther（1483—1546），德国宗教改革家。

我本来有很多理由来坚守我助教的职位。这个职位比较舒适，有很多自由支配的时间来深造，以便日后成为大学教授。然而，正是我对这个职位的留恋使我产生了担心，因为我看到那么多人才、学者和大学生已被迫远离了他们的工作和学习。我担心自己捧着一个金饭碗不放，将来的顺境会使我和周围与我相仿但命途多舛的人隔绝开来。我明白了，那些老是让我离开理工系的要求正是一种召唤。我听见有人在召唤我，这个人劝我不要去追求舒适的前途，它只能捆住我的思想、我的信仰甚至我的良心。

我的妻子已给我生了一个孩子，当时五岁。妻子一再对我施加压力，当然什么样的方式都有，要我去申辩，采取一切行动保住系里的位置。她是替还小的孩子着想，担心家庭的未来。对她来说，其他都是次要的。我端详着她憔悴的面容，觉得她那无穷无尽的担忧使我受不了，她担忧明天，担忧明年，为以后的天天年年都惶惶不安。我惧怕这种重压，我的灵魂便听见了耶稣的这些话："所以不要为明天忧虑。因为明天自有明天的忧虑，一天的难处一天当就够了。"①

我的对手以为这一下我就要愁死了，但实际上我的感受是意想不到的平心静气！他们估计我没有回旋的余地，而实际恰恰是在那时，我为自己找到了真正的自由。我得到这样一个启示：人没有什么可以失去的，他可以随处安身，凡是基督走过的地方人都可以在那里安身，这就意味着：芸芸众生随处都可安身。

起初我曾觉得事情太突如其来，接着反思忏悔，但面对对手的恶意，我迎上前去。我认可了别人对我的欲加之罪，把它看作是天意的召唤。

① 见《新约·马太福音》第六章三十四节。

5

共产党人认为——完全宗教般地——一个在党眼里是有过的人，只要在工人或农民中劳动一段时间就可以得到宽恕。在二月革命后的一些年中，许多知识分子就这样在长短不定的时期里，走上去矿山、工厂、工地、国营农场的路，经过所在环境中神秘的涤荡，然后又得以有可能回到他们的机关、学校或秘书处。

我自己向学院领导提出辞职，并且不要在科研机构的岗位，最好去某国营农场当个专业工人。这时我的那些共产党员同事、朋友或对手一致都把我的这一做法不是按我的信仰，而是按他们的意思来理解：自我批判超乎寻常的好表现。他们对此十分赞赏，就帮助我在西波希米亚地区一个国营农场选择了工作，那里有个好领导，还有优美的风景。好像要给我一份临终圣体一样，大家给我做了一个格外褒扬的个人鉴定。

我的新工作使我从心底里喜欢。我觉得自己如获新生。这个国营农场的前身是一个废弃的村庄，离国境线不远，而且战争爆发后德国人搞过大迁移，至今这里的居民只是原来的一半。四周山峦绵延起伏，大都树木稀少，只有一些草场。稀稀落落的人家一直到山里深处都可见到。这儿云遮雾障，犹如一道游动的屏风把我和人烟稠密之地隔绝开来，使我像置身于另一个世界，大约上帝创造世界到了第五日[①]，开始考虑要交付给人管理时，世界就是这个样子的吧。

在这里，人也似乎更能干些。他们与大自然抗衡，操持那么多无边无垠的草场，牧放数不清的牛羊。与他们相处，我连呼吸都觉畅快。很快我就想出了许多新办法来开发利用山区的植物资源：沤肥，青贮草料，试种药用植物，建立温室等。农场场长十分称许我的种种创造，而我则对他使我以有用的劳动挣得自己的面包而满怀感激之情。

① 根据《旧约·创世记》，上帝在五天中创造了天地、晨昏、植物、动物等等，并在第六天创造治理地面、海洋的人。

6

到了一九五一年，九月天气寒冷了一阵，但十月中气温突然回升，直到十一月底竟仍是秋高气爽。晾晒在山腰草场的草垛弥散出阵阵香气，草丛里细细的秋水仙很亮丽。周围的村户人家开始流传着关于行踪不定的一个女人的事。

邻村的小家伙们在收割过的草地里满处乱跑。有一次，他们正在大声讲故事，忽然瞥见一个姑娘从草垛里跑出来，乱蓬蓬的头发上沾满干草星。这儿谁也没见过她。她慌不择路，左冲右突地转了一阵之后逃进大林子。当孩子们想起要追的时候，她早已无影无踪了。

一个当地的农妇也来添枝加叶：一天下午，她正在院子里没事干，突然冒出来一个二十来岁的姑娘，穿着一件破旧的大衣，低着头向她讨点儿面包。“你这是要往哪儿去呀？”农妇说。姑娘说她的路还远着呢。“那你就走着去吗？”“我身上的钱都丢了。”她回答。农妇没有再说什么，给了她点儿面包和牛奶。

另外，又有我们的牧羊倌讲了他的故事：有一天他在山上把吃食和奶罐放在一个树桩上面。他走开去照看了一会儿羊群，等回来时，面包和奶罐就都神秘失踪了。

孩子们把这些传闻都听去了，在他们的脑海里生成无数的东西。只要谁说丢了什么东西，他们便认定又是那个不认识的姑娘出现了。十一月初的水是十分凉的。然而，他们却看见她某一天近晚时分，正在离村不远的水塘里洗澡。又有一次，晚上，远远从什么地方传来一个女人尖细的歌声。大人们认为是山坡上谁家小屋里开了收音机，但小家伙们却知道是她，那个野姑娘在山脊上唱着歌儿走着，满头乱发。

又有一天傍晚，他们在一片洼地上点起一堆篝火，又把土豆扔进火烫的灰烬里。后来他们朝林子边看去，有一个小姑娘大叫说看见她躲在黑影里盯着大家。一个男孩听了这话，捡起一块土疙瘩朝那小女孩指的方向扔过去。奇怪的是没听见有人叫喊，可是却发生了另外的情况，全体孩子都怪那个扔土块的，只差朝他扑过去。

是的，事情竟会这样：尽管有不少丢东西的事，但那个流浪姑娘的故事却没有招来孩子们常有的恶作剧。从一开始她就获得了人们暗暗的同情。莫非是一颗颗心都被这些毫无邪恶意义的小小失窃所打动？或者是有感于她的豆蔻年华？还是有天使的手护佑着她呢？

不管怎样，反正那个扔出去的小土块唤起孩子们对流浪女的怜爱。他们离开即将熄灭的火堆时，把东西都留下来，放在一堆烤熟的土豆旁边，用一层细细的热灰把它们焐着保持温热，上面插上一枝松枝。孩子们甚至给姑娘取了个名字。他们从本子上扯下一张纸，用大大的字体写着：流浪姑娘，这是送给你的。他们把这张纸放在土豆堆附近，捡一个土块压住。接着，他们藏到树丛里等着，想见到那个畏畏缩缩的身影走过来。暮霭越来越浓，又转成夜色，没有任何人出现。孩子们不得不从藏身之处走出来回家。但第二天，大家又一大早跑到那里。土豆都不见了，那纸条和树枝也没有了。

那姑娘成了孩子们特别喜欢的仙女。他们常常给她放下一小罐奶、面包、土豆，还放小纸条。他们每次换地方置放他们的礼物。他们避免把吃食放在一个固定的地点，那样做是对待乞丐的办法。他们和她是做游戏。藏宝寻宝游戏。从他们第一次放土豆的地方开始，他们放得离村子越来越远，渐渐到了很远的野外，有时在一个树墩旁，有时在一块巨石下，有时在一个耶稣受难像旁，一棵犬蔷薇前。谁也不知道藏这些东西的秘密。孩子们非常小心，防着这个游戏像蜘蛛网一样被什么东西捅破。而且后来他们也不再窥视神秘姑娘的行踪，也从不拦她的路。他们不在乎她隐身。

7

这个童话没持续多久。有一天，我们农场场长和地方委员会主席一起到很远的山上去检查几所没有人住的房屋，想把它们改作在野外工作的农业工人的宿舍。路上他们突然遇雨。附近只有一个云杉苗林，林边有一间堆干草的小屋。他们赶紧奔过去，抽开充作门锁的木栓，闯了进去。光线从大门和开裂的屋顶射入。在一个角落里，有一堆干草塌成一张床的样子。他们就在那里躺着闲谈，耳朵漫不经心地听着雨点拍打在屋顶上的声音，鼻子里钻进一股始终不去的香味。突然地委主席的手指在他右边堆着的干草垛里碰到了一个表面硬邦邦的东西。原来是一只小手提箱，破旧不堪，是那种不值钱的纤维板做的。我不知道这两个男人对着这个谜犹豫了多久。但毫无疑问的是，他们打开了箱子，里面有四件姑娘的连衣裙，件件都是崭新、华丽的。这几件漂亮衣服和破旧的提箱形成鲜明的对比，使人们不由得怀疑是偷来的。衣服下还有一点女人的内衣，夹着一叠用蓝色带子捆着的书信。再就没有其他东西了。我不知道场长和地委主席是不是看过这些信。我只知道这些信揭示了收信人的名字：露茜·塞贝考娃。

正当他们两人对这个发现左思右想的时候，地委主席又在干草里破获了第二件东西：一只奶罐，已经破裂。这只奶罐是蓝釉的，近半个月来农村的小酒店里，看羊倌天天在唠叨他那不可思议的失窃。

后来，事情按常规发展。地委主席在矮矮的云杉林里埋伏下来，农场场长下山去找宪兵。天黑了，姑娘又回到这散发着草味的藏身处。他们任她走进去，关上门，又等了片刻，然后闯进去。

8

在干草屋里把露茜逮住的那两个男人是好人。地委主席为人正派，当过农业工人，是六个孩子的父亲。那个宪兵虽是个粗汉，但朴实忠厚，留着密密的小胡子。他们两人都是连苍蝇也不会打死一只的好人。

尽管如此，当我得知露茜是怎样被逮住的时候，我还是感觉到一种异样的难受。直到今天每当我想象农场场长和地委主席如何搜索她的箱子，把她那些纯属内用的物品拿在手上，查遍她脏内衣温馨的奥秘，查看他们本来不应该查看的东西时，我仍不禁感到一阵窒息。

还有另一幅情景也让我一样难受：那个简陋的窝棚连逃走的可能性也没有，而惟一的出路又被两个人高马大的汉子堵着。

后来，我对露茜的事知道得多了一点。我惊奇地发现，上述这两个使我难过不已的场面，立刻将她命运中的关键暴露在我面前。这两个场面都使人联想到强奸的处境。

9

那一夜，露茜没有在那个干草屋过夜，而是在一个改作安全警察所的小铺里，睡在一张支起来的铁床上。他们大约在第二天到地方委员会审讯了她。他们得知她在此之前一直在俄斯特拉发干活，住在那里。但她在那里待不下去，逃了出来。当他们再往下追问的时候，被执拗的沉默挡住了去路。

为什么逃到这西波希米亚呢？她说，她的父母住在海布。她为什么不回到父母那儿去呢？她没有等火车到海布就下了车，因为心里害怕，她父亲除了打她就不知道别的了。

地委主席向露茜宣布要把她送回俄斯特拉发，她离开那儿的时候，并没有按应该做的那样请假。露茜对他们说，在路上只要一停车她就要下车。他们朝她发了一阵火，但很快就明白这样是没有用的，所以他们问她是不是把她送回海布的家里好。她拼命摇头。他们又很严厉地尅了她一顿，最后地委主席又心软了下来：“那么，你到底要怎么样？”她想弄明白能不能留下来，就在此地找点活儿干。他们耸耸肩膀，回答说去国营农场看看。

农场场长常常因缺少人手而为难。所以他毫不犹豫地答应了地方委员会的要求。后来，他又来通知我，要我把这名女工收在温室里干活。我本来早就提出过要添人手。就在当天，地方委员会主席把露茜送到了我这儿。

我至今还清楚记得那一天。当时已近十一月底，先是好几个星期一直晴天，后来秋天终于露出它那张风风雨雨的脸。天下着毛毛雨。她穿着一件栗色的大衣，手里提着一只小箱子，低着头跟在地方委员会主席的身边，两眼出着神。主席手里拿着那只蓝色的奶罐，郑重其事地警告说："你过去做了点错事，但我们还原谅你，也信任你。本来我们可以把你送回俄斯特拉发，但现在就让你留在这儿，工人阶级哪儿都需要老老实实的人。你可千万别让工人阶级失望！"

这时他去办公室把那只蓝色奶罐还给羊倌，我把露茜领到温室，让她和另外两名工人认识，同时也熟悉一下情况。

10

在我的记忆里，露茜的光圈遮掩了当时我所经历的一切。在我记忆的幽明中，地方委员会主席的身影凸现得还是相当清晰。路德维克，您昨天在我这儿，坐在这张椅子里，我不愿意惹您不高兴。现在您又和我在一起，您还是我最亲近的人，但您像一幅肖像，像一个影子，我要跟您说实话：这个从前的农业工人，他愿意为贫苦中的伙伴们打造一个天堂，这个正派人有着天真的热情，嘴里使用的尽是宽恕、信任、工人阶级等等一套大字眼，尽管他对我本人并没有什么个人的恩惠，但他远比您更贴近我的心，我的思想。

从前您声称，社会主义是在欧洲的理性主义和怀疑主义的根源上衍生出来的，社会主义和宗教风马牛不相及或和宗教格格不入，而且绝不可能不是这样。但是，您是不是至今还毫不含糊地主张：如果不坚信物质第一就无法建设一个社会主义性质的社会呢？您难道真的这么肯定：信仰上帝的人，就做不到把工厂收归全民所有吗？

至于我，我可以绝对肯定，这种思潮产生于耶稣的信息，它要向社会平等和一种更自然而然的社会主义发展。在我国社会主义初期，有些最富于激情的共产党员，就像那个把露茜交给我的地委主席，他们这些人，在我看来，简直就是狂热的宗教信徒，而并不像伏尔泰的弟子们那么好怀疑。一九四八年以后的革命阶段和怀疑主义、理性主义没有什么共同之处，那正是万众同一信仰的时代。凡赞同这一信仰并跟随时代一起走的人，他们的思想状况和宗教赋予他们的心态非常相近：要放弃自我，放弃自己的利益和个人生活，追求高尚，追求超乎于个人之上的境界。马克思主义学说的渊源肯定是非宗教的，但人们对看待这些学说的意义也和看待《福音书》和《圣经》训诫一样。于是产生了一个禁区，在这个禁区，这些思想观点是不容置疑的，拿我们宗教语言来说，是神圣不可亵渎的。

在那个被视为革命刚刚起步或正在前进中的年代里，几大宗教的精神都或多或少地被包含其中，可惜它没有意识到自己把自己供若宗教这一点。它取来了宗教的行为和情愫，可是在内地里，它却空洞无物，而且没有上帝。然而在那个时代，我还坚持不懈地认定：天主一定会降慈悲的，他一定会让人们对他老人家有所认识，最后他会把这一伟大的无神信仰转变为敬神的信仰。但我的期待落空了。

这个革命的时代最终背离了自己的宗教意味，虽然它承认与理性主义一脉相承，那也是因为它对自身不了解，但它却为此付出了代价。

11

那些得以逃逸到童话王国的人，很可能内心充满着高尚的情感、怜悯之心和诗意。可惜在日常生活的天地里，他们却一个个谨小慎微，对人防范而且疑虑重重。他们便是这么对待露茜的。当她一下子从孩子们的童话世界里跌出，变成一个真正的人间姑娘，和别的女工一样忙忙碌碌、休息睡觉，这时她便成了不无恶意的好奇心的靶子。世人对从天上被逐出的天使和从童话中被赶出来的仙女都会这样。

露茜即使天性安静也没有用。一个月之后，农场收到了从俄斯特拉发寄来的人事档案。档案上的评语告诉我们她曾在海布干过一阵理发店学徒工，后来因生活错误在教养所待过一年，从教养所又到了俄斯特拉发。在那里她是个优秀工人是没有异议的。在她住的寄宿公寓里，她的行为堪称模范。在她失踪之前，她出过事，惟一一件不平常的事：她偷拿墓地的鲜花被人当场抓住。

情况介绍十分简单，而且不但没有揭开露茜的奥秘，反而更加扑朔迷离。

我答应场长照管露茜，她使我产生兴趣。平时她只闷头干活，很少开口。在她的胆怯之中有沉静。我从她的身上，一点也看不出她有爱向外跑的迹象，而像她这样曾流浪过八个月的年轻人往往这样。她说她觉得在农场很好，不想离开。她性情温顺，凡遇有争执，立即退让三分，所以，她很快就获得同伴的一致好评。她的沉默寡言里透出一股使人无从形容的伤痛之情，使人感觉到她心如死灰。我并不期望会听到她的忏悔，但我知道她在一生中受到种种盘问，这些问题就会让她想起审讯的情景。所以我不提任何问题，而是我自己找话说，我天天跟她说话。我向她谈我的计划，要在农场引种药草；我告诉她以前乡亲们总是煎熬或浸泡各种草药来给自己治病；我说地榆可以用来治霍乱或瘟疫，用虎耳草治膀胱结石或胆结石。露茜听着，十分用心。她喜欢花花草草，然而她又单纯到了极点！她对花草一无所知，简直连一种花草的名字都说不上来。

寒冬袭来，露茜除了她那几件时髦裙子外，没有衣服可穿。我帮她安排自己的收入，领她去买风雨衣和粗毛线衣，后来也买了不少别的：鞋、睡衣、长袜、厚大衣……

有一天我问她信不信上帝，她的回答简直特别，既没有说信也没有说不信，只是微微耸一下肩，说："我也不知道。"我问她是否知道耶稣基督，她说知道。其实她什么也不知道。反正她只模模糊糊觉得这个名字和圣诞节有点关系，但简直像一团雾，还知道有两三件什么象征性的事物，但对其意义丝毫也不明白。直到那时，露茜不曾有过信仰或不信仰。这状况起初让我一时不知怎样才好，简直有点像一个情郎发现自己的心上人居然情窦未开。“我来给你讲讲上帝好吗？”我提出来，她表示同意。这时节的牧场和山峦早已银装素裹。我说，露茜听……

12

她柔弱的双肩曾承担过太多的重量。她原本需要有人帮助才行，然而没有任何人想到要这样做。露茜，宗教可以来救助你。很简单：把你自己献给它就行了，连你的包袱一起交给它，不然你会跌倒的。献出你自己就有了很大的解脱。我知道没有一个人你可以向他托付身心，因为你害怕人们。但有上帝，把你交给他。你会觉得轻松。

献出自己，这就意味着放下过去。把过去从灵魂里提取出来。忏悔。告诉我，露茜，为什么要从俄斯特拉发逃走？就因为坟头上的那些花吗？

是的。

但你干吗要去拿花呢？

因为她当时心情太苦闷了。她把花插在花瓶里，放在她住的那个公寓房间里。她常去野外采花，不过俄斯特拉发是个黑色的城市，走得再远也见不到大自然：多的是废品山，围成圈的小木桩和待建的空地。东一堆西一簇的树丛上厚厚地蒙着煤屑。美丽的鲜花么，露茜只有在公墓里才见过。那些花赏心悦目，仪态万方。菖兰、玫瑰、百合花，还有菊花那硕大的花球，娇嫩的花瓣……

他们是怎么把你抓住的呢？

她常去那里，她喜欢公墓那地方。不单是因为能从那里带回鲜花，而且因为那儿静穆安宁。这种静穆使她感到轻松。每一个墓对她来说都是一座小花园，每一个墓，每一块墓碑以及上面哀婉的悼词都使她流连忘返。为了不受干扰，她仿效那些扫墓者，尤其是老年人，跪在墓前。有一次，她就这样在一座差不多是全新的坟前，觉得心里很畅快。灵柩下葬不久，墓土还是松软的，上面堆满花圈，墓前还有一个瓶子，里面插着一束玫瑰花。露茜跪着，头上有一棵垂柳，宛如一个私密的天穹窃窃私语着。她沉浸在一种难以形容的幸福之中。这时来了一位老先生和他的老伴。也许这里埋的是他们的儿子或兄弟，谁知道呢。他们看见一个陌生的年轻女子在这墓前匍匐着，好生诧异。她是谁呢？她的出现似乎意味着背后还藏着一个家里人不知道的秘密，莫非是他们从未谋面的一位亲戚？甚至莫非这女人是死者的一个情妇？……他们站住了，没敢惊动她，远远地看着她。见她站起来，从瓶子里抽走那一捧美丽的玫瑰，那本是他们新近才插进去的，她转身走远了。他们立即追上去。“您是什么人？”他们问。她不知道该怎么回答，慌乱地嗫嚅着。他们发现这个陌生女人对他们家的死者一无所知。他们叫来园子的女看守，非要姑娘拿出证件，大声嚷嚷说再没有比抢死人东西更卑劣的了。看园子女人说公墓里丢花已不是头一遭。他们叫来了警察。露茜又被盘问许多，她承认了一切。

13

“让死人去埋葬死人吧。”耶稣说。葬礼上的鲜花是属于活着的人们的。你并不知道有上帝，露茜，但是你渴望上帝。你从鲜花的天生丽质中，发现了超自然的力量。这些鲜花你并没有什么人可送。你拿它只能是为你自己而已，为你心里的空虚。他们把你抓住了，羞辱你。但这是你逃离这个黑色城市的惟一原因吗？

她不说话。然后，她摇头，表示不是。

有人对你不好？

她点了一下头。

说出来吧，露茜！

房间很小。从天花板上垂下一个脏黑的灯泡，连罩子也没有，灯座还是歪的。靠墙，一张床，床头上挂着一幅画像，一个穿蓝色长袍的漂亮男子跪在地上：客西马尼花园[①]，但露茜并不知道。那个人把她领到这儿，她抵制，并大声呼喊。他要强奸她，他把她的衣服强行脱去，但她挣脱，跑了，跑得远远地。

那是谁，露茜？

一个当兵的。

你爱他吗?

不，她不爱他。

那么，为什么你会和他到这个小房间里去，到这个只有一盏秃灯和一张床的地方去呢?

那是因为她心灵空虚，使她对他产生亲近之意。为了填补这空虚，不幸的姑娘才给自己找了一个服兵役的愣头小伙子。

不过，露茜，我还是弄不明白，既然起初你肯跟他进了那个只有一张床的小屋，后来又为什么要逃跑呢?

他也是很坏很粗暴的，跟那些人全都一个样。

你在说谁，露茜?那些人是什么人?

她沉默不语。

在这个当兵的之前你还认识过什么人?说呀，露茜!全说出来!

---

① Jardin de Gethsémani，耶稣在被钉上十字架前在此花园祷告。

14

他们是六个，而她只一人。六个男孩从十六到二十岁，她那时十六。他们结成一伙。每当提到自己这一伙时，那敬畏的口气俨然像在真正的帮会里一样。那一天，按他们的说法是举行秘授式。他们还带来好几瓶劣酒。因为她爱父母的深情无处宣泄，转而变成了对他们这一伙人的盲从，跟着他们去酗酒。他们喝她也喝，他们笑她也笑。接着，他们命令她脱掉衣服。这是她从来没有在他们面前做过的事。但是，当她正在迟疑的时候，这一帮领头的那个已经第一个脱光了衣服。她明白，这一命令并不是针对她一个人的，于是温顺地执行了这个命令。她对他们十分信赖，甚至信赖他们的粗野。他们就是她的庇护所，是她的盾牌，她不能设想失去他们。他们就是她的母亲，她的父亲。他们喝过，笑过，又给她下了别的命令，她就把两腿分开。她害怕，她知道这意味着什么，但服从了。她大叫一声，血从身上流出来。那些孩子也一齐叫喊起来，举起他们的酒杯，把冒着泡沫的劣酒浇在他们头头的脊梁上，浇在露茜纤弱的身上和双股之间，齐声喊着那些在受洗时和秘授式上的套话。这时候，头头离开她，站起来，而帮里的另一个孩子接替了他的位置，这样按年龄依次进行，直到最小的一个，他和露茜一样也是十六岁。她已痛苦得难以忍受，急切地需要休息，需要一个人待着。既然他最小，她就敢把他推开。但正因为他年龄最小，更不肯受人小看！他也是帮里的一个！必须有完全的权利！他要证明这一点，揍了露茜一个耳光，没有一个人动一个小指头来帮她，因为他们全都知道这最小一个同样应该有份，他正是在取他应得的一份。露茜泪如泉涌，但没敢抗拒，于是第六次分开她的双腿……

“这是在哪儿，露茜？”

在其中一个男孩家里，他的父母都去上夜班了，家里有一个厨房，一个居室。这房间里有一张桌子，一张长沙发，一张床，在门的上方，一个镜框里有这样一句话：愿上帝赐给我们幸福！床头还有一个镜框，里面是一位穿天蓝色衣裙怀里抱着一个婴儿的女人。

“是圣母马利亚吗？”

她不知道。

“那么后来呢，露茜，后来怎么啦？”

后来，事情一而再再而三地重演，还在同一座房子里。后来又在别人家，也到外面去，到树林子里去，成了这一帮的一个惯例。

“你喜欢这样吗，露茜？”

不喜欢，他们待她越来越坏，越来越粗暴。可没办法脱身，进退不得。

“那么这事是怎么收场的呢，露茜？”

一天晚上，又是在一所家里没人的房子里。警察来了，把人全都带走了。那一伙男孩搞过几次溜门撬锁，露茜没有参与，但人家知道她跟他们混在一起，并且把一个姑娘家可以拿出来的一切都给了他们。她成了海布全城的丑闻。她被家里人揍得什么似的。那些男孩都被判了刑，轻重不一。对她，给了个管制教养，为期一年——即到十七岁。出来后，她死也不肯回家。就这样她流落到那个黑幽幽的城市。

15

前天，路德维克打来电话，向我透露他认识露茜，我很惊讶，迷惑不解。幸好，他和她只一面之缘。在俄斯特拉发，他大约和某个姑娘多少有来往，那个姑娘跟露茜住在同一家公寓里。昨天，他又问我，我就把这些讲给他听。我一直盼着有机会诉诉心里话，只是找不到知心人。路德维克对我好，而且他离我的生活圈子很远，跟露茜就更没什么瓜葛了，所以我不用怕他知道露茜的秘密。

露茜的隐秘我从来没有向任何人提起过，从来没有，只除了昨天向路德维克。不过，由于人事处来的档案，农场的人都知道了关于教养所和公墓鲜花的事情。他们对她是很好的，但还是常常提起往事。在那个场长眼里，她是个“墓地小扒手”。尽管他这么说并没有恶意，但这种话老让人想起露茜的前科。她总是而且永远是有错的，然而她最急需的正是完完全全地既往不咎。是的，路德维克，既往不咎，这就是她需要的，也就是你对之一无所知而且也难以理解的那个神秘既往。

实际上，人们自己并不会去宽恕别人，这一点他们甚至也做不到，他们无法把一个犯下的过失化为乌有。这已越出了人的力量。要让一个过失不再算数，把它抹净，从岁月中一笔勾销，换句话说把某一件事从有化为无，那是凡人无法做到的，是超乎自然的。只有上帝不受这个凡界法则的约束，可以为所欲为，足以创造奇迹，只有他可以洗净罪孽，可以把它们全都勾销，荡然无存。而人只有仰仗上天的宽恕来宽恕人。

所以路德维克，像您，您不相信上帝，您不懂得宽恕。对于那次一致举手反对您、同意毁掉您生活的大会，您始终耿耿于怀。您从来不肯宽恕他们做了这件事，而且还不止是恨他们中的每一个人。他们当时有百十来人，这个数目几乎构成人类的一个小小缩影。您从来不曾宽恕过人类。从那时候起，您就丧失了对人类的信任，而且对人类不断报以仇恨。即使我能够理解您，也不能改变这样一个事实：您视人人为敌是可怕的，而且也是有罪的。您的这种仇恨已经变成了您的不幸。因为，生活在一个任何人都不被宽恕、不许任何人赎罪的世界里，也就等于生活在地狱。您生活在地狱里，路德维克，您让我觉得可怜。

16

在土地上，凡属于上帝的东西也可以属于魔鬼。情郎在做爱中的动作便是如此。对露茜来说，它们变成了卑污的天地，它们和那一伙青少年兽性的面孔不可分割，后来，又和发了狂的大兵的那张脸不可分割。啊，我可以很清楚地想象出那张脸是什么样，简直就像我认识这个人似的！花言巧语、涎皮涎脸的，一会儿是那种千篇一律的海誓山盟；一会儿又下流到企图强暴，只有被圈在军营铁丝网里挨过了多少日子的色狼才会那么贪婪！于是露茜突然发现，那些甜言蜜语无非是张欺骗性的面纱，掩盖那个粗暴的兽性躯体。情爱天地在她面前整个儿崩溃了，沦入恶心的污泥之中。

祸根原来在这里，我应当从这里入手。一个海边的游荡者疯狂地摇动手中的提灯，他也许是个疯子；但在夜里，有一艘迷航的船备受风浪颠簸之苦，这人就是一位救星。我们生活在其上的星球正处于天堂和地狱的交界之处。任何一个行为，本无所谓好，也无所谓坏，只有放到事情的前因后果中才能够分出它是善是恶。同样道理，露茜，肉体关系本身并非是德行或是恶习。如果肉体关系和上帝所确定的程序和谐一致，如果你怀着忠贞的爱情，那么感官之爱也是好的，而你无疑也就觉得美满之极。因为上帝曾谕示过“人要离开父母，与妻子结合，二人成为一体”。[①]

一天一天地，我常和露茜谈话，每次都对她说她已经获得宽宥，她不必再自寻烦恼，应当从精神上解脱被迫捆上的锁链，而且应当顺从天意，天意是：肉体爱情也应该是正当的。

一星期一星期地过去……

后来到春季的一天，满山满坡的苹果树都开了花，在微风中，花冠很像是一串串摇摆的铃铛。我闭上双眼，静听花叶窸窣。我又睁开眼睛，看见穿着蓝色工作服的露茜手里拿着一把铁锹。她俯望着山谷，绽出笑意。

我端详着她的微笑，急切地想看透她的心思。这可能吗？一直到当时为止，露茜的心灵始终在躲躲闪闪，不敢正视往昔，也不敢面对未来。一切都使她害怕。往昔和未来对她来说都是旋涡深渊，她惶恐地死死抓住眼前这条千疮百孔的小船，一个毫不牢靠的寄身之所。

今天，她居然笑了。没有什么特别的高兴事，就是笑了。这个微笑告诉我，她对未来又有了信心。我好像是漂泊在海上多少个月的舵工终于上了岸，心里别提多高兴。我背倚在一棵盘根错节的老树上，又闭上了眼睛。听着微风过耳，还有白花花的苹果树那沙沙声，我听到鸟儿婉转轻啼，这阵阵啼声转而化为千百支火炬，在我紧闭的眼前跃动，它们似乎被无形的手举着在欢庆什么节日。我看不见这些手，但听见似乎是一些孩子的声音，音色高高的，一大群欢乐的孩子……突然，有一只手放到我的脸上。一个声音说："您太好了，考茨卡先生……"我没有睁开眼睛。没有去动那只手。我眼前仍然是百鸟的颤鸣，它们变成许许多多雀跃的火焰，那些花朵盛开的果树也仍是不停地叮咚作响。那话音更轻柔了，说："我爱您……"

或许，我应当期待这一时刻的来到，然后尽快离去，因为我的使命已告完成。然而我还没有明白是怎么回事，已经情之所至，我连动也不想动。在这个无遮无拦的地方只有我们两人，还有周围那些纤弱的苹果树，我拥抱着露茜，和她一起躺在大自然的床笫。

① 见《旧约·创世记》第二章二十四节。

17

不该发生的事发生了。本来，当我看到她绽开笑容的一刻，也就是在看出露茜的心灵得到抚慰的时候，我的目标已达，应当离开。我没有这样做。后来事情就糟了。我们两人继续在农场生活。我们身边正是旺春，露茜也是春心绽放。春天缓缓转入夏令。然而我却不觉得幸福，对近旁这旺盛的女性之春，我十分不安，是我启动了这春的步伐，而现在它向我开放美丽花冠，我知道它不属于我，它本来就不该属于我。布拉格有我的儿子，还有急切盼望我的妻子，尽管我很少回家。

我怕破坏这种刚刚开始的私谊，那将是对露茜的致命打击，但我又不敢把这种关系继续向前发展，因为我很清楚，根本不该这样做。我喜欢露茜，又畏惧她的爱情，它使我束手无策。我须得费尽力气，才能显得态度自然地和以前一样跟她谈话。在我与她的关系上，我心存疑虑。我有一种感觉，似乎自己对露茜精神上的帮助被揭穿了真正的用心。好像说到底，我在见到她的那一分钟起，就已在打她的主意似的。我简直就是一个乔装改扮过的诱骗者，摆出一副劝慰人的神父架势。过去我大谈耶稣和上帝，热心宣传教义，似乎都不过是为了掩饰庸俗不堪的肉欲。我仿佛觉得，在我恣意放纵情欲的时候，我玷污了自己纯洁的初衷，辜负了上帝的垂爱。

只不过，刚想到这儿，我的一切念头又转向她。我自己骂自己说，我多狂妄自大，竟想讨好上帝，为自己在上帝面前争功邀宠！在上帝面前凡人的功劳又算得了什么？零、零、零。露茜爱我，她的健康就悬决于我的爱情！我应当考虑自己的清白而把她甩开任她伤心欲绝吗？这样就不会使上帝对我冷眼相加吗？即使我炽热的情感是罪孽，那么到底是露茜的生命重要还是我的清白重要？说到底，这是我的罪孽，我一人做事一人当，要毁也只毁我自己！

正在我柔肠百转和疑虑重重的时候，从外面飞来意想不到的一击。从中央传来对我们场长的政治控告。由于他为自己百般辩护，人家更指控他网罗可疑分子。我也荣列其中：因对政府心怀不满而被革出大学；教会分子。场长再三解释说我不是教会分子，也并非被大学开除，可是怎么都没有用。他越是急赤白脸地替我说话，就越显得和我串通一气，他的问题就越严重。对于我，事情已经不可收拾。

太没公道了，路德维克，对吗？是的，当你听到诸如此类的案子时，你总是这么说。可是我呢，我不知道什么叫不公道。假若在人世的事情之上，冥冥中没有神明，假若一切行为只凭炮制者主观上怎么认定，那么要说没公道也许还算成立，那么我也就有资格用这个词，因为我确实是被从国营农场扫出去的——我可是在那里满怀热情地干活的。或许更符合逻辑的是，我应当针对这种不公道想出对策来，应当义愤填膺地去大闹一通来保卫我做人的小小权利。

但是当事件的盲目制造者赋予它某些含义时，这些事件往往还有另一层含义。其实这也是常事。往往是因为上面来的指示。其真实意图是被掩盖着的，而让落实这些指示的人，无意中只充当传声筒，他们对上级的要求不会有丝毫怀疑。

我绝对相信，刚发生的事也是如此，所以我把农场事件当作一种解脱来接受。从中我看出一个清清楚楚的旨意：离开露茜，别等太晚，你的使命已经完成，果实并不属于你。你的道路应在别处。

于是我决定照两年前在理工系一样去做，向泪流满面、愁肠寸断的露茜，我告了别，去面对这貌似灾祸的事件。我主动提出要离开农场。场长说不同意——这倒是真有其事，不过我知道他是出于礼貌，而内心则松了口气。

但这一次，我自愿离开的性质并没有再打动任何人的心。这里早已没有了我那些二月革命前的朋友，当年他们还为我的前途着想，给我写好鉴定，还赠予我不少诚恳的忠告。当我跨出农场大门的时候，已经是一个被认为不配在这个国家担任任何像样工作的人。就这样我变成一个建筑工。

18

那是一九五六年秋季的一天。在布拉格到布拉迪斯拉发的快车餐车里，五年来我第一次遇上路德维克。我要去摩拉维亚东部某工厂的工地。路德维克新近在俄斯特拉发矿上合同期满，他刚去了趟布拉格，提出希望获准完成学业的申请；现又从布拉格回老家摩拉维亚。差一点儿我们彼此没认出来；等认出来后，又非常惊讶于我们命运的相似。

我还记得很清楚，路德维克，当我向您讲述我是如何出学校，后来农场又遇陷害，把我弄成一个打石工的时候，您是多么聚精会神地听着。我感激您这样地关切。您当时义愤填膺，说太没公道，太愚蠢了，甚至您对我还发火，责备我不肯去申辩，我屈从了。您说任何时候，任何地方都不能一走了之，不能太便宜了我们的对手！干吗要让他们心安理得呢？

您是矿工，我是石工。咱俩命运很相像，可咱们又这么天差地别！我什么都逆来顺受，您却寸步不让；我总是委曲求全，您桀骜不驯。从外表看我们何其相近，而内里却相去甚远。

关于我们这种内在的距离，您比我了解得要少得多。您曾向我细述为什么会被逐出党，同志们因为您开了个玩笑，您嘲弄了他们视为神圣的东西，竟然对您大加惩处，您当时一心以为我听到这里也会和您一样对他们感到气愤。您总是想：有什么可大光其火的？您心里真的感到奇怪。

我来跟你说件事：从前在对加尔文奉若神明的时代，日内瓦有一个青年人，他也许跟您很相像，聪明而爱开玩笑。他的笔记本落到旁人手里，上面充满对耶稣基督和圣经的揶揄。有什么可大光其火的？那个跟你十分相像的小伙子肯定也是这么想的。瞧瞧吧！他什么坏事也没干，说了几句笑话而已。他有什么仇恨吗？他并不懂什么仇恨。根据他的情况，他大不了是爱冷嘲热讽而已，或者是对什么都满不在乎。他被处死了。

唉，您别以为我赞同这种残酷！我只不过想说明，任何一个以改变世界为己任的大运动都是不能容忍取笑或奚落的，因为这是一种锈病，会腐蚀掉一切。

就拿您自己的态度做例子吧，路德维克。他们把您开除出党，轰出校门，使您加入被视为政治上有危险的大兵队伍，又把您送到矿上两三年。您呢？您变得怨天尤人，觉得自己受了天大的冤屈。您这种牢骚满腹的情绪今天还在左右您的处世态度。我真不明白！您有什么资格鸣冤叫屈呢？他们无非把您打发到黑类分子——共产主义的仇敌队里罢了。就算是吧！这么点儿事也叫冤枉吗？难道这对您不正是个大机遇吗？否则您就会站在相反的行列里了！还有什么更为重要、更高尚的使命呢？难道耶稣没有差他的门徒“如同羊羔进入狼群”吗？“康健的人用不着医生，有病的人才用得着”，耶稣曾经是说过这样的话的呀！“我来不是召好人的，而是召罪人……”[1]不过，您么，您不希望到罪人中间去，到身体有病的人那里去！

您会反驳我，说这个比喻一点也不恰当。耶稣派门徒“进入狼群”是带着他老人家祝福的，而您先是被清除，被宣布为开除，后来又被遣送到敌对分子那里，也被视为敌对分子，是被当作狼打入狼群的，被当作罪人送入罪人群里。

怎么，您否认您有错吗？您对自己的组织难道就毫无愧疚吗？您凭什么那么狂傲呢？凡忠诚于自己信仰的人都是谦卑的，而且他应当谦卑地接受惩罚，即使是不公道的也罢。卑微者要变得高尚，悔改者将受到赦免。被错待的人正是获得验证自己忠诚的良机。现在您仅仅因为周围的人在您的双肩压上一副过于沉重的担子，您就对他们充满怨恨，这表明您的信念太差，而且您没有作为一个胜利者经受住这场被迫的考验。

在您和党的分歧中，我可不是，路德维克，站在您一边的，因为我知道，在这世上，一切伟大的创举都只能依靠许许多多无

① 见《新约·马太福音》第九章。

限忠诚的人同心同德才能实现，这些人必须心甘情愿地把自己的一生献给一个崇高的目标。路德维克，您够不上无限忠诚，您的信念很脆弱。可是既然您只以您自己，只以您那点儿可怜的理智为准则，那么您的信念又怎么能不脆弱呢？

我不是忘恩负义，路德维克，我知道您曾为了我和许多受到当局批判的人花了很大的力气。您有许多二月革命前就认识的老关系，其中有一些是很有地位的共产党人，再加上您目前的地位，您真是尽心尽力出面奔走，热心相助。您对我真够朋友的。不过，我要告诉您——这是最后一回：您看看自己灵魂深处！您的好意后面真正的动机不是爱，而是恨！您恨那些曾经在会议厅里举手害过您的人！您不知有上帝，所以您的心也不知有宽恕。您念念不忘报仇雪恨。您把今天给别人制造痛苦的人当作昔日曾给您制造痛苦的那些人，于是您为自己泄恨。是的，您是在为自己泄恨。您怨气十足，哪怕您在为人出力的时候也是这样！我可以感觉到您的怨气。您的字字句句都让我感到这种怨气。可是仇恨会带来什么结果呢？还不是怨外生怨，仇仇相报？路德维克，您简直是生活在炼狱里，我再说一遍，您生活在炼狱里，所以我可怜您。

19

如果路德维克听到我的心里话，他很可能以为我忘恩负义。我知道他帮过我很大忙。一九五六年，我们在火车上相遇的时候，他很为我的处境着急，立即着手给我找合适的工作，使我有个用武之地。他的干练和卓有成效都使我吃惊。在他老家的那个城市，他找了一个老朋友，希望能让我在当地中学里教自然科学。这够大胆的。那个时候，正是反宗教宣传的高潮，接受一个信徒来当中学教师简直是不可能的。而且那个朋友也是这么认为，他找了另外的办法：去医院的病毒科。所以八年以来我一直在给耗子或兔子接种疫苗或病毒。

情况就是这样。没有路德维克，我不会住到这里来，露茜也不会来。

我离开农场几年以后，她结了婚。她丈夫要在城里找一个工作，她也就没在农场待下去。正好他们想找一个定居的地方，最后她办成了，把他们双双迁到我住的这个城里。

这是我一生中所得到的最好礼物，最珍贵的奖赏。她是我的小羔羊，我的小鸽子，是我使她重新获得健康的一个孩子，是我用心灵把她养育，而她如今又回到我身边。她并不要求我任何东西。她有丈夫。她但求能离我不远。她需要我，必须时不时地听见我的声音；在星期天做弥撒时远远看着我；在街上见到我。我体验到幸福，就在这一时刻，我顿时觉得自己已不再年轻，比想象的要老，露茜大约是我这一辈子惟一的成果。

路德维克，这一点儿太少了，对吗？不，这就够了，我心里很幸福，很幸福……

20

唉，没想到我竟那么糊涂！顽固得跟什么似的，一口断定我走的路才是对的！向一个没有宗教信仰的人吹嘘我的信仰的威力！

当然，引导露茜信仰上帝，我获得了成功。我达到了使她心境平静、脱离病态的目标。我得以使她摆脱对肉体之爱的恐惧。最后我又自动离她而去。是的，不过我究竟又使她得到什么呢？

她的夫妻生活并不好，丈夫粗暴，竟公然地另有新欢，我听说他待她很凶。露茜从来没有把这些告诉我。她知道这样我会非常难过，她故意让我以为她生活得很如意。可是在这么一个小城里又瞒得住什么。

唉！我真是自欺欺人！我以前把那些对付农场场长而耍的政治手腕，看作上帝的密召，示意我远走高飞。可是在各种各样人的声音里，又怎么能辨认出到底哪个是上帝的呢？而被听进耳的那一个会不会来自于我的胆小怕事呢？

因为我在布拉格有妻有儿。他们在我心里倒无所谓，但我却未能和他们决裂。我怕陷入毫无出路的绝境。露茜的爱情使我害怕。我不知所措。一想到这种爱情会导致什么样的后果，我就惶恐。

我俨然以她救命天使的面目出现，可实际上我不过是又一个诱骗者，在爱过她一次，仅仅一次以后，我就离开了她。名义上我是要给她送去宽恕，但只有她才有资格宽恕我。当我离开的时候她伤心欲绝，但是几年以后又是她为了我迁居到这儿来。她常来和我说话，待我如好友。她已经原谅我。再说，事情也很清楚。这种情况在我一生中绝少发生，但这姑娘确实爱我。当时她的生命简直就掌握在我的手里，她能否幸福全在于我；而我却临阵脱逃了。在她看来，我比谁都更对不起她。

忽然，一个念头油然而生：我大谈所谓上天的召唤，不过是借口，把做人的职责抛在了脑后。女人使我害怕。我怕她们的温暖气息，我怕她们久久地在我身边。和露茜生活在一起的设想使我心生畏惧。今天也一样，我一想到要和邻市的那位小学女教师共住在一个两室单元里，就不寒而栗。

到底为什么十五年前我要主动跨出大学校门呢？我不爱我的妻子，她比我大六岁。我难以忍受她的声音、她的相貌，还有家里那座钟一成不变的嘀嗒声。我已经无法再和她一起生活下去，可是我也一样地无法提出离婚来刺伤她，因为她是个好人，她从来也没有做对不起我的事。于是我忽然听到了来自上天的呼唤，那救命的声音。我听见耶稣敦促我扔掉自己的罗网。

啊，主啊，确实是这样的吧？莫非我是个可笑的小人？请你说不是的！请你让我放下心来！我的上帝，你要说话呀，响些，再响些！在这一片嘈杂的人声中，我一点儿也听不见你的声音！

第七部

路德维克，埃莱娜，雅洛斯拉夫

1

从考茨卡处回到旅馆，夜已很深。我已想好第二天一早就动身去布拉格，因为这里已无事可做：这一趟来故乡虚有其名的出差到此告一段落。倒霉的是我头脑里乱哄哄地嗡嗡作响，竟至于在床上(吱吱扭扭地响着)辗转反侧，小半夜没能合眼；好不容易终于觉得是睡着了，又惊醒好几回，直挨到天快亮才真的睡着。因此我醒来太晚，已九点钟光景，上午的汽车和火车都已经发走，而下一班去布拉格的车起码要到两点钟，那是下午。这一连串的情况使我十分沮丧：觉得自己似乎成了一条搁浅的船，突然非常挂念布拉格，挂念我的工作和家里的那张写字台，还有我的那些书。但没有办法；我只得咬牙忍耐，下楼去餐厅。

我一进去的时候相当注意，怕埃莱娜可能会在这里，但没有她(肯定已经背着录音机到附近村子去了，拿着话筒在纠缠一些过路人，要他们回答提问)。然而，餐厅里满是喧哗的顾客，坐在桌边对着啤酒杯、浓黑咖啡、白兰地抽烟。唉，可惜，就是今天早上，这个城市、我的故乡还不肯赐我一顿像样的早餐！

我上了人行道：天蓝蓝的，碎云片片，早上的空气有些滞重，空中悬浮着细尘，还是那条通向广场的街和广场上的那个钟楼(对，就是它活像个戴尖顶头盔的大兵)，整个儿的把我裹在它那种荒漠的凄凉气息之中。远处有人醉醺醺地拉长声调吼着摩拉维亚民歌(歌里唱的是缅怀大草原和那些被强征入伍的枪骑兵一次次漫长的骑行，使我觉得着了魔一般)。我的脑海里浮出露茜，这本是一段久已遗忘的往事，此刻又像这首拖腔拖调的民歌一般撞击着我的心。虽曾有那么多的女子走过我的心头(就像走过平原一样)，她们谁也没留下什么，就跟悬浮在空中的尘土似的，没给这平平的广场留下任何痕迹，只是去落在街石缝里，后来又被一阵风刮往远处。

我走在尘土蒙蒙的街石上，那种轻飘的虚空让我领受到她重压在我生活上的感觉：露茜，让我失去了她的雾中女神，昨天她使我精心策划的复仇之举化作无聊，而且紧接着，又将我对她的怀念也转成难以名状的刺心嘲讽，一个粗俗的圈套，因为考茨卡的揭示，这些年来我思念的竟是另一个女人，因为说到底我根本就没有明白露茜究竟是个怎样的人。

我一向总爱对自己说，我心中的露茜，乃是一朵镜中花，一个传奇故事，一则神话。可现在，丢开这些诗一样的词句，我窥见一个毫无诗意的真相：我原来并不认识露茜，我根本不知道她的身世，内心世界如何，自身需要什么；我(少年时自我中心意识很强)只看她如何待我的方面(我当时孑然一身，毫无行动自由，渴望爱抚和温情)，对我而言她只与我当年境遇相投。她本身的一切，已超越了我当时生活的处境，她的内在我无从察觉。然而，既然认为露茜之于我，仅仅是当年境遇所致，那么按此推理，很自然，一旦境遇有了变迁(比如我换了地方，年龄大了，心情变了)，我的那个露茜也就不复存在，因为她已成了我无从知道的那个露茜，一个和我毫不相干的女人，一个超越我生活圈子的她。所以也同样很自然，在间隔十五年之久后，我就认不出她来了，她之对于我(我仍然只看“她对于我”如何)早已是另外一个女人，一个陌路人。

我的失败的明示追击了我十五年，终于把我给赶上了。这个考茨卡(我从来对他只是半听不听的)居然在露茜心目中分量更重，居然他赋予她更多的东西，比我对她了解更透彻；而且是他更加懂得如何爱她(肯定不是更热烈地爱她，因为我的爱是无以复加的)。因为：对他，露茜竟和盘托出自己——对我，只字未提；是他，使露茜欢乐——而我，使她伤痛；他领略过她的身躯——而我，不曾。谁知在当时，要想得到这个朝思暮想的身躯，只是极简单的事：去理解她，引导她，不要只因为她有待我好的一面而爱她，而且更要爱她身上与我并不直接有关的那些部分，爱她的内在，爱她之所以是她。可我，那时不懂这些，于是我给我们两人都造成痛苦。想到这里我对自己好不恼恨，恨我当时不更事的年岁，恨那个只知自抒的年岁；在那时，自己本身就是一个识不破的谜，哪里会注意到自身以外的那些谜；在那年岁，别人(哪怕是至亲至爱的人)全都只是你的活动镜子，你从他们身上看到你自己的感情、自己的迷惘、自己的价值的影像，你感到惊讶。是的，在这十五年里，每当我想念露茜的时候，其实还是站在那面镜子跟前，仍然望着我自己当年的影像。

突然，那个空荡荡、惟有一张床、被街灯透过肮脏的窗玻璃照亮的那个房间，露茜拼命抗拒的样子又回到我眼前。这一切都让我想起一场蹩脚的玩笑：我以为她是个处女，她抵抗，因为她早已不是了，她大约怕我发现这一真相。她的抵抗还可能有另一种解释(正好就应了考茨卡对露茜的看法)：她早期的性经历对她烙印太深，性爱行为对大多数人都有的意义对她根本不再具有。这些经历已经把性爱的甜蜜、把爱的情感剥夺殆尽。对于她，肉体是丑恶的，而爱情是非肉体的。精神与肉体之间早已宣告一场无言之战，永不休止。

上述解释(多么富于戏剧性，但又多么合乎情理)使我重又想起灵与肉那可悲的背离(我曾见识过众多不同的形式)；还使我想起一则从前我曾笑话了很久的倒霉事(因为在这里，可悲总是不断地介入可笑之中)：一位好朋友、生活上相当随便的一位女士(随便一词从前我常用)，跟某位物理学家订了婚，这一回她是十分坚决地想要过一过爱情生活；但是为了要尝到真正的爱情(有别于在此之前的十多次相好)，她不准未婚夫在洞房之夜以前有越轨之举。她经常跟他在暮霭笼罩的小路上散步，紧紧握着他的手，在路灯下接吻，使她的心灵(脱离肉体的累赘)飘飘欲仙，感受陶醉。结婚一个月后，她离了婚，伤心地抱怨说丈夫使她的伟大感情落了空，原来他是个蹩脚情郎，无异于阳痿。

远处传来带有醉意的摩拉维亚民歌的吼声，摇曳着和这则故事那粗俗基调相映成趣。吼声注入这个城市灰尘蒙蒙的空间，也和我的悲哀纠缠在一起，搅得我空空如也的肚子难受。原来我竟然就在离牛奶店两步远的地方。我晃晃门把，可是关着。一位路过的公民冲我说:“喂！今天，所有的店都过节！”“众王马队游行吗？”“可不是！他们都在那边摆摊呢。”

我骂了一句，但也只得作罢，朝歌声的方向走去。阵阵痉挛的胃驱使我又朝着刚才像躲避瘟疫一样离开的节日场地走去。

2

乏。从一早起就乏，仿佛我闹腾了一个通宵；可我分明一夜都睡着，只不过如今我的睡眠差劲得像脱脂的牛奶。我在把早饭往嘴里塞的时候强忍着呵欠。就在这时陆陆续续来了人。先是符拉第米尔的一些朋友，接着是什么人都有，大家来看热闹。一个合作社的小伙子把一匹马拉到我们院子里来给符拉第米尔用。在这堆人里有卡拉赛克，区文化委员会负责人。我和他干仗有两年了。他穿着黑礼服，郑重其事的样子，和一个穿着优雅的女人在一起。她是从布拉格来的电台记者。看来我得去奉陪。女士想要进行采访录音，制作一个报导众王来朝节的节目。

去你们的吧！我才不想丢人现眼。那女记者见到我很高兴，于是卡拉赛克当然也跟着起劲。看来这是我的政治任务，非去不可。笑话。我本想和他顶着不干，我对他们说是我儿子扮国王，我得去看看他怎么穿戴。可是芙拉丝塔怪我说话不算数，因为装扮儿子是她的活，我么，只有走开的份，去给电台说上两句。

我懒得争，就这么办了。女记者在区文化委员会找了个地方。她把录音机安放在那里，一个半大小子管着。她那舌头可真能说，也不怕说烂！这还不算，她还笑个没完。后来，她把麦克风放在鼻子跟前，向卡拉赛克提出第一个问题。

他轻轻咳了一下就开了场。民间艺术的实践是共产主义教育的一个组成部分。区文委会对此认识很深刻，所以他大力支持。他希望民间艺术获得巨大成功并全力参与。他感谢所有出过力的人，热情的组织者和热情的青年学生，他们全力参与了。

乏，乏。老是这几句话，没完没了的这几句。十五年来老是听这几句；而且这一回还是从卡拉赛克的嘴里听到，正是他最不把民间艺术当作一回事。民间艺术对他来说，是一种工具，一种可以让他吹嘘自己有了新行动的工具，吹嘘自己在贯彻某个指示，大谈特谈自己的功劳。对组织众王马队游行他连手指头都没动一下，经费负担重压在我们身上，直到挤出最后一个子儿。尽管这样，这活动还得算是他牵的头。他掌管着全地区的文化，过去只是个商店的伙计而已，连小提琴和吉他也分不清。

女记者把话筒挪到她的嘴边，问我对今年的马队游行满意不满意？我差点笑出来：众王马队游行还没挪步哩！可反倒是她笑起来：一个像我这样经验丰富的民间艺术专家肯定知道结果。他们记者真的就是这样，他们什么都先知在前。将来要发生的事情会怎样进行，他们熟记在心。对他们说来，未来已经发生过了，要的只是重演一下而已。

我真想把压在我心上的话对着她全抖搂出来，说这回马队游行不如往年的好；喜欢民间艺术的人越来越少了；那些领导撒手不管使它走下坡路；现在这种民间艺术已经奄奄一息。别因为在广播里老是听到有民间音乐演出就信以为真，所有这些民乐团、民间歌舞队，都是搞些歌剧、小节目，一些听过就算的音乐，才够不上民间艺术资格呢。一个有领队、有乐谱、配上谱架的民乐队不简单！那是活脱脱一个交响乐团呢！差到哪儿去了！记者女士，现在这些乐团和歌舞队让您听的全是老掉牙的浪漫派的东西，外带从民间小调里抄来的货色！货真价实的人民艺术已经寿终正寝，寿终正寝啦，亲爱的夫人。

我本想对着话筒把这些一股脑儿吐出来，可我嘴里说出来的却不是这些话。马队游行棒极了，民间艺术炉火纯青，大饱眼福的机会，我大力支持，感谢各方面的帮助，尤其是各级组织负责人跟学校的孩子们，他们全力投入。

我说的话全是他们想要我说的，我好不难为情。我就那么窝囊吗？或者说是那么听话吗？要不我就是已经懒惰了？

套话说完，可以走了，我感到松快。赶紧回家。院子里，一大批看热闹的和忙什么的都有，乱哄哄的，手里拿着领带、绶带什么的，拥在马的周围。我很想去帮符拉第米尔装扮。我走进屋子，起居室的门锁着，里面正忙着给他穿戴。我敲门，又叫。芙拉丝塔在里面应答：这里用不着你，国王已在穿王袍。我说：见鬼，为什么我就不能进去呢？芙拉丝塔的声音传过来说：这不合老规矩。我可没觉得当爹的来看给国王穿戴有什么不合老法子的，但我也不想非要她改变主意。娘俩居然对我热衷的这些玩意儿也起劲起来，真叫我高兴。这些可怜巴巴的玩意儿有谁肯来管呢！

于是，我又回到院子，和那些给马披挂的人聊天。那是一匹从合作社借出来的拉套马，它性情温顺，骑上绝对放心。

接着我听见街上一片嘈杂声，透过大门传进来。一会儿，就听见有人在叫，并打起鼓。该我出场了。我心情激动，打开大门走出去。众王马队已经到了，排列在我家门前。所有马匹都满身披着彩带，五颜六色的。骑在上面的都是些穿着鲜艳民族服装的年轻人。这和二十年前一样。二十年前他们来迎接我，请求我的父亲把儿子交给他们当国王。

马队最前面，挨着我家门口的，是两名国王侍从，男扮女装坐在马上，手里拿着大刀。他们在等待符拉第米尔出来，要跟在他身边护卫到晚上。有一名骑手离开队伍，到了我面前把坐骑勒住，朗声读道：

咳呀！咳呀！诸位请静静听！
慈祥的爸爸，不要把心伤，
我们隆重迎走您的儿子，我们的国王！

下面接着是众人保证要好好守护他们的君主，他们定将使他在深入敌军时安然无恙，他们决不使他落入敌人之手，他们已准备好为此奋战。咳呀！咳呀！

我回过头去：门洞下早已有了一匹披着彩带的坐骑，上面有一个人满身是按传统打扮的女子身影，灯笼袖的衣衫，许多彩带垂下来遮住脸。国王，符拉第米尔。我顿时把困乏和不快丢到脑后，心里舒坦起来。老国王把一个年轻国王送到世间。我走到他身边，靠近马，踮起脚吻他戴着面具的脸。“一路平安，符拉第米尔。”我轻轻地说。他不作声，连动也不动。芙拉丝塔笑着对我说：“他不该答你的话。整整一天他都不能说一句话。”

3

没用一刻钟工夫我就到了村里(在我小时候，村子和市区还隔着一片田野，如今连成一片了)。我刚才在城里听见的歌声原来是从一家家门前或电线杆上安着的喇叭里传出来的，现在仍在大声响着(我这个人老是上当，因为我竟以为是谁在那里唱而勾起了我缅怀往昔的惆怅，还以为声音里带着醉意，结果却不过是靠技术装备和两张密纹唱片制造出来的！)。在村口，已经架起一个凯旋门一样的东西，一道宽宽的横幅挂在其间，上面用彩色的美术字写着：欢迎光临。就从这儿起，人越来越多，大多数都只是普通生活装束，不过也有三四个老头穿出了当地民族服装：胡萨克式靴子，白麻布裤子和绣花衬衫。街道拓成一个长长的乡村广场，也就是在人行道和鳞次栉比的低矮房屋之间，还有一条绿草带，上面种着几棵小树，搭起一些小摊(专为今天过节而用)，卖些啤酒、汽水、花生、巧克力、香料面包、芥末香肠和烤糖饼之类，市里的那家牛奶店也搭起一个亭子：牛奶、干酪、黄油、冰淇淋、酸牛奶和酸奶油；尽管没有一个柜台推出酒精饮料，可在我看来似乎人人都醉意浓浓；大家在摊前你推我挤，逛来逛去；时不时有人唱起来，同时还醉意地举起一只胳膊，不过回回都是只开一个头，刚唱的半句歌马上就给周围的嘈杂声所淹没，而放唱片的高音喇叭又把嘈杂声都盖过去。广场的路面上(尽管节日才开始)已经到处扔着纸质啤酒杯和沾着斑斑芥末的方纸盒。

大有与酒精饮料唱对台戏之意的奶制品柜台并不受人欢迎。我几乎一点没等就买到了一纸杯牛奶和一个羊角面包，拿着走开几步以避免受到推搡，好小口地去品味我的牛奶。这时候响起一阵号声，这是从广场那一头传过来的：众王马队朝这边走来了。

只见广场上塞满装饰着圆点和公鸡毛的黑色灯笼裤，宽袖打褶的白色衬衫，蓝色开襟短背心上缀着红绒花朵，坐骑的鞍辔两边悬垂着彩色纸带。在嗡嗡的人声和高音喇叭的歌声中，又夹杂进许多新的音响：马儿的嘶鸣和骑手的呼叫——

> 咳呀！咳呀！诸位请静静听！
> 你们乃住山间海滨，
> 请听这星期日圣灵节的事情。
> 我们有位辛劳但贫穷的国王，
> 他的德行却依旧高尚。
> 人家偷走他千百条狗，
> 只剩下城堡一无所有……

眼睛所见和耳朵所闻构成了一幅杂乱无章的景象，每一件事情都和另一事物格格不入：高音喇叭里是一种民风，马队又是另一种民风；骑手的服装和坐骑的披挂那么五彩缤纷，而观众身上穿的却是剪裁糟糕、极其难看的灰色和棕色衣服；一边是盛装的骑士，那刻意追求的潇洒自如，一边是戴着红袖章的纠察队那么忙乱，不停地奔走于马队和观众之间，拼命地把乱糟糟的秩序控制在起码的限度之内。这个任务毫不轻松，不仅是因为看热闹的人不守规矩(幸好这些人为数不多)，而更主要的是因为没有预先管制交通。在马队的前头和后尾都有一些纠察队员在示意汽车减速。一些旅游车辆渐渐插进马队，马儿因背上的重负和马达的轰鸣变得焦躁不安，骑手也十分不快。

说实话，我对这个民间节日的抵触没有变(其他不管什么节也一样)，我担心的倒不是眼前所见的这种状况，而是别的：我原来估计到的是会弄得不伦不类，把地道的民间艺术和那些冒牌货混为一谈，许多不学无术的演说家口若悬河发表一篇又一篇开幕、闭幕词，可不是，我心目中想象的局面还要糟得多：排场很大，花花哨哨使人眼花缭乱，但我没有料到竟在一开始，这庆祝活动就露出一副凄凉的、令人伤心的寒酸。简直到处都脱不开这种寒酸：东西匮乏的节日摊点，稀稀落落又毫无秩序而且心不在焉的观众；车辆交通和无政府式的节日安排之间的矛盾；马匹空奔；哇啦哇啦的高音喇叭靠它那机械的惯性而把两段歌词没完没了地弄得震天价响（还有摩托车的闹声），马背上的年轻人粗着脖子大声喊出他们的诗句，那也没法让人听见。

喝完了牛奶，我把空纸杯扔掉。这时马队已经在道上原地停了多时，终于挪动了步，开始它在村里进行的长达几个钟头的转悠。这一切我在很久以前就熟记在心里：战争结束的那一年，我也当过国王侍从（穿着女人服饰，手拿着大刀），护卫在扮国工的雅洛斯拉夫左右。我没有兴趣让回忆激起我的感情，可也舍不得掉头不看这一场戏。渐渐地，我也跟着马队走，现在它已经占满整个路面。队列中央有三个人：两个侍从簇拥着一个国王，都穿女人衣袍，手里拿着大刀。在他们四周还有几个人离国王稍远奔跑着，他们就是所谓的大臣。其余的人全都分成两列，挨着人行道两边驱马行进。就是在这里，也是各司其职的：有旗手（旗杆插在靴筒里，用手把着，所以猩红色的旗帜在马身两侧飘扬），有传令官（在各户门口有节奏地朗诵一篇以虽然贫寒但德行高尚的国王为题的诗文，说有人从国王处偷走一千条狗，城堡中一无所有），最后，是那些求乞的（他们要做的事就是一面说："为了国王给点儿吧，亲爱的大妈，为了国王！"一面向捐施者递上一个编筐）。

4

我感激你，路德维克，虽说结识你才八天，我爱你比对什么都深。我爱你，信任你，心里只有你；而且我相信，即使理智、感情、灵魂都可能会蒙骗我，但肉体是没有欺诈的，比灵魂更诚实，而我的肉体很清楚它从来不曾体验过昨天那样的感受，那么放荡、热烈、孟浪、欢悦、强劲，我的肉体从不曾梦想到会体味这样的高度。昨天我们两个肉体已经誓盟结合，我们的头脑现在只有同样结合才对，可我认识你才八天，谢谢你，路德维克。

我对你心怀感激，也是因为你的到来是在最关键的时刻，因为你救了我。那天早上天气真好，我的心里也一样满是蔚蓝。从清早起，事情就样样顺当，我们去国王的父母家录音，马队正好来接国王，就是在那里，他突然来到我的身旁，让我大吃一惊，我没想到他会这么早就从布拉迪斯拉发来，而且更没料到会有那么多狠心事等着我，你想也想不到，路德维克，他竟干得出这样的下流事，把她也带来！

而我当时简直是个傻瓜，以为我的婚姻还没有彻底破裂，还有可能修补；我这个傻瓜几乎为了这失算的婚姻把你牺牲，差一点拒绝跟你在这里约会；当他说什么从布拉迪斯拉发回来的时候特地停下来接我，我这个傻瓜简直就要又一次被他的甜言蜜语所打动；他当时说他有很多很多事要对我说，完全真心诚意，可实际不然，他又摽上她，这个丫头，这只二十二岁的小耗子，比我小十三岁，只因为我比她早出世几年就得失败，多大的屈辱，我恨不得大叫受不了，只不过那样的场合不允许我那么做，我不得不装出笑脸，客客气气跟她握手，啊，路德维克，谢谢你给我增添了力量。

一会儿，当她离我们稍远一点的时候，他说我们可以三个人一块儿开诚布公谈一谈，这可能更光明磊落。光明磊落，光明磊落，他的光明磊落我明白得很。两年来他一直跟我绕圈子就是不提离婚，他知道光我俩一对一他占不了便宜，他一心计谋的就是要我在那个女人面前丢脸，让我因为怕自己做不正经女人面子上不好看就让步，他指望我自己支撑不住，淌眼抹泪而甘拜下风。我恨他，他故意在我采访的时候，在我需要安心的时候来耍这下流的手腕，他至少应当尊重我的工作，哪怕有那么一丁点尊重也好。不过，好几年，好几年，就是这么过来的，碰过多少回钉子，吃过多少回亏，没断过受羞辱，可这一回，我就不吃他这一套，我觉得有你在我身后，有你和你的爱情。我还感觉到你就在我身上，在我身子里，周围那些披光带彩、欢欣鼓舞的漂亮骑手也仿佛齐声在大喊：有你，有生活，有未来。于是我，我感到心里的自豪油然而生，这种自豪我已经差不多丢光了，现在我全身透着自豪，得意地对他笑笑，告诉他说，大可不必让你受委屈跟我一起到布拉格来，我有电台的车，至于你心里惦着的那个安排，也是可以很快解决的，我马上就可以把我想跟他一起生活的人给你介绍，我们大家可以没什么困难就达成协议。

或许我做得太过分，如果真是那样的话，也只好随它去了，反正那一片刻我能挣回面子真值得，他听了态度马上变得和善了好多，很明显他心里十分满意，可是他又怕这只是随口说说而已，他要我把刚才的话，再说一遍，最后我就把你的名和姓告诉了他：路德维克·扬，路德维克·扬，而且，末了我还特意说，你别怕，关于离婚，我一句话同意，说了算数，我不会再来为难你，你尽管放心好了，哪怕你再想跟我好，我也不会再要你了。说到这里，他说我们将来肯定还是好朋友，我笑了笑，回答他说我也毫不怀疑是这样。

5

过去我在乐队里吹单簧管那一年，我们大家还费尽心机去弄明白众王马队游行到底是什么意思。曾有个国王叫马迪亚斯在战争中吃了败仗，逃出波希米亚要回到匈牙利去，大约不得不藏起来躲过追捕他的捷克人；他和马队来到摩拉维亚这一带，只能靠乞讨才活下来。所以传统习俗是要让马队游行来纪念这个发生在十五世纪的历史事实。然而只要略翻一翻文献就足以看到这一习俗可追溯到远远早于这个马扎尔君主时乖命蹇的时代。那么它到底是怎么起源的，又表示什么意思呢？会不会来自于巴格尼教呢？在该教中，当少年步入成年的时候要举行仪式，马队游行会不会是这种仪式遗留下来的痕迹呢？而且为什么国王和王侍都要按女性服饰穿戴？这会不会是纪念当时所用的一个计谋，仗着这一诡计一支人马(马迪亚斯或更古时的其他人)得以保全这样男扮女装的首领冲出敌境呢？或者它是古代异教为了避邪认为男扮女装有保护作用而遗留至今呢？可又是为什么国王从头至尾不准开口呢？还有为什么要称为众王马队而实际却又只有一个国王呢？这一切究竟意味着什么？谁也不知道。各种假设都有，可是没有一个被证实是可靠的。众王马队游行是一种神秘的风俗，谁也不懂得其中含义或要传递什么信息。但是这就跟古埃及象形文字一样，在对其一无所知的人看来更美不胜收(他们把象形文字当作异想天开的图画来看)，众王马队显得美妙可能也是因为它所包含的本身意义久已失落，正好引起人们对这些，对外貌，对形式的关注，反而更使这些动作、色彩、话语更加醒目。

面对这些行列含义不明的启动，我原先对它不以为然的想法忽然荡然无存，我自己也很惊奇，而且我的眼光早已不由自主被这支马队所牢牢吸引。马队缓缓经过一幢幢房屋；更出人意料的是，刚才那一瞬间还在播送着刺耳声音的高音喇叭忽然早已一个个声息全无，于是耳朵里能听到的就只有齐声吆喝着的那些人发出的古怪乐音(那些车辆的轰鸣声除外，不过我的听觉早已排除了对它们的聆取)。

我很想就待在那里不走，闭起眼睛听一听：在这个摩拉维亚村的心脏，我有意要听一听所朗诵的那些诗句，这里的诗是最原本意义的诗，和广播、电视、戏台给我的感受完全不同的诗，它们就像是有节奏的呼叫，接近于口语和歌唱，这些诗句的音乐本身就足以有力量牢牢吸引观众，很像古戏剧中那样朗诵的诗句牢牢吸引住观众。这真是最高超的音乐，而且是复调音乐：每一个传令官朗诵的时候只用一个调，但这个调和其他任何人的调都不同，要做到各人的声音毫不勉强地相互配合；除此之外，传令官并不是同步开始朗读，而是按照他们接近各家门口的时间先后开始，所以他们的话音此起彼伏，构成多部声音朗读同一诵文的情况。当一个声音停下的时候，第二个声音还在中途，而第三个人又从另一个音高上加入进去。

众王马队沿着中心马路走了很久(不断被过往的汽车惊扰)。然后，到了一个十字路口，分成两股：右翼继续笔直向前走；左边一支转而伸进一条小巷，马上被引向一所院墙低矮的黄色小屋，来到一个铺满各色鲜花的小花园前。传令官精神抖擞即兴凑趣说：美哉小屋清泉潺潺，这里的女主人有个儿子是妖怪。其实，院子门口有一个家用的水泵，而那个四五十岁的胖胖的女主人居然对儿子获得如此美名很高兴，笑着，骑手(募捐的)对她乞求道："为了国王，亲爱的大妈，为了国王！"女人给他一张钞票。那张钞票还没有完全落进挂在马鞍上的小筐，另一个传令官赶紧上前来高声夸那个四五十岁的女人年轻又漂亮，但他更巴望能尝到她的陈年黄香李酒，他把头往后一仰，把手握起来放在嘴边，做出喝酒的样子。周围的人全都大笑，那女人有些窘迫同时又很愉快，然后回身进屋；她肯定有所准备，因为她马上就拿着一瓶酒和一只杯子出来，斟给骑手们喝。

当他们喝酒、说笑的时候，稍远处国王直挺挺地坐在马鞍上，被侍从们护卫着，端然不动，十分威严，也许凡是国王都应当在部下的喧嚣中做出一副对周围漠然、孤家寡人的威严神气。两名侍从的马匹一左一右紧靠国王的坐骑，于是三匹马几乎挨着，靴子和靴子相碰(他们的马都在胸前挂着用香料面包做成的一颗很大的心，上面嵌着许多面小小镜片，面包上还挂有五颜六色鲜艳的糖粒，马头上饰着一朵朵纸做的玫瑰花，马鬃编成辫，同时编进也是用皱纹纸剪成的彩色条带)。这三个默不作声的骑马人都穿着女式的服饰：宽大的裙子，灯笼袖口衬衫，头上是装饰繁复的帽子；只有国王不戴这种帽子，而戴一顶银色闪亮的王冠，冠上垂下三条既长又宽的缎带，中间是红色，两边是蓝色，把国王的面孔完全遮住了，使它显得很特别也很动人。

我面对这一组三位一体的形象出了神。往后倒数二十年，我也曾和他们一样坐在一匹装饰美丽的马上，但那时我是身在其中看众王马队，其实什么也没看见。只有现在我才真正地在看马队，简直舍不得移开眼睛：鞍上的国王(离我数米远)跟一尊塑像差不多，裹着一面旗帜，又被紧紧地守护着。我忽发奇想：谁知道呢，也许这不是一个国王而是一个王后；也许里面是露茜王后，她来显示她的真正面貌，因为正是她那一直被掩盖的面貌才是她的真正面貌。

这时候，我突然悟到考茨卡原来把固执己见和随口胡诌混在一起，真是别出心裁，所以他所说的一切都有可能但都并不可靠。当然他认识露茜，而且对她的事还知道得不少，然而最关键的部分却并不为他所知：那个在一所借来的房间里也就是在一个矿工家里想占有她的大兵，露茜其实是爱他的；关于露茜原来是出于虔诚而去捡拾鲜花的故事我能当真吗？我明明记得她是为我才采集花儿的啊！如果说她把这些对考茨卡只字不提，而且也绝口不谈我们那六个月甜美的爱情，那么，即使对考茨卡，她也还是有不肯透露的秘密，所以归根结底，他也一样，对她还是不了解的。既然如此，那就不能肯定地说她选择这个城市来定居就非是为他不可；也有可能她是偶然来这里落脚的；同样也有可能是为我而来的，因为她知道这里是我的故乡。我觉得露茜最初被强奸的事是真的，可是我对有关背景的准确性有许多怀疑：故事可能被添枝加叶了，有些地方是按那些对这类丑行十分愤慨的人的眼光而添上血淋淋的色彩，但是在另一些地方，又被描写得神乎其神，只有一向习惯于向天望着的人才想得出来。这就很明显：在考茨卡的叙述里，真实和诗意是结合在一起的，这又是一部传奇(也许与真实更接近，也许更美或更深刻)，里面包含了古老的传说。

我望着蒙面的国王，竟似看见了露茜(没有被人认出，而且不可能被认出)，她仪态万方地(且带着嘲弄意味)正闯进我的生活里。接着(因为受到来自外界的奇怪干扰)我的目光朝旁边滑去，恰好和一个男子的目光撞个正着，他大约盯着我已有好一会儿，而且还在微笑。他说:“你好！”而且，嗬，还朝我走来。“你好。”我说。他向我伸出手来；我握了握。这时候，他扭过头去朝着一个我原先不曾注意到的年轻姑娘叫道:“你怎么啦？来呀，我给你介绍一下！”那姑娘(细挑的身材，优美，棕色的头发和眸子)走到我身边说:“波洛佐娃。”她伸过手来，我回答道:“很高兴认识你。我叫扬。”他笑嘻嘻的，大声说道:“好哇，我的老兄，好多年我都没见着你啦！”他就是泽马内克。

6

乏，乏。我甩不开这种乏的感觉。如今马队有了国王，它也已经去了广场，我远远地在后面跟着也就行了。我做着深呼吸好把倦意压一压。邻居们有的把脑袋探出来，向外面东张西望。我突然觉得自己也早该到了蹲家消停的时候了。东奔西颠，到处闯荡的想法已经没了，近来我已经只能在两三条街的范围里转悠过日子。

当我到达广场时，马队沿着大道已缓缓远去。我本想追上去，但我突然看见路德维克。他像一根木杆似的扎在道旁的绿草地上，两只眼睛直勾勾地瞅着马上的小伙子们。这该死的路德维克！让他下地狱去好了！直到如今，他一直在躲着我，那好，今天我就是不见他！我转过脚跟朝一张长凳走去，就在广场的一棵苹果树下。就这么舒舒服服地坐着，听听骑手们的喊声，它们的回响一阵比一阵小了。

我一直待在凳子上，听着，看着。众王马队越走越远。它真是可怜巴巴的，被路面上不停来来去去的汽车和摩托车挤到了挨着人行道的那一点点地方，后面也只跟着几个看热闹的，稀稀落落。观看众王马队的人越来越少，相反，倒来了个路德维克。他到这儿来会有什么事？见你的鬼去吧，路德维克。现在来太晚了。干什么都太晚了。你的来到就不是个好兆头，是个黑色信号，而偏偏正是我的符拉第米尔当国王的时候！

我扭过头去。村子广场上，只有十来个人在摊点周围、小酒馆的门口磨蹭不走，几乎个个醉醺醺的。酒鬼是民间节日活动最忠心的卫士，坚持到最后的卫士。时不时来上这么一回，他们就有正大光明的理由喝上一通。

一个小老头，彼恰切克老爹坐到我的身边。大不如从前喽。我点点头。如今跟从前没法比。几十年以前，几百年以前，这样的马队那才叫漂亮呢！哪儿像今天乱七八糟。今天这个够差劲的，整个就是糊弄。瞧瞧那些马胸前挂的心形香料面包！瞧那么多从大商场买来的纸花纸环足足有好几吨！从前的服装倒也是五颜六色的，但要简朴得多。打扮坐骑的不过就是一条红布系在马身周围。国王也一样，只有一个简简单单的面纱，而不是用花哨的彩带把整个面孔都遮上。另外，过去他要用牙齿咬住一枝玫瑰花，让他开不了口。

可不是，老爹，从前要好得多。那时候谁也用不着去追在年轻人屁股后面，求他们发善心来参加马队；也用不着预先开这么多的会，该谁负责组织，好处又该归谁，争吵不休！马队游行就像是从乡里自己冒出来的清泉水，从这个村转悠到那个村，为蒙着面的国王乞讨募捐。有时候还会遇到另一个马队，从另一个村镇来，于是有一场争斗。双方都拼命保护自己的国王，常常会大刀小刀地亮出来，要流血。当马队把对方的国王俘虏了，就会到酒馆里去喝个烂醉，全由这个国王的老子付账。

太对了，老爹，您说的是那么回事。想当年，大家让我当国王的时候，还是占领时期，根本没变成今天这个样呢。即使在战后，也是原来的那一套。我们大家原以为会发明出一个全新的世界来呢，大伙儿又会重新按照老传统生活，甚至马队游行的愿望也会从生活深处涌出。我们巴望组织这些民间节日。只不过，涌水可不是能组织出来的。它不是大喷特喷就是滴水没有。您看到了吧，老爹，我们的处境就是这样：几支小曲子，几支游行的马队，就没有了，水枯干了。最后几滴水，几个小水滴，实实在在再没有了。

唉，众王马队，无影无踪了。它肯定已经拐弯进一条小巷，但仍能听得见它的声音。它的声音真好听。我闭上眼睛，好像自己还生活在当年，在另一个世纪。十分遥远的时代。后来我睁开眼，心想符拉第米尔当上国王真好，他是一个濒临危亡但美丽辉煌王国的国王。对这个王国我将矢志不移，直到它终结。

我离开了长凳。有人向我问好，是老库特奇。我有一段时间没见到他了。他走路很艰难，拄着一根拐杖。我从没喜欢过他，可是他的老态又使我可怜。“您这是往哪去呀？”我问他。他说星期天出来略为走走，对身体有好处。“这次马队游行，您喜欢吗？”他做了一个不以为然的手势：“我连看都没看。”“咦，那为什么？”我奇怪了。又是一个手势，更气冲冲的；就在这时候我也猜出为什么来了：路德维克夹在观众里呢。库特奇，也不比我强，一样不想和路德维克见面。

“我理解您，”我对他说，“我的儿子今天也是马队的，可尽管这样，我跟在后面也没意思。”“那里面，有您的儿子？符拉第米尔吗？”“当然，”我回答，“他还是国王哩！”库特奇说：“哎哟，真奇怪。”“有什么好奇怪的？”我顶他说。“这真是怪透了！”库特奇又说，两只小眼睛忽闪忽闪地。“您倒说说，怎么啦？”我非要他说不可。“符拉第米尔和我们家的米洛在一块儿呢。”库特奇说。我并不认识什么米洛。他告诉我米洛是他的外孙，他女儿的小子。“不可能的，”我不肯相信他，“我明明看见他刚才不久骑在马上从我家里走的！”“我也一样，明明看见他的。米洛用摩托车把他载走了。”老头肯定地说。“真叫人摸不着头脑！”我说。赶紧又补上一句问：“那么他们是上哪儿去呢？”“喔，您要是不知道，那我也就不告诉您了！”库特奇告辞了。

7

我根本没能料到会遇上泽马内克（埃莱娜曾肯定地说他下午才来接她），显然，这次邂逅于我是十分不愉快的事。可我毫无办法。他就在那儿了，而且绝对还是原来的样子：那一头黄发仍是黄黄的，尽管已不再是往后梳的长长的波浪发。如今是短发，往前盖住额头，符合时尚；也仍是高高地挺着胸，脑袋向后梗着；也还是胖乎乎的，自我感觉良好，不可一世的样子，总是左右逢源，还有一个年轻的妙人儿陪伴着，她的俊俏立刻使我想起前一天打发我一个下午的那个身躯，难看又难堪。

心里想着赶紧说完就走，所以他跟我说些应酬话，我只好拿最一般的套话对付。例如：他反复地说咱们多年不见了，表示在这里碰上我太意外了，竟在这个"鬼地方"；我对他说，我生下来就在这里；于是他道歉，改口说既然这样，这儿就显然不是个鬼地方了。波洛佐娃小姐大笑。我不想理会这种打趣，只是简单地说，我在这里碰见他可一点也不感到奇怪，因为根据我的记忆，他对民俗有特殊的喜好；波洛佐娃小姐又笑了，声称他们并不是为着众王马队而来的；我问她是不是讨厌马队；她说反正不觉得有趣；我问她为什么；她耸耸肩膀，于是泽马内克对我说："我亲爱的路德维克，时代变了。"

说话的工夫，马队早已又过了一家，有两名骑手正在制服他们的马，原来他们的马开始不安分起来。一个人朝另一个人大喊大叫，责备他没有管好自己的坐骑，双方对骂，"混蛋！""白痴！"也算成了庆祝仪式的一部分。波洛佐娃小姐叹气道："他们要是干起仗来才好看呢！"泽马内克嗤地一声笑了，但两名骑手总算很快把他们的马稳住，后来"咳呀、咳呀"的叫喊声重又庄严地响彻村子上空。

我一步步跟着这支呼声响亮的队伍沿着一个个花团锦簇的小花园前进。一路上我一直在找合情合理的借口，好客客气气地甩掉泽马内克，但未能得逞，只得乖乖地走在他那个漂亮女伴的身旁，继续你来我往地说着。就这样我得知他们今天一早还在布拉迪斯拉发，那里天气也和这里一样晴好；他俩是开泽马内克的汽车来的，刚出布拉迪斯拉发就不得不更换火花塞，她也是他的一个学生。从埃莱娜嘴里，我已经得知他在大学里教马列主义课程，但我还是问他在教什么课。他说哲学（这么称呼自己教的这门课使我觉得很说明问题。要在五年前他一定会说教马克思主义，但后来这门课竟贬值到如此地步——尤其是在年轻人眼里，所以一向以别人的喝彩为准则的泽马内克便很体面地把他的马克思主义用一个比较广义的字眼藏起来）。我装出惊讶的口吻提到我记得清清楚楚他以前学的是生物学。我的话里带着挖苦的成分，暗示那些到处可见半路出家的马克思主义课程教员，他们在业务上的升迁常常不是因其专业知识，而是仗着当政治宣传员。波洛佐娃小姐这时插进来说，马克思主义课的教师头颅里有的不是脑子，而是政治教科书，不过巴维尔，他和这些人是不一样的。这些话正好为泽马内克解了围；他只含含糊糊地客气一句，算是表示他的谦虚，于是又引出姑娘一大堆别的夸奖话。我从而得知她的这位男朋友在学生中是最得人心的教员之一，正是因为这样他不得领导的欢心：他老是有什么说什么，常常敢于替年轻人说话。泽马内克一味口不由心地向我自谦，而他的这位女友则告诉我最近几年泽马内克在多次事件中成为众矢之的，有人甚至想把他从这个职位上挤走，因为他不肯执行积尘厚厚的教学大纲，倒是想让年轻人了解现代哲学中的新思潮(有人指责他是偷偷贩卖“敌人的思想意识”)。有一个小伙子因为一点小过失(与警察发生了争执)本要被开除出学校的，校长(最恨泽马内克)想把这件小事弄成政治错误，泽马内克把这青年保了下来；经过这一事件，女大学生们曾悄悄地投了一次票，选举最得人心的教师，正是泽马内克得票最多。这时他对这一大堆滔滔不绝的称道不再谦虚了，于是我对波洛佐娃小姐说(言带讥讽，唉，可惜很不明显)，我对她的话太理解了，因为我记得在我自己上大学的时候，她今天的这位老师就是最吃香的。听过这话她更起劲了：这没什么可稀奇的，巴维尔，要论口才，谁都不及他，一有辩论也总是他才能让对手一败涂地！“对，这倒是真的。”泽马内克笑着应和道，“不过，假如说我使他们辩论一败涂地的话，他们却可以在其他方面更厉害地回报我！”

说到夸夸其谈，我觉得泽马内克仍和当年我认识的他一样；但内容却使我骇然：他似乎已彻底抛弃往昔的立场，而且如果我今天要和他相处的话，不管我情愿不情愿，我会站在他一边的。但这一点太恼人了，我可一丁点儿也没有料到会这样，何况像他这样的变化，说实在的，还没有什么稀罕的，相反，发生这种变化的人成堆成团，有的是，全社会还不是多多少少都在变化。然而偏偏在泽马内克身上我没有料到；在我的脑海里，他的形象就是最后见到的那次，一直留着没变，转成了化石一样。我现在恨恨地认为，他没有权利再变，变得和我过去认识的那个泽马内克有所不同。

有些人宣称他爱整个人类；还有一些人反对他们这种说法，而且很有道理，他们说爱只能爱具体的、个别的人；我同意这一点，而且要加上一句：值得爱的东西也同样值得恨。人，这一生物总喜欢平衡，谁把沉甸甸的恶加在他身上，他就要用他那沉甸甸的恨去回报。但请你倒试试看，能不能把所有的恨都冲着那些纯粹是抽象的概念去：什么不公道，狂热过头，野蛮，或者干脆认为笼统的人就是可恶可憎的，那你就去恨全人类吧！这样的恨不是人能做到的，所以凡是人要发泄他的仇恨(他知道从仇恨生出来的力量是有限的)，他总得把恨集中到某一个人身上。

正因为如此我慌了。从现在起，泽马内克什么时候都可以声称自己已经变了(而且他刚才已经向我表白了这一点，那迫不及待的样子十分可疑)，还可以请我原谅他。让我觉得气恼的正是这个。我对他怎么说呢？我拿什么话回答他呢？我又怎能对他说我不能跟他和解？说要是跟他一旦言归于好，我会马上失去内心的平衡吗？我难道能对他说，假如我那么做，我心里的那架天平会把杆子翘向天空吗？对青年时代落到我身上的那份恶，我是用对他的恨来等同的，我怎么对他说呢？我怎么告诉他，他就代表着那份恶？我怎么能对他说我需要恨他？

8

那么多马挤满了小巷。我看见了国王，离我只几米远。他在马上和其他人保持着距离，左右有另两匹马，另两个小伙子：国王的侍从。我疑惑了。国王稍微弓起背的样子很像符拉第米尔。他在马背上一动也不动简直像毫无知觉一样。是他吗？也许吧，但也完全可能是别人。

我往前挤了挤。我不可能认不出他来！他的姿势，他的每一个习惯动作，我心里都记着呀！我爱他，爱自会有天生的本事！

我几乎钻到了他的身边。我可以叫他，再容易不过了，但这没用。国王不该开口。

马队又前进了一家。啊，现在我马上会认出他来。马步会迫使他动起来，一动就会露出他的样子。那牲口提起了膝盖，国王挺了挺胸，但这一动作并没有使他暴露出本相，挡在他脸上的彩带仍把他遮得严严实实，真无奈。

9

马队又过了几所房子，少数几个爱看热闹的行人（包括我们）也跟着走了几家，而我们又聊起新的话题：波洛佐娃小姐从泽马内克又扯到自己，大谈她如何喜欢搭顺风车。她一提再提（有些做作），使我觉得这就是她那一代人的宣言。完全随着一代人心态的大流（随这一个群体的自傲），向来是我所不屑的。波洛佐娃小姐滔滔不绝大谈自己的想法（我听过已不下五十次），说人可以分为愿意让人搭顺风车者（富有冒险意味的人）和不肯让人搭车者（缺乏人情味而畏惧生活的人），我戏谑地把她叫做“搭车的教条主义者”。她冷冷地回答我说，她既不是教条主义者也不是修正主义者；既不是宗派分子，也不是机会主义分子，她说所有这些字眼都是我们这些人专用的，也是由我们发明的，只能用在我们这些人身上，这些字眼跟他们毫不相干。

“对，”泽马内克说，“他们不是这样的人。幸好他们并不是这样的人！他们用的词也不一样，谢天谢地。我们的成就并不使他们感兴趣，我们的缺点也一样。说起来你不会相信，可是这些年轻人在入学考试的时候，连什么是审查都不懂，对他们说来斯大林只是一个名字而已。你要知道他们绝大多数人都不知道十年前发生的那些布拉格政治事件。”

“坏就坏在这儿。”我说。

“可实际上这并不证明他们懂得多还是少。不过这样对他们倒也是个解脱。他们和我们的世界格格不入，他们整个儿就不肯接受我们这一套。”

“一种盲目代替另一种盲目。”

“我倒并不这么看。我欣赏他们就是因为他们和我们不同。他们对自身看得很重，而我们以前却对自身是忽视的；他们爱到处闯荡，我们却束身自爱；他们乐于冒险，我们却把时间浪费在开会上；他们喜欢爵士乐，我们一直照搬民间艺术而并无成就；他们忙着自顾自，我们当时想拯救世界。我们这些人，还有我们的救世观差一点把世界毁了。说不定有了他们的利己主义，他们倒能把世界救过来。”

10

事情怎么会是这样？国王！竟是一尊直挺挺的马上人像，全被五颜六色遮着。多少回我眼前出现过他，设想过他的模样！一切形象中最亲爱的形象就是他！而此刻想象变成了现实，可那种亲爱感没有了。忽然，只剩下了一个花花哨哨的幔子，猜不透里面藏的是什么。可是除了我的国王之外，在这个现实世界里还有什么能让我感到亲切的呢？

我的儿子。最亲最亲的人。现在我正在他的面前，却不知道究竟是不是他。如果我连这个都弄不清，那么倒说说我还能弄清什么呢！我连这一点把握都没有，那么在这世界上我又能对什么有把握呢？

11

正当泽马内克对这蒸蒸日上的一代大加赞扬的时候，我端详着波洛佐娃小姐，发现她既漂亮又可亲，心里忽忽不乐，遗憾她不属于我。她紧随泽马内克左右，每三秒钟把手伸到他胳膊下去挽他，把脸对着他。而我不由得想起(近年来这一感触尤为频繁)，自露茜时代之后，我再也没有爱过、敬重过任何姑娘。生活总是嘲弄我，我前一天刚刚自以为在一场粗俗的情战中击败了这个汉子，可恰恰由他的情妇以其美貌来提醒我又失败了。

波洛佐娃小姐越使我倾倒，我就越加明白她完完全全是他们那一代的人。在他们看来，我和我的同龄人同为一群体而难分彼此：都用同样一些别人听了不知所云的口头禅；人人都同一个思维，都是一个极度政治化了的思维；操心的也是同一些问题；都有着同样古怪的经验——一个往而不再复返的黑色时代的经验。

这时候我才开始明白：我和泽马内克相似并非仅仅是在他改变了观点而和我接近这一事实。渊源还要深刻得多，包含着我俩全部的命运在内：用波洛佐娃小姐和她同龄人的眼光来看我们，哪怕我们在针锋相对冲突的时候也是彼此相像的。我忽而想到，假如我不得不向她叙述我被驱逐出党的来龙去脉，她定会觉得这类事件恍如隔世，而且是文学故事(可不，这主题已经被许许多多的蹩脚小说描写过)。在这段历史中，我和泽马内克二者，我的思想和他的思想，我的态度和他的态度(一样都是扭曲的、不可理喻的)都会使她反感。虽然我对这场是是非非始终记忆犹新且耿耿于怀，但我已经看到，光阴那抚慰一切的洪流正在淹没这场我与他之间争执的遗痕，而且谁都知道，时间在把许多时代相互间的差别抹拭，更不用说勾销两个可怜的小人物之间的差异有多容易。然而看到岁月赠送我的这份休战书，我气急败坏全力抵制。说到底，我又不会长生不老，我跟这三十七年是一体，我不愿锯开链环(不会像泽马内克那样忙不迭就去迎合年轻人)，不行，哪怕这三十七年只是光阴的瞬间，微不足道，一闪即逝，即使大家已在把它们遗忘，或已经忘个干净，我还是继续在自己的命运道路上接续我的年华。

这时，纵使泽马内克亲亲热热向我凑来，重提旧事，要求言归于好，我也会拒绝的。对，我会拒绝这种和解，无论波洛佐娃小姐也好，她那一代所有的人也好，甚至时光老人亲自前来说和也不行。

12

乏。忽然，我心里顿然生出一个念头：全都去它的吧，一走了事，扔下我的种种烦恼。我再也不想留在这个物欲充斥的世界，这些东西我全不懂，它们都欺骗我。还有另一个世界，一个能使我觉得真正是家，让我自在的世界。那边有一条小路，有一个不辞而别的人，一个随处飘泊的小提琴家，还有妈妈。

最后，我终于强撑起精神。不得不这样。我与这个物欲充斥的世界的冲突，还得进行下去。我要把一切谬误和一切诡计看个透彻。

我该不该去问问人？去问马队的那些娃娃们吗？要是大家笑话我呢？我又记起了今天早上，记起了国王着装的时候了。忽然，我知道现在该往哪儿去了。

13

我们有个穷国王，但他德行高尚，骑手们有节奏地齐声喊着，又经过了三四家门前，我们还是跟着他们，随在披着蓝色、粉红色、绿色、淡紫色彩带的马屁股后面，正在这时泽马内克突然用手指着马儿前进的方向对我说:“嗨，埃莱娜在那儿。”我顺着他指点的方向看去，可是我还是只看到花花绿绿的马身。泽马内克又指了一下:“在那儿！”果然我这下子看见她，被一匹马挡着一半，我立刻觉得自己的脸发红了：因为泽马内克把她指给我看的那个方式(他没有说“我的妻子”，而是“埃莱娜”)表明他知道我认识她。

埃莱娜站在人行道旁举着一个话筒，话筒上有一根电线连着录音机，这机子由一个穿着皮革上衣和牛仔裤的小伙子背在肩上，小伙子耳朵上套着耳机。我们在离他们不远处站住。泽马内克说(很突然，却又显得什么事也没有的样子)埃莱娜是个值得佩服的女人，她不单风韵依然，而且极其能干，所以他一点也不奇怪我会跟她合得来。

我脸上火辣辣的：因为这番话里一点也没有什么攻击的意味，

相反泽马内克是以十分客气的口气说出来的，而波洛佐娃小姐则面带微笑望着我，像是要让我明白她也是知情人，而且对我有好感，更进一步，还有促成之意。

泽马内克继续以轻松的语气谈他的妻子，竭力向我表示(用旁敲侧击和暗示的方式)他什么都知道了，但并没有什么意见，因为他对埃莱娜的个人生活完全抱任其自然的态度。为了让自己的表白显得轻松自如，他指着背录音机的年轻人告诉我说，这小伙子(他说小伙子戴上耳机活像一条大虫子)两年来热恋埃莱娜到了不顾一切的地步，让我对他多加小心。波洛佐娃小姐笑起来，问两年以前他有多大。十七岁，泽马内克说出具体数字，够坠入情网的年龄了。接着他以玩笑的口吻说埃莱娜对娃娃不感兴趣，她是个正派女人，但是这个小家伙竟越是不能成功就越着魔，肯定很容易跟人干起来。波洛佐娃小姐(始终以为只是在闲聊)也凑上来说，我大概还可以和那孩子对一下阵。

“这个我可不那么有把握。”泽马内克打哈哈说。

“别忘了我在矿下干过。我的肌肉可发达哩！”我也打哈哈回答他，没料到这闲谈里一提往事竟引出那么大的反应。

“您在矿下干过？”小姐盘问。

“这种二十来岁的毛头小伙子，”泽马内克紧紧抓住他的话题不放说，“他们一旦结了伙，真的得对他们当心。他们很可能看谁不顺眼，就收拾他一顿。”

“干了很长时间吗？”波洛佐娃小姐仍盯着问。

“五年，”我对她说。

“那是什么时候？”

“九年前我还在那儿。”

“那么，这已经是老早的事了，你的肌肉已经萎缩了……”她这样说是想开个小玩笑，好使大家更开心。我这时候确实想起我的肌肉：我自信它们还没有萎缩，我的体魄始终强健，我本来可以将这个跟我聊天的黄头发家伙结结实实教训一顿——可是(最严重和最悲哀的是)为跟他清算宿怨，我可以用的也就是肌肉而已。

我又一次设想，泽马内克转过身来笑眯眯地望着我，请求我忘掉我们之间过去的一切，我无言以对，因为他请求宽恕可以振振有词，不仅是因为他已改变观点，也不仅是时代已经变了，也不仅是因为已有了波洛佐娃小姐和她的同龄人，而且还有埃莱娜呀(是啊，什么理都在他那里，而与我相对)，因为他在原谅我与埃莱娜偷情，也就是以此赎买我的原谅。

我(在想象之中)看见他那张自信本钱很足的脸庞，心里怒火熊熊，恨不得上去揍他一顿，真的觉得自己仿佛正在把他撂倒。马上的骑手们在周围叫着喊着，太阳金光灿灿，而我那发直的眼睛似乎看见了，他正血流满面。

是啊，这只是在我的幻想之中。但假如他真来要我原谅的话，我又能怎么样呢?

我骇然了，明白自己怎么也不会怎么的。

我们正好走到埃莱娜和她那技术助手的眼前，他刚刚摘去耳机。“你们已经认识了?”埃莱娜见我和泽马内克在一起，诧异地问。

“我俩是老交情啰。”他说。

“怎么会?”她奇怪。

“从大学起就认识的呀：我俩在一个系嘛!”泽马内克解释道。听这话我仿佛觉得我刚刚走完最后一段梯板，他从这儿把我拽到一个丢人现眼的处所(和绞刑架差不多)，就在这儿他来向我赔礼道歉。

“我的上帝，真有这样的巧事……”埃莱娜说。

“这样的事还真有。”那技术员附和道，唯恐人家忘了还有他。

“可真是的，你们两人，我还没给你们介绍呢，”她想起来，对我说，“他叫金德拉。”

我把手伸给金德拉，而泽马内克招呼着埃莱娜:“唉呀，带了波洛佐娃小姐，本想把你也带上，现在我看这对你不合适，你还是更喜欢和路德维克……”

“您坐我们的车子走吗?”那穿牛仔裤的小伙子硬邦邦地说，口气实在不友好。

“你开车来了吗?”泽马内克问我。

“我没有车。”我回答。

“那你就跟他们一起走好了，”他说。

“我可是要猛开到一百三的！要是您怕的话……”穿牛仔裤小伙警告我。

“金德拉！”埃莱娜埋怨他。

“你也可以跟我们同路，”泽马内克说，“不过我相信你更喜欢新朋友，而不是老朋友。”他仿佛是顺口似的把我称为朋友。我当时认定，我离这种耻辱的和解只差两步了；再说，泽马内克又默不作声了一会，好像在犹豫，又像在不停地想着把我拉到一边去跟我一人谈一谈（我低着脑袋好像就等那一斧子砍下来），但我想错了，他朝手表瞥一眼说：“真是的，我们想要在五点以前到布拉格，时间可不多了。得了，咱们该分手了！回见吧，埃莱娜！”他握了握她的手，然后跟我和那个技术员也握手告别。波洛佐娃小姐也和大家一一握手，他们走了，手挽着手。

他们走了。我无法不望着他们：泽马内克的身子挺得直直地迈着步，长满金发的脑袋神气地抬得高高的（胜利凯旋的样子），身边伴着一头棕色卷发的女郎；她很美，即使从背后看也美，步态轻盈，真使我喜欢；她使我喜欢得心里发痛，因为她那渐远的美丽向我宣告着一种极其冰冷的漠视，和我整个儿的往昔一样使我寒心。我本想在我家乡一雪往昔之耻，然而刚才这个往昔就从我的身边擦过，连看都不曾看我一眼，就像根本不知有我一样。

屈辱和羞愧压得我透不过气。我只想悄然一人躲到一边，把这段历史、这一场倒霉的玩笑抹掉，把埃莱娜和泽马内克抹掉，把前天、昨天、今天抹掉，把这一切统统都抹干净，一丁点儿都不剩下才好。“我跟这位女记者同志单独谈几句话您不会介意吧？”我对技术员说。

我把埃莱娜稍稍拉到一边；她想跟我解释一番，说了泽马内克和他的女朋友几句什么，不好意思地抱歉说她本该把什么都跟他说明白的。然而现在无论什么对我都无所谓了；我只有一个念头：赶快走开，离这儿远远的，也远远地离开这事；把这一切都一笔勾销。我认为自己无权再这样欺骗埃莱娜；她和我无冤无仇，可我的做法很卑鄙，把她当作一件简单的东西，一块石头，想用它(本是无意的)去砸在另一个人身上。我这可笑的报复竟失败了，不由使我气结，我下决心非就此结束不可，尽管显然已经晚了，但毕竟还不算过晚。不过我无法向她解释清楚：不仅是因为和盘托出真相会刺伤她的心，况且她也不能理解。我于是只得反反复复对她说：我们上次的相会就是最后的一次，我永不会再见她了，我不爱她，她必须理解这一点。

结果比我预料的还要糟得多：埃莱娜脸色转成铁青，浑身发抖，她不肯相信我的话，不肯放开我；我一再恳求她才得以脱身走开。

14

到处是马匹和彩带，我呆呆地站在中间，很久很久，金德拉走过来，拉起我的手握着，问我怎么啦，我任他握着我的手，告诉他，没什么，金德拉，我没什么，你想我会怎么呢，我的声音大变，特别尖，我们还需要录下来的东西，我竟一连串地做得出奇地快，传令官的呼喊声响已经有了；两个采访有了，我还有一个评论要录，我就这么处理了一大堆我根本无法一件一件去考虑的事情，他呢，紧紧挨在我的身边站着，默不作声地揉捏着我的手指。

在此之前，他从来不曾碰过我，他太腼腆了，可谁都知道他发疯似的恋着我，当我对着录音带磕磕巴巴的时候，他简直要把我的手捏碎，但我一心想着路德维克，还有，说来也好笑，我想我在金德拉眼里不知成了一副什么样子，既然心里像翻江搅海一样，我的脸上该是难看极了，但至少，大概，不，没有，我没有哭哭啼啼的，我不过是有一点激动而已，没什么大不了的……

听着，金德拉，现在让我一个人待一会儿，我要去写我的评论，用录音机录下来，他握着我的手又停了好一会儿，柔声地问我，您怎么啦，埃莱娜，出了什么事，但我脱开他的手直奔村委会，人家已为我安排好一个地方，我走进去，总算屋里空无一人，我无力地倒在一张椅子里，额头抵着桌面，待了一会儿。头痛发作得厉害。我打开手提包想拿一片药吃，可是我干吗打开提包呢，我知道根本就没带药来，后来我想起金德拉身上总是什么药都带，他的雨衣就挂在衣架上，我搜寻了他的口袋，果真掏出一管药，瞧了瞧，主治各种头痛、牙疼、坐骨神经痛、面部神经痛，可就是没有治心灵痛的，不过，这也至少能让我的脑袋轻松一点儿。

我到安在外间屋角的水龙头那儿，用一只本来装芥末酱的杯子接了点水，吞下两片药，两片，足够了，可能马上会见效的，不过对心灵的伤痛是无药可治的，除非把这一管全吞下，因为药量一大就会中毒，而金德拉的这管药几乎是满的，大约够了吧。

这个念头一掠而过，只有一瞬间，但既然这个念头反复出现，我就不得不问问自己究竟为什么活着，继续在世上有什么意义，可是实际上这不对，我平时并没有这样想，我压根儿就不想，此时此刻，我只不过是假设自己不要活下去而已，忽然我感觉到甜丝丝的，甜得十分奇怪，我很想发笑，可能我已经真的笑了起来。

我又放了两片药在舌头上，这时我一点也没有打算让自己中毒，只是把这一管药捏在手里，心说现在我的手心里正攥着我的死活呢。这么容易，我乐了，仿佛只要再迈出一小步，再一小步，我就站到无底深渊的边上，倒不想跳下去，而是想探一眼看看。

我就着杯子又喝点水，药片已经化开了，我又回身进了里屋，窗户是开着的，可以听到远处不断传来“咳呀、咳呀”声，还有汽车的嘈杂声，讨厌的卡车，讨厌的摩托车，它们把一切美好的东西，我曾经信赖的东西，我曾经为之而生活的东西，都闹腾完了，乱哄哄的真让人受不了，还有那些喊声虽然隐隐约约也还是让人受不了，所以我赶紧关上窗户，但那种长长的、排解不掉的痛苦又在咬我的心。

路德维克，在这一生中，巴维尔从来不曾像你这样使我痛苦到这一地步，只消一分钟我就可以原谅巴维尔，我知道他就是那么个人，他的爱情之火很容易烧尽，他得寻找新的燃料，新的喝彩者，新的看客。他常常伤我的心，但是通过刚才那极度的痛苦，我看出来了，对他这个爱装腔作势、哗众取宠的家伙，我能用母性的眼光、并不气愤地审视他，想到他这么多年费尽心机来逃脱我，我就笑了。啊！去你的，巴维尔，滚一边去吧，我看透你了。可是路德维克，我看不透你，你是戴着面具来的，你主动来挑动我的心，一旦挑动了，却又来毁灭我，你呀，我诅咒的只有你一个人，同时我也求求你回来吧，回来吧，不要这么铁石心肠。

我的上帝，也许这只是一场可怕的误会，有可能是你俩在一起的时候巴维尔给你嘀咕了些什么，我哪里知道呢，我，我曾经盘问过你，我恳求过你告诉我为什么你不再爱我了，我不愿意放弃你，几次想留住你，可你不肯听我说，你翻来覆去一句话：了结了，了结了，永远地了结了，无可挽回地了结了。好吧，了结，同意，最后我接受了，我的声音变得极度高亢，好像不是我的声音一样，倒像一个小女孩，我尖声对你说那好，我祝你一路顺风。真滑稽，我实在不知道为什么要祝你一路顺风，但这话老是不断回到我的嘴边，我祝你一路顺风，那么我就祝你一路顺风……

你肯定不知道我多么爱你，毫无疑问你也不知道我是怎样来爱你的，你大概以为我只是个小娘们，一时心血来潮罢了，你远远无法想象你就是我的命运，我的生命，我的一切……你将来有可能就在这儿发现我；已经盖上白布躺着，那时候你会明白你戕害了你一生中最可珍惜的东西……也可能，我的上帝，你来的时候我还活着，你还来得及救我，你会跪在我的身边，泪流满面，而我，我抚摸着你的手、头发，我会宽恕你，我对什么都会宽恕……

15

实在的，再没有别的解决办法了，我不得不把这番憾事，这场糟糕的玩笑断然收场，但事情并不到此为止，而像灾难一样地生出这样那样许许多多糟糕的玩笑来。我恨不得这因不慎而发生的一天根本就没有过，怪就怪我自己起晚了，误了火车，但这一天又是因我那愚蠢的风流事得手而引出来的，这事本身又是一个错中之错，我恨不得这一天不曾有过。

我急急忙忙走了，好像身后有埃莱娜的脚步追来一样，我对自己说：就算可以从我的一生里去掉这完全多余的几天，那又有什么用呢？反正从明信片玩笑开场，我一生的全部历史就完全在错误中生出。我猛地骇然想到，由谬误孕育出来的事物也是实实在在的，和由良知、必然所孕育的一样。

我真巴不得收回我一生的全部历史。不过既然它是由根本不属于我本人的错误所孕育，我又有什么权利收回呢？当那场糟糕的明信片玩笑被郑重其事地处理的时候，到底是谁错了呢？阿莱克塞的父亲（如今已被平反但既死也已无奈）当初被投入监狱又是谁的错呢？错误既然这么多，又这么相似，那么它们就不是例外，也不是事情程序中的“失误”而是程序本身。那么到底是谁错了？历史本身吗？是天运的历史还是人为的历史呢？但为什么该把错误算在历史的账上呢？这些只是按我这个普通人的常理来看问题，然而如果历史果真自有它的常理，那么它又何必要顾忌世人的想法，又何必那么较真像个小学老师呢？可要是历史也开起玩笑来呢？到了这时，我明白了，我根本无法取消我自己的这个玩笑，因为我就是我，我的生活是被囊括在一个极大的(我无法赶上的)玩笑之中，而且丝毫不能逆转。

靠广场的一面墙(马队绕到村子另一头，所以广场又变得静悄悄的)，有一块很大的木牌，上面贴着红字海报，说今天下午四点钟扬琴乐队在餐馆的花园里举行音乐会。招贴附近便是餐馆的大门；反正到长途班车动身还有两个钟头，又是该吃饭的时候，我就进去了。

16

真是不可思议，我竟强烈地希望向悬崖再靠近一点，我想要探出护栏去看看，似乎这样去看上一眼能使我得到慰藉，心境获得平和；似乎，既然别处都不行，就只有在这个深深的洞底，在那里我们才能重逢，相聚一起，除去误解，躲过人间猥琐的干扰，没有衰老和痛苦，直至永远……我已回身进了里屋，身体里仍是只有四片药，也可以说是等于零，我离无底深渊还差得远，甚至还没有靠上护栏呢。我把瓶子里的药统统倒进手心。这时我听见有人打开过道的门，我吓了一跳，把药塞进嘴里，赶紧一口咽下去，一下子太多了，大口大口地喝水也没用，撑鼓的喉咙里火辣辣的。

进来的是金德拉，他问我干得怎么样了。我一下子觉得无所谓起来，慌张顿时消失，声音也不再像女高音那样，我心里很明白，也很镇定。你说说，金德拉，你来了正好，我有话要问你。他的脸有点发红，说，为了我，他什么都肯干，而且见我现在好了，很高兴。对，我现在全好了，你等一下，我要写几句话，我坐下，拿了纸和笔。我最亲爱的路德维克，我曾经全心全意地爱过你，现在我的心灵和肉体都没有必要再活下去。我对你说永别了，我爱你，埃莱娜。我对写下的东西连看都没有再看一下。金德拉坐在我的对面，盯着我，不知道我写的是什么，我把纸条折起来，想放在一个信封里，但一个也找不到。金德拉，麻烦你设法弄个信封，好吗？

金德拉郑重其事地走到桌子附近的一个柜子前，打开，认真地在里面翻找。平时的话，我会对他说不该翻别人的东西，但这时我需要快，快些弄到这个信封。他给我拿来一个，上面有地方委员会的落款。我把信塞进去，封好，写上路德维克·扬。金德拉，你还记得刚才跟我站在一起的那个人吗？当时还有我的丈夫和那位小姐在旁边，对，是那个高个子棕色头发的，我现在一时不能走开，你得去找他一趟，把这个交给他。

他把我的手抓住，可怜的小伙子，他又怎能想象得到、怎么明白我心里的翻腾，他万万也想不到是怎么回事，他惟一能猜得到的，就是我有不痛快的事，他站在那里还拉着我的那只手，我顿时觉得自己很可怜，冷不防他一低头把我搂住，在我的唇上印了个吻，我想挣扎，但他用力抱着，一个念头在我心里闪出，这是我一生中最后一次拥抱一个男子，也是我最后的一次吻，我顿时不顾一切，也拥抱住他，紧紧把他贴在我的身上，我张开嘴，感觉到了他的舌头，他的手指抚摸着我的身体，我似乎一阵头晕目眩，我现在，完完全全解脱，什么都没关系了，反正他们全都把我撇到一边，我的世界已经粉碎，所以我是真正彻底地解脱了，现在我可以想干什么就干什么，和我们刚才轰走的那个姑娘一样没关系了。我跟她再没什么区别。我绝不会把我那破碎的旧天地重新修补起来。保持忠贞，为什么？又为谁呢？从此我完全一身自由，就像我们电台的那个女技师，这个小婊子每天晚上都要到另一张床上去折腾，倘若我还活下去，我也要每晚跑到另一张床上去，我感觉到金德拉的舌头在我嘴里，我是自由的，我知道我可以跟他做爱，我想得要命，哪儿都行，桌子上，或地板上，马上，不要耽搁，快，最后一次做爱，就在一切了结以前，但是金德拉已经直起身，自豪地笑着，说他这就走，很快回来。

17

小小的餐馆烟雾腾腾，一片嘈杂，一个服务员奔走在五六张桌子之间，伸长的胳膊端着一个很大的托盘，上面小山似的堆着许多盘子。他一闪而过，我认出了有维也纳肉片和土豆沙拉(分明是这个星期日惟一的主菜)，他不遗余力地给自己打出一条通路走进过道。我紧跟着他，发现过道的尽头有一扇门朝花园开着，那儿也有人在吃饭。在最里面的一棵椴树下，还有一张没有人的小桌，我去坐下来。

隐隐约约地从村子各家屋顶上传来动人的“咳呀、咳呀”声，似乎从很遥远的地方传来，在这里，这个与旁边的房屋仅一墙之隔的花园里，一切仿佛幻觉一般。这种似是而非的幻觉使我以为周围的一切也都不属此时此刻，而是在往昔之中。十五年二十年以前，这些“咳呀、咳呀”的声音，露茜，泽马内克，这一切都是往昔，而埃莱娜则是我用来砸向过去的一块石头；这三天只不过是一出皮影戏而已。

怎么，难道只有这三天是皮影戏吗？我觉得我的一辈子，从头到尾，充满了皮影人和皮影物，而现时本身反倒没有它应有的地位。我的眼前浮现出一条活动人行道(这是时间)，人行道上有一个人(我)逆行奔跑。但活动人行道移得比我快，结果是，它把我慢慢地朝着和我的目标越来越远的地方载去。这个目标(怪就怪在它处于我的背后)就是产生了那些政治案的往昔，也就是那个曾在会议厅里举起许多手来的往昔，有穿黑色制服的大兵和露茜的那个往昔，它始终使我沉迷不醒，至今我仍在对它苦思冥想，揣摩猜度，以求澄清迷雾，解开谜团，而且这个往昔，它使我不能按一个常人那样面向未来生活。

往昔让我迷糊不醒，而我乐意用一条纽带把自己拴在往昔，这条纽带就是报仇，只不过这几天来我已明明白白看到报仇跟我在活动人行道上的奔跑一样，是白费心机。是啊，要是当年在学院的那个会议厅里，当泽马内克朗诵《绞刑架下的报告》时，对，就在那时候，只有那时候，我该站起来走到他跟前，冲他脸上打去！时至今日，报仇雪恨已经成了充饥的空想，自己孤家寡人的信仰，一个和当年的各个参与者越来越不相干的神话。在这个报仇雪恨的神话里，人物依旧，而实际上，他们现在都已面目全非(活动人行道无休止地向前移动着)；是另一个扬对另一个泽马内克，而我一直应该赏他的那记耳光，如今已没了由头，无可补救，永远失落。

我一面切着盘子里那块大大的裹着面糊的肉块，一面听着那伤感的、隐隐的“咳呀、咳呀”的声音飘荡在村子房屋上空，我的脑海里又出现戴着面具的国王和他的马队，不禁为人类行为的不可理喻而感动。

许多世纪以来就像今天一样，在摩拉维亚的一些村镇里，小伙子们跳上马背动身传送一个古怪的信息。信息是用不为人知的民族语言所写，小伙子们要一个字母、一个字母把自己不懂的话拼读出来，分毫不差，令人感动。古时候的人们想要说十分重要的事情，他们今天就在后代人的身上还魂，有些像聋哑人似的，对听众采用大量姿态优美但令人不解的手势语。但他们的信息是什么，永远也无法破译，不仅是因为没有密码匙，而且也因为在这一个充斥着古往今来多少信息的时代，谁也不会耐心去倾听，含信息之物相互覆盖，很难被觉察出来。在今天，被遗忘的东西已如汪洋大海，历史只不过是从中理出的一条记忆的细线而已，但时光在迁移，几千年后人无可拓展的记忆不能再包容更多，于是整整几个世纪，几千年都会湮没，许多世纪的绘画，许多世纪的音乐会湮没，还有许多世纪的伟大发明、战争、书籍都会湮没，那是非常糟糕的事，因为人会丢失掉自身的概念，自身的历史，变得不可捉摸，无从窥其面貌，只剩下几个意义空洞的简约符号。后来有了成千上万聋哑人似的国王马队去追寻古人和古人幽怨而又不可解的信息，但没有人能有时间来聆听它们。

我坐在餐馆花园的角落里，面前的盘子早已空了，也不知道这块小牛肉是怎么被我吞下去的，我觉得自己也属于这无可避免的、大规模的被遗忘之列（现在，现在就已在其中了……）。服务员曾来过一次，抓走盘子，用餐巾的反面掸去桌布上的碎屑，又敏捷地转向另一张桌子。一阵怅惘袭上心头，不仅是因为这一天过得虚浮，而且也因为连这虚浮的念头也是要被遗忘的，和这只在我太阳穴旁嗡嗡作响的苍蝇一样，和向桌布上撒落一片金色花粉的椴树一样，还有这种糟糕的、慢吞吞的服务，它很能说明我生活其中的社会究竟如何，它同样要被遗忘；还有这个社会的缺点和错误——它们使我苦恼不堪，使我耗尽元气，即使我使出浑身解数来纠正、针砭也无济于事，因为发生的已经发生了，无可弥补；这一切也一样要被忘个干净。

是的，我忽然看得很清楚了：大多数人都有一个双重误信的幻觉，一方面以为记忆是恒久不褪的（记忆中的人、物、行动、人民都不变）；另一方面又以为补偏救弊是可能的（补救行为、谬误、过失、罪恶）。其实无论是前者还是后者都一样大谬不然。事实恰好相反：一切都终将被遗忘，同时又无论什么事物都不可能得到挽回。挽回的作用（或通过报仇雪恨，或宽宥原谅）必须有遗忘为基础。任何人都无力挽回已铸就的过失，但一切过失却都将被遗忘。

我又注意地看了看这个身边的世界，知道一切都将被遗忘：椴树、桌边坐着的食客、服务员（自中午营业以来劳累不堪）和这个餐馆（从街上看令人生厌），从这儿看花园，仗着这悬挂的葡萄架，它还是个令人惬意的地方。我怔怔地盯着那扇开着的过道门，服务员刚刚消失在它后面(他的心脏被现在已空下来恢复了宁静的这块地方弄得十分疲惫)。忽然门口冒出一个年轻人，穿着皮上衣和牛仔裤，走进花园朝四处张望。一发现我，马上朝我走来。好一会儿我才把他认出，原来是埃莱娜的技术助手。

面对一个堕入爱河却又不被人爱的女人向周围显示的威胁，我总是很忐忑的。当小伙子把她的信封递给我后(“是泽马内克夫人的信”)，我的第一个反应就是想方设法迟迟不把信拆开。我请他坐下来；他照办了(他把胳膊支在桌上，额头上堆起了一条一条皱纹，样子很高兴，望着在太阳光里像着了火似的椴树茂盛的枝叶)。我把信放在面前桌上，问道:“不来点什么吗？”

他耸耸肩；我建议来点伏特加，他拒绝了，说他还要开车，法律禁止驾车者喝任何酒精饮料。他加了一句说不管怎么说，他很高兴看着我喝。我那时一点也没有喝酒的欲望，但由于不想拆开眼前这封信，也就什么都可以喝了。我请正在旁边经过的服务员给我送一杯伏特加来。

“埃莱娜有什么事要我做，您不知道吗？”我问。

“我怎么会知道？您自己看信！”这是回答。

“急吗？”我问。

“您这是什么意思？莫非怕路上有人行劫，人家还让我先把信背熟了，是吗？”他说。

我用手指头拈起信封(还带着印好的公文落款：地方委员会)，后来我把它放在桌布上，我的面前，也不知道说什么好，说:“真可惜您不喝点儿！”

“说到底这也不是为您好么，您的安全……”他说。听出他的言外之意——确实话中有话：小家伙是利用和我坐在一起的时候，要把回程路上的情况，有没有机会和埃莱娜单独相处弄个明白。他真是个好人；心里有什么全摆到脸上(一张瘦小、苍白、布着斑斑红疙瘩的脸，短而微翘的鼻子)；可能也算是一张透明的脸，因为它无可救药地显得稚气十足(之所以无可救药，是由于五官线条超乎寻常地纤细，即使往后年龄增长了，也绝不能增添什么阳刚之气，老年时候也会是一张老小孩的脸)。这样一张孩童脸是难以让一个二十岁的小伙子得意的，所以他只有费尽心机去掩盖它(就像以前那个毛头指挥官装腔作势一样——啊！那皮影戏总也完不了！)：如在衣着上(方肩的皮上衣，合身而且剪裁很好)；在举止上(站得很挺，有时故意做出一种随随便便、什么都不在乎的样子，略显俗气)。这种处心积虑的伪装又无时无刻不在露出破绽：小伙子常脸红，嗓子压不好，稍一激动就粗细不定(一接触我就注意到这一点)，他既掌握不好眼神也掌握不好手势(起初他大约想对我表示，他根本不稀罕知道我是否会坐他们的车一起回布拉格，然而我刚对他说我要留在这儿时，他的眼神过于明显地大放光芒了)。

当心不在焉的服务员往我们桌上放下两杯而不是一杯伏特加的时候，年轻人摆了摆手，说没关系，他陪我喝："我总不能让您一个人喝吧！"他拿起杯子，"那么，祝您健康！"

"也祝您健康！"我回敬道，而且我们碰了杯。话就谈下去了，我得知小伙子估计再有两小时动身，因为埃莱娜打算在现场重听已经录在带上的内容，必要的时候还要录她自己写的东西，一定要在明天一早全部都能播出。我问他，跟埃莱娜工作，还顺当吧。他又一次涨红了脸，回答说她自己能干得不错，不过埃莱娜对同组的人有点太不体谅，因为她老是过了下班时间还要工作，才不管别人急不急着要回家呢。我问他，他是不是也急着要回家去。他说不，工作使他开心。然后，趁我对埃莱娜问这问那的时候，他装作不在意的样子盘问起我来，似乎不过是顺便提起一样："说起来您到底是怎么认识埃莱娜的？"我告诉了他。他还想知道得更多些："埃莱娜挺棒的吧，啊？"

特别是只要一提到埃莱娜他就显得很高兴，我认为这也是出于他的掩饰，因为估计大家都知道他对埃莱娜一厢情愿的爱慕，他得使出浑身解数来避免单相思这个不光彩的帽子。即使我对他泰然不惊的样子不足全当真，但至少大大减轻了我面前这封信的分量，所以我还是把信拿起来，撕开了封口："现在我的心灵和肉体都没有理由再活下去……我对你说永别了……"

我赶紧招呼正在园子那一头的服务员，大声喊道："结账！"他朝我点了点头，但仍走他的路，在走廊上立即不见了身影。

“快走，没时间耽搁！”我对小伙子说。我已经站起来，穿过花园；他跟着我。我们走过过道，到了餐馆大门口，服务员也只得跟在我们后面追来。

“一份牛肉，一个汤，两杯伏特加。”我嘴里说。

“出什么事了？”小伙子畏畏怯怯地问。

付完账，我让他赶紧把我领去找埃莱娜。我们走得很快。

“到底出什么事了？”他一直追问着。

“远不远？”这回是我问他。

他指指前面，我跑了起来。区文化委员会在一所简单的平房里，白色的石灰墙，一个门和两扇窗。我们进去；这个管理机构够寒伧的：窗下有两张并排放的办公桌；一张桌子上有一台录音机，一个笔记本和一只手提包（对，是埃莱娜的）；两张办公桌前有两张椅子，一个角落里有个金属挂衣架。上面挂有两件风雨衣：一件女式和一件男式的。

“就是这儿。”小伙子说。

“她是在这儿把信交给您的吗？”

“对。”

可是这会儿，屋里空空的，急死人；我叫道：“埃莱娜！”我听见自己的声音那么虚，那么急，把我自己都吓了一跳。没人答应。我又喊：“埃莱娜！”

小伙子问我:“她会……?”

“看样子像。”我回答。

“她在信里说了吗?”

“可不是。”我说。“借给你们用的屋子还有吗?”

“没了。”他说。

“那么旅馆的房间呢?”

“我们今天早上已经退掉了。”

“那她肯定就在这儿。”我说。我听见小伙子嘶哑的声音哽噎地喊,“埃莱娜!”

我推开进里屋的门;也是一个办公室:写字台、纸篓、三张座椅、一个柜子和一个挂衣架(跟外面一间屋里一模一样:金属的柱架由三条腿支着,顶端分成三叉;上面什么衣服也没挂,它模模糊糊和个人影差不多,显得孤零零的;光秃秃的金属柱和滑稽地向上伸出的胳膊让我越看越着慌);除了桌子上方有个窗户外,就只有上面一无所有的几面墙壁,没有门,可这座小平房就只有这两间当办公室的屋子。

我们回身进了第一间屋子;我抓过笔记本,翻阅起来;上面的字迹十分难认,内容是众王马队的一些描述(按照我强认出来的字判断);没有什么别的或类似永别的话。我打开手提包:里面一块手绢、一个小钱包、一支口红、一个粉盒、两支散香烟、一个打火机;没有服完毒药的瓶子、管子什么的。我心急火燎地又细细分析思索，埃莱娜可能会选择什么方式，想来想去，只有服毒最可能；可总得留下哪怕一个小管小瓶的。我去衣架那里掏埃莱娜的风雨衣的兜：全是空的。

“她不会去阁楼吗？”小伙子忽然不耐烦地问，他估计我在屋里也搜不出什么名堂来——尽管我的寻找才花了几秒钟。我们跑到过道里去，那里有两扇门：一扇上面三分之一是玻璃，不看就知道是一个后院；我们推开更近的那道门，眼前出现了一个阴暗的楼梯，梯级上满是灰尘和煤黑。我们往上爬；屋顶上惟一的天窗(肮脏的玻璃)只能透过模糊的、青白色的光来。到处都是乱七八糟的物件(箱子、园丁用的工具、镢子、尖嘴锄、耙子、一大沓一大沓的文件、一张散架的破椅子)；我们磕磕绊绊的。

我本想喊“埃莱娜！”可是一阵害怕使我没喊出口；要是再没有人回答就更可怕了。那小伙子也没敢喊。我们翻动那乱七八糟的东西，不出声儿地东碰西摸，寻着一个个黑乎乎的角落；我感觉到我和他都是慌乱极了，最吓人的就是我和他两人谁都不敢张口，等于承认我们不会得到埃莱娜开口回答，眼下所寻找的无非是她的尸身罢了，或吊着或躺着。

这一番搜寻没什么结果，我们又下去回到办公室，我又一次审视着家具：桌子、椅子、还有挂着她的风雨衣的衣架；又找了旁边那间屋：桌子、椅子、又一个衣架，它上面什么也没有却气人地举着两只胳膊。小伙子叫着埃莱娜(徒劳地)！而我呢(徒劳地)打开柜子，里面露出纸张、办公用零碎文具、不干胶纸和尺子等。

“老天，该还有什么地方吧！厕所！地窖！”我说，我们就又一次往过道走去；小伙子拉开通院子的门。院子实在很小，角落里塞着一只兔笼；院子那头有一个长满乱草的花园，种有几棵果树(我居然分了心有时间去注意到这个地方很美：树木的枝桠之间挂着一片片蓝天，分成两叉的树根粗糙壮实，树间还有几株向日葵)；在园子的最边缘，在一棵苹果树的倩影里我发现一间公共厕所。我奔了过去。

窄窄的门上有个用粗钉子钉着的别子(从外面关门的时候就把这别子横过来)，现在这个别子朝上竖着。我把手指尽量往门和框之间的缝里插，我轻轻一碰就知门是从里面关上了；这只能表明一件事：埃莱娜在里面。我低低说:“埃莱娜，埃莱娜！”没有回答；只有一阵风来摇晃着苹果树枝擦着厕所的棚壁沙沙作响。

我知道里面的寂静正预示着最坏的事，同时也知道只能破门而入了，而且应当由我来这么办。我把手指尽量往门和框之间的缝里伸进去并使劲拉。门(并不是用钩子钩住，而是和乡下常见的那样只是用根细线带住而已)很容易就松脱并大开了。在我面前，埃莱娜正坐在一张木板凳上，屋里臭熏熏的。她脸色苍白但活着。她望着我，吓坏了的样子，把裙子放下，虽然作了努力，但裙子只遮了一半的屁股；埃莱娜双手抓着裙子的边缘，双腿紧紧夹着。

“上帝，您走开！”她着急地喊道。

“怎么回事？”我对她大声说。“您吃了什么东西？”

“快走！不要您管！”

小伙子刚刚在我的身后出现，埃莱娜就叫道：“你走，金德拉，你走，都给我出去！”她半站起来，用手指着门，但我站在她和门扇之间，所以她不得不摇摇晃晃地重又坐回凳上。

这同一瞬间她又站起来，拼命(实在是拼命地，因为她已精疲力竭剩下不多一点力气)向我扑过来。她抓住我的衣边把我往门外推；我们两人就都到了门槛边。“畜生，畜生，畜生！”她嚎着(如果这也算是嚎的话——因为她发狂一般地使劲也只不过挤出一点微弱的声音)，她摇撼着我；接着又突然松了手，开始踩着青草朝小院子跑去。她想躲开人，但没做到：由于慌乱，她顾不上整理好内裤，所以她的裤衩(就是昨天我看到的那一条，它可以兼作吊袜腰带用)卷在她的膝盖那里，使她迈不开步(裙子倒确实已经垂下了，但长筒丝袜沿着她的腿滑落下来，看得见丝袜顶上颜色较深的黑镶边和吊袜带)；她迈了几个碎步，或者不如说是一点一点地踉跄(她穿着高跟鞋)，没走出几米就摔倒了(倒在阳光照着的青草里，正在一棵树的树枝下，挨着色彩耀眼的向日葵)；我拉住她的手帮她站起来；她挣脱了。当我又俯下身去的时候，她朝四周乱打乱踢，我挨了好几下；我不得不用尽全身力气把她抓住，扶她起来，像钳子紧紧把她抱住。“畜生，畜生，畜生！”她不歇气地尖叫着，用她那只自由的手锤打我的背；我对她说(尽量口气温柔)："埃莱娜，镇静些。"她朝我的脸啐了口唾沫。

我没有松开胳膊，反复对她说："您不说究竟吃了什么我就不松手。"

"滚开，滚开，滚开！"她气忿忿地骂道。但忽然住了嘴，不再挣扎，对我说："放开我。"那声音竟大变(十分微弱、疲倦不堪)，我松开手，看看她，吓坏了，只见她的脸痉挛得可怕，下颌发僵，两眼直勾勾的，这时她的身体似乎在颤抖，并蜷曲向前。

"怎么啦？"我问，她一句话也不说，转过身朝厕所走去；我永远也忘不了她这时走路的模样：步子那么小，踉踉跄跄走得慢极了，两条腿就像给什么绊住了似的；大约四米的距离竟停歇了好几次，每一歇都让人看出(从全身的痉挛)她强忍着体内五脏的翻腾；终于她走到厕所，进门(半开着)又关上了。

就在我把她扶起来的地方，我站着没动。这时候从厕所传出来十分费力的喘息声，痛苦的喊叫声，我倒退了几步。这时，我才注意到小伙子一直站在我的身边。"您守在这里，"我命令他说，"我得去找个医生。"

我走进办公室，一跨过门，就看到了一张桌上的电话机。但哪里也没有电话号码本。我抓住中间抽屉的把手，抽屉上着锁，两侧抽屉也锁着。对面的桌子也锁着。我又进另一间屋子；这里的桌子只有一个抽屉，倒是开着的，但只有几张照片和一把裁纸刀。我不知道该怎么办。我顿时觉得一阵倦怠(知道埃莱娜活着，肯定也没危险)。有一会儿我一动没动，眼睛直瞪瞪的，盯着大衣架(瘦骨伶仃的金属大衣架举起胳膊活像个投降的大兵)；接着(因为不知如何是好)我打开了柜子；在一大摞文件上，我认出了蓝绿色的电话本，我把它拿到电话那儿，找到了医院。我拨了电话，等着话筒里有人答复我，这时小伙子一阵风似的进来了。

“您别叫人！没必要！”他叫道。

我不懂是什么意思。

他一把抢过话筒挂上。“我告诉您没有必要……”

我急着要他解释是怎么回事。

“那不是毒药！”他边说边向大衣架走去；在那件风雨衣里掏摸了一会儿取出一个药管来；拧开盖，倒过来，空的。

“她吃的就是这吗？”我问。

他点点头，默不作声。

“您怎么知道？”

“她跟我说的。”

“这瓶子是您的吗？”

他点点头。我从他手里拿过药管子；上面标着安乃近。

“那么说您以为吃那么多安乃近没关系吗？”我恶狠狠地说。

“那不是安乃近。”他说。

“那是什么，里面装的到底是什么？”我大叫道。

“轻泻药。”他吐出了这几个字。

我大声说：他不该拿我开心，我得弄明白到底是怎么回事，我才不欣赏他那不明不白的话呢。我非要他马上回答我的问题。

由于我提高了嗓门，他也对我大喊大叫起来：

“怎么啦，我不是告诉您了吗，那是泻药！莫非要人人都知道我有肠功能不好才行吗？”于是我明白了，我以为他刚才是在胡说八道，其实是真的。

我盯着他，那张通红的小脸和他的鼻子(虽小但上面却足可以放下许多小红疙瘩)，一切都清楚了：药管上的商标留在那里原来用以掩盖他那招人笑的肠功能病，就像他的牛仔裤和皮上衣掩盖他招人笑的孩子气一样；他很不好意思，因为他的稚气也像这种先天性的儿科病似的总拖着不好。在这一瞬间，我喜欢上他；他的害臊(这是青少年的高尚之处)救了埃莱娜一命，也救我脱离日后多少年的难眠之夜。我望着他那垂头丧气的样子，心头滋生起感激之意。是的，他救了埃莱娜的命；但是以大丢面子为代价。这我知道，我还知道这种羞辱对他一无用处，也没有意义，而且丝毫不能换来什么：在许许多多无可弥补之事的长链上又多了一个无可弥补的一节。我觉得都是因为我的错，一种强烈的(又是说不清的)需要促使我要跑到埃莱娜那儿去，把她从极度羞辱中解脱出来，向她低头，把一切的错都认下来，把这个荒唐而又可恶事件的责任全部承担起来。

“您看我还没看够吗，啊？”那小伙子猛地问道。我没有回答，从他身边走过，朝着院子的门走去。

“您上那儿去干吗？”他从后面揪住我肩膀上的衣服，想把我拽过去；我们四目对视了一秒钟。我抓住他的手腕，把他的手从肩膀上挪开。他绕到我前面拦住了我的去路。我一步跨到他跟前，做出要推开他的架势。这时，他挥起胳膊，一拳打在我的胸上。

这一拳没有什么力气，但小伙子往后一纵，摆出那种天真的拳式，重又和我对峙起来，他的脸上兼有害怕和不顾一切的神气。

“她那里没有您的事！”他朝我喊道。站着没动。小伙子说的话其实也对：我肯定无能为力去弥补无可弥补的东西。他见我站在那里没有反应，呵斥道：“她觉得您这个人坏透了！您让她恶心！她告诉我了！是的，您让她恶心！”

在神经极度紧张的情况下，人往往很容易流泪，但也容易发笑；小伙子最后那几句话直截了当的意思骂得我嘴角发抖。他见了更怒不可遏，这一回他的拳头打在了我的嘴上；第二下，被我勉强躲过；接着他又退后几步像在拳击场上一样，两个拳头举在面孔前面，于是只剩下他的两只红红的大耳朵还看得见。

我对他说：“好吧，好吧！我走。”

他还在我身后大骂：“脓包！脓包！我早知道你搅和在里边！放心吧，我会找你算账的！混蛋！混蛋！”

我到了街上。街上空落落的，凡过完节的街道都这样空落落，只有风轻轻扬起尘土，在平坦的路面上赶着它。我的脑袋也和这地面一样空荡荡的，什么也没有，木然，好长时间也没有任何念头活动。

只是在后来，我才突然发现手里还拿着贴有安乃近标记的药管。我细细打量起来：管子磨得又旧又脏，想必小伙子用他装泻药已经有好长日子了。

在以后很久，这个药管还始终让我联想起其他许多药瓶药管，有阿莱克塞的那两瓶子苯比妥片。于是我明白了，小伙子根本没有救过埃莱娜的命：因为归根结底，即使管子里有安乃近，最多也只能使她的胃受一番折腾而已；再说，小伙子和我又都在附近，埃莱娜的颓丧是她和生活所算的旧账，离死神的门槛差得远呢。

18

厨房里，她在炉灶上忙乎，背对着我，好像什么事也没有。她头也不回，没好气地答道："符拉第米尔吗？反正，你刚才不是亲眼看见他了吗！你干吗要来盘问我？""你骗人，"我对她说，"符拉第米尔今天早上就走了，坐库特奇孙子的摩托车走的。我来是告诉你我全知道了。我知道为什么那个电台的女人来得对你正是时候，我也知道为什么在给国王穿戴的时候不让我进去，我知道为什么他还没有进到马队里就已经守例不开口了。你们倒是会串通一气。"

我知情的语气使她一时很尴尬，但她很快就转过弯儿来，想以攻为守给自己辩护。这一次对我的攻击真叫新鲜。说新鲜，是因为对阵的双方不是面对面的。她背对着我，只顾照看炉子上正在煮开的面条汤。她的语气很镇静，几乎到了带搭不理的程度，似乎是因为我自己顽固不化倒逼得她不得不把老早就人人知道、不以为奇的事情再来啰嗦一通。要是我实在想听就听吧。打一开头符拉第米尔就被指定要当国王，芙拉丝塔也不觉得有什么奇怪。过去小伙子们是用不着另找人组织马队的。可如今五花八门的单位，包括区党委都想插一手。如今谁要想办点什么事光自己想干是不行的，必须一切都听上头。以前是大伙来定国王人选，这一回，上面给他们点名要符拉第米尔来当，目的是讨好他的老子，大伙就不得不接受。而符拉第米尔呢，他觉得自己成了个走后门来的子弟，觉得难为情。走后门的子弟人人都不喜欢。

“你的意思是符拉第米尔替我这个老子害臊吗？”“他不想当个走后门的子弟。”芙拉丝塔又重复了一遍。“所以他才和库特奇家混得那么好吗？跟这号蠢人混？跟这些资产阶级分子混？”我问。“对了，就因为这个！”芙拉丝塔答道。“就因为他姥爷，米洛没有资格上大学，就因为老爷子是个企业主。可我们的符拉第米尔到处都吃得开，全是你这个老子的缘故。这真让孩子为难。现在你总算明白了吧？”

这一辈子还是头一回我真的对她动了气。他们全把我蒙在鼓里，他俩天天冷眼瞧着我是怎么盼着马队游行的，我急不可耐，我那么兴奋，他们全看在眼里；可他们心安理得地蒙骗我，心安理得地瞧着我。“你们两人就非得这么骗我才行吗？”

芙拉丝塔一面翻动着面条，一面说，跟我什么事也不好办，我自顾自在自己的小天地里，我是个空想家。他们倒并不怪我有那些个痴想，只不过符拉第米尔和我不一样，我的那些小歌小调，对他说来简直莫明其妙，他不喜欢，他觉得讨厌。我得通情达理一点才是。符拉第米尔是现代派的，这是他从芙拉丝塔她爹那儿学的。她爹有发展眼光，附近地区他是第一个买拖拉机的，在战前就买了，后来人家把他家的东西全没收了。不管怎么说，自从他们的地归了合作社，他家的收入就不如从前了。

“谁要听你唠叨你家的地！我要知道他跑哪儿去了，符拉第米尔，一定是去布尔诺参加摩托车拉力赛了。你说实话吧！”

她依然背冲着我，搅着面条，只管继续陈芝麻烂谷子地往下说。符拉第米尔像他的姥爷，下巴像，眼睛也像。众王马队他根本不感兴趣。既然我想知道，好吧，他是去赛车了。为什么不去呀，摩托车比起披得花花绿绿的马驹子对他吸引力大多了，为什么不呢。符拉第米尔是个现代派。

摩托车、吉他，摩托车、吉他。这世界既蠢又古怪。我问她：“请问，现代派，到底什么是现代派？”

她还是背对着我，仍在搅面条，回答道，差一点，连她想把家里弄得现代一点都不让。我曾经为了那个现代派的灯具发过多少牢骚！就是那盏新式灯具，我就瞧不上眼！好像别人都不懂什么是美，居然这样新式的一盏灯都不行！可大家都在买这样的灯。

“住嘴吧。”我对她说。可是没法让她住嘴，她已经打开话匣子。还是背着身，她的背瘦小，难看，单薄，大概这最让我无可奈何了。这个后背。没有长着眼睛的后背。无比愚蠢地自信的后背。我跟这个后背说不到一块儿去。我决心要让她住嘴，让她转过来对着我。不过她太让我讨厌了，我不想去碰她。我自有办法。

我打开餐橱，抓住一只盘子摔在地上。她顿时住了口，但她没有回过身来。又一只盘子，又是一只。她还是背转着身，就是躲着。从她的后背，我看出了她胆怯。对，她害怕，但她硬是顶着不肯投降。她不再搅她的面条，手里紧紧捏着木勺子把不动，好像这只勺能救她似的。我恨她，她恨我。她一动不动，我不眨眼地盯着她，一面仍一只又一只，一只又一只地往地上摔柜子架上的餐具。我恨她，还有她的这个厨房。这个标准的新式厨房，她的新式家具、新式盘子、新式杯子。

我不觉得有什么激动。我冷眼瞧着，又悲哀，又疲倦，地上全是碎片，各式大小锅滚了一地。我往地上摔的是自己的家，我心爱的家，我的安全港。这个家一直置于我那可怜的使唤丫头温柔的权杖之下，这个家里有我给自己创造的许许多多可爱的小精灵的童话和歌曲。瞧，这是三张椅子，我们总是在中午吃饭时坐。啊，全家这一顿顿安安静静的午饭，原来在看着一个养家糊口的爸爸是怎么被糊弄、欺骗的。我抓住一张又一张的椅子，把椅子腿砸断，然后把它们放在破锅、破盘堆上。我掀翻了桌子。芙拉丝塔对着她的厨灶，始终一动不动，不转过身来。

我走出厨房去自己的房间。空中挂着那个粉红的球灯，还有那盏高脚灯和难看的新式的沙发床。风琴上有我的黑色小提琴盒。我把它拿在手里。四点钟在餐馆的花园里有我们的演奏会。可现在才一点钟。我上哪去呢？

我听见厨房那边有呜咽声。芙拉丝塔在哭。她的抽泣是最揪人心的，心底里我为可怜她而痛苦。她难道不能早十分钟哭出来吗？那我就会想起从前的憧憬而软下心来，她又会重新变成我那可怜的使唤丫头。但现在已经来不及了。

我走出家门。马队的喊声还在房顶上空回荡，我们的国王很贫穷，但他德行很高尚。往哪儿去？大街小巷都是属于马队的，家里是芙拉丝塔的，酒店是醉鬼的。而属于我的位置，它在哪儿呢？我这个老国王被人抛开，没人理睬。一个有德行但像乞丐一样的国王，一个没有后继的国王，末代国王。

还有一个地方，在村子的那一边，有一片田野。路。再走十分钟的路，摩拉维亚河。我去躺在河滩上，枕着提琴盒。这么呆了很久。一个钟头，也许两个。心里想的是：路已经走到头。这么突然，这么意想不到。来了，就到头了。我不知道后面还有什么。我一向同时生活在两个世界，一直相信这两个世界是和谐的。这只是个假相。我已经在其中一个世界里被大家丢在一边。现实的世界没我的份，只剩下了另一个，幻想世界。可是要生活，只有幻想世界不够。即使在那个世界里有人等我，也没有用。那个开小差的在招呼我，也没有用。他为我备着马和红面纱。啊，这一回，我懂得了，现在我太明白了，为什么他不许我揭掉面纱，而是由他自己说给我听。直到这会儿，我才想明白为什么国王应该蒙着脸！不是怕人看见他，而是怕他看见任何东西。

我觉得简直没法再站起来走路。休想走动一步。四点钟，他们会着急。可我没有力气站起来，走不到那么远。我觉得只有这里最舒服。这儿离河边不远。这儿河水缓缓淌着，几千年历来如此。它缓缓地向前流，慢慢地，久久地。而我，就躺在这里。

后来，有人跟我说话。是路德维克。我想又会给我一个打击，但我不再害怕，再没有任何事情能让我吃惊。

他坐在青草里，挨着我，问我是不是很快就要去参加下午的音乐会。"或许你也愿意去？"我问。"对。"他对我说。"你是为这个从布拉格来的吗？""不，"他说，"不是为这个。但事情的结果总是和料想的不一样。""可不，"我说，"完全不一样！""我在野地里转悠了一个钟头。没想到在这里碰见你。""我也没想到。""我想求你一件事。"他说，不肯看着我的眼睛，和芙拉丝塔完全一样。他不看着我的眼睛。不过，他这样，我才不在乎，反倒使我很高兴。我看得出他是不好意思。这种不好意思使我心里轻松点儿，受伤的心得到些安慰。"我求你一件事，"他说，"你肯不肯让我待会儿参加你们的演奏？"

19

离长途班车发车还有好几个小时。脑子里乱糟糟的，于是我走出村子，到了田野里，想借此把今天一天来积在脑子里的事统统清出去。这可不容易：嘴唇上被那小伙子的小拳头划破的地方还在火辣辣地疼着，而且，露茜的身影又显现在我眼前，不断提醒我，我无论到哪儿去清算冤案的旧账，最后总是因惹是生非而落荒逃走。我把这些念头全都从脑袋里排除出去，因为它们所啰嗦没完的，我早就腻了。我拼命要让自己的脑袋保持清静，只让远处骑手们的喊声钻进来(已经只能勉强听见)，还有那能使我出神的音乐，它抚慰着我。

我拣小路走，在村外绕个大圈子，到了摩拉维亚河边，沿着河岸朝上游走。对岸，几只野天鹅，天边有一片树林，除此之外，只见田野。后来，在我前面相当远的地方，我发觉有一个人躺在岸边草地上。当我走到他跟前时，认出了他：背靠地，面朝天，头枕琴盒(周围全是平展展的庄稼地直至远方，和多少个世纪以来一样，只不过现在东一个西一个地竖起了许多铁柱，上面架着沉重的高压线)。其实原本也很容易避开他，因为他两眼盯着天空，根本没看见我。但这一回，我并不想要躲开他。我走上前，跟他说话。他朝我瞥了一眼(那目光是胆怯而惊慌的)，我发现(多少年以来第一次我离他很近地看他)，他那一头马鬃似的浓发过去能使他本来魁伟的身躯高出好几公分，如今却只残存下稀稀落落的一层，有三四绺长发可怜巴巴地贴在后脑上，力求多盖上些头皮。这些逃脱去的头发让我又想起我们分手后的这些年，我不禁对这段时光追悔起来，在这么长时间里我没有见他，我躲开他(从远处传来骑手们的喊声隐约钻入耳朵)，我猛然对他产生一种歉疚的温情。他躺在我的脚边，支起一只胳膊，这个大个儿，拙手笨脚的，他那琴盒又黑又小，像个婴儿的棺材。我想起来他的乐队(从前也曾是我的乐队)今天傍晚要开音乐会，于是我要求他让我跟他们一块儿演出。

提出要求之前我并没有认真掂量过(好像嘴里说的比心里想的还快)，我提的时候虽有些盲目，不过倒真是心口一致。我曾经离弃的这个天地，这个遥远而又古旧的世界，骑手们和他们的蒙面国王绕着村子转悠的世界，这个大家穿带褶的白衬衫、唱起歌儿的世界，这个世界对我说来和我故乡的形象难分难割，这个和我的母亲(我的母亲也被没收了)、和我的青少年时代合二为一的世界，实在的，我对它怀着深深的情意。在这整整一天里，这种深情，悄悄地在心里陡长，这时候已到了快要热泪横溢的边缘。我爱它，这个古旧世界，我祈求它赐给我安身之所。

然而，事情怎么会是这样，而且又凭什么资格这么说呢？难道不是在前天，我还躲着不肯见雅洛斯拉夫的吗？只因为他这个人在我眼里便代表着那令人憎恶的民间音乐；而且就在今天早上，难道我不是还对这个民间节日满心不快吗？十五年来我不去回忆和扬琴乐队一起度过的幸福的青少年时代，不肯满怀激情并经常地回到我出生的地方来，一切阻止我这样做的障碍怎么又突然一下子冰消瓦解了呢？莫非是因为几小时之前我听了泽马内克对众王马队的奚落吗？莫非是因为他才使我对民间歌曲深恶痛绝，后来又因为是他，我把民间歌曲重新看作是纯情了呢？莫非我只是罗盘上的一根针，要靠他往哪儿吸我就往哪儿指吗？我难道就这么丢人地摽上他没个完吗？不，并非因为有了泽马内克的讥讽嘲笑，我可以突然重新热爱起这个世界。我之所以热爱它是因为今天早上，我发现这个世界(并无思想准备地)实在可怜，可怜之余，更为孤凄。无论是隆重庆典还是鼓动号召；无论是政治宣传还是社会的乌托邦，还有庞大的文化干部队伍，都对它弃而不顾，这表现在我这一代的人只是故作姿态地跟从，表现在泽马内克(连他这样的人)也掉头而去。正是这样的孤凄在净化这世界，使这个旧日世界像个垂暮之人一样纯情起来；它使这个旧日世界沐浴在一片弥留之美那令人无可抵御的最后的灵光之中，这样的孤凄对我包含着谴责。

音乐会，应该在餐馆的花园里举行。就是在这里我吃过午饭、拆读过埃莱娜的信。当雅洛斯拉夫和我一起到花园时，看见已经有一些上年纪的人就坐了(耐心地等待着下午的音乐)，另外还有几乎为数相当的酒鬼在饭桌间步履不稳地走动。在花园最里面，那棵椴树周围，布置了一些椅子，一把仍裹在灰色盖布里的大提琴倚在树根上。两步远的地方，扬琴已打开，一个穿白色带褶衬衫的男子坐在旁边，拿着他那两支轻巧的击槌在琴弦上不出声地移来移去。乐团的其他成员都站着与他稍留着一点距离，这时雅洛斯拉夫出来作介绍：第二小提琴手是本地医院的一位大夫；大提琴手是本地区人民委员会的文化督导。吹黑管的是位小学教师(后来他好意把自己的乐器借给我，我俩替换着使)。扬琴演奏者是工厂的计划员，除了这最后一位我还记得之外，其余全是新人。雅洛斯拉夫十分郑重其事地把我也作了介绍，说是乐队的老队员，元老之一，所以应该是荣誉黑管吹奏手。我们在椴树周围各就各位，开始演奏。

我已经很久没有摸黑管，但我们一开始演奏的那支歌曲我还很熟，所以很快就克服怯场心理，等乐队各位把乐器一放下，就一齐喝起彩来，说什么也不信我已经那么久那么久没动家伙。那服务员(就是下午我在慌张中给他付午餐账的那个)来给我们在树下支起一张小桌，放下六个酒杯和一个大肚子瓶的酒在上面；渐渐地我们开始啜饮起来。四五支曲子以后，我给小学教师做个手势，当他来接我手里的黑管时，又一次说我完全够正式演出的水平。听了这恭维话，我心里乐滋滋的，去靠在椴树根那里站着，感到一种暖人心扉的同志之谊洋溢全身，我衷心感谢他在我这苦涩的一天之余伸给我友谊之手。就在这时，露茜又再次显现在我眼前，我想我最终还是悟到了，她为什么要在理发店里让我见到她，后来第二天在考茨卡的叙述里又是她，考茨卡所说的事既是传闻又是事实：也许她是想要告诉我，她的遭遇（一个有污点的女孩子的遭遇）和我的遭遇十分相近，告诉我由于我俩未能相互理解而失之交臂，但我们的两部生活史如出一辙，异曲同工。因为它们都是遭摧残的历史。在露茜身上，是她的情爱受到摧残，从而被剥夺生活的基本价值；我的生活也是被夺去它本赖以支撑的各种价值，这些价值本身清白无辜。是的，清白无辜：因为肌肤之爱虽在露茜的生活里被摧残，但它本身是清白无辜的；同样，我故乡的那些歌，扬琴乐队，还有我憎恶的这个故乡城市是无辜的，那个让我一见他的肖像就想吐的伏契克，于我也没有错，一直在我听来有威胁意味的“同志”这个称呼，还有“你”，还有“未来”及许多其他词儿，全都于我没有错。错根本不在这些东西上。但错实在太大了，它的阴影已经把一个由无辜的事物（和词汇）所构成的整个世界范畴统统笼罩在里面还远嫌不足，还把它们全都蹂躏了。露茜和我，都生活在一个被蹂躏的世界里，我们不懂得同情这个世界，却是疏远这个世界，既加剧这个世界的不幸也加剧我们的痛苦。露茜，你被爱得那么强烈，可又被爱得那么拙劣，在这么多年以后你来到我面前要告诉我的就是这句话吧？你是来替一个被蹂躏的世界说情的吧？

一曲终了，小学教师把黑管又递给我，还说他今天不再用了，我吹得比他好，我用才合适，因为不知我什么时候才能再来。这时我偶然抬头撞见雅洛斯拉夫望着我的眼神，我表示若能尽快有机会回来是再高兴也没有了。雅洛斯拉夫问我此话当真。我说是，随后我们又奏起下一支曲子。有好一阵子，他离开椅子，脑袋向后仰着，把小提琴按在他胸前十分靠下的地方，而且，不顾各种规矩一边演奏，一边不断地走来走去。第二小提琴手和我也经常站起来，特别是每当我们想要制造一点即兴气氛的时候更是如此。这种时刻，往往得有想象力，有高度的准确性和充分的默契。雅洛斯拉夫渐渐成为我们大伙的灵魂，我钦佩像他这样的大汉身上蕴藏着如此惊人的音乐才能，在我生活中被剥夺的诸价值中，其中就有他(比别的一切都更重要)，他是被人从我这里偷走的，而我(极遗憾、极羞愧)竟然任他这样被人劫走，尽管他是我最忠心、最赤诚、最纯真的朋友。

在这段时间里，听众已经发生变化：原来坐在各桌旁边的人——并不算很多，从一开始起就非常热情地聆听我们的演奏，现在却多了一群小伙子和姑娘。他们坐到空桌子边(大呼小叫地)，或者点啤酒，或者点葡萄酒，而且(随着酒精发挥的作用程度)，想尽一切办法来表现自己，他们强烈需要有人看他们，听他们，注意他们。这样一来，气氛很快大变，变得十分嘈杂，乱哄哄的(一些晃来晃去的小伙子在过道里相互叫名字或呼唤他们的女伴)，我发现自己常常分心，频频瞥向花园，老是狠狠地去瞪那些乳臭未干的一张张面孔。这些挂着长头发的脑袋，肆无忌惮地一会儿向左一会儿向右，唾沫横飞地喧哗。望着他们，我对不知天高地厚的少年原抱的憎恶顿时涌上心头。我似乎觉得自己满眼都是戴着假面具的蹩脚演员，张张面具显示出一种蠢乎乎的男子气，一种十足的粗鲁。即使在这样的假面下可能有着另一副面孔(更多的人性)，我也并不因此就认为情况没有那么严重，因为最可怕的，恰恰是被掩盖的那副面孔也正在狂热地忠诚于面具上的那种野蛮和低俗。

雅洛斯拉夫肯定和我的情绪差不多，因为他突然放下小提琴，悄悄告诉我们，在这样的听众面前他根本没有兴致再演奏。他提出要走，和从前那样，到外面去，到小路上去。天气很晴朗，夜幕即将降下，晚上定会很热，会繁星满天。只要到一棵犬蔷薇那儿去落脚就很好，就像从前那样，我们去为自己演奏，尽我们的兴。现在大家已经习惯于(一种愚蠢的习惯)只举行专场演出，而这老一套大家也开始腻烦。

起先，大家都表示赞成，而且几乎还很兴奋，因为人人都觉得，自己的音乐激情需要一个更为亲切的环境，但大提琴手(文化事务督导)接着提醒说，根据原先的协议，我们应当坚持到九点，区里的同志，以及餐馆经理对此寄予希望，也是照预先定下的计划安排的，所以我们应当遵守我们的诺言，完成任务，要不然节日活动安排就会被整个打乱，我们可以等以后再去大自然中演奏。

正说到这儿，拖着长长的线从这一棵挂到那一棵树上的许多灯泡亮了，由于当时天还没有黑，天色只是刚开始黯淡，所以这些灯在灰蒙蒙的空间不显明亮，倒像一颗颗硕大的、一动不动的泪滴，一颗颗白花花的、既不能擦掉又不能淌下的泪滴。突然，一种怀旧的情绪莫明其妙地袭来，谁也无法与之抗衡。雅洛斯拉夫又说(这一回几乎是在央告)他支持不住了，他要跑到野外去，到犬蔷薇跟前去，要自得其乐地拉个痛快，后来他又做了一个泄气的手势，把小提琴顶在胸前，继续拉下去。

这时我们不再去管听众如何，比音乐会一开场还聚精会神地演奏起来。花园里的气氛越是放纵，越是粗野，我们就越像一个被人遗弃的孤岛，被包围在一种喧嚣的冷漠之中，而同时，我们也越是感到怀旧之情压抑着我们，我们越来越沉浸在自身之中，越来越为自己而不是为别人在演奏，忘记了别人。音乐成为保护围墙，有了它，虽然那些喧哗的醉汉在我们身边，我们也像置身于一个悬在寒冷水底的玻璃罩里。

“如果青山展为纸 —— 流水化为墨 —— 星星都来书写 —— 如果辽阔的世界想要拟就 —— 尽管这一切都不会有 —— 我爱情的遗嘱。”雅洛斯拉夫并没有放下胸前的提琴就放声唱起来，而我，在这歌声的境界里(置身于歌声的玻璃罩中)心里感到幸福。在歌中，忧愁并不浅薄，笑声也不勉强，爱情并不可笑，仇恨并不懦怯；在歌中，人们爱得身心合一(是的，露茜，身和心合一)；在歌中，人们因幸福而舞蹈，因绝望而弃身于多瑙河的波涛；只有在歌中，爱情就是爱情，痛苦就是痛苦；在歌中，各种价值还没有被蹂躏。于是我似乎看到，在歌里，有我的出路，我的本色，我的归宿，我曾经将它背弃但它依旧不失为我的归宿(从被背弃的归宿发出的呼号最为揪人心肺)。但是我同时也明白，这个归宿并不属于这个世界，(如果不是在这个世界上，那又会是什么样的归宿呢？)我明白我们所歌咏的一切不过是一种缅怀，一个丰碑，是不复存在之物残留的形象，我感觉到，这一归宿的土地正从我的脚下遁去，在吹奏着黑管的同时，我正在渐渐飘向岁月的深处，世纪的深处，一个无底的深处(在那里爱情才是爱情，痛苦才是痛苦)。我惊奇地告诉自己，这样的坠落，这样的下沉，充满了探索和渴求，正是我惟一的归宿，我愿就这样而去，享受那悠悠飘忽的乐趣。

后来，我瞥了雅洛斯拉夫一眼，想从他的脸上来判断，是否只有我一人陷在这极度的兴奋之中，我发现他(挂在椴树枝上的一盏灯正照在他的脸上)竟是异样地苍白，他已不再边拉边唱，而是紧闭着嘴唇，他那双透着恐惧的眼睛已经变得更加惊恐，他拉走了调。那只握提琴把儿的手正马上要掉落下来。随后他停止拉琴，瘫倒在他那张椅子里。我赶到他的身边，一腿跪地。“你怎么啦？”我问他。他头上汗水涟涟，一只手扶住左胳膊上端。“我疼得厉害。”他说。其他人还没有注意到雅洛斯拉夫出了毛病，仍然沉迷于他们的音乐，尽管既没有了第一提琴手，也没有了吹黑管的。那扬琴手，趁着这二者的静默，正在他的乐器上大显身手，只有第二提琴手和大提琴依然给他伴奏。我走到第二提琴手的身边（雅洛斯拉夫曾向我介绍说他是医生），把他拉向我的朋友。于是只有扬琴和大提琴响着，这时第二提琴手把雅洛斯拉夫的左腕拿起来，好久，非常久地，他一直把这手腕拿在手里。接着他翻起雅洛斯拉夫的眼皮，仔细端详着他的双眼；后来，他又摸摸他的湿漉漉的额头：“是心脏吗？”他问。“胳膊和心脏。”雅洛斯拉夫答道，这时他的脸色已经铁青。这一回大提琴手也觉察到了，把琴靠在椴树上，朝我们走来，于是只有扬琴还在响着，因为扬琴手仍没有发觉什么，心花怒放地敲击着，成了独奏。“我去给医院打电话。”第二小提琴手说。我拽住他：“怎么样？”“他的脉细得像根游丝，不断冒冷汗，肯定是心肌梗塞。”“小声点！”我说。“你别着急，他会好的。”他安慰我，然后急急朝餐馆走去。他不得不在那些已经醉意朦胧的人群里东冲西突地才能过去，因为人们还没有发现我们乐队已经停止演奏，他们一心只管自己，忙着喝他们的啤酒，闲扯着，有的骂骂咧咧的，而在花园的另一个角落里，已经打起来了。

最后，扬琴也哑了，我们全都围在雅洛斯拉夫的身边，他瞧着我，说事情的发生全是因为没有早点走，他本来是不想留下来的；他本要大家都到野外去，特别是因为我回来了，再没有比在星光下演奏更美的事。“别说这么多话，”我对他说，“现在你应当安静。”我想他一定会活过这次梗塞，刚才第二提琴手是这么说的；但以后，他会过一种完完全全不同的生活，生活里不再有那种热烈的追求，不会再在乐队里玩命，接下来是下半场球，失败之后的下半场，这时我心里顿有一个想法：命运常常在死亡之前就已经结束，收场的时刻并非一定就是死亡的时刻，雅洛斯拉夫的命运也就到此为止。我因深深的愧疚而心情十分沉重，我抚摸着他光滑的后脑和悲哀地尽力掩盖脑顶的长长细发，心中不禁惶恐：我已看到，这番故乡之行本意是为了打击所憎恨的泽马内克，而最后却是我把患病的好友抱进了自己的怀里（是的，在这一时刻，我抱着他，也等于是承受着他，简直像从前承受我自己莫名的错误一样，觉得他那么庞然，那么沉重。我仿佛看到自己用双手托着他走在人群之中，我自己泪流满面）。

我们在他的身边大约呆了十分钟，后来第二小提琴手回来了，向我们示意。我们扶着雅洛斯拉夫站起来，架着他的胳膊，跟他一起扎进了人行道上那些醉醺醺的毛头小子们的喧闹之中。在人行道边上，有一辆急救车，所有的灯光大亮，停在那里等候。

一九六五年十二月五日完稿。

关于毁灭的小说

弗朗索瓦·里卡尔

1

“一九六五年十二月五日完稿”的《玩笑》——米兰·昆德拉的第一部小说——于一九六七年春天在布拉格出版，没费多大劲儿就突破了国家审查委员会的重重关卡，也许那时候尽管仍在共产党的统治之下，但捷克在日后不久我们称之为“布拉格之春”的道路上已经走了几年，自由的空气使得审查机制有点松动，对自身也不再是那么确定。书的发行量很大，在这个几乎算是独裁统治下的国家取得了很大成功，受到评论界的广泛欢迎，评论界感兴趣的倒并不是小说所涉及的政治观点(因为在那个时代，再也没有比揭露斯大林主义的种种恶行而更加平庸的了)，而是它丰富的主题和形式。

但是在国外，人们却以不同的方式来看待《玩笑》[①]。在法

① 在一九六八年到一九七〇年间，《玩笑》几乎被译成所有的西方语言。但是因为当时翻译得很快，只是应商业时效性的需要，除了在法国，小说只引起了泛泛而短暂的关注。一直到八十年代，得益于昆德拉的其他小说，《玩笑》在世界范围内被重新精心翻译，真正被当成一种文学发现而广受欢迎。

国，该书于苏联一九六八年八月入侵捷克斯洛伐克三个星期后出版，因为这个巧合，法国的评论界和读者大众也满怀激情地接受了它。诚然，法国的评论界也注意到小说的文学特质，然而首先却是将小说当作观念与政治上的一个勇敢的手势来看待的。接着，昆德拉遭到流放，他的书在捷克被禁，于是评论界更是有一切理由从政治的角度来阅读《玩笑》(对昆德拉后来的两三本小说，尤其是《生活在别处》和《告别圆舞曲》，评论界仍继续用这种方式来阅读)，仿佛这本书最主要的存在原因是因为它阐述了当时统治欧洲一半领土的“社会现实主义”所带来的不可推卸的恐怖。“介入”小说，一种证明，一种请求，一种对反抗的呼唤，颇为可悲，《玩笑》就这样被看成一种社会文献或是政治宣言，也就是说是官僚斯大林主义控诉案的另一件物证，反抗所有形式的专制的一种时代的“活生生的力量”，而这是一个青春胜利的时代，道德解放的时代，与一九六八年五月革命并行的时代。

当然，这样一种看待的方式并没有全错。不仅仅是因为它回应了那个时代在精神上最迫切的期待，更是因为不可否认，提供了关于政治、社会、观念甚至是物质现实的——从二十世纪四十年代末共产党开始掌握捷克的政权起到能够感觉到日后引起一九六八年苏联政权反应的“解冻”最初信号的六十年代中期，捷克斯洛伐克饱受折磨的现实——极其准确并且明晰的视角，的确是这本小说的优点之一。和所处的时代及地点紧密相连，路德维克·扬的命运——和埃莱娜、雅洛斯拉夫、考茨卡及泽马内克的命运一样——可以说是一种具体化，或者说是一种戏剧化，在个人的尺度上，揭示了整整一代甚至是整个社会二十年来的命运。从这个意义上来讲，《玩笑》之于共产党统治时代的捷克（或者说是中欧）可以被当成《情感教育》或《没有个性的人》来读，如果我们无论如何非要从这个视角来读的话，这就好像是法国的七月王朝或是两次世界大战期间的奥匈帝国：当然是一幅故事性的画面，但是其中的现实性比任何纯粹的历史性重建都要忠实和深刻，因为在这部小说中，视角并没有把现实悬挂起来，与它保持一定的距离，而是通过为了在这样的地方这样的时代生存已经开始在设法摆脱困境的存在本身，不起眼的存在，脚踏实地的存在，将它放入最具时效性最为具体的范围。是的，在这样的存在中，不管是有意识的还是盲目的，光明与黑暗已经辨别不清，就像他们最不起眼的一个手势，最不起眼的一句话，最高贵或最肮脏思想里的因和果，一切都已辨别不清。也许正是因为这个缘故，历史学家和社会学家也都带着一种或多或少有点高高在上的尊敬承认这部小说，尤其承认它是所谓的伦理小说，承认它可以抓住并且表达某种历史的真实，换了方法就有可能抓不住的真实。

但用这样的方式来读《玩笑》——也可以说是《情感教育》或《没有个性的人》——不能说是无遗憾可言的。首先，这不啻为将附属的东西当成是主要的：因为对于昆德拉这样一个后巴尔扎克作家来说，历史文献向来不是主要的问题。而对于时代和环境的描述，不管它们显得多么精确，多么充满讽刺或多么具有批判性，都只是他用来到达最终目的的众多手段之一，这目的不是历史学家或编年学者的目的，它是小说家的目的，是属于艺术范畴的目的。如果说这描写具有某种历史时效性，或者它产生了某种政治性的效果，那只是额外的，或者说是出于偶然，更极端地说：是美学意义过于丰满所产生的“缺点”。《不朽》的作者通过他自己笔下的人物阐述了这个观点，在和阿弗纳琉斯教授谈话的时候，“我”说在他的眼中，最理想的小说是“不能改编的，换句话说是不能陈述的”[①]；我们还可以再添上一句：这小说既不能被当成社会或历史的画面来读，也不是某种政治立场或观点立场的表达。这是理想，当然，而任何一部真正的小说都不得不包含这个让人以此种角度阅读的部分。但是像昆德拉这般刚强的小说家则致力于将这个部分缩减到最小，或者说无论如何都不能让它成为小说最主要的部分。再说，这正是大学生路德维克努力——但是徒然——想让审判者明白的：他寄给玛凯塔的明信片虽然表面上是用属于政治范畴的词汇写成的，可内容和主题完全与政治无关，明信片表达的是爱情。

就算对于像《玩笑》这样的小说进行政治或是历史的阐释，从而将读者引向附属甚至偶发的意义也不是很严重的错误，只要这样的阐释——如同这一类的阐释经常导致的结果——还不至于使读者无视作品真正的特点和无可替代的价值，这才是能令这部作品作为小说而臻于完美之所在：一方面是它的美，另一方面是它所涉及的现象学和人类学的思考，也就是说照亮我们生存的新颖的光辉；在这里，我们为了方便起见将这两点区分开来，但实际上是不能分割，彼此互为需要的，就像内容和形式，灵魂与肉体，诗歌与组成诗歌的词汇的关系一样。

基于这些特征，幸运的是，如今我们也许得以比《玩笑》的最初一批读者更加敏感。这里不仅仅有时间的关系——随着时间的流逝，在旧的铁幕之后发生了不少事件，我们几乎将这之前的一切都忘却了——更起决定性作用的是昆德拉后来所出版的那些书，这些后来的书在使得第一本小说显得弥足珍贵的同时（因为在某种程度上它发自于作者的内心），教会了我们以一种更为合适的角度阅读（重读）它。

2

一旦出版时那种为己所用扭曲了主要涵义的外部环境消失殆尽，《玩笑》的"时效性"就远远超过了评论界最初所说的社会政

---

①《不朽》(*L'immortalité*)，第五部第九章（弗里奥文库版，页三五一）。

治的“小背景”。如果说这部小说反映了某种东西，的确，如果说我们可以说它描绘某种现实，我们现在看得很清楚，这现实不是战后的捷克斯洛伐克，不是共产党统治下的欧洲，不是专制国家，不是这些小说想象不需要、可以毫无怨言交给社会学和历史学的主题。小说感兴趣的惟一主题，它惟一的现实——更确切地说是惟一的问题——属于另一个完全不同的领域，而这个问题远远不是只关系到所有专制社会，——尽管小说赋予专制以极其戏剧化的表现手法，这个问题是对所有形式的现代意识提出的，也许在表面上最“自由”的时代和环境里这个问题会被更加坚决地提出，因为这是一个决定我们现代性本身的问题，不停地纠缠它，守候它，在它内部根植一种深深的恐惧，这恐惧是那么深，因此所有的陶醉与幻觉对它而言都是好的，只要能够为它提供一点点逃避恐惧的机会。

关于这个问题的具体提出方式，是小说本身就告诉我们了的，在小说的结尾处，路德维克明白过来，他的故事和露茜的故事都是“关于毁灭的故事”:“我们，露茜和我，我们生活在一个被毁灭的世界里”。但是“被毁灭的世界”的真正涵义是什么呢？还有，“生活在一个被毁灭的世界”又究竟意味着什么？世界被毁灭又如何具体地映射于生存之中，映射于人们的行为、思想和他人的关系中，映射于人们对于自身的意识之中，映射于我们对于时间的运用中，映射于爱与死亡之中？还有：我们怎么能够，怎么可以忍受“在被毁灭的世界里生活”？人类状况究竟变成了什么样？欲望、对上帝的信仰，博爱和美究竟变成什么样了？

我坚持这一点：如果认为《玩笑》所展现的毁灭中有关于某种政治或社会体制的特别描述，这就错了。当然，路德维克的个人遭遇——他被他的同志判刑，他被驱逐，他被流放到“黑帮”中，以及一切使之遭受代价的社会不幸——是一个典型的恐怖故事，和无数在特定时期发生在共产党统治下的故事一样。但是路德维克不是惟一体验到毁灭的感觉的人，毁灭同样也触及了那些能够躲避政治不幸的人的生活。比如说露茜。比如说考茨卡，在最后的时候，他已经无法分辨“一片混乱嘈杂声”中神的声音，那片嘈杂声已经覆盖了那田园风光，那片他处身其中、靠了信仰才活到此时的乡村风光。甚至是国家政权从来不能够触及的雅洛斯拉夫，最后也在家中满地的碎玻璃和锅碗瓢盆中感到混乱。换句话说，如果说社会迫害和官僚专制的的确确展现了被毁灭的世界的一个方面——或者说其中的一种手段，一种特别残酷的结果——这毁灭却不仅限于政治和社会迫害，它所包含的劫掠和毁灭远远超出了政治和观念的范畴。“错误”，路德维克想，也就是说毁灭的根源，“是在别的什么地方，而它是如此强大，它的阴影覆盖了整个宇宙和宇宙的周围，覆盖了无辜的万物，使之毁灭”。这只能是一种形而上的毁灭。比专制远远古老远远广阔的毁灭，比我们所谓的现代“幻灭”要激进得多，因为它倒空了这些物质里的一切思想与存在，摧毁了所有的价值，扭曲了所有的标准，拆毁了所有的涵义，毁灭之后所留下的只有空白、幻影和混沌。

通过故事，也就是说通过构筑由“试验性”小说人物组成的虚构的世界，每一部伟大的小说都会发现我们应该生活的这个真实世界的新的一面，或者确切地说：它发现一个新世界（从我们自己的生活出发），这个世界我们以前从来没有看到过，但是一经发现，我们就会觉得这是一种真实，并且缺了这份真实，我们就不能懂得自己是谁，我们是如何生活的。塞万提斯：一个作为流浪地和无穷幻觉之地的世界。巴尔扎克：戏剧舞台般的世界。福楼拜：充满厌倦的世界。卡夫卡：迷宫般的世界。而这些由每一部特别的著作所带来的发现，小说史立即将之纳入自己的范围，植入它的认知，它自己的目标，确实地铭刻在自己的审美领土上，这些发现于是就成了所有小说家共享的遗产，不管是过去的还是未来的。卡夫卡的发现不会取消也不能取代塞万提斯的发现；恰恰相反，它们彼此回应，彼此结合，彼此照耀，彼此确定，直至最后卡夫卡的作品成了流浪与无穷幻觉的新写照，而同时，塞万提斯也可以被重新解读为迷宫世界——迄今为止一直未被读者察觉的那一面。超越了世纪与国家的界限，堂吉诃德成了约瑟夫·K的祖先和儿子。

但是，昆德拉的主要发现，或者说是主要发现之一，从开始然后慢慢展开的中心假设，恰恰就是将世界当成毁灭的空间来看待的一种感觉——或者说是经验。这种发现，我们可以说昆德拉所有的小说都无一例外地以自己的方式进行了故事性的阐述，每一次都使之具体化，都重新追问其涵义，延展其内容的故事，仿佛小说事业成了对于这个根源问题的无穷变奏，成了导致小说产生的精神世界的永恒的重新判定，而每一部新的著作都需要重新抓住它，重新思考，这样才能使它能够无穷无尽地继续下去。但是《玩笑》(还有《好笑的爱》中的某些篇目，比如说《谁都笑不出来》或《爱德华和上帝》)在这方面具有独特的意义，异常清晰，就像很多小说家的第一本书那样，正因为在我们眼里，它在这方面的价值还没有完全完成,——的确，后来《生活在别处》里的四十来岁的男子,《笑忘录》里的塔米娜和《不朽》里的阿涅丝都有更大的丰富性。——然而，这已经作为意识的端倪而存在了，是在我们眼皮底下渐渐完善的对话，也就是说，是一种学习。

3

如果毁灭正在发生，那又是一个怎么样的世界呢？无论如何，这不一定是一个在物质上必然遭到损毁的世界。因为从外表来说，这还是一个未遭到损害的世界，甚至可以说表面上的这样一份完整恰恰是毁灭的主要特征之一。在《玩笑》中，房子仍然竖在那里，街道和广场并没有化为瓦砾，大自然在春天也仍然开满鲜花；人们彼此交谈，官员和工人各司其职，情人彼此追求、结合。生活继续在它原有的轨道上前进，仍然显得秩序井然。

然而，一切已经改变。

在小说第五部的开头，路德维克在城里闲逛打发时间等埃莱娜的时候，他穿过一个广场，那里竖着一座巴罗克风格的建筑物：

> 基座上立着一个圣徒，圣徒的头上顶着一团云，云上现出一个天使，天使上面又是一个天使，再上面还是一个坐着的天使，这一回可是到顶了。我抬头顺着雕像往上看，圣徒、云彩和天使组成一个相当动人的金字塔，它借着这一个沉重的石堆来模拟上天和上天的高深，而现实中那蓝得苍白的上天，却依然离开这个厚蒙尘土的地球一隅有十万八千里。

对于这段描写，我们得注意两点。首先，和路德维克前一夜闲逛的那个小镇上装饰房屋的天使及其它图案的雕像不同，——那里的雕像“满是裂痕”，“模糊不清”——这个建筑物被完整地保留了下来，依然非常坚固，表面也仍然气势逼人。但是，在完整保留的同时它又似乎是只剩下了一半，就像它的本源遭到了某种破坏，剥夺了它的存在与分量：它就在那里，简简单单地，没有人知道为什么会在那里，既不是为了纪念那上面的某个圣徒，也不会因它回忆起某个事件，也不是为了吸取某个教训。这是一个被剥夺了纪念作用的纪念建筑，被迫归于沉默，正如路德维克后来和埃莱娜再次穿过广场时所描写的一样，它被抛弃在这个“就像是上天掉下的一个回不去了的角”的地方。文本所要告诉我们的(我们要注意的第二点)，是这堆天使和云在假装上天的高深：它无法“展现”无法“涵盖”这份高深，却提供了近似的、浮华的模仿，是个仿造的上天，然而它的贫瘠和造作却是在“沉重的石堆”和雕像徒然竖于其下的“蓝得苍白的上天”的对照之下更加明显，也更加可怜。

这个建筑物，看上去只是它应该表现的东西的苍白的模仿，造作而可笑的模仿，一个圈套似的，在这一点上它和路德维克不久前注意到行人手上拿的奇怪的冰淇淋——就是他觉得很像火炬的红帽子上的冰淇淋——一样。但是，在离开建筑物后再一次看到冰淇淋时，他有了如下思考：

> 这些蛋卷仍然使我不断想起火炬。蛋卷的样子或许有着某种意义。虽然火炬并不真的是火炬，只是有着火炬的模样罢了，所以它们堂而皇之顶着的，那点儿讨人喜欢的玫瑰色，也就算不上享口福，只是有着享口福的模样罢了。这样一来，在这个尘土飞扬的小镇上，什么火炬、口福都不可避免地具有一种滑稽模仿意味。

我们正是应当将这些细节(但是在昆德拉的小说里，真的存在所谓细节吗？)，这些毁灭的细小信号和路德维克在结尾处提出的问题连起来看，路德维克在小说最后问道:“如果历史开了玩笑呢？”这个问题引起了评论界的极大关注[①]，这自然是有道理的，因为它为《玩笑》的中心议题做了一个概括，而且这也是《玩笑》具有如此深刻的“时效性”的原因之一：它消弭了，说得更彻底些，是践踏了历史理性的神话——这个上个世纪通过黑格尔和马克思主义传给我们的世纪遗赠的最后积累。路德维克意识到，不仅历史不具有我们所赋予它的意义，也不会赋予个人、阶级或种族的行为以意义，不仅历史的意义只不过是一个第一眼起就准备献身的婊子，而且历史本身，这个所谓英雄与崇高的高贵舞台，它所做的也只不过是为了取悦盲目和惊呆了的公众而上演了一出又一出品味低下的滑稽剧，都是些没头没尾的鬼脸、对白和动作。换句话说，并不是“历史的终结”体现在路德维克或是《玩笑》中其他人物的生活中，现实——更为可怕和滑稽——和历史，相反，仍然自顾自地继续。就让它继续吧，无论如何地继续下去，哪怕有疯狂，欺骗，哪怕它如同巴罗克建筑物和火炬冰淇淋一般，已经不再是那个真正的历史，就让这个貌似历史的东西，让这个幽灵，可笑而又可悲的模仿继续下去吧。历史跨越它自身的毁灭后仍在继续。

同样被称之为“滑稽模仿的继续生存”的现象在另外的段落

里也看得到，比如说路德维克继续为了打发与埃莱娜重逢前剩下的那几个小时，在建筑物边逗留后不久所看到所谓“欢迎加入新市民的生活”的庆典仪式。同样，这里吸引他注意的也是庆典中的滑稽模仿成分。但这一回的尴尬不是来自于对涵义的遗忘——就像建筑物那样，而是它转向即便和它原本要体现的涵义不一定截然对立却也是截然不同的另一种涵义，另一种涵义完全占据了它的表面，将它转变为可笑的模仿。成为纯粹的宣传之后，宗教仪式般的手势或讲演——就是路德维克的老同学科伐里克的讲演——所体现出来的神圣，最后只能是一种滑稽的模仿。

毁灭，简而言之，在我们所谓世界与存在的符号学的错乱中得到了证实[②]。庄严的历史在开玩笑。用来展现上天的高深的石头天使宣告的只是虚空。角状的冰淇淋成了火炬的火焰。粗俗的公民说教表演却带上了一种神圣仪式的沉重。一张温馨的纸片被看成是政治宣言。在事物与词语，生灵与面孔，行动与思想之间，产生了某种虚空，连接它们的线条被截断，一切都偏离了航道。

---

① 见安德烈-阿兰·莫雷罗（André-Alain Morello）文，《重回〈玩笑〉：历史的终结与小说的终结》（*Retour à* La Plaisanterie*: la fin de l'Histoire et la fin du roman*），《十九二十》（*Dix-Neuf Vingt*），巴黎，第一期，一九九六年三月。

② 希尔维夫·里彻尔（Sylvie Richter）在他题为《昆德拉的小说和交流的问题》（*Les romans de Kundera et les problèmes de la communication*）中精辟地分析了这一现象，《无限》（*L'infini*），巴黎，第五期，一九八四年冬季刊。

不再有标准，不再有价值，因为它们随时都可能转向原有的价值的反面，不再有词语，因为它们也仿佛被施了魔法似的，一秒钟以前的意义和内容会突然改变，指向完全不同的意义，也不再有原因清晰、结果可以预见的手势，它们在每时每刻也都有可能背叛导致它们的初衷。

这种符号关系的错乱同时影响到它的两端：这两端彼此之间不再结合在一起，彼此偏离，符号和意义，词语和它们的所指在各自的一侧自由飞翔，而它们的相遇永远只能是暂时的、不稳定的，以至于同样的符号可以具有千种不同的意义，而在表面上没有任何变化。摩拉维亚传统音乐就是如此，它相继地与战前的爱国保守主义、青年革命者的现代理想主义和老斯大林分子的铁棒政策相结合。任何的符号、事件和背景于是都成了一种陷阱，因为原先它们所承载的意义完全可以被截然相反的意义所替代。在这种情况下，为任何东西指定意义都一定是一种自我欺骗，或者至少可以说是将自己置入几乎一定会成为事实的自我欺骗的境地。如果说卡夫卡的世界里真实无处可寻，在这个后来的世界里，真实在这个意义上却可以说是多重的、任意的、可操作的，因此不仅仅应该放弃抓住真实，更应当放弃追寻。如果说约瑟夫・K无法找到进入城堡的方法，至少他不怀疑城堡是确实存在的，他在努力地到达这个目的地。但是昆德拉的人物，他却进入一个城堡极易深入的世界，但是一旦我们接近这些城堡，它们就可能坍塌，变成陷阱。迷失在一大堆没有分量的符号、欺骗性的词语和滑稽模仿的价值间，除了保持一定距离，不让它们停下，承担某种假设或被任何意义占有，我们别无它法。

《玩笑》本身的结构也可能会让读者有同样的感觉，这种对于意义永远变化无法预见的体验。在昆德拉所有的小说(也许除了《告别圆舞曲》之外)中，这部小说在这点上可以说是相当传统的，小说的构成以及叙述方式与《生活在别处》,《笑忘录》,《不能承受的生命之轻》相比，可以说与自十九世纪以来小说这个文学“类型”在形式上的基本要求相去不远：现实主义和对历史与地理范畴的基本尊重；主要叙述的线性编年结构(小说是在三天里展开的，而在这三天里，事件几乎是按照一个小时一个小时来叙述的)，其中不断穿插着以回忆形式叙述的人物对于过去的回顾；情节进展的连续性，传统上的三大层面相继出现：序幕与开端(前四部，全都发生在星期五)，扭结(第五和第六部，在星期六展开)，冲突的结束(第七部，在星期天展开)[①]。甚至《玩笑》中对于第一人称的运用，也就是说从人物出发的叙述——《玩笑》与《好笑的爱》的头两篇是昆德拉仅有的运用第一人称叙述的小说—— 本身

---

① 关于这个主题，可参见戴维·洛奇(David Lodge)在《巴赫金之后，关于故事与评论》(*After Bakhtin, Essays on Fiction and Criticism*)，伦敦，劳特利奇出版社(Routledge)，一九九〇年，页一五四至一六七。

也没有与传统的形式相违背。但是，这里面全新的同时也是极具涵义的是小说中有四个第一人称，他们轮流承担叙述的责任，各人具有各人的口吻、主观性和风格。和小说形式同样古老，“我”的叙述技巧从十九世纪开始就开始运用，它结束了所谓万能叙述者的统治时代，置身于情节之外，万能叙述者能够用一种客观的、脱离的角度看待情节的发展及人物，似乎也能因此对他们进行判断，了解真实情况。但是，即便是抛弃了这种“上帝之眼”的高高在上，第一人称的叙述仍然提供了一种独特的视角，从这样一个叙事人物出发所揭示的“真实”，其可疑程度并不亚于“先验”的叙事者所揭示的真实。上帝死了，当然，但是还有个主人，那就是“我”。像《玩笑》这样创立“复调”[①]叙事者在废黜叙事者“绝对权威”上显然走得更远。自从这很多声音同时叙述的这一刻起，我们有了那么多的解释和形式各异的阐释，有时是互补的，有时是矛盾的，有的知道旁人所不知道的事情，有的想法与他人的完全不同，于是真实——即便仍然是以“主观”形式出现的真实——四分五裂，消散迷失，只能成为幻觉，或者，在最好的情况下，成为永远无法辨清的谜团。谁是真实的露茜，路德维克所叙述的露茜还是考茨卡所叙述的露茜？没有人能够说清楚。雅洛斯拉夫和芙拉丝塔的结婚纪念究竟是怎么一回事情？是像雅洛斯拉夫所回忆的那样，是远古贵族礼仪的重现，还是像路德维克看到的那样，是理想观念可笑的假面舞会？路德维克本人呢？在

《玩笑》的四个声音中，他白白占了这么大的位置，我们加诸他身上的信念不可能不被其他三个人对他的看法所冲淡，以至于不论他或其他三个人都丧失了最终发言权。于是真实，路德维克的真实和其他人物的真实一样，永远只能是多重的、变化着的，如果不是通过这些变化和这多重性，根本就是无法知晓的。

4

如果前面的话题会让人觉得应将《玩笑》归入“哲学小说”那样一种混杂的文学类别，我对此感到很后悔，所谓的“哲学小说”充满了泛泛的伟大思想、没能藏好的“信息”和假设中很具生命力的抽象概念。而昆德拉小说却完全不知说教与论证。事实上，再也没有比这部小说更加简单更加具体的了：一个男人约好一个已婚女人在外省的一座城市里见面，女人正好在周末去那里出差；这座城市是男人的出生地，以至于他在那里找到了彼此间已经很久不联系的朋友，于是又重新拾起了一部分过去的记忆；但是他从来不曾忘记过他重新回到这座城市的理由，他是要和那个女人做爱，这样就可以让她背叛自己的丈夫，因为她的丈夫是男人学

---

① 小说中，“复调”这个词被用在众王马队游行朗诵诗句时，是“多种声音”进行的（第七部第五章）。

生时代的同学，正是这个女人的丈夫导致了男人的失败。男人的愿望实现了，甚至远远超出了他的希望：女人屈服了，她顺利地背叛了自己的丈夫，甚至对于这个引诱者产生了如此巨大如此彻底的激情，她再也无法离开他而独自生活。但是男人很快就意识到自己错了，他的征服是徒劳的：不仅仅是因为女人和她的丈夫之间早已不再相爱，而且这位丈夫也恰好路过这座城市，对于妻子的背叛，他丝毫不感到痛苦，也没觉得自己戴了绿帽子，相反他很高兴，把妻子的新情人看成是自己的朋友。

故事可以这样来简述，路德维克的遭遇会使我们想起博卡斯和马里沃；这是一个情爱的误会，一出唐璜式的微苦的喜剧，主人公的初衷会因女人心的变化无常和偶然的不可预见性变得不知所以。在这个意义上，昆德拉说《玩笑》首先是“关于爱情的小说”[①]是有道理的，再说几乎其他所有的小说在这个意义上都可以这样说。因为人类生活的复杂性正是在爱情和肉欲的无穷无尽变化着的魔力与陷阱中被清晰地揭示出来，而这却是小说家惟一的艺术目的与想象。爱情小说，《玩笑》的确可以称得上是贯穿始终的爱情小说，因为不仅仅是路德维克和埃莱娜的短暂相遇，所有小说中展开的故事都是各自意义上的爱情故事。路德维克的过去到处都是女人，从当兵的时候开始，就有——甚至可以说是泛滥——美丽的玛凯塔，一直到后来在俄斯特拉发的那几年，被露茜迷一般的存在照耀着的那几年。埃莱娜的一生也只是对爱情迷醉的长久呼唤；还有雅洛斯拉夫，如果不和他妻子芙拉丝塔——自他们第一次相遇开始，她就被尊为“丫头”与“女王”——联系起来看，我们就无法理解他对自己国家的民间音乐的那份迷恋；还有信徒考茨卡，他因为遇到了“流浪姑娘”而改变了，他与流浪姑娘之间始终是一种半肉欲半怜悯的关系。

所以说是爱情小说，但这是毁灭的爱情。或者更确切的说，是对爱情的失望，因为每个人物都会在这样那样的时刻发现自己遭到了欺骗，或者说他在爱情上在自我欺骗。埃莱娜如此，刚开始的时候她发现巴维尔和她之间的关系已经不可挽回地越来越冷淡，接着又明白过来她对路德维克的吸引不过是个骗局。雅洛斯拉夫也是如此，他被芙拉丝塔和自己的儿子欺骗了。路德维克更是如此，路德维克自认为露茜是他惟一爱过（或者说想爱）的女人，而当考茨卡和他谈起露茜的过去时，当年那个真诚而执着的年轻的求爱者竟似乎被描述成了一个“强奸犯”。事实上，所有人物对于爱情的体验都有似于路德维克对于历史的体验，在昆德拉的世界里，这是最根本的生存体验：是无知和盲目的生存体验。不论我做什么，不管我是要多么的清晰和谨慎，存在，事物，包括我自己的真实都无可挽回地与我相错而过。我以为抓到它的时

---

①《〈玩笑〉是个爱情故事》(The Joke *is a Love Story*)[《作者序》(*Author's Preface*),《玩笑》英文版，M·H·海姆(Heim)译，一九八二年，企鹅丛书版]。

候，它已经换了地点，换了面孔，走到了它的反面，只在我的手间留下它变形了的外表，有时可怕，有时怪诞。爱，战斗，生存，在这样的条件下，必然是将我推向误会，成为喜剧。

但是，这样的一种发现事先却没有任何的征兆和保证；只是随着时间的流逝和生存的挫折——也就是说剥夺了他们青春中的抒情成分——某些人意识到了。这是《玩笑》中所有重要人物所面临的问题，因此《玩笑》是一本使历史世俗化的小说，一本关于毁灭的爱情的小说，同时也是一本结束无知进入成熟的小说。的确，所有的人物，路德维克、埃莱娜、雅洛斯拉夫、泽马内克、考茨卡年龄都差不多，四十岁左右。他们经历了青少年时代，而他们那时候的面孔没有太大的分别，因为时代精神和标志着青春的幸福的激情在他们脸上留下的几乎是相同的笔触。但是时间流逝，他们现在已经届临存在的某一点，这份相同已经成了问题，很快就将离他们而去。

有些人紧紧抓住青春，拒绝衰老。比如说埃莱娜，尽管她已发胖，脸上也有了皱纹，尽管她那经得起一切考验的政治忠诚使她威信扫地，她仍然在坚持"寻找一种能使我仍旧拥有过去的那些梦想和理想，能让我像过去那样并且永远那样生活的爱情，因为我不愿意把我的生活分为两截，我要它自始至终贯穿如一"。读者很快就会知道这些"过去的梦想"让埃莱娜掉入了怎样可悲的陷阱。泽马内克也差不多属于同一类人，路德维克十五年后重新见到他，发现尽管岁月流逝，历史发生了很大变化，他却仍然“酷似”那个十五年前的大学生。但是与埃莱娜不同的是，他从来没有丧失地位，受到伤害；与世界与大众的一致是他存在的内在形式，哪怕他要因此根据时代动荡的不同而随时改变，要每时每刻背叛昨天的自己，但是为了永远保有他内心深处惟一珍视的东西，那就是无知和青春的热情赋予任何拥有这两样东西（或者说假装拥有）的人的把握世界的感觉和绝对逃避责罚的权力。而最糟糕的是他做到了，不仅仅是在他的“对手”路德维克面前，而是在所有的其他人面前，他是唯一我们可以称为“胜者”的人，因为他是唯一懂得如何抓住“历史之马的缰绳”的人，这就让他成为现代人最杰出的代表，也许可以说是小说中的“预言家”。

这些四十来岁的人安然无恙地跨越了成熟的年龄线，并且在小说中（当然也是在他们的存在中）自始至终地保留着浪漫的热情（埃莱娜）或原封不动的问心无愧的感觉（泽马内克），但是与他们相反，另外一些四十来岁的人则可以被称为幻灭的人，其中有路德维克，雅洛斯拉夫，以及在很小程度上的考茨卡。我们可以说这三个人有相像之处，基于《玩笑》是他们“学习”的故事这一点，也就是说他们内心的改变使他们永远远离了青春，最终进入了成熟的年龄，毁灭的道德领地。他们的故事只能是一种失败。这种失败和所有的失败一样，也是经过了强烈的抵抗才发生的最终结果：一直到最后，考茨卡都抱着他的信仰不放，就像雅洛斯拉夫执着于他关于纯洁和连续的梦想一样。但是这是失去的刑罚。雅洛斯拉夫发现芙拉丝塔和符拉第米尔都在嘲笑他，于是顷刻之间一切全都坍塌了。他过去一直赋予生命的意义，他用来指导行动的价值和希望，他自青年时代开始就用来确认自己的那张脸，他亲人的脸，总之，所有将他与世界相连的一切，所有让他感到自己在家、祖国和光明中的一切，现在都只是一堆瓦砾，他的心都碎了，呆呆地站着，"乏"，无尽的"乏"折磨着他，而这乏正是成熟年龄的一部分，或者说是完成了向成熟年龄的交付。

如果说雅洛斯拉夫的学习（和他一样，在第六部结尾所暗示的考茨卡的学习）是突然产生的，以一种顿悟或出乎意料之外的揭示的方式，路德维克的学习则是一个缓慢而渐进的过程，因此他的叙述占了小说的绝大部分。他的学习分两个阶段展开，与叙述的两种时态——过去和现在——相对应，彼此相隔十五年。

第一阶段的学习是粗暴和早熟的。在第三部通过倒叙，路德维克回到了二十岁左右，他被驱逐出学校在俄斯特拉发营房的那些日子。在那里，他说，"我遭遇到了人生的第一次失败"。不得不放弃他认为应当属于他的本质，一个真诚而博爱的年轻士兵的本质后，他觉得突然被"抛到了生命轨道之外"，伤害他的荒唐的判决将他驱逐出这个世界，而对此他竟无能为力。他服刑的这几个月，对自己的这种否定简直如同死亡一般。他的青春突然间到了尽头。他的青春，也就是说他对自己的那份信任，还有在历史中，那种能管理自己生活的感觉，认出自己本质，从属于一个稳定社会的感觉，是的，在这个社会里，思想和行动彼此一致，善与恶、是与非、牺牲者和刽子手彼此对立，区分清楚。他到俄斯特拉发的时候还是一个反抗的大学生，但很快他就明白了“反抗是一种幻想”，离开的时候他已经成熟了，梦想荡然无存，同时也毫无遗憾，不再觉得无辜，不再有罪恶感，只剩下了无边无际的空茫:“我身在荒漠之中的荒漠。”

但是同一个男人在十五年后又回到了他的出生地摩拉维亚。从小说的第一页开始他就说，他回那里是为了完成一项“使命”。而这项他精心准备的任务就是复仇，机会终于来了，他要耐心地、讲究方法地利用这个机会，在剩下的两天里慢慢将之导向最后的实施。于是，我们可以看到，如果说过去流放和俄斯特拉发地狱尽管粉碎了他的一切，至少他还保留了这簇火焰，惟一的一点对自己和自己命运的确信：对造成这一切的刽子手的仇恨，这确信既是道德上的也是观念上的，是在确信正义，哪怕已经缩减到了他将要赋予它的可笑形式，正义，也就是说修正凌辱惩罚罪犯的正义仍然是有可能胜利的。因为如果不相信属于真理范畴的正义的必要性，或者至少说是正义的可能性，就根本不会想到报复。因为如果不相信无辜，不相信通过简单的行动就可以赎罪，也根本不会想到报复。报复——哪怕是像路德维克这种“厚颜无耻、低级趣味”的报复——归根结蒂是信仰的行为。

我们知道路德维克的“计划”出了什么样的岔子。他的报复最终归于怎样可笑的结果。这一次和很多年前他受到惩罚时一样，既非真理亦非正义占了上风。真理和正义只能蒙蔽那些仍然在倚仗它们，更加坚定地将它们叛卖给这个“一切都被遗忘一切都无从修补”的世界的巫术和可笑的易变性的人，因为有可能使之走向反面的巧合和记忆都被毁灭了。只有当路德维克承认这毁灭的广泛性，发现他关于正义的欲望多么虚荣，发现以往他在露茜身边所扮演的角色的双重性，我们才可以说他彻底告别了他的年轻时代，说他的学习已经完成。

5

于是发生了什么？毁灭中的生存究竟像什么呢？

关于这个问题没有最终的答案，当然。但是小说仍然为我们开启了某些踪迹，至少是假设的踪迹。首先，对于毁灭的认知不具有任何悲剧情感。当然，两者都暗示着生命被驱逐出了命运的轨道，它突然意识到自己的盲目性。但是悲剧是建立在先验的假设上的，它暗示命定的存在，也就是说属于无所不能的范畴——超人或是非人——它通过伤害生命的不幸向生命揭示和肯定这种命定的存在，而路德维克和雅洛斯拉夫的发现却完全消弭了先验，除了通过滑稽和可笑的模仿。悲剧主体在发现的重量下被压扁了；

而毁灭的主体就像一个被释放的人，被抛在自由却无用的轻中。在这个意义上，这主体更像是喜剧中的人物，但是他有可能知道的喜剧，并且他恰恰就是其中的一个人物，既是骗子又是被骗的人，而他无法逃避地成为剧中人。“我一生的全部历史”，路德维克意识到，“就孕育在错误中，从明信片的玩笑开始”。

> 到了这时，我明白了，我根本无法取消我自己的这个玩笑，因为我就是我，我的生活被囊括在一个极大的（我无法赶上的）玩笑之中，而且丝毫不能逆转。

对于毁灭的学习——也就是说一个普遍的玩笑——也和现代悲剧中所谓的荒诞情感无关，比如说加缪在他的文章中所表达的那种荒诞。因为如果说荒诞呈现的是世界的无序和冷漠，它还是建立在将人定义为无可救药地渴求和谐与荒诞的生灵的基础上的，也就是说它认为人永远处在青少年时代，因此才会有落到人身上的斗争的责任和永远的反抗。荒诞，从这个角度说，是一种非常严肃的存在的视角，而西西弗，每次他举起石头挑战神的不公正的时候，他的“幸福”与重塑世界的年轻士兵和企图报复的正义化身有着某种相通之处。但是昆德拉笔下人物在放弃反抗放弃匡扶正义时所体会到的幸福则完全属于另一个范围。这是一种尤为朴素和幽默的生命与思想状态，一声放松的叹息，一种隐退，将精神与心灵从以往意图与这世界、与自己，与不再能被证明的一种价值、一种重量、一种涵义保持一致的桎梏中解脱出来：

关于这种矛盾的幸福——我们必须记住是毁灭的幸福，或者更确切地说是毁灭意识的幸福，《玩笑》至少为我们提供了两段相当动人的描述，这也是小说最精彩的部分。第一段是在第三部中间，当路德维克沉浸在俄斯特拉发灰蒙蒙的天气里时，几乎如同奇迹般地出现了露茜。尽管她从来未曾直接开口说话，像路德维克、埃莱娜、雅洛斯拉夫和考茨卡那样，尽管她在情节中完全处于次要的位置，甚至纯粹插曲性的[1]，然而这个人物就符号与所指的关系而言却占据着非常独特的位置，也许可以说是小说中最重要的位置。就在路德维克到摩拉维亚的那天晚上，他在理发店中偶然遇见了露茜，哪怕她什么都没有做，却是她挑起了他对于过去的回忆。而在这之后的叙述里，路德维克不断地想到她，尤其是第二天的午后，在那套他即将要用埃莱娜雪耻的单室公寓里：

> 我突然想到这种影响（露茜对我生活的影响）好像是那些星相家所形容的：人的生活受天上星宿左右。我坐在椅子里（面对着大开的窗户，它正在驱走埃莱娜的气味）觉得自己又回到了有迷信意味的那个闷葫芦上，因为我在思索，露茜为什么在这两天又匆匆重现于舞台：就是为了要使我的报复变得毫无意义，要把推动我来到这里的一切都化为乌有。因为

露茜，这位我曾经深深爱恋、又曾经毫无解释地在最后关头从我视野里消失的女子，就是一位逃遁仙女，一位纵然追寻也不可复得的仙女，一位在云遮雾障中的仙女；她始终把我的头捧在她的双手里。

路德维克也许弄错了露茜的“事实状况”，也弄错了自己从前和她的关系，就像后来考茨卡的叙述所揭示的那样。但纵使这样也只能加剧他对她的迷恋，他更加珍惜过去她曾给予他、他却不知珍惜的东西。但是她究竟给了他什么呢，这个“十分平常”、只会让人感到“安详、单纯而且谦和”的可怜女孩，对于他这样一个急欲反抗“跟着这种面孔的幌子一步一步走”的人，她给予他的即便不是“一种全新的、出乎意料之外的存在方式”，也是猛然卸下重负，将存在降至“迷失命运”的废墟下那不断延伸的“遗忘的草坪”，“越来越纯净的平静”。

而我，忽地一下子，得到了解脱；似乎是特地来把我领到了她那个模模糊糊的天堂；刚才的那一步，原来我不敢跨出的那一步大约正是使我“跨出了历史”，这一步对我来说，

① 关于插曲的审美，见《不朽》，第七部第十四章。

> 使我猛然摆脱了桎梏，使我一举获得了幸福。露茜，羞怯地挽住了我的胳膊，我任她拉着往任何地方去……

“跨出了历史”。当然，但同时也是跨出了自己，跨出仇恨与无知。因为在露茜生活的那个地方，没有罪犯与受害者，没有正义与非正义，没有胜利与失败。她向他指明道路的“永远失去的天堂”（由狼狗和岗哨严守的奇特天堂）只是建立在毁灭向他们开启的消失和光秃秃的、忧伤的平原之上的安息。

因此也没有什么会感到奇怪的了，当他对付泽马内克的阴谋可笑地失败之后，露茜的形象再一次占据了路德维克的记忆，而在考茨卡的叙述之后，她又最后一次照亮了他摩拉维亚的最后一天，为他带来类似于他在俄斯特拉发曾经感受过的那份幸福，只是由于那时他不够成熟并且顽固地想要报复，他没能保留这份幸福。第二次的幸福时刻是在小说的最后降临在他身上的，因为在城里已经没什么好做的，他加入了雅洛斯拉夫那个过时的小乐队。再一次，就像以前在俄斯特拉发时那样，只不过用了另一种完全不同的语调叙述出来，他体验到了坠落的感觉，放弃自我，在“被遗弃的小岛”上流浪，但奇怪的是，他恰恰在那里找到了“回家”的感觉，仿佛找到了从前的世界，但已经是一个失去了的世界：

> 我可以突然重新热爱起这个世界。我之所以热爱它是因为今天早上，我发现这个世界(并无思想准备地)实在可怜，可怜之余，更为孤凄。无论是隆重庆典还是鼓动号召；无论是政治宣传还是社会的乌托邦，还有庞大的文化干部队伍，都对它弃而不顾，这表现在我这一代人只是故作姿态地跟从，表现在泽马内克(连他这样的人)也掉头而去。正是这样的孤凄在净化这世界，使这个旧日世界像个垂暮之人一样纯情起来；它使这个旧日世界沐浴在一片弥留之美那令人无可抵御的最后的灵光之中，这样的孤凄对我包含着谴责。

美的灿烂如何能与可怜、孤凄和遗弃联系在一起呢？有所谓的毁灭之美吗？也许路德维克想说，毁灭的东西本身就包含着一种美，而且只有这种美，这美必然是“最后”的，就像已经不复存在的航道，已经默然的怀念的回响，毁灭一旦完成以后的可怜的残片。

因此，众王马队的游行也是一样。路德维克那天重新看到了马队游行，觉得比以前要有意思得多，因为“谁也不懂得其中含义或要传递什么信息”:“众王马队显得美妙可能也是因为它所包含的本身意义久已失落，而人们的注意力全都转到了它本身，它的方方面面，它的形状色彩。”换句话说，美只可能存在于意义延搁之时，任何错误——比如说摹仿都不可能存在的时候；只有此时，真实才会重新闪光。

而这真实的本质，就像露茜“真实的那一面”，就像众王马队的国王面孔，是永远也不会被揭开的。

（袁筱一　译）